浩荡

何常在 著

北京联合出版公司
Beijing United Publishing Co.,Ltd.

目 录 | CONTENTS |

第一章　结束和开始　/ 03

第二章　大潮　/ 07

第三章　危机　/ 11

第四章　初见　/ 15

第五章　是不是兄弟　/ 19

第六章　你出局了　/ 23

第七章　深圳第一课　/ 27

第八章　刮目相看　/ 31

第九章　社会才是真正的大学　/ 35

第十章　个性　/ 39

第十一章　出租车司机夏正　/ 43

第十二章　高才生江离　/ 47

第十三章　触动　/ 51

第十四章　真实想法　/ 55

第十五章　难题　/ 59

第十六章　美女投资人江阔　/ 63

第十七章　曹启伦其人　/ 67

第十八章　威逼利诱　/ 71

第十九章　深圳第二课　/ 75

第二十章　高手过招　/ 79

第二十一章　深圳一哥 / 83
第二十二章　最长的一夜 / 87
第二十三章　合伙即人生，分开各成功 / 91
第二十四章　华强北 / 95
第二十五章　高手在民间 / 99
第二十六章　送货客 / 103
第二十七章　前店后厂 / 107
第二十八章　危险关系 / 111
第二十九章　受害者 / 115
第三十章　双重合伙人 / 119
第三十一章　男儿泪 / 123
第三十二章　用对方听得懂的方式讲道理 / 127
第三十三章　大道理都懂，却还是过不好这一生 / 131
第三十四章　生存之外的事情都是奢侈品 / 135
第三十五章　种下了种子 / 139
第三十六章　可行性 / 143
第三十七章　万事俱备 / 147
第三十八章　最好的时代 / 151
第三十九章　合适的年龄做合适的事情 / 155
第四十章　新的创业时代 / 159
第四十一章　一念之间 / 163

第四十二章 致命原因 / 167

第四十三章 招招致命 / 171

第四十四章 第一回合 / 175

第四十五章 天才 / 179

第四十六章 每个人都有命中贵人 / 183

第四十七章 小灵通 / 187

第四十八章 所有的进步和成功都是倒逼的 / 191

第四十九章 贪心是失败的最大隐患 / 195

第五十章 什么是财富 / 199

第五十一章 论战 / 203

第五十二章 先烈和先驱 / 207

第五十三章 被自己喜欢的东西所累 / 211

第五十四章 生活总有意外 / 215

第五十五章 意外之外也有惊喜 / 219

第五十六章 优势 / 223

第五十七章 先定一个小目标 / 227

第五十八章 招兵买马 / 231

第五十九章 人心深如海 / 235

第六十章 背景音乐 / 239

第六十一章 是人就有缺点 / 243

第六十二章 演技 / 247

第六十三章 逃避和勇气 / 251

第六十四章 团队 / 255

第六十五章 说到不如做到 / 259

第六十六章 不知道怎么就富了 / 263

第六十七章 明抢 / 267

第六十八章 楔子 / 271

第六十九章 出场 / 275

第七十章 情义归情义，商业归商业 / 279

第七十一章 认知上的偏差 / 283

第七十二章 需求就是生产力 / 287

第七十三章 贪和贫 / 291

第七十四章 短兵相接 / 295

第七十五章 我当你是兄弟，你当我是羊毛 / 299

第七十六章 支点 / 303

第七十七章 不辨是非 / 307

第七十八章 人得有点高尚的东西 / 311

第七十九章 时间就是金钱 / 315

第八十章 人生若只如初见 / 319

第八十一章 必修课 / 323

第八十二章 形势不太乐观 / 327

第八十三章 靡不有初，鲜克有终 / 331

第一卷

海阔春潮涌

第一章

结束和开始

六月的北京，即使到了深夜，依然炎热无比。一场雨过后，并没有让夜晚凉爽多少，反倒多了一丝闷热的气息。师范大学周边的饭店灯火通明，每家都坐满了即将离校的学生。

毕业季，年年都会上演许多让人哭、让人笑的分离，年年都有饭店在此时选择24小时营业，为了让在北京上了四年大学就要各奔东西的学生们有一场痛痛快快的告别。

何潮坐在环球饭店的角落里，视线紧盯墙上的长虹电视，要不是他视力够好，还看不清位于两面墙壁之间的21英寸电视屏幕上的画面。

别看才21英寸，要三四千元人民币，也算是奢侈品了。一台34英寸的彩电，至少要一万四千元!

屏幕上正在直播香港回归交接仪式，1997年6月30日，23时42分，香港回归的交接仪式正式开始，屏幕上开始交叉播放交接仪式现场以及等候在深圳口岸准备在零点入港的驻港官兵。他攥紧手中的酒瓶，因兴奋而激动的脸上充满了期待，他看了对面的空座位一眼，自顾自地喝了一大口啤酒，一拍桌子："香港回归，一洗百年耻辱！"

"香港回归关你什么事？"

艾木甩着湿漉漉的双手坐回了座位，她拿过桌子上的毛巾擦了擦手，又闻了闻，一脸嫌弃地将毛巾扔到一边，扭头看了一眼墙上的电视："还没到零点？说好了呀，过了零点我们就结束。"

牛仔裤、格子衬衣，长腿、马尾辫，青春气息爆炸的艾木是何潮谈了三年的女友，身为北京姑娘的她，大方活泼，热情开朗，她承载了何潮四年大学生涯大部分的美好记忆。

"好，零点后回去。"何潮点了点头。

本来艾木不想观看香港回归的现场直播，是何潮非要拉她前来。何潮很纳闷，在连出租车司机都关心国家大事的北京，从小在北京长大的艾木怎么对香港回归这么重大的事情毫无兴趣？完全不是北京姑娘的风格。也不对，他又想起以前艾木对国家大事很是热衷，还经常给他讲大道理，分析局势，今天似乎哪里不对。

何潮的目光落在了艾木沾了水珠的双手上，又注意到她的头发一丝不乱，没有一点水渍，他就明白了什么："你刚才没去洗手间？"

艾木愣了愣，"哼"了一声，笑了："何潮，知道我最喜欢你什么吗？眼尖，特会观察人。知道我最讨厌你什么吗？眼太尖，总能发现别人注意不到的细节。是，我每次上洗手间都会整理头发的习惯你记得最清楚了。刚才我没去洗手间，是到外面打了一个电话，打给了历之飞。"

何潮猛然站了起来："艾木，你什么意思？"

"过了零点就结束……"艾木双手抱胸，毫无畏惧地迎接何潮质疑的目光，很镇静、很坦然，"不是结束吃饭，是结束我们的关系。"

"分手？"

"没错！"

"理由。"何潮双拳紧握，眼中隐现愤怒和不甘，"难道是因为历之飞？你喜欢上了历之飞？"

"没有，至少现在没有喜欢上他，以后是不是会喜欢上他，就不好说了。理由很简单，我要去美国留学，肯定要拿美国的绿卡，不会回国了。到时我是美国人，你是中国人，你一个第三世界国家的男人怎么配得上第一世界国家的美女？"艾木的眼睛中闪动着光芒，她紧抿嘴唇，攥紧了拳头，仿佛她已经身在美国，成了向往已久的美国人，"你不肯去美国，我不愿意待在国内，隔了13个小时的时差和一个太平洋，只能分手。"

何潮愣了愣，美国人就比中国人高一等？他感觉眼睛中有什么东西在流动，喉咙动了动，眼神中闪过一丝光芒："我做好了等你三四年的准备，三四年后再看我们一个国内一个国外谁比谁发展得更好，我未必不如你……"

"不必了，何潮，你还没有看清现实。"艾木一口喝干满满的一杯啤酒，重重地一放，一抹嘴巴，"我家北京的房子已经卖了，爸妈也和我一起去美国。何潮，你要支持我的选择，应该理解我追求美好生活的努力。喜欢一个人不就是要尽一切努力让她幸福快乐吗？”

大道理容易懂，小事情很难做，何潮很想大喊大叫，很想掀翻桌子，打碎酒瓶，但一想到这样做不但于事无补还要赔偿饭店损失，就强忍了下来。

再有几分钟，1997年的上半年就结束了，马上要迎来新的开始了。对香港来说，回归了祖国母亲的怀抱，是命运的转折点。对他个人来说，告别了初恋，离开北京，南下深圳就业，是人生命运和情感的双重节点。

三年的感情不敌艾木对遥远而陌生的国度的向往，何潮无法理解，更不用说支持了。艾木从来没有出过国，更没去过美国，只不过看多了好莱坞大片，听多了关于美国的传闻，就让她愿意舍弃一切去美国生活！尽管不愿意承认，他还是不得不说，美国的宣传太厉害了，在潜移默化中都能影响一个从未去过美国的人的三观。

他很爱艾木，一直担心她被层出不穷的情敌抢走，却没想到，最后抢走艾木的不是身边的情敌，而是一个他根本没有想过的远在万里之外的国家。真是可笑，他自认对艾木认真负责，并没有做错什么，怎么就输了呢？

就算是输给了一个国家，他也不甘心，美国可以带给艾木的一切，中国也一样可以！

他环顾四周，面积只有50多平方米的环球饭店在深夜时分依然满客，都是师范大学以及附近学校的学生，正是夏季，光着膀子、穿着裤衩的学子们有人满脸通红，有人泪流满面，有人沉默不语，有人高谈阔论。正是毕业季，又恰逢香港回归，各种情绪交织在一起，学子们在啤酒的催化下情绪逐渐高涨。

“对了，还有一件事情我要和你说明一下，事先声明，何潮，你别怪我什么，人生每一步都有不同的选择，不是你的错，也不是我的错。”艾木起身向外面走去。

何潮一仰脖子喝干了满满一大杯啤酒，足有半瓶，他感觉酒意上涌，有要呕吐的感觉。

艾木青春曼妙的背影依然迷人，腿长腰细的她走动时，屁股左右扭动，马尾辫就像一首春天的歌摇来荡去。正是艾木干脆利落的个性以及她的马尾辫吸引了何潮，何潮费了好大一番力气才追上艾木。他深爱艾木，原以为会和她在毕业后留在北京，结婚生子，成为他一直羡慕的北京人。

但梦想就是用来破灭的，不是吗？

三年了，相恋三年，艾木想掌控一切的性格丝毫未变，不但未变，还变本加厉了。何潮也不知道以他的性格为何能忍受她整整三年，他不是一个喜欢被人左右的人，或许是因为他太爱艾木了。

爱，真能改变一个人的性格？

人影一闪，艾木又进来了，她高挺的鼻子和挺拔的身姿盛开在最美的年纪，她依然是何潮眼中最美丽动人的姑娘。只是她的身后跟着一人，赫然是历之飞！

历之飞是何潮和艾木的同班同学，同时是何潮的室友，他也一直有去美国的梦想。

何潮一瞬间明白了什么，猛然站了起来："历之飞，你可以！"

历之飞低着头，有几分胆怯和畏缩，不肯再向前一步，艾木反倒用力拉了他一把："怕什么？拿出男人气概来。何潮，这事儿不怪历之飞，是我主动和他约定到了美国后，如果半年内我们都没有遇到合适的人，我们就在一起。"

"是，是，何潮，你别骂我，我真没有挖你墙脚。是艾木和你分手在先，和我约定在后，我就算真和她在一起了，也是在你们分手之后。"历之飞有几分心虚，他和何潮在大学期间关系一向不错，情同手足，毕业时突然做出了抢人女友的事情，虽然被动并且有时间差，他还是觉得过意不去。

何潮摇摇晃晃地朝历之飞走去，历之飞吓得后退几步，却被艾木推住了后背。艾木坚定地摇了摇头："是男人就别㞞！"

何潮高高举起右手，却只是醉眼蒙眬地伸出了三根手指："三件事情，第一，你去把账结了。6月30日，昨天，艾木还是我的女友。7月1日，明天，她是你的未来女友，辞旧迎新，所以买单是你的事情。"

"是，是，没问题。"历之飞连连点头。

"第二，去了美国，好好学习，照顾好艾木，永远记住你是中国人，要为国争光。"

历之飞一口应下："一定，一定。"

"第三，能不加入美国国籍最好不要加入，相信我，否则未来中国的发展会让你后悔今天的选择。"

"这个……美国国籍……我现在不能明确答复，何哥，你真以为留在中国会有前途？"历之飞眼中的鄙夷之色一闪而过，他刻意假装的笑容有几分生硬，"你知道这些年哥们儿为什么坚持用英文给全班女生写情书吗？我就是为了练习英语，好留在美国。香港回归不算什么，再给中国100年也赶不上美国。"

第二章

大潮

何潮是有几分醉意，却也很清楚学金融的历之飞是一个唯数据论者，他经常挂在嘴边的数据是："美国的平等、自由更适合我，在美国，连空气都是甜的！我希望在我的有生之年可以看到中国的高速发展，可以进入世界GDP排名前五。1996年，中国的GDP总量是美国的十分之一，世界排名第七，别说和第二名日本比了，就是和第六名的意大利比，还差了将近一倍，中国只是意大利的66%多一点点。如果按人均排名，更是靠后了……"

以前何潮总是喜欢和历之飞争论一番，但今天他没有和历之飞理论，只是坚定地拍了拍历之飞的肩膀，冷笑声中带着几许嘲讽："中国是穷了一些，起步晚，20世纪80年代才开始改革开放，十多年有了现在的成绩已经很不错了。现在正是需要人才的时候，你却选择了为美国奋斗，历之飞，三年后，你有种回国，如果我到时不如你，我跟你姓！"

"愚公！"历之飞也被何潮激起了火气，"别怪我再打击打击你的自信，中国现在还没有加入WTO，从1986年开始申请加入关贸总协定，关贸总协定都改名为世贸组织了，到现在11年了还没有眉目，所以我不看好中国未来的发展。路被大山挡住了，搬家多容易，为什么非要一代又一代去移山？把自己的一辈子浪费在没有希望的事情上就算了，还要让自己的子子孙孙也去做同一件愚蠢的事情，简直就是倔驴！哈哈，万一子孙后代中断了，没有了传人，怎么办？"

何潮斜着眼睛，满脸杀气地看向历之飞："有时候，人傻一点儿、倔一点儿，才能做成事情。都像你一样搬家而不去移山，大山永远挡在面前，永远没有出路。"

"中华人民共和国香港特别行政区正式成立。这是中华民族的盛事，也是世界和平与正义事业的胜利。1997年7月1日这一天，将作为值得人们永远纪念的日子载入史册……”电视的声音忽然大了起来，屏幕上，香港回归的交接仪式正式开始，时针已经指向7月1日的零点零分，中国领导人郑重地向世界宣布中国对香港恢复行使主权。

国歌响起，店里的所有人同时起立，一起高唱国歌。历之飞被群情感染，还未开口，就被艾木拉了出去。何潮没有回头，在国歌声中他忽然感受到了时代怦怦跳动的脉搏和越来越近的强有力的步伐。旧的时代终将过去，新的时代即将到来，他失去了爱情，不能再失去时代的机遇。

“中国万岁！”国歌一停，何潮举起一瓶啤酒，向所有人致意，人群纷纷回应，在小小的环球饭店中，此时此刻所有人都有一个共同的名字——中国人。

望着何潮孤独的背影，历之飞于心不忍，揉了揉鼻子：“是不是对他太残酷了？如果有一天他知道了真相，会不会想杀了我？”

艾木轻轻摇了摇头，声音轻柔而飘忽：“如果他真是一个男人，总有一天，他会感谢我们对他的残酷。残酷才会让人成长，人的一生总会遭遇一些打击，不是在打击中消沉，就是在打击中奋进。”

“可是，我不想做打击别人的人……”历之飞叹了一口气，“好歹同学一场，要是何潮真的从此消沉，我就太对不起他了。”

艾木很西式地耸了耸肩：“人生没有太晚的开始，只有太早的放弃，我们也没有做错什么，以后是好是坏，全是他自己的选择！”又想起了什么，她微微摇头，叹息一声，“我也说过可以带他一起出国，他偏不，脾气太臭、太固执、太自以为是，只要是他认定的事情，谁也别想劝他回头。”

历之飞摸了摸脸：“我也想不明白他为什么不留在北京，非要南下深圳。香港回归，深圳还能有什么机会？虽然现在深圳的GDP全国排名第五，次于上海、北京、广州、重庆，但香港回归之后，深圳作为口岸和窗口的优势就不存在了，我觉得深圳会没落。”

艾木用右手托起了下巴：“如果有一天何潮落魄了，而我们在美国发达了，只要他肯放下他可怜的自尊，我还是愿意帮他一把的。”

深圳元希电子加工厂坐落在深圳市福田区，俗称的关内，门口锈迹斑斑的铁门和漆皮剥落的木牌，暴露了元希电子加工厂的陈旧历史。

当大潮来临的时候，你唯一能做的正确事情就是乘风破浪，顺势而为，而不是逆流而上。时代潮流势不可当，顺之者昌，逆之者亡。

每个人都在选择自己认为正确的道路，历之飞和艾木出国是，何潮选择留在国内南下深圳，也是。

转眼间，何潮来深圳已经一个月有余了。

来深圳第一步落脚在元希电子加工厂是因为周安涌的关系。

周安涌是何潮的发小，二人从小一起长大，从河北中部平原的县城考到了北京的大学。巧的是，在二人同时到北京上大学之后，二人的父母都调到了河北省省会石家庄工作，还是邻居。许多人说，如果何潮和周安涌是一男一女，两家就结为亲家了。二人既然是同性，就成了兄弟。

其实二人还有两个发小，一个是柳三金，一个是李之用。柳三金高中毕业后没有上大学，而是去当兵了，复员后不知道去了哪里。李之用当年的学习成绩不比何潮和周安涌差，只不过他的家庭条件差一些，初中时以全县第一的成绩考上了省里的一所建筑类中专，三年前，也就是1994年，李之用中专毕业后留在了石家庄工作。

李之用差不多是最后一批学习成绩过硬的中专生了，1993年以前，在大多数县城，为了早日跃出“农门”而拿到进入城市的非农户口门票，许多学习成绩优异的优等生会选择不考高中而考中专。

当时何潮和周安涌还劝李之用再忍受三年读高中，和他们一起考大学。李之用不听，他家境贫寒，几亩薄田以及重病缠身的父母无力供他上三年高中，况且他考上的是一所省部级重点中专，每个月的补助基本上够生活了，不用家里花钱。四年中专，可以比上大学提前三年参加工作。

多工作三年，得多赚多少钱？

何潮和周安涌无奈，只好听之任之。

何潮和周安涌虽然同时考取了北京的大学，但周安涌上的是北大，何潮上的只是师范大学，两人的高考分数差了十几分。对周安涌的成绩，何潮服气。从小到大，周安涌一直比他学习好，小学、初中到高中，两人都是同班同学，不管他怎么努力，从来没有超过周安涌一次。

周安涌也理所应当地认为何潮永远不会战胜他，只是让他郁闷的是，四个人在一起时，何潮却是孩子王，柳三金和李之用更听何潮的话而不是他的，这让他很是不满。但不满也没有办法，何潮似乎比他更有个人魅力。

后来周安涌也想开了，他学习好，上的又是名牌大学，等他功成名就，别说柳三金和李之用了，谁都会围绕在他身边。只要成功，他就会拥有一切。而何潮也一样会对他言听计从，臣服在他的脚下。

毕业前夕，周安涌找到何潮商量去哪里发展。作为名牌大学的高才生，周安涌已经拿到了留在北京的资格，只要他点头，就可以拥有北京户口和一份不错的工作，可以进入央企是许多高校毕业生梦寐以求的美好未来。

在1997年，央企是相当不错的选择，不但可以拥有北京户口，还可以分配住房，待遇还高，可以说，解决了所有的后顾之忧。

但周安涌只想南下深圳，他是为了爱情。

周安涌的想法和何潮不谋而合，只不过和周安涌不同的是，何潮是为了事业。早在毕业之前，何潮就决定来深圳工作，因为他仔细研究了深圳从建市到1997年每年的经济增速，以及不断创造的奇迹，他坚定地认为深圳的奇迹还会继续下去。从之前的十万人才下海南到现在的百万人才下深圳，已经成了潮流。

二人一拍即合，约好同时南下。

得知何潮在香港回归的当天失恋的消息后，周安涌非但没有安慰何潮，还大笑一通，被何潮痛骂没有良心。何潮知道周安涌为什么笑他，因为辛有风。

辛有风，广东广州人，是周安涌的女友，也是他的同班同学。本来二人约好毕业后一起留在北京，毕业前夕辛有风却突然变卦，说她的父母不允许她留在北京，她也不喜欢北京的气候，想回广东。但不是回广州，而是回深圳。如果周安涌随她一起去深圳，她就嫁给周安涌。

青春的冲动再加上对爱情的渴望，周安涌当即一口答应。

辛有风提前来了深圳，经人介绍选择了元希电子加工厂，并向老板庄能飞推荐了周安涌和何潮。庄能飞很爱才，对于从北京来的大学生，他自然举双手欢迎。

何潮和周安涌以为辛有风精心挑选的元希电子加工厂是规模多大、多有前景的高科技公司，到了深圳才知道，元希电子加工厂只是深圳众多加工厂中很不起眼的一家，虽然工资待遇不错，但明显没有什么前景。

何潮和周安涌只干了一个月就心生去意！

因为金融危机突然来到！

第三章

危机

庄能飞的办公室位于办公楼的二层，202房间，房间中央挂了两幅地图，一幅是深圳市地图，另一幅是海南省地图。

办公桌上摆放着一个地球仪，上面插了一枚图钉，正插在了深圳市的中心位置。

庄能飞是海南人，1990年在海南赚到了第一桶金后来到深圳，本想继续从事老本行房地产，却在曹启伦的鼓动下从事了电子产品的加工，也算是阴错阳差。

他却没有歪打正着。他并不是很懂电子产品生产，入行之后才发现所谓电子产品生产，不过是从国外买进新的、旧的零部件，进行材料加工，或组装成新机，或打磨旧零件成新零件倒卖。不但没有什么技术含量，还没什么挑战性。

庄能飞喜欢有挑战性并且高风险的行业，挑战性越大、风险越高，收益就越大。

好在因为深圳得天独厚的地理优势，电子产品加工虽然技术含量不高，利润却不错，他一时就没有转行。之所以高薪聘请何潮和周安涌，也是因为二人毕业于北京的名牌大学，庄能飞觉得他们肯定有超前的眼光和过人的能力。

深圳经济发达，但教育不行，还是需要从全国各地吸引人才。

何潮先看了旁边的周安涌一眼，周安涌冲他点了点头，意思是让何潮开口提出辞职。何潮愣了愣，说好由周安涌提议，事到临头他怎么退缩了？对了，他肯定是因为辛有风。

辛有风不知何故特别喜欢元希电子加工厂，特别崇拜庄能飞，一再挽留何潮和周安涌，但二人实在待不下去了，不想再浪费青春。

二人一早约好瞒着辛有风向庄能飞摊牌，摊牌之前先确定可以拿到本月的工资。说好每月1500元的工资，对刚毕业的他们来说，可是一大笔钱。更主要的是，二人现在都身无分文了。

辛有风一早出去谈事了，她是庄能飞的助理，许多业务往来以及票据由她负责。何潮负责对接元希电子的对外事务，和国外的供货商联系供货事宜，而周安涌则负责对接国内的客户，根据客户的要求调整产品性能，指导进货种类。

可以说，三个人加盟元希电子后，庄能飞如虎添翼，销售大增。电子产品加工，要的就是适应瞬息万变的市场，随时根据市场变化调整进货方向，而何潮、周安涌和辛有风三人恰好对市场超常敏感，尤其是何潮，和国外供货商的沟通十分畅通并且合拍，深得他心。

何潮稳了稳心神，毫无畏惧地迎上了庄能飞犀利的眼神。35岁的庄能飞高大魁梧，并不像南方人，而且浓眉大眼，是典型的南人北相。用庄能飞自己的话说，他一米七五的身高生活在南方，南方人都以为他是北方人，身兼南方人和北方人的优势，他要么发大财，要么做大官。

尽管承认庄能飞很有魄力，也有人格魅力，何潮还是不想再在元希电子耗费青春了。深圳是一个快节奏的城市，不前进就会被时代的洪流冲走。更何况，金融危机正在席卷东南亚，他明显感觉到了元希电子受到的冲击。

何潮轻轻咳嗽一声："庄总，新加坡元也会受到冲击吗？港币呢？会不会波及深圳？"

周安涌愕然地看向何潮，他以为何潮上来就会提及辞职之事，他私下已经联系了同学陈泽，陈泽说可以帮他们在中作安排一份工作。

何潮没头没脑的第一句话是什么意思？周安涌悄悄拉了何潮一把。

周安涌和何潮的小动作，庄能飞尽收眼底，他会心一笑："从7月2日泰国宣布放弃固定汇率制，实行浮动汇率制开始，一场金融风暴就像亚热带的台风一样生成了，到现在为止，刚刚过去一个月，泰铢兑换美元的汇率下降了17%，外汇和金融市场一片混乱。在泰铢波动的影响下，菲律宾比索、印度尼西亚盾、马来西亚林吉特都会相继成为国际炒家的攻击对象……新加坡元？既然都是东南亚国家，肯定跑不了。"

何潮很佩服庄能飞时刻保持的镇静和从容，当然他也知道，庄能飞在商场沉浮多年，肯定有过人之处。虽然现在庄能飞只是一家不起眼的元希电子厂的老板，他却总觉得庄能飞像一个在行业内呼风唤雨的大佬，和中作的创始人宁劲以及国盛的创始人彭帆有的一比。

不过，何潮也清楚这是自己的错觉，在心理学上叫虚假同感偏差。他并没有见过传说中的宁劲和彭帆，只知道二人的创业史充满了传奇色彩，他一直视二人为人生榜样。庄能飞的成就和二人相比，差了十万八千里。

深圳就是一个创造奇迹的地方，谁敢说若干年后，庄能飞不能超越二人？何潮更大的梦想是，他希望有朝一日他也能够站立在国贸大厦的顶楼俯瞰整个深圳。

“港币呢？”何潮又追问了一句，他无视了周安涌眼神的暗示和动作的提醒，悄悄摆了摆手回应了周安涌，“如果形势继续恶化下去，会对深圳产生什么不好的影响？”

7月2日开始的金融风暴，正在以势不可当之势席卷整个东南亚，对初来深圳的何潮和周安涌是当头一棒，也让二人的信心产生了动摇。何潮更是真实地感受到了国际经济形势的严峻以及东南亚国家市场体制的不成熟。

“对港币肯定也会有影响，给深圳带来的不好影响也显而易见，一是不好再兑换外币了；二是进货价上涨，利润大减；三是外资投资下降……”庄能飞右手中指轻轻敲击桌面，目光在何潮和周安涌身上跳跃，猜到了二人的心思，“怎么？对深圳没有信心了？”

“没有，没有。”何潮连连摆手。他对深圳还是充满了信心的，也相信金融危机再扩大下去，波及香港的时候，中国政府不会坐视不理。他是对元希电子加工厂失去了信心：“算算我们来厂里也一个月了，庄总，是不是该发工资了？”

“晚上一起吃饭，我请客。你们来加工厂都一个月了，还没有请你们吃过一次饭，是我的失礼。”庄能飞桌上的电话响了，他抓起电话，欠着身子，冲话筒说道，“你先等一下……晚饭的时候发工资，另外，到时我还有一件重要的事情要宣布，你们还有事情吗？”

何潮和周安涌下了楼，来到院中的一棵榕树下。高大而粗壮的榕树有些年头了，十几根气根垂下来，像一根根的立柱。

何潮抓住一根气根摇了摇，盛夏的深圳，炎热无比，太阳毒辣，他浑身黏湿。

“庄能飞晚上要宣布什么重要的事情？”周安涌一脚踢在一根气根上，气呼呼地说道，“真没出息，怎么没提辞职的事情？明明说好的，你是不是怕庄能飞？”

何潮笑笑：“等领了工资再说，不急在一时。倒是你的同学陈泽可靠不？他真能介绍我们进中作？”

“可靠，陈泽虽然不是我的同班同学，但大学四年，我和他关系一直不错，他一毕业就进中作了。本来他有进摩托罗拉和爱立信的机会，他没去，就看好中作的未来。”周安涌目光闪烁，躲闪到了一边，他不敢直视何潮的双眼，因为他没有说实话。陈泽大学毕业应聘摩托罗拉和爱立信，没有成功，退而求其次才南下深圳来到中作。

作为一家新兴的民营企业，中作和摩托罗拉、爱立信等世界500强大型跨国集团公司不可同日而语，况且摩托罗拉和爱立信总部在北京和天津，是北京名牌大学毕业生的首选。

出于对宁劲个人的敬佩，何潮对中作充满了向往。原本担任工程兵、技术员和工程师的宁劲，在被人骗了200万巨资破产之后，又遭遇了婚姻的不幸，人生跌入的不是低谷，而是深不可测的深渊。他没有气馁，来到深圳创业，以借来的2万元起家，成立了中作公司。

随后中作靠代理香港一家公司的程控交换机获得了第一桶金。1992年，宁劲意识到了核心技术掌控在自己手中的重要性，决定孤注一掷投入交换机的研发。1993年年末，拥有自主知识产权的交换机终于研发成功，其价格比国外同类产品低三分之二，为中作占领市场打下了良好的基础。

许多人和何潮的看法并不一致，不看好中作的未来。何潮却从宁劲的身上看到了不屈不挠的精神，他向来认为公司创始人的风格决定公司的风格和发展前景，宁劲身上的狼性和狠劲可以带领中作走得更远。

能去中作工作，自然比留在元希电子要好太多了。

“你们不上班，在树下聊天就能赚工资吗？”

二人回头一看，一个梳着马尾辫，穿蓝色长裙，有着大眼睛、小嘴巴、瓜子脸的女孩，笑意盈盈地背着手、踮着脚尖来到了何潮和周安涌身后。

女孩正是周安涌的女友辛有风。

辛有风个子不高，一米六的样子，小巧玲珑，皮肤白皙，可爱而顽皮，她青春洋溢的脸上未施脂粉，清新亮丽，鼻尖有细密的汗珠。

何潮的目光越过辛有风的肩膀，落在了辛有风身后的女孩身上，顿时眼前一亮，不由自主地屏住了呼吸！

第四章

初见

穿一身淡粉色裙子的女孩，亭亭玉立如出水莲花。她比辛有风高了不少，一米六五以上的样子，双手交叉放在身前，手中拎了一个香奈儿皮包。披肩长发随意挥洒，微风吹拂，长发飘动，阳光在她的发间和脸上跳跃，犹如一场美丽的梦境。

她裸露在外的小腿光洁而笔直，紧紧并拢，脚上穿了一双白色的阿迪达斯运动鞋，一双短袜刚刚露出鞋边，洁白的脚踝上各系了一根红绳，红绳上各有一颗红珊瑚。

她腰间盈盈一收，衬托得身材曼妙动人，双肩瘦削，下巴微圆，脸如鹅卵，一双杏眼似喜还嗔，好奇而淡然的目光落在了何潮和周安涌身上。

何潮忙往裤子里面塞了塞他50元T恤的下摆——他有生以来最贵的一件T恤，又趁人不注意悄悄理了理头发，才朝周安涌悄然使了个眼色，言外之意是让周安涌配合他一下。

周安涌和何潮从小一起长大，一眼就看出了何潮对刚来的女孩有意思，就连他也觉得女孩光彩照人，无论气质还是相貌，都胜辛有风一筹，像夏日里的绿荫和一缕清风。

鹅蛋脸、杏眼以及瘦削的双肩和细腰，无一不是何潮的软肋。尽管知道何潮被艾木抛弃的伤痕还没有愈合，周安涌还是能看出来何潮动心了，他轻轻一碰辛有风的胳膊，朝女孩瞄了几眼："她谁呀？"

辛有风嘻嘻一笑，吐了吐舌头："刚认识的美女投资人，香港人，来厂里考察。怎么样？漂亮吧？"

周安涌诚恳地点了点头："漂亮，真漂亮。"

"和我比呢？"辛有风眼神的余光斜了周安涌一眼。

周安涌没有注意到辛有风眼神中的杀机："不是一个类型，没法类比。如果说你是夜来香，她就是出水莲。”

“滚，你才夜来香，骂人不是？”辛有风踢了周安涌一脚。她朝庄能飞的办公室飞了一眼，又回身朝女孩招了招手：“来，江阔，我来介绍一下，周安涌，北大才子；何潮，师大才子，他们都是北方人。江阔，香港美女投资人。”

江阔的目光在周安涌身上一闪而过，在何潮身上停留了片刻，主动伸出了右手：“你好，何潮，幸会。我是江阔。”

何潮手伸到一半又缩了回去，转身就跑，江阔一脸愕然。江阔只见何潮跑到榕树后面的水管处，洗了洗手，又在身上擦了几下，一路跑回，握住了她的手。

“刚刚想起，早起到现在只洗了一次手，不可唐突佳人，净手再握。”何潮轻轻一握江阔的手随即松开，他注意到了江阔周身一尘不染的洁净，鞋上连一点污渍都没有，还有她刻意避开地下水洼的小心，就知道她有洁癖，故有此一举。

虽说被艾木所伤的痛还没有完全消退，何潮却并没有如周安涌猜测的一般对江阔动心了，他是正常男人，喜欢美女是人之常情，但他更在意的是江阔来自香港的美女投资人身份。

他和周安涌都不看好元希电子的未来，为何江阔要前来考察？莫非她有什么内幕，或是不同的见解？

江阔莞尔一笑，被何潮的举止逗乐了，也被他的细心打动：“何潮……哪两个字？”

“春江潮水连海平，海上明月共潮生。滟滟随波千万里，何处春江无月明！”何潮微微一笑，一身打扮虽土气、便宜，却身子微微一弯，轻轻后退半步，不失礼貌和儒雅，“何处春江，春江潮水，正是在下。”

一瞬间，江阔眼中的光芒闪了一闪，她淡然一笑：“江州望通州，天涯与地末。有山万丈高，有江千里阔……我是江阔，请多指教。”

一旁的周安涌揽过辛有风的肩膀：“有风，文化人遇到文化人，就是不一样，总有一天，何潮会感谢你今天介绍江阔与他认识。”

辛有风却不着痕迹地闪到一边，挣脱了周安涌的怀抱：“庄总说晚上一起吃饭是吧？”

周安涌点了点头，辛有风的目光再次飘向庄能飞的办公室，漫不经心地问道：“你们在元希电子吃住还适应吧？”

元希电子加工厂的办公楼和厂房以及职工宿舍都在一个院子里，每天上班、下班走路即可，非常方便。一开始，何潮和周安涌觉得不用挤公交和地铁的生活很是安逸和便利，但他们一个月不到就意识到了问题，其实他们是被圈养了。来深圳一个月了，他们对深圳的所有认知就是元希电子加工厂！

周安涌心不在焉地点了点头："适应，挺好的。对了，有风，我们什么时候结婚？"

辛有风眼神中飘出一丝不以为然，她拢了拢头发："想什么呢你？结婚？拿什么结婚？结婚后住哪里？就凭我们两个加在一起还不到3000元的工资，什么时候买得起深圳将近6000元一平方米的房子？"

周安涌沉默了，低头踢飞脚下的石子，离开元希电子出去闯荡的想法更加强烈了。虽然庄能飞厚待他和何潮，让他们两个人住双人间，不像其他人是十人间，但和学校宿舍一样的公共洗浴、公共厕所，到处是臭烘烘的味道，没有任何生活乐趣可言。

这么一想，周安涌忽然鼓起了勇气，想向辛有风说出他和何潮想辞职的真相："有风，我有事情要和你商量……"

周安涌的话说一半被辛有风打断了，辛有风"咯咯"一笑："有什么事情晚饭时再说……何潮和江阔聊得多开心，他们得感谢我介绍他们认识，得请我吃饭。"

何潮是得感谢辛有风，他和江阔确实一见如故，二人聊得很投机，尤其是对古文的相同爱好让二人迅速走近，大有相见恨晚之意。何潮原以为身为香港人的江阔在面对他时会有优越感，他在大学期间见过不少来自香港和台湾的华人，都不可避免地有不同程度的傲慢。

或许是江阔细心的缘故，她的优越感并没有明显流露，不过观察细致的何潮还是通过江阔不经意的小动作以及刻意掩饰的情绪敏锐地发现了江阔并没有免俗——她的优越感与生俱来，哪怕是为了照顾何潮的情绪有意掩盖，也会在不经意间显露出来。

何潮听到了辛有风的话，回身一笑："是该请你吃饭了，先是为我介绍工作，又介绍我认识江阔。有风，你是突然闯进我生命中的一缕清风。"

辛有风开心地笑了，笑得前仰后合，她胸前的山峰也随之颤动："我是你生命中的清风，江阔是什么？"

别说，辛有风虽然长得不是特别漂亮，身材不是特别好，胸也不是特别大，但整个人就是有一股说不出来的诱人味道，很容易让人沉迷，真的就像春风沉醉的晚上的一株夜来香，释放迷人的香气，展现魅人的色彩。

“江阔是……”何潮琢磨着怎么形容江阔时，被江阔打断了。

“不要说，现在说什么都太早。”江阔一笑，嘴唇抿成了一道非常优美的弧度，露出了一口洁白的牙齿，“不过是萍水相逢，也不知有没有来日方长，也许只是过客。”

她虽然在笑，笑容中却有一丝拒人于千里之外的冰冷，对，就是冰冷，是非常理性的冰冷，她一拢头发，整理了一下裙子：“好了，现在该带我去见庄总了。”

“晚上吃饭的时候，一定要提出辞职。”望着江阔和辛有风离去的背影，周安涌揽过何潮的肩膀，“兄弟，时不我待，再耽误下去，我们都废掉了。你晚上要是再不说，别怪我看不起你。”

“为什么你不说？”何潮斜着眼睛瞪了周安涌一眼，笑了，“不就是怕辛有风不要你吗？拿出男人气概来，别被爱情左右了事业，要用事业征服爱情。”

“事业和爱情是左右手，是和谐和平衡的关系，不是征服关系，什么都不懂！”周安涌反驳了何潮一句，又咧嘴笑了，“走，给家里打个电话去，我的IC卡里还有钱，够用了，两块五一分钟长途，什么时候长途话费降下来，中国才算真正强大了。”

来深圳一个月了，只给家里打过一次电话，何潮想想就觉得过意不去。不过不是不想打，是不想和父母吵架，也嫌电话费太贵。

何潮和周安涌直接从北京南下深圳，连家都不曾回去一趟，是怕双方父母阻止他们去深圳。周安涌的父母对周安涌放弃在北京的工作南下深圳大发雷霆，甚至威胁周安涌要和他断绝父子关系，周安涌也没有妥协。

何潮的父母也很想让他回石家庄，已经帮他找好了在一所中学任教的工作，他拒绝了。他不想和父母一样过平静安稳的生活，他想顺应时代，赶上潮流。

父母常说，安稳就是最大的幸福，他不认可。父母就是太追求保障了，认为只要有一份安稳的工作，哪怕苦点儿、累点儿、收入少点儿，至少不会为明天会不会失业而发愁。

不过他也理解父母的苦衷，从饥饿年代过来的人，对挨饿受冻有着刻骨铭心的记忆，不管现在的收入提高了多少，存款增加了多少，对明天还是缺少足够的安全感。

第五章

是不是兄弟

没有安全感的人，总是患得患失，唯恐失去手中的一切，所以不敢冒险。何潮其实也不是对自己、对未来多有信心，他只是不想重复父辈的一生，他想尝试一下不一样的人生。年轻就是资本，而且他坚信，随着香港的回归，中国的改革开放会继续深入，那么深圳还是会继续充当桥头堡的角色。

每次和父亲谈论时代的变迁时，说到身边的同学以及同学的父辈如何抓住机遇成就了一番事业的故事，父亲总说他没有赶上好时代。但何潮认为，父亲所在的时代虽然不如现在机会多，但父亲赶上了1978年第一拨改革开放浪潮，父亲的同龄人下海之后，不少人迎来了人生的巨大转折。

每一个时期都会有幸运儿和成功者，就看你是不是能够抓住机遇赶上时代的浪潮。何潮相信，每一个失败者除了缺少勇气，最主要的是没能跟上时代的脚步。

时代在抛弃一个人的时候，连再见也不会说。

何潮和周安涌都没有手机，不过二人各有一台BP机。何潮的BP机是摩托罗拉牌的，原本是他省吃俭用将近一年买给艾木的，艾木和他分手后还给了他。他本想扔掉，犹豫一下又留了下来。毕竟不便宜，而且他也想开了，感情有错，东西无过，干吗拿东西出气？

当然最主要的原因还是他没钱买一部新的BP机，更不用说手机了。

周安涌的BP机是NEC品牌，也是汉字显示的，比他的稍便宜几百，功能也不差。周安涌送了辛有风一部手机，是摩托罗拉的掌中宝338翻盖手机，作为最新款的手机，价格也是最昂贵的，高达三四千元的售价，在人均工资四五百元的今天，一部手机相当于普通人将近一年的收入，可见周安涌对辛有风是真爱。

公用电话的长途费用是一分钟2.5元，元希电子加工厂的电话都锁了长途，否则工人们都打长途，一个月打垮一个厂子也不是什么问题。

二人出了厂子，沿梅丽路朝右一拐，300米不到的路边就有一个IC电话亭。

大街上仍然车水马龙，除了汽车，就是摩托车大军。何潮想起北京大街上滚滚的自行车大军，再看到深圳街头的“铃木王”“珠峰125”“轻骑”“木兰”等高档摩托车，心中暗暗兴奋，并且对未来更加充满了向往。他来对了，尽管北京是首都，但深圳是改革开放的前沿阵地，浓厚的商业气息以及行色匆匆的节奏，正是他所向往的生活。

春江水暖鸭先知，在前沿的深圳，可以第一时间接触各类新生事物以及新技术、新潮流。

周安涌的IC卡上已经打了几个孔，只剩下不到10块钱了，也就是说还有不到4分钟的通话时间。

“每人两分钟，不许超时。”周安涌将IC卡递给何潮，“谁超时谁是小狗，谁超时，发了工资谁请客。”

何潮打了周安涌一拳，从小到大，他们睡过一张床，用过一个碗，穿过一条裤子，一分钱也要两个人一起花，除了没有同时喜欢过一个女孩，基本上什么东西都可以共用。

周安涌还了何潮一拳，眼中闪过一丝忧郁：“我们在最穷的时候，什么都可以一起用，你说会不会有一天我们都发达了，都有钱了，却变得陌生了？”

“怎么会？想多了吧！”何潮嘿嘿一笑，推开了周安涌，“你离我远一点儿，不要偷听我打电话。”

周安涌摸摸鼻子，笑着走向了路过的冷饮小店，翻了半天口袋，掏钱买了一根冰棍儿，靠在门口蹭冷饮小店的空调。

阳光强烈，IC卡电话亭虽然在树荫之下，还是有阳光照射，炎热无比。何潮拨通电话的一瞬间，鼻尖就渗出了汗水，也不知道是因为天气过热还是因为紧张。

是的，他有几分紧张，不想和父母吵架，父母对他前来深圳一事，依然耿耿于怀。

电话一拨就通，话筒中传来了一道慵懒的并且鼻音很重的声音：“喂，哪位？找谁？”

“不是哪位，找你。”何潮紧张的心情一下轻松了，轻轻笑出声来，“流流，就你自己在家？”

何流比何潮小两岁，从小学习成绩优异，小学和初中连跳两级，结果和何潮同年大学毕业。只不过高考时发挥失常，只考上了河北师范大学，现在已经在石家庄找到了工作，在一所中学教语文。

比起何潮的叛逆，表面上乖巧的何流其实内心也有不安分的想法，只不过她比何潮更会假装，更会讨爸妈欢心罢了。

“不是啦，爸妈也在。”何流咬着舌头“哧哧”地笑，“他们看是深圳的来电，就知道是你，故意不接，还在生你的气。哥，你在深圳热不？最近庄里可热了，爸妈虽然生气，可是每天都要看完深圳的天气预报才换台……”

“不热，刚下过雨，很凉爽。”何潮一边甩汗一边嘿嘿地笑，“告诉爸妈，我在深圳一个月2000块的收入，半年后能涨到3000块，顶他们一个人一年的工资。”

“意思是你去深圳是正确的选择，是不？”何流低声说道，“爸妈还说，你吃不惯米饭，去了深圳全是米饭，看你怎么办！他们赌你坚持不了三个月就得回庄里。”

深圳是一个移民城市，人们来自天南地北，米饭、面食都有，何潮的适应能力也强，吃住都还习惯，他就暗暗一笑，爸妈还在和他赌气，算了，他当儿子的让他们一步，不和他们计较。

“估计不用三个月，再过一个月他们就消气了。”想起爸妈和身体一样硬朗的脾气，何潮心里其实没底，记得小时候有一次不听话，爸妈足足和他生了三个月的气，更可恨的是，爸妈一直惊人一致，在对他的事情上从来没有分歧，绝对团结一心，让他想各个击破都无从下手。

还好有妹妹这个小精灵在，可以暗中调节，背后缓和，否则他不知要吃爸妈多少苦头。他从小就怀疑他不是亲生的，是装电话机时赠送的。

“你别太乐观了，哥，这一次你真的气坏他们了，估计最少也要半年才能原谅你。”何流的声音忽然高了八度，“你说什么？哥，你病了？病得重不重？要不要紧？去医院看了没有？没钱？没钱可以先借同事的钱，等我发了工资给你寄过去……”

又捣乱，何潮无奈地摇了摇头，知道妹妹是想故意引起爸妈的注意，以他对爸妈的了解，他除非病重自己滚回家里，否则爸妈不会关心他：“行了，别闹了，快没话费了，不说了，告诉爸妈，我国庆节回家一趟。”

“等下，哥……”何流又压低了声音，“我不想待在庄里，没意思，感觉提前进入更年期一样，暮气沉沉的，等你在深圳立足了，我也过去投奔你怎么样？”

“你过来干什么？”何潮顿时警觉地睁大眼睛，汗水更多了，“不许来！一个女孩子，老老实实待在家里守在爸妈身边多好，深圳是竞争很激烈、治安很乱的地方……”

“嘟嘟嘟……”通话断了，话费用完，IC卡被吐了出来，何潮沮丧地拿着卡来到冷饮店，见周安涌和店员小妹聊得正欢。

店员小妹穿短袖和短裤，很瘦弱，顶多20岁的样子，一双灵动的眼睛很喜人，何潮进来的时候，她正快速说个不停：“中作在龙岗区五和大道，离福田很远，周围比较荒凉，龙岗区才成立四五年，山多、地偏、人少，不过中作提供住宿，不用在外面租房子……”

龙岗区于1992年11月11日建制，全区总面积844.07平方公里，行政区域东临大亚湾，西接宝安区，南连罗湖区、盐田区，东北靠惠州市、东莞市，隔着大鹏湾与香港相望。

原来周安涌在了解中作的情况。

冷饮店的空调开得很足，从蒸笼走到凉爽世界，何潮感觉浑身通透，他将IC卡还给周安涌，嘿嘿一笑：“一不小心打完了话费，最近穷，等发了工资还你。”

周安涌拿过IC卡，双手一捏就要弹飞，忽然又收了起来：“留个纪念也好，这是我的第23张IC卡了，正好是我23岁的青春。23张IC卡，每张面额200元，90%的话费都花在了辛有风身上。你是我兄弟，花我几块钱话费我还能和你算个清楚？我刚才已经用小妹的电话打过了，就知道你会用完，才让你先打。”

店员小妹的眼神在何潮和周安涌身上像欢快的小鸟一样跳来跳去，不无羡慕地笑道：“你们关系真好，长得也像，是不是兄弟？”

何潮和周安涌对视一眼，异口同声：“是！”

夜幕降临，何潮和周安涌放下手头的工作，走出办公室来到了庄能飞的请客地点——公司食堂的包间，二人在走进包间的一刻对视一眼，都是一副义无反顾的神情，今晚，一定要有一个了断。

一进门，二人顿时惊呆了。

第六章

你出局了

庄能飞已经到了。

庄能飞坐在主位是应有的规矩，副位却坐着辛有风，而且辛有风离庄能飞很近！一瞬间，错愕和不安闪现在周安涌的脸上。

更让何潮吃惊的是，江阔居然也在。

何潮悄然拉了周安涌一把，让周安涌少安毋躁，他站着不动，等庄能飞安排座位。

庄能飞一指江阔："何潮，你坐江阔旁边，你们有共同语言。安涌，你坐何潮右边。"

何潮右边是最下首的位置，和辛有风面对面，离得最远，周安涌不肯，抬腿就朝辛有风走去，却被何潮拉住，何潮不动声色地摇了摇头。

江阔察觉到气氛的异常，却浅浅一笑，起身迎了一迎何潮和周安涌，就坐下喝茶了。何潮坐下，也拉周安涌坐下。

辛有风脸色微有潮红，也不知是天气的原因还是激动的缘故，她眼神飞快地扫过周安涌和何潮，就低头不语了。

"喝什么酒？啤酒？白酒？洋酒？"庄能飞哈哈一笑，一拍桌子，"想喝什么有什么。"

周安涌想说话，被何潮制止了，何潮镇静地点了点头："啤酒就好。"

"不好意思，我不喝酒，我喝汽水。"江阔晃了晃手中的香港玉泉忌廉苏打汽水，摆出了置身事外的态度，"你们不用管我。"

"怎么着？今天是鸿门宴？"周安涌还是没有忍住，猛然一拍桌子站了起来，"庄总，我先把话挑明了，我和何潮已经决定辞职了，过了今晚，我们就离开元希电子。我们的工资，什么时候结清？"

何潮暗叹一声，周安涌还是改不了急躁的脾气，事缓则圆，在没有弄清对方的意图之前，不要轻易露出底牌，现在好了，底牌已露，无牌可打了。

“现在就可以结清。”庄能飞拿过手包，从里面翻出一沓人民币，数也不数，“啪”的一声扔到了何潮和周安涌面前，“先拿工资后喝酒，省得你们以为我会拿工资要挟你们喝酒。”

何潮正要阻止周安涌拿钱，要钱，但气势也不可少，不料还是晚了一步，周安涌一把抓过人民币，还当众数了起来，他不由得暗暗摇头，人民币人人喜欢，但不能输了姿态，至少也要装装样子才行。不管是从做人的矜持还是做事的方法来说，迫不及待永远都会失分。

江阔假装低头喝汽水，其实将场中情景看得一清二楚，她原本更高看周安涌一眼，因为周安涌比何潮身材高大，并且大学名头更响。来元希电子的路上，听辛有风介绍二人时，她对周安涌的好奇和兴趣远大于何潮。

但一见面，何潮渊博的知识和风趣的谈吐让她耳目一新，她原本以为来自大陆的大学生会很沉闷、很无趣、很古板，不想何潮是一个很幽默、很细心的人。

一见之下，江阔心中微漾。

今晚吃饭再次见面，她还有许多话想和何潮聊一聊，却没想到，今晚的饭局，竟是一出剑拔弩张之局，她有些后悔答应辛有风一起吃饭了。

何潮和周安涌不同的表现让她更坚定了自己的判断，何潮比周安涌更沉稳，更有耐心。不知为何，她觉得周安涌像一头暴躁的狮子，而何潮更像一只伺机而动的老虎。狮子看似比老虎凶猛，喜欢先下手为强，老虎往往以逸待劳，却能赢得最后的胜利。

“我的工资是1800元，何潮是1500元，加在一起是3300元，你的钱是3500元，多了200元，还你。”周安涌数好钱，拿出两张百元大钞扔了回去，“该得的，一分不能少；不该拿的，一分不能要。”

何潮拍了拍周安涌的肩膀，对他的举动表示赞赏，总算是扳回了一局，抢救了一分。

庄能飞拿起两张百元大钞，顺手塞进了辛有风的包里：“拿去买一支新口红，现在的色系不适合你。对了，别用200块以下的口红，配不上你。”

“拿开你的臭手！”周安涌再次拍案而起，手指庄能飞，语气中全是愤怒，“庄能飞，你再敢动辛有风一下，信不信我废了你？”

“怎么废？”庄能飞点燃一支烟，若无其事地笑了笑，“单打独斗还是群殴？”

服务员上了酒菜，速度很快，转眼间就摆满了一桌，啤酒足足上了四箱。菜倒是丰盛，椰子鸡、花生米、青菜、冷拼，应有尽有。

四箱啤酒分别是金威、蓝带、活力和珠江，是广东省内四大著名啤酒品牌，金威是深圳本地啤酒。

“老子要和你单挑！”周安涌从一箱金威啤酒中抽出一瓶，气势汹汹地冲到庄能飞面前，高高举起了酒瓶。

江阔紧张地抓住了何潮的胳膊，双手用力过度之下，皮肤泛白加青筋裸露，何潮却不动声色地拍了拍江阔的手，按兵不动，连站都没有站起来。

辛有风惊叫一声：“周安涌，你别胡闹！”

周安涌其实不是胡闹，在来到元希电子加工厂三天后，何潮就察觉到辛有风和庄能飞异乎寻常的关系。辛有风对庄能飞有一种盲目的崇拜，不止一次说过庄能飞长得帅，人又好，还有钱，是许多女孩心目中的理想男人。

当然，只是嘴上夸夸自己的老板也没什么，何潮却敏锐地发现辛有风的手机换了！尽管是原来的同款、同型号，甚至同颜色，但绝对不是原来的手机。

辛有风是一个完美主义者，在周安涌送她手机后不久，手机进灰了，并且屏幕划了一条痕。当时她心疼得要死，还提出要换一部新的，开玩笑，一部手机近4000块，就算周安涌参加了工作也不是说换就马上可以换的。

出于技术原因，那个年代所出的手机尽管屏幕比起后来小了许多，但进灰、进水现象常有。本来就不大的屏幕上可以看到明显的一层灰尘，确实影响观感和心情。

没想到，在到深圳后的第三天，何潮就发现辛有风居然换了同款的新机。也就是他细心，有几次周安涌借辛有风的手机打电话都没有察觉。本来何潮想告诉周安涌，后来考虑一下，也是怕引起二人之间的误会，就没有开口。

不只是手机，辛有风的口红、背包以及穿着，都是名牌，尽管她刻意掩饰，还是会在不经意间流露出一身名牌的优越感。何潮也曾旁敲侧击地问辛有风的家世，辛有风的爸妈就是普通职工，不可能，也没有能力为辛有风提供如此高额的消费，辛有风刚参加工作，也不可能是自己买单。

那么就只有一种可能了——有人替她买单。

到底是谁，何潮不好妄加猜测，但女孩的心思就是经常提谁就是对谁大有好感，而且在辛有风每次提及庄能飞时，神采飞扬，眼神中明显有崇拜的神情。崇拜很容易转化为喜欢和爱，女性和男性不同，女性往往分不清崇拜和爱、依赖和喜欢的区别。

作为周安涌的发小和死党，何潮很纠结、很矛盾，想提醒周安涌，又怕万一事情不是他猜想的那样，岂不是有挑拨离间之嫌？不提醒周安涌，如果到时真出了什么事情，周安涌就被动了，他也不想周安涌和他一样被欺骗得太狠了。

毕竟都是经历过恋爱的人，一进门，从辛有风和庄能飞亲密地坐在一起，以及她的眼神和肢体动作就可以看出来，辛有风是真的爱上庄能飞了。

何潮了解周安涌，周安涌再看不出来端倪他就是傻瓜了，但就算看了出来，没有经当事人双方承认，周安涌也不会乱来，所以他才会不动声色。

果然，周安涌气势汹汹地冲到庄能飞面前，手中的酒瓶高高举起却轻轻放下："单挑，一人一瓶啤酒对吹！"

庄能飞自始至终都没有动一下，连眉毛都没有挑上一挑，他轻描淡写地接过周安涌的啤酒："你选哪个牌子？"

周安涌回身看了一眼四箱啤酒："你喝本地的'金威'，我喝肇庆的'蓝带'。"

"我陪你们。"辛有风也拿过一瓶啤酒，是韶关的"活力"，"何潮，'珠江'归你了。"

"好。"何潮二话不说打开一瓶"珠江"，"正好四个人，四个品牌，谁也别替谁喝。"

"拼酒可不太好……"江阔小声地说了一句，又微微一笑，"我就是随便一说，你们随意，反正我不喝酒，也不知道你们之间到底发生了什么。何潮，到底怎么了？干吗一上来就要拼酒？"

果然是一个聪明的女孩，何潮顺水推舟将问题抛向了庄能飞："对呀，到底是怎么了？庄总欠我们一个解释。"

庄能飞默默地打开了酒瓶，也不说话，仰头一口气喝完了一瓶啤酒，将酒瓶重重地一放："今天我有三件事情要宣布，一是公司要转型，不再从事电子加工，改为从事电子制造，进军小灵通市场；二是从下月起，何潮和周安涌试用期结束，正式转正，月薪2500元起，奖金另算；三是我要正式公开我和辛有风的恋情，对不起，安涌，我后来者居上，你出局了。"他又指了指酒瓶，"我先干，你随意！"

周安涌不说话，握着酒瓶的手在微微颤抖，一时气氛凝重如水。江阔悄悄拉了拉何潮的胳膊，发出低低的声音："别动手，会伤人。"

第七章

深圳第一课

2006年6月22日，河北蓝贝酒业集团斥资3.8亿元，将在深圳挂牌上市的广东肇庆蓝带啤酒的全部国有股权成功收归旗下。

2011年11月28日，青岛啤酒公司通过竞拍，将广东韶关的活力啤酒收入囊中。

2013年，雪花啤酒斥资53亿元收购曾经在全国啤酒行业获得吨酒销售收入第一、吨利税第一、吨酒利润第一、人均利税第一这四个第一的广东本土品牌金威啤酒。

2018年5月，中国国际啤酒网发布了《2017年中国啤酒企业产量排行榜》。榜单显示，珠江啤酒以120.2万千升的产量居全国第7位。

当年风光无限的广东四大啤酒，曾创下多项销售和利税纪录。三家已被收购，活力啤酒彻底消失，蓝带啤酒和金威啤酒已大不如前，唯一在超市可见的是珠江啤酒的影子。

他们四个人，何潮喝“珠江”，庄能飞喝“金威”，周安涌喝“蓝带”，辛有风喝“活力”，也不知是巧合还是必然，不经意间的选择，在每个人的身上留下了浓重的色彩。

“有风，这是真的？”周安涌脸涨得通红，年轻的激情和冲动在体内翻腾，“告诉我，他对你做了什么？”

辛有风不慌不忙地打开酒瓶，也是一口气喝干。她被呛了一下，咳嗽了几声：“安涌，对不起，你别怪我，是我爱上了庄能飞，不是他对我做了什么。”

“我是为你才来的深圳，要不是你说我来深圳就和我结婚，你以为我会来这个破地方？”周安涌发作了，一拳砸在桌子上，“就是去美国，我也是重点培养的人才！辛有风，你现在告诉我你爱上了庄能飞，你还有良心吗？”

辛有风脸上泛起了潮红，不胜酒力的她一瓶啤酒喝下去，明显有了醉意：“你有本事就去美国呀！别觉得你是为了我来的深圳，我就欠了你什么！我告诉你，周安涌，你来深圳是你自己的选择，和我无关！爱情是两个人的事情，你愿意付出，是你觉得值得。如果你觉得不值，完全可以不用付出，我从来没有勉强也没有哀求你来深圳。你觉得深圳容不下你，觉得我亏待了你，你现在就可以离开！”

江阔点了点头，小声说道：“爱情是平等的，是相互的，不是一方施舍，另一方接受，周安涌的想法不对，对辛有风不公平。自己的人生自己负责，别站在道德的制高点指责别人，都不是圣人！你说呢，何潮？”

江阔的话在何潮听来有几分刺耳，他回敬了江阔一个挑衅的眼神：“你们香港人都这么现实？”

江阔嘴角一抿：“不然呢？就算动手打人也改变不了事实，为何不理性一些？”

何潮想说什么，又忍住了，现在不是和江阔辩论的时候。辛有风几乎从不喝酒，刚才一口气喝下一瓶，有赌气的成分，何尝没有决绝的意思？

庄能飞的手机放到了桌子上，何潮一眼就认出了庄能飞的手机是诺基亚8110，是一款酷炫的滑盖手机，是去年上市的新款，自问世以来，一直很火爆，是高端人士的首选，也奠定了诺基亚8系的高端定位。

两年后，也就是1999年，一部引发轰动的电影《黑客帝国》的上映，因主人公手持诺基亚8110拨打电话的形象深入人心，更是将诺基亚8110推向了前所未有的高度。

因为酷爱电子数码产品，何潮对各大品牌新出的产品几乎了如指掌。一般来说，喜欢用翻盖手机的人比较含蓄，折叠式的设计可以有效地保护个人隐私。用直板手机的人比较直接，所有按键都裸露在外，接听和拨打电话不需要任何烦琐操作。而用滑盖手机的人，既有翻盖手机的含蓄，又有直板手机的直接，是一个表面上直来直去但真实意图隐藏在言外之意中的矛盾综合体。

如果再细分，喜欢圆润的直板和方方正正的直板，同样是直接，前者随和而简单，后者强势而固执。庄能飞的诺基亚8110是滑盖，外形又十分方正，再加上他一丝不乱的头发、一尘不染的皮鞋以及干净整洁并且精心熨烫过的衬衣，何潮就对庄能飞有了一个初步的判断——此人方正之中不乏圆滑，从容之中不缺固执。

总之，庄能飞极有主见，很难说服，极度自信。

“为什么？为什么？！”周安涌猛灌啤酒，一瓶不够，又打开一瓶，喝到半瓶时，被何潮制止，他被呛得连连咳嗽，“就是因为庄能飞比我有钱？可是他比我年纪大了10岁！10年后，谁敢保证我不会比他强！我们恋爱以来，我什么时候亏待过你？”

辛有风身子晃了一晃，推开庄能飞扶她的手，凄然一笑：“庄哥你不用管，我和他的事情，我自己解决。是，安涌，你从来没有亏待过我，那又怎样？爱情在大学里是花前月下，是甜言蜜语，在现实生活中是衣食住行，是柴米油盐，你用什么安放我们的爱情？用承诺吗？用梦想吗？”她的目光渐渐坚定下来，不再有丝毫的畏缩和逃避，“庄哥用一栋别墅、一辆宝马安放他和我的爱情，你呢？用每月100元的出租屋和公共汽车吗？”

“10年后？”辛有风的冷笑中有一丝不以为然，“十几年后就算你功成名就了，又能怎样？我都老了。到时如果你变心，抛弃了我，我人老珠黄没人要了，多少钱也赔偿不了我跟随你过了十几年贫穷生活的付出！你是很爱我，可是光有爱有什么用？庄哥不但爱我，还有爱我的资本。和他在一起，爱情有地方可以安放，面包又有保障，我为什么不选择没有风险的他，而选择并不确定未来、充满变数的你？”

“说得好。”江阔低声叫好，还竖起了大拇指，“女性就是要为自身的权益而奋斗，而不是依附男人。”

现实就是如此，何潮尽管并不完全认同辛有风的话，但也得理解她赌爱情加面包，放弃只赌爱情的选择。人在面对触手可及的利益时，总是很难做到不为所动。何潮设身处地地想了想，如果他是辛有风，除非周安涌身上具有常人所不具备的魔力让她无法割舍，否则她移情别恋只是人生之中无数次选择中的一次趋利避害之举。

尽管理解辛有风的选择，何潮还是很不满地瞪了江阔一眼，江阔毫不示弱地回敬了他一个理直气壮的眼神。何潮摇了摇头，他起身来到周安涌身边，事情发展到这个地步，周安涌随时都有失控的可能。

庄能飞以为何潮过来是要动手，起身将辛有风挡在了身后，很有男人气概地昂首挺胸，一人面对周安涌和何潮二人。

“不要动手，千万不要动手！”江阔连连摆手，急得不行，“有话好好说，有事好好谈，君子动口不动手。”

庄能飞轻蔑地伸出一根手指在周安涌眼前晃了晃：“周安涌，动口，我会说服你；动手，我会打服你。要文要武，你来选择。”

出人意料的是，周安涌脸憋得通红，半天不说话，突然冒出一句：“先干了三瓶啤酒再说。”

“奉陪到底！”庄能飞接连打开两瓶啤酒，二话不说，在几分钟之内全部喝完。

三瓶啤酒下肚，庄能飞脸不变色心不跳，还若无其事地笑了笑。

何潮见辛有风躲在庄能飞身后，她娇小的身躯被庄能飞高大的身材遮挡得严严实实，心中就明白辛有风之所以喜欢上庄能飞，还是因为庄能飞能够带给她足够的安全感。高大、英俊、有钱、体贴，庄能飞确实如辛有风所说的一样，是许多女孩心目中的完美男人形象。

尽管周安涌北大才子的光环十分耀眼，但出了校门，衡量成功的标准不再是学习成绩和大学名声，多了现实因素和经济基础，在庄能飞面前，稚嫩而瘦弱的周安涌确实黯然失色。

尽管何潮知道周安涌有啤酒小王子之名，喝十瓶啤酒都不在话下，但在现在的形势之下，还是少喝为好，酒入愁肠易醉。他想夺下周安涌的啤酒，却被周安涌推到了一边。

“我和辛有风的事情，我自己解决，不用你管。”也不知是受到了辛有风的刺激，还是心有不甘，周安涌不愿意让任何人插手他的感情。他很快喝完两瓶啤酒，猛地摔了酒瓶：“庄能飞，你乘人之危，你无耻，你下流……”

“停，停。”庄能飞打断了周安涌的指责，“第一，我和有风的恋爱，是互相喜欢……”

“声明一下，是我先追的庄哥。”辛有风插了一句。

庄能飞笑了笑：“虽说是有风先喜欢的我，但后来我发现了她的美好，也主动去追求她了，我们的恋爱很纯洁。第二，我未婚，她未嫁，我们的恋爱合理合法。第三，我希望你能放过有风，给她更自由的天空，给她想要的幸福，才能显示你的大度，也不枉你爱她一场。”

“我要和你公平竞争。”周安涌又打开了三瓶啤酒，“谁先醉谁就输，谁输了，谁就退出。”

第八章

刮目相看

“不赌。”辛有风推开庄能飞来到周安涌面前，劈手夺过周安涌的酒杯，“周安涌，是男人的话，该认输的时候就认输，别硬撑。我不是你们的赌注，喜欢谁，不喜欢谁，是我的自主选择，由不得你们推来让去。”

周安涌猛然砸碎一个啤酒瓶，手持半截酒瓶，指向了庄能飞：“姓庄的，你放过有风，否则我和你拼命。我是没你有钱，也没你帅，还没你有权势，但你和我一样，都只有一条命！”

江阔吓得花容失色，躲到了何潮身后：“何潮，你快劝劝他们，别动手，别闹出人命。”

何潮是不喜欢江阔事不关己、高高挂起的冷漠，但该保护女性的时候还是要保护的，这是身为男人的天性和职责。他将江阔挡在身后：“不要怕，有我在。”

庄能飞将辛有风挡在身后，不动声色地抓起一个盘子挡在身前：“你用什么和我拼？论财力，你差了十万八千里。论武力，我一个打你三个都不成问题！论魅力，你可以照照镜子，不管是长相、风度，还是谈吐，你和我都不是一个量级的。周安涌，再给你10年，你也未必有资格当我的对手！”

“安涌，冷静，不要冲动。”何潮上前一步，想劝周安涌不要在激愤之下做出傻事。万一周安涌误伤了庄能飞，就触犯了法律，不但会失去辛有风，还会丢了前途。一旦坐牢，就是终身污点。

周安涌忽然放声大哭：“何潮，你帮帮我，我到底该怎么办？失去了有风，我就失了一切……”

年轻的时候，我们认为爱情是全部，一个人的出现可以照亮整个世界。但随着岁月的流逝，身边的人来来去去，我们才悲哀地发现，没有人是你的全世界，只有你自己才是。

何潮想起了自己被艾木无情地抛弃，一时感同身受，悲从中来："安涌，没事，就算全世界都不要你了，你还有兄弟陪在身边，怕什么？擦干泪，不要问，为什么！"

大学的时候，何潮和周安涌特别喜欢郑智化的《水手》，二人曾经凭借合唱《水手》打遍校园KTV无敌手，可惜后来二人没有继续走组合之路，如果坚持下去，说不定会早水木清华三四年而风靡校园。

"他说风雨中这点痛算什么，擦干泪，不要怕，至少我们还有梦！他说风雨中这点痛算什么，擦干泪，不要问，为什么！"耳边又响了《水手》，在和艾木分手时，何潮没有哭，现在他的眼泪却忍不住夺眶而出。

"就是，就是，周安涌，放下酒瓶，千万别做傻事，是别人背叛了你，你不要用别人的错误惩罚自己，要冷静，要理智。"江阔心中最柔软的地方被何潮的一句话触动了。她不由自主地站在了何潮的立场上，如此有情有义的一个男人，确实很容易打动女孩子的内心，她不由得多看了一眼何潮宽阔的后背："你还有何潮，还有父母，还有许多亲朋好友，你并没有失去整个世界……"

"辛有风，你为什么不早告诉我你不喜欢我了？如果我早知道，我就不来深圳了！辛有风，你骗我来深圳，就是为了羞辱我，为了在我面前炫耀你的新欢和幸福，是不是？"周安涌扔了半截酒瓶，猛然一拳砸在桌子上，砸碎了茶杯，顿时血流如注。他不管不顾，转身出去："我现在就回北京！何潮，我们走！"

何潮却没有追出去，他只是看了周安涌推门而去的背影一眼，缓缓坐了下来，打开一瓶"珠江"，倒了一杯，不紧不慢地喝完，才抬头看了庄能飞和辛有风一眼："坐，别站着，坐下说话。"

庄能飞心中闪过一丝惊讶，何潮的冷静和老练完全不是周安涌可比的，在周安涌夺门而出之后，何潮还能稳如泰山地坐在座位之上，这份心性和沉稳，是他见过的大学生中最突出、最厉害的。

之前庄能飞第一时间看了何潮和周安涌二人的简历后，对周安涌更高看一眼，毕竟周安涌是北大毕业生，北大、清华两所顶尖大学的名头之响，确实让人仰视。

深圳1979年建市，1980年8月26日成立深圳特区，1981年升为副省级城市，1984年邓小平第一次视察深圳，1988年深圳市成为计划单列市，深圳年轻，也有活力，但也是因为年轻，各大顶尖高校的毕业生前来深圳的并不多，毕竟和深圳相比，北京、上海、天津以及刚刚成为直辖市的重庆，都似乎更有前景。

一个城市的发展除了人才还是人才，企业同样如此，庄能飞很想发展壮大元希电子，但他也知道，真正能让元希电子快速发展的不是多招多少工人，也不是增加多少销量，而是能招揽多少人才，尤其是在科技制造领域，人才所能起到的决定性作用，远超增加产能和扩大销量。

庄能飞自认比同行都更有远见，在许多同行忙于扩建厂房、扩招工人、扩大销量时，他却并不急于做这些基础的事情，他想招贤纳士，广聚人才。

和同行只想扩大产能，追求更高的利润相比，庄能飞想得更长远，想法也更有战略意义。元希电子的主要业务是从发达的欧美国家进口二手电脑，经重新打磨、抛光后，部分二手电脑可以在国内再次销售，部分被拆解成零配件出售。也有一些过于陈旧的二手电脑，连零配件都无法使用，元希电子就会将零配件熔化，进行贵重金属提炼回收。

说好听点儿是高端的电子产品交易，说难听点儿就是二手电子垃圾处理商，或者干脆一些说，就是收破烂的。庄能飞并不避讳自己电子垃圾处理商的身份，为了能完成原始资本积累，名声是不太好，可是他又不犯法、不走私，凭本事赚钱，不管别人说三道四，他自有主意。

必须得承认中国和欧美发达国家的差距，国外，电脑已经普及家家户户；中国的电脑和手机一样，还是高端的奢侈品。据他了解，中国拥有电脑的家庭比例不足百分之一，而手机也是，去年才实现全国漫游并提供国际漫游服务，到现在为止，中国移动的用户还没有超过1000万，中国可是有12亿人口的国家。

而随着中国经济的发展和人民的富裕，电脑和手机早晚会普及。虽然眼前就有唾手可得的利润，但是凡事喜欢长远谋划的庄能飞并不满足于现状，或者说，他并不想只当一个从事二手电子垃圾回收处理的生意人，他想做一个可以为整个行业带来改变的商人。

但到底要怎样布局长远并且做到为整个行业带来改变，他还没有想好，他只是觉得单纯地扩大产能和销量，除了可以增加利润，还只是处于整个产业链的底端，不，只是整个产业的回收站，对整个产业链带不来任何影响，因为整台电脑，无论是芯片、主板、显示器、键盘，还是机箱，都不是在中国生产的，中国并没有参与任何一个环节。

当然，中国已经有了联想、长城、清华同方和七喜等国产品牌电脑，说是品牌电脑，其实和市场上的组装机并没有太大区别，只不过一个是厂家进口零配件组装，打上自己的商标出售，一个是个人到电脑城指定购买零配件组装，没有品牌，却一样使用。

做品牌电脑并不是庄能飞的目的，就算做到和长城和同方一样的规模，也不过是产业链中底端的一环，但到底要做什么，他还没有想好，并没有一个特别明确的方向以及眉目。

不过有一点他已经确定了，就是一定要多方招揽人才，人才才是重中之重，是根本中的根本。正是因此，他才在和辛有风确定了恋爱关系之后，依然愿意高薪聘请何潮和周安涌加盟元希电子。

尽管他更需要计算机系等学数理的人才，周安涌的中文和何潮的英文不是他最迫切需要的专业，但有总比没有强，他也有自知之明，真要是北大计算机系毕业的高才生，要么出国，要么留在北京去联想等大公司，谁会来深圳发展？就算来深圳，多半会首选国企或是大型私企。

庄能飞习惯暗中观察一个人的言行来判断这个人是不是可靠，是不是值得重用。正面接触时，人都会戴着面具并且刻意隐藏真实的一面。所以刚开始接触时，周安涌滔滔不绝而何潮沉默寡言，让他对周安涌印象深刻而对何潮印象一般。何潮过于沉静并且不擅言谈，又是英文专业，让他认为何潮只能负责一些基础的文字工作，不堪大用。

没有想到，接触下来，何潮的分寸感、得体的举止以及敏锐的观察力，由不得他不对何潮刮目相看！

相比周安涌的不合时宜以及不懂礼节，何潮无论是细节上的举动还是对别人情绪的照顾，都让他在大为惊讶的同时十分赞叹，难得一个刚毕业的大学生如此沉稳并且有一往无前的勇气。

而接下来何潮的所作所为，更是让他对何潮高看一眼。

第九章

社会才是真正的大学

庄能飞拉了辛有风一把，示意辛有风坐下，辛有风却摇了摇头，转身出去了。他也没有说什么，辛有风去照顾一下周安涌，理所应当。

坐下后，庄能飞习惯性地轻轻敲击桌子：“说吧，我在听。”

“谢谢庄总今天为我和安涌上了生动的深圳第一课。”何潮举起一杯啤酒，“敬庄总一杯，先干为敬！”

庄能飞不动声色地也喝了一杯，再次倒满：“你们在大学里学的都是理论知识，而现在，我是在告诉你们一个道理，任何不能作用于实践的理论，都是空谈。今天是你们来深圳的第一课，也许不是你们所认为的深圳，但绝对是真实的深圳。”

“一千个人眼里会有一千个深圳，我不是要和庄总讨论什么才是真实的深圳问题……”何潮举起第二杯酒，“第二杯酒，感谢庄总对我和安涌的照顾。”

何潮又倒满第三杯酒：“第三杯酒，希望庄总原谅刚才安涌的冲动，年轻人，失恋之下一时失态可以理解，也正是因为年轻，就算犯错也有改正的机会，所以恳请庄总继续留我们二人在公司效力。”

江阔愣住了，她以为何潮会出头为周安涌讨回公道，没想到竟然是认输求饶，都闹成这样了，他们怎么可能还要留下来继续工作？就算何潮愿意，周安涌也不可能待下去。

庄能飞也惊呆了，过了足有一分钟之久，他才一口喝干杯中酒：“中国建筑第三工程局一公司当年在承建深圳国际贸易中心大厦时，创下了三天盖一层楼的速度，当时震惊了全国，被称为深圳速度。你们想必也都知道深圳速度，但你们知道深圳速度背后的原因吗？固然有深圳人加班加点，不怕苦、不怕累的精神支撑，但也有客观原因，是因为深圳的气候可以加速混凝土的凝固，并且在施工的时候加入了加速凝固的凝固剂，混凝土可以迅速凝固，才有了这样的效率。在干燥的北方，人力就算跟得上，由于气候的关系，混凝土的凝固速度跟不上，也达不到深圳速度。”

“所以……”何潮知道庄能飞的这一段话是铺垫，他在等庄能飞的下文。

“所以你们选择来深圳是对的，深圳速度只在深圳有效，在其他地方就不行了。有一句话怎么说来着，橘生……”庄能飞支吾半天，却想不起来原话是什么了，不由得自嘲地一笑，“书读得不多，粗人一个，见笑。”

江阔嘻嘻一笑，不无卖弄地说道：“出自《晏子春秋·杂下之十》，‘橘生淮南则为橘，生于淮北则为枳，叶徒相似，其实味不同。所以然者何？水土异也……’是说环境一变，许多事情也就随之而变了。不知道我说得对不对，何潮老师？”

何潮听出了江阔话里话外得意的口气，不管她来自哪里，出身多好，又多有钱，毕竟还是年轻的女孩，年轻就会任性，就会喜欢炫耀。

炫耀知识总比炫耀财富更有内涵。

何潮嘿嘿一笑，点了点头：“完全正确，加十分，江阔老师学识渊博，佩服。不过，话又说回来，社会才是真正的大学，实践大学，实践出真知，庄总是实践大学的优秀毕业生。”

庄能飞也不谦虚：“实践大学的优秀毕业生的说法，我接受。说实话，我初中毕业后从工地搬砖小工做起，到后来当了包工头，再到成为建筑商，再从海南来到深圳，一路上跌跌撞撞，摔过跟头也捡过明白，反正能有今天，全是靠一路厮杀过来的。古代打仗是一将功成万骨枯，商场也是一样……我也压根儿没想赶你们走，举双手欢迎你们留在元希电子。不过，我们得约法三章。”

何潮早有心理准备，他其实也猜到了庄能飞并不希望他们离开的心思，但也清楚庄能飞不会轻易答应，他以退为进：“虽然安涌已经联系好了中作的工作，但我还是更看好庄总的未来，所以愿意留下来继续跟在庄总身边学习。”

中作？庄能飞暗暗一笑，心想何潮的手法还稍显稚嫩，如果他和周安涌真能去中作，肯定会毫不犹豫地离他而去。他也不点破，伸出了三根手指：“第一，周安涌必须放下对有风的感情，专心工作。第二，你们每人每月工资降低到1000元，但增加绩效考核以及年底分红，分红根据业绩来裁决，上不封顶。第三，元希电子加工厂要转型，你们每人出一个方案，谁的方案被采纳了，谁就是我的副手，也就是元希电子的副总。接受我的条件，我们就成交。”

“条件……我们全部接受。”何潮心中主意既定，才不会计较庄能飞所开的条件，况且庄能飞的三个条件并不苛刻，也算有诚意了，“我也有三个要求，希望庄总可以答应。”

江阔饶有兴致地看向了何潮，她实在想不明白何潮到底打的是什么主意，她对何潮的兴趣越来越浓了。刚见面时，何潮留给她的印象是谈吐得体，知识渊博，穿着普通，一看就是学生。聊了几句之后，又感觉他有幽默风趣的一面。而现在，他沉着冷静，处事不惊，俨然有每临大事有静气的气派。

难道大陆的大学生都这么有气度？也不是，江阔随即否定了自己的猜测，同样是大学生的周安涌远不如何潮镇静自若，遇事不乱。她又一想，觉得也不对，被抢走女朋友的是周安涌，不是何潮。如果辛有风是何潮的女朋友，何潮还会这么从容吗？

如果让江阔知道何潮在和前女友艾木分手时的表现，她肯定更会对何潮大加赞许。

“什么要求？”庄能飞漫不经心地说道，有意表现出一副掌控大局的自信。

何潮沉默了一会儿，有几分不自信：“第一，希望庄总不要因为辛有风的事情而觉得对我们有所愧疚，要一如既往地对我们严格要求。情场如同商场，美女如同优质资源，在争夺资源时，谁也不会退让，都会尽其所能地施展浑身解数。周安涌的失败在于他的竞争力不够，怪不得别人。”

庄能飞不动声色地抬了抬眼皮。

江阔微微掩嘴一笑。

“第二，工资的调整和方案的激励策略，我们都无条件接受。但有一点，希望落到合同上，而不是口头上的承诺。”

庄能飞点了点头。

“第三，希望庄总将辛有风调离身边，否则辛有风还是会因为工作的关系经常和周安涌见面，难免会引起麻烦。”

“就这些？”

“就这些！”

庄能飞举起酒杯：“祝贺你，何潮，深圳第一课，你及格了！”

何潮一颗心总算落地了，回敬了庄能飞：“谢谢庄总。”

庄能飞喝干酒，酒杯一放，大手一挥：“不要谢我，记住，机会永远是自己争取来的，不是别人施舍的。”他起身朝外走去。走到门口，庄能飞想起了什么，回身冲江阔一笑：“江阔，虽然元希电子现在需要资金扩大规模，但你的条件太苛刻，对不起，我不能答应。”

江阔的笑容礼貌而不失淡然：“没关系，生意本来就是你情我愿的事情，既然达不成共识，只能等有机会下次合作了。”

“何潮，你们不是已经决定辞职了吗？为什么改变主意留在元希电子？”江阔不明白何潮突然转变的原因是什么。

“眼前的局面是我走出校门之后的第一堂社会课，我不想不及格。”何潮笑笑，“社会课和学校的课大不相同，学校的课挂科了还可以补考，社会课却没有补考的机会，往往只有一次测试。”

“说得对，我就欣赏有格局、可塑性强的人。”江阔大方地拍了拍何潮的肩膀，“留个联系方式，以后说不定有合作的机会，我很看好你的潜力。何潮，如果有一天你去创业，需要资金了，可以联系我。”

等何潮和江阔来到外面时，庄能飞和辛有风已经不见了，只有周安涌一人正在榕树下抽烟。地上被扔了一地的烟头，以及印着一堆杂乱的脚印。

江阔犹豫一下，虽觉得不太礼貌，还是跟在何潮身后，来到了周安涌身边。

周安涌抬头看了江阔一眼：“你怎么跟来了？看笑话没够？”

江阔神情一滞：“我……”

“不用管她。”何潮摆了摆手，“刚才和辛有风又谈什么了？”

“没谈什么。”周安涌手一翻，露出一部摩托罗拉338手机，“就还了我手机，说了一句对不起，让我坚强，然后就走了。庄能飞出来后，一句话没说。”

何潮也没避讳江阔，将他和庄能飞谈好的条件一说：“条件怎么样？”

周安涌抬头望天，夜空繁星点点，银河隐约可见：“你怎么知道我一定会留下？”

“从哪里跌倒，从哪里爬起，如果我不了解你，世界上还会有谁了解你？”何潮打了周安涌一拳，揽住他的肩膀，“行了，别再去想了，你看我，不过才分手一个月就已经完全忘了艾木。不是有人说过，治疗失恋有两种方法，一是开始一段新的恋爱，一是时间……江阔，你有没有男朋友？”

江阔被何潮突如其来地一问，顿时一惊，期期艾艾地问道：“你、你要干吗？”

第十章

个性

“不干吗。”何潮很满意江阔眼神中的慌乱和不经意间流露出来的羞涩。在他看来，江阔漂亮是漂亮，就是太淡然、太遥远了，就像天上的明月，虽皎洁却有38万公里之遥，只可远观欣赏，不可近处调戏，所以他就想逗逗她：“要是有男友，记住了，别管得太紧了，管得太紧容易有逆反心理，也别管得太松了，放得太松会飞走。”

“要你管，你自己都失恋了，还跟我讲什么恋爱经。”江阔翻了一个白眼，恢复了淡然和平静，一拢头发，“好了，我该走了，再见。”

江阔说走就走，没有丝毫的犹豫，何潮和周安涌一起送她到了门口，一辆黑色的奔驰无声地驶来，停在了江阔身边。戴着白手套的司机下车，为江阔打开车门，江阔上车，对目瞪口呆的何潮和周安涌挥了挥手，手指作打电话状：“记得联系。”

直到奔驰车的尾灯消失在茫茫车流之中，二人才从震惊中清醒过来，何潮推了一把周安涌：“奔驰S600，V12，天哪！还有专职司机，江阔到底是什么来历？刘邦说——大丈夫生当如此！”

周安涌揉了揉脸，不屑地从鼻孔中“哼”了一声：“有什么了不起的，不就是一辆奔驰S600吗？项羽道——彼可取而代之！不，总有一天，我也能拥有10辆以上，打下一片大大的江山……你还没有回答我的问题，你就这么肯定我一定会留下？”

大约10岁的时候，何潮和周安涌经常在村西头的土沟里玩耍。土沟方圆几百米、深几十米，有水的时候是水塘，没水的时候是土坑。有一年村里露天影院放了一部《地道战》的影片，何潮和周安涌以及几个小伙伴迷恋上了地道，每天课间和放学后都到土沟中挖洞，希望有朝一日可以挖出如电影中一样纵横交错的地道来。

年幼无知的何潮和周安涌怎么知道，河北中部平原的土质是疏松型黄土，不是直立型的黄土，无法承受自身重量而形成地道。

结果才挖半米深，就出事了。周安涌半个身子探进地洞之中，正挖得起劲时，忽然塌方了，周安涌整个人被埋在了里面。

当时其他小伙伴正忙着打洞，没有一人发现周安涌出事。还是何潮突然尿急，想撒尿时，才觉得哪里不对，怎么不见了周安涌？再看他正在尿尿的地方像凭空多了一堆土，再一看，周安涌的一只脚从土中伸了出来。

何潮才意识到出了问题，忙呼唤小伙伴将周安涌刨了出来。还好，由于时间不长，周安涌虽然脸憋得通红，却没有昏迷。他被救出后，二话不说朝塌方的土堆吐了几口唾沫，又撒了一泡尿。

这还不算，在此后的几个月内，周安涌每天都独自前来土沟，每次花上一个小时以上的时间挖土，足足坚持了半年，将塌方的土全部移走，又露出了他所挖的地道才罢休。

这件事情几乎没人知道，谁也不会关心一个10岁少年每天放学后去哪里玩耍，只有何潮一人清楚。何潮曾劝周安涌别做没有意义的事情，周安涌不听，说了一句让何潮一直记到现在的话："谁惹我，我都要原封不动地还回来，哪怕是土也不行！"

何潮收回思绪，面对车水马龙的梅丽路伸开了双臂，伸了一个大大的懒腰："因为深圳第一课，你必须过关，否则你就不是我从小到大认识的周安涌。"

"你说对了。"周安涌的眼神逐渐坚定，神色也是前所未有的坚决，"深圳第一课，爱情的破灭让人感觉到了现实的残酷，四年的感情不敌一个月的相处，不就是因为庄能飞可以保障辛有风有房、有车、有未来吗？我也可以有！我要留下来看看这对狗男女什么时候分手，我还要学会元希所有的技术，掌握元希所有的资源，总有一天我要让辛有风后悔她今天的选择，让她知道她的短视！我要让庄能飞臣服在我的脚下！"

何潮点了点头："输了并不可怕，庄能飞能有今天，肯定也经历过无数失败。承认失败并不等于接受失败，而要在失败之后，学会面对失败并且走出失败。你是迎难而上的性格，不会一遇到困难就退缩。但我希望，你不要只想着打败庄能飞，眼光应该放长远一些，我们来深圳，要的是海阔天空。"

"海阔天空当然要，小鱼小虾米也不能放过。谁受伤，谁知道疼。"周安涌舔了舔嘴唇，又摸了摸口袋，"你还有烟没？"

"我从来不抽烟，你又不是不知道。别抽了，回去睡觉。"何潮一推周安涌。

周安涌却没有动，望向了远处的冷饮店，在夜色中，“安心冷饮店”几个大字格外醒目：“你先回去，我去买包烟。对了，冷饮店的姑娘叫郑小溪，很好听的名字，说话声音也像溪水一样叮叮咚咚……”

何潮乐了：“看上人家了？”

“你不也一样看上江阔了？”周安涌习惯性地摸着鼻子嘿嘿一笑，“江阔是不错，就是太高冷了，不过挺适合你，你小子就喜欢啃硬骨头，当年艾木多少人没有追到，硬是被你拿下了。”

何潮笑笑没有说话，他不想再回忆起和艾木的往事，只想向前看。回忆无用，况且现在他和艾木隔了千山万水的距离，远在大洋彼岸的她，说不定已经和历之飞在一起了。

至于江阔，何潮更是摇头笑了笑：“算了，江阔和我们是两个世界的人，一个是资本主义世界，一个是社会主义世界，一个是富家小姐，一个是穷小子，差了十万八千里的距离。”

“拿出你当年追求艾木的勇气，相信以你的厚颜无耻和穷追猛打，肯定可以追到江阔，哈哈……”调侃何潮让周安涌心情好了几分，他撒腿就跑，“追上江阔，你至少可以少奋斗20年，快去，哥们儿未来的荣华富贵全靠你了。”

“滚你的。”何潮扬手扔了一粒石子，却没打中周安涌，周安涌的身影迅速消失在了夜色之中。

回到宿舍，20多平方米的房间除了两张床，只有一张桌子和一把椅子，桌子在窗户下面，窗户正对着院中的大榕树，风一起，叶子哗哗作响。

何潮没有睡意，坐在桌子前凝望窗外的夜色。楼道中传来工人打闹嬉笑的声音，也有稚嫩的声音说想家想爸妈了，时远时近，飘来荡去。

也不知是谁放了音乐，在夜里隐隐约约听不分明，是任贤齐的《心太软》：“你总是心太软，心太软，独自一个人流泪到天亮。你无怨无悔地爱着那个人，我知道你根本没那么坚强……”

也不知道艾木在美国怎么样了，想起以前他和艾木都喜欢任贤齐的《心太软》，他还记得艾木笑称就是因为她心太软才成了他的女友，否则他不可能得逞。

其实不是艾木心太软，是他心太热。他和周安涌一样，对于自己喜欢的人和事，会投入全部的热情和精力，艾木之所以在众多的追求者中选择他，并非他比别人都优秀，而是他比别人更有耐心，也付出更多。

何潮始终相信笨鸟先飞的理论，人和人有智力、体力的差异，但最终决定成败的不是智力和体力，而是时间和毅力。

每天比别人多付出一些，多坚持一些，守正笃实，久久为功。

何潮将BP机放在桌子上，一个月了，没有收到一条来自艾木的消息，艾木知道号码，她可以传呼他，可以留言告诉他她现在的联系方式，但都没有。BP机作为单向的只能接收不能回馈的通信设备，局限性很大，也很被动。

记得《北京人在纽约》播出的时候，艾木特别痴迷，许多台词背得滚瓜烂熟，尤其是其中一句她特别喜欢，会不时地脱口而出——我变不成美国人，也早就忘了中国人是什么滋味儿了。

美国真有那么好？何潮想不明白，感觉一阵胸闷气短，就推开窗户打开了电扇。

广东顺德生产的裕华牌电扇，落地扇，风很大，摇头的时候“吱吱”直响。何潮躺在床上，翻来覆去睡不着，也不知道周安涌为什么买包烟花了这么长时间。

迷迷糊糊中何潮感觉自己睡着了，又好像没有睡实，忽然一个激灵醒来，按了一下BP机，上面的时间显示是0：30。

再看对面周安涌的床，还是空空如也，他一下坐了起来，心中猛然闪过不安，周安涌不会出什么事情吧？不行，得去找他，何潮想。

何潮穿了衣服下床，正准备出去时，门突然开了，周安涌风风火火地冲进来，一把抱住了何潮：“潮子，你猜不到我今天有多开心，多有收获……”

一股浓浓的酒味直冲鼻子，周安涌脚步虚浮，几乎站立不稳，接近酩酊大醉，何潮忙扶住了他：“你又去哪里喝酒了？冷饮店？不会吧？”

“和小溪一起喝的酒，小溪好酒量，我硬是没喝过她，哈哈。”周安涌打了一个大大的酒嗝，摇晃着坐在了床上，连连摆手，“不行了，不行了，我顶不住了，明天再告诉你。”

第十一章

出租车司机夏正

周安涌一头栽倒在床上，呼呼大睡了。

何潮一脸苦笑，摇了摇头，帮周安涌翻了一个身，周安涌不知道嘟囔了一句什么，就又沉沉睡去了。

次日一早，何潮被BP机的声音吵醒，他以为是闹钟，拿起一看，是一条信息，只看了一眼就惊呆了。

是艾木。

不过让何潮失望的是，艾木的信息很简短，并没有什么实质性的内容，唯一让他欣慰的是，艾木还没有和历之飞在一起。

“我在美国挺好的，你在深圳也好吧？我和历之飞还是普通同学，可能还没有找到感觉吧。”

如果能发明双向通信的通信工具就好了，不是手机，是可以双向回复文字的通信工具，到底是什么，何潮也想不出来。他只是觉得BP机只能单向被动地接收，很不好。手机虽然有短信可以互通，但容量有限，只能存10条，而且有字数限制。

想多了……何潮叫醒还在呼呼大睡的周安涌，问他昨晚到底发生了什么。周安涌一脸蒙：“昨晚我喝断片儿了，不记得了，只记得和小溪喝酒，然后回到宿舍，就天亮了。”

好吧。何潮恨不得踢他一脚：“你和小溪发生了什么？我不信你和一个女孩就两个人能喝两个多小时的酒？”

“嘿嘿，嘿嘿，真不记得了。”周安涌眼中闪过狡黠的笑意，“赶紧上班去，别因为迟到让庄能飞小瞧了我们。还有，今天我们就要开始做方案，让庄能飞见识一下从北京来的高才生的格局和水平。”

原本庄能飞还对何潮替周安涌做主留下之事持怀疑态度，没想到的是，周安涌居然真的留了下来，更让他没有想到的是，周安涌工作得非常努力，不但每项工作都完成得非常到位，工作态度十分认真，每天都埋头苦干，毫无怨言，还主动加班，并且承担了许多原本不属于他的工作。

这让庄能飞对周安涌大为赞赏，也更对何潮高看了一眼。何潮真是太了解周安涌，太洞悉人性了。

庄能飞也按照约定，将辛有风调离了助理的岗位，让她负责外联。辛有风很少待在工厂，每天早出晚归，在外面跑来跑去，经常出没在罗湖、福田、南山、盐田关内四区。

罗湖是老牌商业中心，人气旺，环境稍显陈旧。南山是经济中心，城建好，市容新。福田是政治中心，市委、市政府以及市直机关大多在此。盐田以物流和旅游业为主。

辛有风应该是被庄能飞委以重任了，在几个中心区活动，是为元希电子更大的发展在寻求人脉和资源。何潮和周安涌无暇顾及辛有风新的职务，也是二人有意避之不谈，为了做好方案，二人几乎跑遍了关内四区加关外的龙岗、宝安二区。

作为离市中心很远的新区，才成立刚刚五年的龙岗区山多路险，一转弯就只见黝黑山峰而不见城市灯光，仿佛来到了另一个世界。

从小在北方平原城市长大的何潮第一次见识了有山有水的南方城市的空旷，和北方城市高楼密布不同的是，深圳的大楼与大楼之间，甚至居住区和居住区之间，有时会因为一座山头而隔开数公里的距离。中间的植被茂密，并无人迹，完全就是无人区。

“果然关内是欧洲，关外是非洲。”

从宝安区进入关内，过南头关的时候，从龙岗区进入关内，过布吉关的时候，何潮都重复了同样一句话。而坐在出租车上拿着本子记个不停的周安涌，时而沉默，时而咬着笔头凝思，并不说话。

出租车司机年约30岁，黝黑，个子不高，一双眼睛不时地从后视镜中扫向何潮和周安涌，车到罗湖梧桐山脚下时，他忍不住开口了：“听你们口音像北方人，小伙子，我是湖南攸县人，你们来自哪里？”

“石家庄。”何潮笑了笑，他从名牌上已经知道了司机的名字叫夏正，30岁，而且上车时他就注意到了夏正的机灵，尽管穿着普通，但夏正的头发一丝不乱，还打了发胶，可见夏正是一个很细心、很注意形象的人。

“石家庄？湖南的石家庄还是北京的石家庄？”夏正将车停到了路边，“不对，你们是北方人，肯定是北京的石家庄了。该吃午饭了，来，我请客。”

“不用，不用，我们请你。”何潮笑了笑，他不止一次听到类似的回答了，“石家庄”的名字实在太普通了，全国各地有无数村庄叫石家庄，更有意思的是，许多人不知道石家庄是河北的省会，把石家庄当成了北京的附属市，“是河北的省会石家庄。”

周安涌不是很情愿地伸了一个懒腰：“还没有到目的地，怎么停车了？不是说好了包车时间全部归我们支配吗？”

夏正赔着笑脸：“我是想请二位吃饭，而且我开了一天车，又累又困，怕疲劳驾驶会出事故……”他替周安涌打开车门，“先下车，先下车，好吃、好喝、好招待，说不定还有好事。”

“你一个开出租车的，能有什么好事？”周安涌也是坐累了，虽不耐烦，却还是下了车，见车停在了一个城中村，又不乐意了，“夏师傅，你什么意思？是不是不想干了？行，先给你结半天报酬，下午我们换车。”

“别，别，别急嘛。”夏正拉着周安涌来到一家肠粉店，叫了冰镇饮料，又拉何潮坐下，殷勤地为二人摆好筷子，又烫了水杯，手脚麻利地点了几个特色菜，才小心翼翼地问道，“刚才在路上听你们聊天，你们是刚毕业的大学生，肯定见识多、眼光好，想请你们帮我出出主意。”

夏正从湖南老家攸县来深圳打工已经十年了，十年来，白手起家，到现在名下有三辆出租车，月收入超万元，也算是事业小有所成。

以前他每天都吃酱油泡饭的时候，他就想如果能月入1000元，他就可以出门就打车，不用挤公交了。万万没想到，他当上了出租车司机，天天坐出租，却是在为别人开车。

夏正肯吃苦，头脑灵活，从为别人开出租车开始，慢慢攒钱，攒够了钱以后，自己买了一辆出租车，既当老板又当员工。他又拼了三年，买了第二辆出租车，去年，买了第三辆出租车。

三辆出租车，他开一辆，另外两辆雇用了司机，不但实现了以前天天坐出租车的梦想，吃饭也不再像以前一样只吃最便宜的饭菜了。

只是夏正还是觉得不踏实，再过一年，他就可以攒够买第四辆出租车的钱。但他不想加大在出租车上的投入，不想把鸡蛋都放在一个篮子里，可是他没读过什么书，见识有限，不清楚未来的发展方向，很想请教一些有识之士，可是他一个出租车司机，又不认识什么厉害的人。

有一次他拉了一个客人，听客人讲了一个故事，是说李嘉诚的司机在为李嘉诚开车时，听李嘉诚大讲股票经，就说者无意，听者有心，记了下来。司机根据李嘉诚的推荐买股票，很快就成了千万富翁。

夏正眼前一亮，他每天拉客会接触形形色色、方方面面的人，可以从客人中寻找有识之士为他指点方向。结果倒是遇到了不少所谓的炒股高手、内幕人士以及经济学家之类的，讲的却都是大而空、形而上的理论，他要么听不懂，要么听懂了也不够实力操作，总之，遇到的成千上万的客人中，就没有可以真正为他指点迷津的。

直到今天他遇到了何潮和周安涌。

阅人无数的夏正一眼就看出何潮和周安涌是刚出校门的大学生，不过让他奇怪的是，从二人穿衣打扮和言谈举止来看，不像有钱人，不应该包车。包车之后，不是去银行、政府机关或是招商局等“高大上”的场合，而是到处乱转，似乎漫无目的，就更让夏正心中纳闷二人到底是什么来路，在做什么。

不过一路二人虽然话不多，但从二人口中说出来的不是方案、发展方向，就是电子加工和电子制造业的节点，全是夏正听不明白的名词。不明白，却能听懂几分，就让他意识到他苦等的既能认准方向又接地气的有识之士终于来了。

机不可失，时不再来，夏正决定无论如何也要请二人吃饭，向二人请教一番。

何潮拍了拍周安涌的肩膀：“夏师傅也是一番好意，再说中午了，我们也需要吃饭，夏师傅也需要休息不是？正好和夏师傅好好聊聊深圳，也算是增长了见识，多好。”

周安涌回应了何潮一个不以为然的眼神，言外之意是和一个底层的出租车司机有什么好聊的。何潮朝他挤了挤眼，意思是就听他一次。何潮知道周安涌一向喜欢往上看，对于不如他的人向来不屑浪费时间。

第十二章

高才生江离

还在上大学的时候，何潮就听说过一个故事，1984年时，海南岛还是隶属于广东省的一个行政区，因中央政策的支持，海南岛开始进口汽车转卖到内地。口子一开，一发不可收拾，人人都想方设法弄到批文，一个批文转手一卖就可以赚到上万元。

1984年的一万元可是巨额财富。

1984年的夏天，海南岛几乎人人都在谈论汽车，不管是什么地方，党政机关、工厂学校、旅馆商店以及报社，甚至幼儿园、托儿所，每个人都在重复一个名词——汽车，就连在机关单位扫地倒茶的阿婶，都会和在门口收报看门的门卫阿伯算账，而且算得清清楚楚："进口一辆12座的日本面包车，四五千美元。一辆豪华皇冠只要5700美元。现在美元和人民币的汇率是1：2.8，算了关税，也有100%甚至200%的利润。我们刚弄到的汽车批文，倒手一卖，下半辈子就有保障了。"

如同1984年的海南岛人人谈论汽车一样，1997年的深圳，人人谈论的是股市，是发展，是机遇，是挑战。正是因此，何潮才想听听夏正到底想和他们说些什么。在十几年前的海南岛，一个扫地阿婶可以借助一张汽车批文翻身，在十几年后的深圳，一个出租车司机会借助什么发家？

周安涌拗不过何潮，只好愤愤地坐下："半个小时，最多半个小时就出发，包车钱还不知道能不能报销，浪费在休息上，太奢侈了。"

几人刚坐下，就听一道带有江西口音的普通话声音在身后响起："老板，来一碗辣鸭饭、一份肠粉，老样子，老位置。"

他一眼看到了夏正，先是一愣，随即笑道："夏正，又骗到新人了？"

何潮一惊，夏正是骗子？他和周安涌这么穷，能骗他们什么？

早在来深圳之前，何潮就不止一次听人说过深圳的治安不好，各大帮派占山为王，什么潮汕帮，什么湖南帮，等等，各自划分了一块地盘，不让外人插手。为了争夺地盘和经营权，这些人经常发生恶性打斗事件。

不过，来了深圳之后，何潮倒是没有感觉深圳的治安有多差。他又一想，觉得可以理解，毕竟他和周安涌一直待在元希电子，相当于与世隔绝，怎会知道深圳的真实情况！

他立刻提高了警惕，回身看向来人。

来人和他年龄相仿，戴一副黑框眼镜。两只眼镜腿都坏了，左侧缠了红绳，右侧缠了白绳，和黑色的眼镜腿相映成趣，格外醒目。他个子不高，顶多一米七的样子，穿白色圆领T恤和短裤，脚上是一双拖鞋。

来人眼睛不大，一笑就眯成了一条缝，一双大大的招风耳让他显得有四分滑稽、六分可爱，皮肤有点黑，整个人倒是挺有精神。他大步流星、一脸笑容地朝何潮几人走过来的时候，一瞬间让何潮想起了他小学时的乡村老师。

对，像极了一个饱经沧桑、一脸苦难的乡村教师，可是他明明才二十出头。

何潮险些笑出声来。

对方不请自来，坐在了何潮的旁边，自来熟地一拍何潮的肩膀，看了看夏正："夏师傅的客人？"

何潮点了点头："你是？"

"江离。"江离伸出右手，和何潮握了握手，"自我介绍一下，本人江离，江西南昌人，复旦大学毕业，现为深圳外来无业人员，暂时租住在夏师傅的房子里。我总是跟我爸妈讲，江离的名字起得不好，明明是江西人，还要叫江离，不就是背井离乡的意思吗？这不，我来深圳一个多月，连工作都没有着落。要不是夏师傅收留，估计我现在还睡马路和公园呢。不过不怕告诉你，深圳现在的气候，睡马路和公园也挺舒服的，尤其是下蒙蒙细雨的时候，一觉醒来，浑身滋润，就像一句诗说的，天街小雨润如酥……"

周安涌不耐烦地打断江离的话："说点儿有用的。江离，夏正怎么是骗子了？"

"等等，先别急，我刚自我介绍了，现在轮到你们了，先从你开始……"江离再次拍了拍何潮的肩膀，"像北方人，普通话也很纯正，北京人？"

何潮很喜欢江离大大咧咧的自来熟性格。他先简单地自我介绍了一番，又介绍了周安涌，才捡起了刚才的话题："你和夏师傅认识，还住在他的房子里，怎么还说他是骗子？"

何潮从江离一身随意的穿着和刚睡醒的样子可以判断他没有工作，又从他打了绷带的眼镜和开了口子的拖鞋可以看出，他现在一穷二白，绝对没钱了。

何潮虽然也不富有，但对江离一见如故，都是前来深圳闯荡的学子，他大手一挥："今天我请客。"

"谢了，何哥，咱首都来的就是不一样，大气。"江离摘下眼镜擦了擦镜片，"不过有夏师傅在，肯定不用何哥破费了，是不是，夏师傅？"

"是，是，我请，我请。"夏正冲何潮连连点头。他又悄悄瞪了江离一眼："江离，你的工作有着落了吗？"

肠粉上来了，江离也没推让，埋头就吃："不好意思，我刚起床，饿坏了……夏师傅，你是不是想赶我走呀？你的房间好歹一室一厅，客厅闲着也是闲着，非要让我流落街头你才甘心？你还有没有良心？我们还算半个老乡，江湖，江湖懂不懂？"

"什么江湖？什么半个老乡？我是湖南人，你是江西人。"夏正斜了江离一眼，没好气地笑了，"少套近乎，再给你免费住一个月。"

何潮却听明白了江离所指，笑道："唐宋时期，江西和湖北一带高僧很多，当时许多人想求师学佛，不是到江西就是到湖北，久而久之就有了'跑江湖'一说。实际上，'作家'一词也来源于佛教的禅宗，原本是指坐禅有成就的人。文人拿走了'作家'，武人拿走了'江湖'。"

"原来是这个意思，不过还是不对，我是湖南人。"夏正朝何潮竖起了大拇指，"果然有才，今天这顿饭没有白请。"

何潮的一番话顿时让江离刮目相看："厉害，第一次听到这么通透的解释，何哥，你这个朋友我交定了，等我以后发达了，肯定会提携你。"

"噗……"夏正笑喷了，忙不好意思地拿纸擦了擦嘴巴，"江离，我觉得你最适合的工作是开出租，要不我再买一辆车你来开？就凭你的能说会道，客人肯定满意。"

何潮从二人的交谈中得知，江离来深圳一个多月了，投递了几份简历，一直没有回音。钱花光后，他睡过马路和公园，所幸在身上只有1块钱连一顿饭钱都不够的时候遇到了夏正。夏正可怜江离，出于好心带他来大望村，让他住在了自己的出租屋里。

大望村是有名的的士村，100多条巷、700多栋楼房里租住着1000多名出租车司机，90%的出租车司机来自湖南。由于都是房东自建的楼房，没有统一的规划，楼房和楼房之间的间距极窄，甚至可以握手，故称握手楼。

其实不只大望村，还有福田区的皇岗村，再到石厦村、华南村，都居住着众多的湖南出租车司机，总数在3000人以上。湖南是深圳人口输入大省。

夏正租住的是一个月租金500多元的一室一厅，一个人住足够了，但多了江离之后，就稍嫌拥挤了。主要也是江离比较随意，东西到处乱扔不说，还不太注意个人卫生，他一个堂堂的复旦大学毕业的大学生，每天邋遢的形象还远不如初中毕业的出租车司机夏正夏师傅。

江离想在深圳找一份教学的工作，投递了几份简历，均石沉大海，气得他大骂深圳的学校有眼不识金镶玉，他如此优秀的人才还不聘用，难道想上天？

不满归不满，江离内心的焦急却一天胜过一天，他已经下定决心，如果再没有下文，他就真的决定开出租车了。夏正承诺，一天最少能赚100块。

男人，谁也不想总是寄人篱下，都想自力更生，都想拥有一片自己的天空。

一开始周安涌对江离没太大兴趣，越听江离讲，越有兴致，最后他和何潮一样，对江离有相见恨晚之意，非要江离的联系方式。

江离摸了摸鼓鼓的肚子，打了一个饱嗝："夏师傅的联系方式就是我的联系方式，以我现在的落魄，手机、BP机都和我无缘，能每天吃饱一顿饭就谢天谢地了。"

夏正见时间不早了，忙打断了江离的自怨自艾："好了江离，我好不容易请两个高人吃一顿饭，现在该说正事了。是这样的，何哥、周哥，我经过这么多年的拼搏，现在也算小有积蓄，名下有三辆车，很快就能攒够买第四辆车的钱了，但我现在面临着事业和爱情的重大选择……"

江离眉毛一挑，想说什么，却被夏正犀利的眼神制止了，他只好举起双手："好，好，我闭嘴，你继续。我的话你不听，你想听听何哥和周哥的建议，随你，远来的和尚会念经，我明白，明白！你是觉得天天跟我在一起，就不认为我是一个正经的名牌大学生了。悲哀，身边无伟人，枕边无美女……"

夏正作势欲打，江离才真的闭嘴了。

第十三章

触动

“怎么说？”何潮大概猜到了夏正的苦恼是什么，他和周安涌为庄能飞所做的关于元希电子下一步发展方向的方案中，涉及对深圳未来几大主要产业的设想，尽管他知道他和周安涌刚来深圳，不但是外乡人，还是门外汉，但到深圳一个多月来，他觉得收获不小，感受到了扑面而来的时代气息的冲击。

尤其是最近几天，为了做方案而深入深圳的街头巷尾，自认有了一些心得。

夏正依次看了几人一眼，举起水杯又放下：“索性摊开了说，我不知道深圳下一步会发展成什么样子，也不知道该怎么跟上时代，你看香港回归、金融危机，一系列的事情让人眼花缭乱。有人说深圳是改革开放的窗口，有人说深圳是制造业的天堂，还有人说深圳是金融之都，我想知道未来深圳到底是什么定位？”

何潮、周安涌和江离三人面面相觑，怎么也没有想到，一个出租车司机居然会说出如此有水平的一番话。就像北京的出租车司机张口闭口国际形势、国家大事一样，深圳的出租车司机思索的是深圳的定位和发展，是如何跟上时代的脚步。

周安涌不说话，双手抱胸，眯起了眼睛，他不想和夏正讨论深圳的未来，是觉得夏正不过是一个小小的出租车司机，好好开车就行了。就像一个卖菜的菜贩子一样，不好好卖菜，难道还要上市，还想吞并深圳的最大房地产公司万科？这不是天方夜谭吗？

江离抿着嘴，努力忍了半天没忍住：“夏师傅，夏哥，我不是插嘴，你别打我，我只是想提醒何哥一句。何哥，夏哥的想法很积极、很向上，但要注意一点，你的建议一定要接地气，否则夏哥理解不了。可以理解嘛，他毕竟初中毕业……”

夏正怒气冲冲地站了起来，江离哈哈一笑，双手抱头求饶。

何潮却不笑，托着下巴：“明白你的意思了，夏师傅是想投资未来可以大幅升值的行业，对吧？”

“对，对。”夏正顿时双眼放光。他又恶狠狠地瞪了江离一眼：“还是何哥高明，一句话就说到了点子上，比你强多了。你说话云山雾罩，东拉西扯，说了半天，天花乱坠，好像上知天文，下知地理，实际上一点儿用也没有。感觉你的学都上到天上了，没学到一点儿落地的知识。不落地的知识，有个毛用！”

“你懂什么？‘江湖’都不懂的人，和你说话简直就是对牛弹琴。”江离怒了，一拍桌子站了起来，“上士闻道，勤而行之。中士闻道，若存若亡。下士闻道，大笑之，不笑不足以为道。”

夏正反倒笑了：“又说的是什么鸟语，一边儿去……”

何潮暗笑，江离是学问出众，而《道德经》确实只照顾到了上等根基的人，并不指望中、下等根基的人可以理解。只是江离犯了一个错误，和不同的人说不同的话，才是处世之道。和初出校门的大学生不谈现金收益，谈股份，和卖菜的聊上市，和想用闲钱投资实业的出租车司机聊形而上，的确不合时宜。

何潮理了理思路：“我不建议你继续投资出租车了，可以选择买一套房子，或是投资股市，买制造业或是房地产的股票……”

“为什么？”夏正喝了一口水，一脸的期待，他表面上故作镇静，其实内心已经激动得快要按捺不住了。他咨询了几十人，从来没有一人张口说出和何潮一样的话，最主要的是，何潮的话完全切合他的心意，是他很想投资的方向。

江离也说过类似的观点，但江离一说就会说成行业的未来和趋势，说什么深圳的房地产业现在是香港模式，未来也许会是新加坡模式，他根本听不明白江离想表达什么。江离还说深圳正在淘汰低端制造业，向高端制造业进军，会有一个转型的过程，转型的过程可能会漫长而痛苦，也可能会失败……可是他只是一个出租车司机，他只想多赚一些钱可以娶老婆、生孩子、养老，才不去管什么转型和模式。

“原因很简单，我很看好深圳的未来，深圳的人口会越来越多，人口增长带来的直接需求就是房子。”何潮在北方城市待得比较久，来到深圳后发现了深圳的地形和北方平原大不相同，山多水多，山水相连固然会给城市的绿化和清洁带来好处，但会挤占大量的空地，让深圳有限的面积之中的实用面积更少，从而导致用地紧张。

深圳从1979年建市之时有30多万常住人口，到1997年已经突破了500万人口的大关，17年间增加了十多倍，在可以预见的未来，还会持续高速增长下去。

“土地是不可再生资源，深圳的用地面积比例比起北京、上海、广州都有所不如，因为山太多，有时区和区之间像两个城市一样遥远，所以深圳的房价会一直涨下去。”何潮回身看了看门外的握手楼，楼和楼之间的间距真的可以推开窗户握手，不由得笑了，“你看城中村的村民多有头脑，现在盖楼就开始不放过一寸土地了……”

“好，买楼，明天就买。”夏正其实早就想买房子了，只是很想听到一个他认为的有识之士对他的想法的赞成，何潮如此一说，他顿时喜出望外，坚定了买房的决心，“谢谢何哥，虽然我比你大，叫你一声何哥是尊称。我还想多问一句，买房之后再投资什么比较好？”

“喂，老夏，你不要人心不足蛇吞象，你有多少钱？一平方米五六千，一套房子少说也得五六十万，你有这么多钱？”江离难以置信地瞪大了眼睛，“你每天小气得只花几块钱吃饭，牙刷都快没毛了也不换新的，还让我穿你的旧拖鞋，你……”

“钱是赚来的，有钱人是省出来的。”夏正吧嗒几下嘴，起身付账，“今天收获不小，我决定只收你们半天的包车费用，条件是，你们得留一个联系方式给我，有问题我好随时向你们请教。”

“我有个想法，我有个天才的想法……”快要上车的时候，江离突然冒了出来，拍着车窗大喊，何潮只好摇下车窗，“何哥、周哥，不如你们一起辞职创业，我加入你们，我们三个人联手，肯定可以天下无敌。”

激情和热血都化成了光芒在江离的眼睛中闪亮，只可惜他厚厚的眼镜片遮挡了他的向往。周安涌不耐烦地挥了挥手，他对江离的好感在一瞬间消失殆尽，觉得江离太不切实际，好高骛远不说，还不清楚自己的位置是什么，并且……很虚荣！

在最一无所有的时候如果放不下虚荣，最终将会一事无成。虚荣是最没有价值的自我认识，非但不会为成长带来提升，反而会扼杀许多机会。

定位很重要，知道自己的位置在哪里，知道自己的价值有多少，并且调整好心态，在别人不够重视和尊重你时，不必气愤，也不必急于反击，等你拥有了足够的实力和影响力时，你才会发现重视和尊重并不是别人给予的，而是自己本来就拥有的。

回到元希电子的办公室，何潮和周安涌立刻埋头整理最近一段时间的收获。二人原本以为三天就可以写出方案，真正沉下心来深入了解了深圳之后才发现，他们之前对深圳的分析只是流于表面，得出的结论是纸上谈兵。

尤其是今天和夏正的一番来往，让他们深刻地意识到深圳和其他城市的不同之处在于，即使是一个出租车司机也怀揣梦想，也对未来充满了希望，愿意和深圳一起成长。这是极其难能可贵的精神。出租车司机看似卑微，他们却是一个城市的名片和窗口，起着疏通城市交通，宣传城市形象的巨大功能。

何潮反正是大受触动，至于周安涌怎么想，他就无暇顾及了。他花费了整整一天时间，依据几天来的心得体会以及对元希电子未来的发展方向的预期，形成了一个方案。

何潮一抬头，见周安涌正在窗前静思，桌上还有几个烟头。何潮知道周安涌虽然抽烟，但烟瘾不大，一般思考事情或是遇到难题时，他才会抽得凶一些。

“方案做好了？”何潮走过去，拍了拍周安涌的肩膀，“成败在此一举，谁的方案赢得了庄总的认可，谁就是副总了。”

“副总？”周安涌不屑地冷笑一声，“何潮，你太天真了，你真以为庄能飞抛出一个副总的位置诱惑我们，到时真的会从我们二人之中挑选一个当他的副总？别开玩笑了，我们是有学历，可是没有阅历、没有经验，他才不会傻到任命我们当副总，他只不过是拿副总当幌子骗取我们的智慧成果罢了。”

其实何潮不是傻子，也猜到了庄能飞有借机窃取他们的智慧成果之意，不过他的想法和周安涌不一样，智慧成果能够转化为生产力的才有用，不能转化的只是空中楼阁。现在他和周安涌都没有转化的能力和实力，与其空想，不如让庄能飞去落地，去实施。

如果庄能飞真有实力。

第十四章

真实想法

当然，这也是自己一次难得的学习机会，还可以借机试探他们和庄能飞的理念到底有多大差距。

何潮忽然想到了什么，心中一跳，他和周安涌虽然朝夕相处，但周安涌并没有透露他的方案思路是什么。这也可以理解，就算周安涌对庄能飞的真实用意持怀疑态度，周安涌也想认真做好方案，不想输给何潮。只是让何潮担心的是，周安涌会不会在里面掺杂私货？

"你的方案是真心出于为元希电子的发展考虑还是……"何潮含蓄一问。

周安涌不动声色地笑了："我只是真实地说出我对深圳未来发展的看法，并不关心元希电子的死活……"

何潮注意到了周安涌目光中闪过一丝厉色，猜到了周安涌的真实心思，也笑了："如果你留在元希电子是想搞垮庄能飞，我劝你还是打消心思，别白费力气了，庄能飞的公司虽然不大，但也有两三百人，管理结构也很完善，进货和销售渠道也很畅通，运转一直健康有序……"

周安涌却不和何潮争辩："拭目以待，或者说，走着瞧。"

下午三点钟，庄能飞迈着方步来到了何潮和周安涌的办公室。

"晚上有一个重要的合作伙伴来公司谈业务，饭局你们作陪。"庄能飞皱了皱眉头，"最近环境不太好，金融危机愈演愈烈，上游的供货商持续提价，下游的客户又不肯接受涨价，利润大不如以前了。"

何潮还没接话，周安涌冷不防笑了一声："庄总的苦恼是因为以前赚钱太容易了，和你比起来，最早的一批下海的商人是不是都得自杀了？所有没有技术含量的生意，低价买进，高价卖出，都不具备不可替代性，被人替代或是自己倒闭，只是迟早的事情。”

庄能飞不说话，眯着眼睛看了周安涌一会儿，忽然意味深长地笑了：“安涌，你是不是喜欢郑小溪？”

突然出现的拐弯打了周安涌一个措手不及，周安涌顿时涨红了脸：“我、我、我没有。”

“喜欢就是喜欢，有什么过错？”庄能飞哈哈一笑，点了点头，“有眼光，了不起，我很佩服你，安涌。郑小溪的爸爸是杨梅下村的村主任，你不要小瞧她只是一个冷饮店的店员，她家里有好多地，马上就要拆迁了，拆迁后征用她家的地，会分她家好几栋楼，到时你比我都有钱，少说一亿身家。她还是独生女，你要是娶了她，你一辈子不用奋斗，也不愁吃喝了……”

杨梅下村因有众多杨梅树而得名，是一个关口，向外是关外，向内是关内。再早之前，杨梅下村非常贫穷，山多地少，后来深圳成立特区，在特区和香港之间拉起了一道铁丝网，一侧是香港，一侧是杨梅下村。而由于历史问题，一些村民的田地在铁丝网的香港一侧，需要越网劳动。由此催生了商机，越网劳动的村民可以借机走私香港货物，转手一卖，倒也赚了不少，慢慢就富裕了。

一开始村民都羡慕有田地在铁丝网另一侧的村民，谁能想到，深圳的发展速度远超人们的想象，近年来随着简单的来料加工业逐渐失去市场，制造业慢慢兴起，杨梅下村在铁丝网之内的土地被陆续征用，得到了土地补偿款的村民迅速致富，开发了房地产及租赁业。人们戏称，征地和拆迁前一天还是光脚村民，第二天洗脚上岸，摇身一变，成了股东和富翁，身份的巨大转变一时让不少村民无所适从。许多村民调侃，不知道怎么就富了。

何潮对杨梅下村的历史多少有几分了解，毕竟元希电子所在地就是杨梅下村的土地。但关于郑小溪的身份他还是第一次知道，尽管他也算和郑小溪认识一段时间了。

忽然又想起几天前周安涌失恋的晚上，他一个人去冷饮店待到深夜的事情，再看周安涌因过于激动而涨红的脸，不由得明白了几分。

周安涌的脸色由红变青：“庄总，请你不要侮辱我的人格！我不像一些人，为了金钱就能出卖自己的感情。”

“笑话！”庄能飞轻笑一声，笑声中有轻蔑和不屑，“照你这么说，有钱人就没有爱情了？只有穷人才会觉得谁都会为了金钱而牺牲爱情。实话告诉你，在有钱人的价值观里，爱情和金钱就像手掌的正反面，密不可分。没有金钱，就保证不了爱情的幸福。没有爱情，金钱就变得没有意义。”

走到门口，庄能飞忽然停了下来：“如果周安涌真没喜欢郑小溪，何潮，你可以多和小溪接触，小溪我还算了解，长得不错，性格也好，潮汕人家的女儿，温柔、贤惠、顾家，除了学历不高，挑不出什么毛病。”

庄能飞乐呵呵地走了，留下何潮和周安涌面面相觑。过了好一会儿，周安涌才咳嗽一声笑出声来：“庄总的手法也太拙劣了，居然想用一个女孩离间我们的兄弟感情！他打错算盘了。小溪是个好姑娘，你要是喜欢，你上，我绝对没意见。”

何潮看出了周安涌眼中的心虚和躲闪，暗暗一笑：“安涌，你和我说实话，你对小溪突然兴趣大增，是不是在知道了她是村主任的女儿并且要得到一笔拆迁补偿款后？”

周安涌愣了愣，迅速跑到门口朝外面张望一番，关上了门：“也是，也不是。小溪人确实不错，她对大学生有天然的好感，就喜欢读书多的人。接触多了，我能看出她对我有好感，失恋的那天晚上，我去买烟，她看出我心情不好，就问我怎么了，我说了辛有风的事情，她安慰我说不要紧，潮汕女孩和客家女孩都很顾家，也会持家，是出了名的贤妻良母……”

“然后你就顺水推舟调戏了小溪，小溪没有拒绝，你就和她成了好事？”何潮挤眉弄眼。

“滚你的，我又不是牲口，怎么可能这么快推倒人家？再说你要动脑子想一想，小溪既然是村主任的女儿，又是当地人，肯定有势力，上床容易下床难，要负责的，知道不？”周安涌摸了摸鼻子，“嘿嘿”地笑了，“不瞒你说，我现在还没有放下辛有风，就像你还没有放下艾木一样。现在的女孩怎么比男人还绝情？说分就分，毫不留恋，没有一丝商量的余地。”

“你也许没有放下辛有风，因为你们还可以不时见面，我已经完全放下艾木了，毕竟隔了一个太平洋，她在地球的另一面，就算还没有分手，在空间和时间面前，早晚也得分手。现在我理解艾木的选择了，长痛不如短痛。”何潮叹息一声，摇了摇头，又自嘲地笑了，“行了，你也别放不下辛有风了，你之所以败给庄能飞，一是败给了金钱，二是败给了阅历，金钱和阅历从哪里来？从成功的事业中来。”

周安涌回到办公桌前坐下：“想不想听听我的真实想法？”

“你不主动说，我才懒得问，因为我知道，你没人去说。”何潮一副稳坐钓鱼台的从容模样，得意地一笑，“我还以为你能憋多久，原来都撑不到一周。”

“滚你的，我是想等我完全厘清思路再和你商量，怎么从你嘴里说出来就变味了呢？”周安涌佯怒，随即又神秘地笑了，“我们的方案都不署名，因为我怕庄能飞对我有成见，你同意不？”

何潮也没多想，直接就点头了。

“我们才来深圳一个多月，之前的人脉全部借助辛有风，现在不能用了，所以得靠我们自己开拓。我们不能让自己的未来掌控在庄能飞手中，庄能飞因为辛有风的关系，随时可能开除我们，就算勉强留我们在元希电子，我不相信他会大度地一直重用我们。”周安涌积攒的情绪一股脑儿地宣泄而出，虽然他知道现在时机还不成熟，但正如何潮所说，他没人商量，也只相信何潮一人。

“我梳理了一下我们的人脉，包括郑小溪在内，还是少得可怜，可怜到了连江离和夏正都得算上的地步。”周安涌一脸沉重，“夏正和江离只能算是认识的人，还算不上是人脉，但郑小溪可以算是！”

何潮就知道周安涌不是一个甘心安于现状之人，当然，他自己也是，只不过他还没有完全想好出路在哪里，莫非周安涌已经有了明确的方向？

“你真想入赘郑小溪家？”

“少奋斗一辈子，谁听了不动心？”周安涌吐了吐舌头，又“哈哈”笑了，“不过我还是想自己奋斗一番，才对得起自己的青春不是？郑小溪很难得的是没有娇纵之气，很朴实、很善良，她一直想做点事情，却不知道能做什么。她之所以守着一个冷饮店，是不想年纪轻轻就当包租婆，靠收房租为生。那天晚上我和她聊了许多，她说她会说服她的爸爸郑大河和我们谈谈，她希望她可以和我们一起创业。”

第十五章

难题

“创业？”来到深圳之后，听到的最多的一个词就是“创业”，何潮不是没有产生过创业的念头，但到底做什么，他还没有方向，“是做房地产，还是电子制造业？要不我们研制手机算了，研制成功后，我们人手一部，就再也不用犯愁买不起手机了，品牌我都想好了，就叫潮涌……”

“滚你的，和你说正事，你倒调侃我。”周安涌将手中的圆珠笔扔向了何潮，“看到没有？我们所用的一切，大到汽车、空调，小到打印机，甚至圆珠笔，都是进口的质量好，为什么？说明我们的制造业还很薄弱，而深圳未来的发展方向肯定是制造业，所以我的初步想法是，从制造业入手。”

“制造业是一个很宽泛的说法，家电制造是制造业，汽车制造也是制造业，电子制造还是，你想制造什么？”何潮部分同意周安涌的观点，他也看好深圳是未来制造业之都的趋势。

“当然是电子制造业了，从BP机到大哥大，再到摩托罗拉、爱立信、NEC，等等，各个品牌的手机，未来面向个人的终端电子产品肯定大有市场。”周安涌越说越激动，“我仔细分析了我们的优势和不足，优势是年轻，接受新鲜事物快，接受过高等教育，有海外资源……对，你别瞪我，我说的就是艾木，对了，还有江阔，你记得和江阔保持联系，她可是财神爷。不足是，一没资金，二没资源，三没技术，但只要敢干、肯干，以上的问题都不是问题。资金和资源，郑小溪可以帮忙解决。技术问题，可以让艾木帮忙引进。至于销售渠道，可以拉走元希电子的客户……怎么样？完美不？”

和何潮之前设想的差不多，周安涌留下来必然有所图，从哪里跌倒，在哪里爬起，是他的个性。以元希电子为支点，一步步打开自己的人脉和渠道，等时机成熟时，转身离去，是他当时决定留在元希电子的出发点。

“完美是完美，只是在所有环节中，不管哪个环节出现了问题，都会前功尽弃。”何潮有意泼泼冷水，毕竟创业不是脑袋一热就能成功的事情，他故意将军，“我还以为你是想以元希电子为支点，等时机成熟时再跳槽到中作，陈泽是不是办事不牢靠？”

当时周安涌说同学陈泽可以介绍他们进入中作时，神情就有几分不自信，何潮了解中作的招聘机制，军人出身的中作创始人宁劲对人才引进要求非常严格，即便陈泽在中作有职务在身，他引荐的人，也要经过一系列的考试流程，并非一句话的事情。

“陈泽……”周安涌不好意思地笑了笑，“别提了，不靠谱，还得靠自己。不怕，哪怕前功尽弃，至少努力过了，对不？如果创业之时只想着每一个环节的艰难，就不用创业了，安稳地在元希电子混饭吃不就好了？

“对了，晚上的饭局我就不去了，我再和小溪聊聊，你就说我感冒了，不舒服。”周安涌打开手机看了看时间，“也差不多到下班时间了，你帮我把方案交给庄能飞，我先走了。”

“别，方案我可以替你交，晚上的饭局最好还是参加一下。”何潮猜到了周安涌担心的是什么，笑了，“你不能总躲着辛有风，移情别恋的人又不是你，你更应该理直气壮地和她见面。”

周安涌撇了撇嘴：“谁躲她了？我是懒得应酬……”他又一想，“好吧，我尽量赶回来，别让庄能飞看轻了我。”

何潮摇了摇头，也许在周安涌的潜意识里，郑小溪不仅仅是一个潜在的合作伙伴，更是一个感情转移的寄托对象。

周安涌走后，何潮拿起方案来到了202室，将两份没有署名的方案交给了庄能飞。庄能飞正在打电话，脸色十分凝重：“为什么会出现质量问题？你身为质检总监，要负全部责任！你不用解释，如果解释可以弥补损失，世界上就没有破产倒闭的企业了！不，你也不用道歉，现在你只有两个选择，要么想方设法弥补公司的损失，要么公司起诉你，十年八年的刑期是跑不了的……你不要问我怎么办，你做的错事，你自己承担！”

他示意何潮将方案放在桌子上。

何潮没说话，轻轻放下方案，转身出门，又听到庄能飞的声音清晰地传入了耳朵之中。

“不要以为我资金链断了，没有！告诉你没有！我不但有来自香港的投资人想投资，还有多年的朋友曹启伦要和我联手，不要以为我庄能飞好欺负！”

莫非庄能飞遭遇了资金危机？何潮心中闪过一丝疑问和不安。

晚饭的地点依然是在上次的食堂包间。

元希电子的食堂一共有三个包间，但基本上只有一个包间常用，其他两个包间常年关闭。庄能飞的习惯是，熟识的人会在食堂包间请客，不熟的尊贵客人，会到利宝阁或是北海渔村，越到高档地方请客，反倒越有见外的意思。

何潮准时到了包间，推开包间房门的一瞬间，一眼就见到了一张如花的笑容，眉毛弯弯，眼睛明亮，牙齿整齐而洁白，嘴唇抿起了一个好看的弧度——正是江阔。

江阔一脸惊喜：“何潮，我们又见面了，好开心。”

何潮冲江阔点了点头，其他人还没到，房间中只有他和江阔二人，他坐在江阔旁边的位置上：“没想到这么快又见面了，我们还是挺有缘分的。对了，你是真打算投资元希电子了？”

联想到下班前听到的庄能飞的电话内容，加上江阔投资人的身份短时间内第二次出现在元希电子，何潮不难推断出元希电子面临着资金链断裂的危机。

元希电子显然是受到了金融危机的冲击。

江阔喝了一口茶，嫣然一笑：“你和我除了工作，就没有别的事情好聊了吗？”

何潮一愣：“谈天说地、谈情说爱，都可以，但场合好像不对，而且时间也不允许。”

“谈情说爱？”江阔脸一红，娇羞一笑，“你不会想说你喜欢我吧？”

“我……”何潮被江阔的大胆直接呛了一下。

和第一次见面时不同，穿了牛仔裤和白T恤的江阔，更显青春气息逼人，腿长腰细，白皙而修长的脖子近乎完美，戴了一条细细的银色项链，下面有一个银色的水滴形吊坠。随意在腰间一系的白色T恤下面，露出了一圈细嫩的腰肉。

何潮心中一荡，忙收回目光，咳嗽一声掩饰自己的失态：“男人喜欢一切美的事物，包括美女。”

“喜欢就喜欢，不喜欢就不喜欢，真没出息，连承认的勇气都没有。”江阔白了何潮一眼，又“扑哧”乐了，“上次时间匆忙，没来得及听你说你前女友的故事，来，讲讲你和她的往事。”

何潮被逗乐了：“无可奉告。”他又斜着眼睛大胆地看向江阔，“怎么着？你关心我和艾木的故事，是不是喜欢我？喜欢一个人才会对他的过去感兴趣。”

“你想多了，我只不过是闲得无聊。”江阔摆弄了几下自己的手指，“不说就算。”

江阔说闭嘴就闭嘴，不再多说一句话，空气一时有几分凝固，气氛稍显尴尬，好吧，既然身为男人，就应该大度一些，何潮主动打破了沉默：“要不你先说说你和前男友的故事……”

话一出口何潮就后悔了，和女孩讨价还价最让男人有失身份、有损风范，他正要圆场解释一下，江阔却轻声一笑，大方地说道：“好呀，你想听，我说说也无妨。我和他是大学同学。很老套，但很流行的日久生情的套路，在现实生活中处处适用。后来哥哥反对我和他在一起，因为他出身一般，哥哥觉得他配不上我。我让他和哥哥单独谈谈，他却没有勇气面对哥哥，我就提出了分手。一个没有勇气面对挑战的人，永远不会有成功的机会。好了，我的故事讲完了，该你了。”

“这么简单？”何潮眨了眨眼睛，不是他不相信江阔，而是觉得江阔如此沉静淡然，像经历了许多世事一样，没想到她感情经历这么苍白，就笑了笑，“你也有点过于挑剔了，他一个学生怎么有勇气面对一个呼风唤雨的大人物呢？如果我没猜错，你哥肯定是一个成功人士。”

“你不也刚出校门，面对庄能飞时从容镇静，从不怯场，比他强了太多。”江阔眉毛一挑，狡黠地笑了，“我相信你和艾木分手时，没有纠缠不休，而是转身离去，后会无期。”

何潮见江阔既不肯定又不否认她哥哥的身份，也不再问：“你认为我就这么无情无义？”

“不是无情无义，而是当断则断。”

“你的前男友还一直纠缠你？”从江阔的语气中何潮大概猜到了什么，他并没有因为江阔对他的认可而沾沾自喜。他和艾木分手，心里的苦涩只有自己知道。

“嗯。”江阔神色黯然，点了点头，叹息一声，“真的很没出息，不敢面对我哥，总是逼我，让我去说服我哥。连这么一个小小的难题都不去迎战，不敢自己解决，以后我还能指望他什么？”

第十六章

美女投资人江阔

何潮心中微起波澜，想起了艾木和辛有风。艾木离开他是因为要去美国，辛有风放弃周安涌是因为庄能飞更帅、更有实力，江阔和前男友分手是认为前男友太软弱，不够坚强。难道纯真的爱情只存在于校园之内？现在的女孩都这么现实吗？

他又一想，也不能怪江阔现实，谁又不是在薄情的世界里努力而深情地活着？但活着要有勇气，要有毅力，而不是事事依靠别人。

门一响，庄能飞推门进来了，身后跟着辛有风和一个身材高大、面孔方正、皮肤黝黑的男人，他穿了一件粉色Polo衫，下身是笔直的西裤，脚上是锃亮的皮鞋，光可鉴人。

相比之下，穿了蓝色Polo衫的庄能飞虽然头发也是一丝不乱，但严谨和周正就有所不如了。再注意到来人手中紧握的平板圆角手机，何潮就对来人有了一个初步的直观印象——庄能飞是外在圆润而内在严谨，而来人则正好相反，是外在严谨而内在圆润。

庄能飞目光一扫，微微一愣："安涌没在？"

"他晚些来。"何潮看了一眼墙上的石英钟，六点半了，周安涌也差不多该到了，他相信周安涌会回来参加今晚的宴会的。

庄能飞没有多想，介绍了来人："介绍一下，曹启伦曹老板，是我多年的朋友，深圳电子制造业的开拓者和龙头老大，也是我来深圳的领路人……"

曹启伦哈哈一笑，自顾自地在主位坐下，顺手将手机放在桌子上，反客为主："来，都坐，都坐。能飞，你坐我左边，有风，你坐能飞旁边，这位美女是谁？"

江阔主动自我介绍："曹总好，我叫江阔，来自香港，是投资人。"

"江阔？名字挺大气，来，坐我右边。"曹启伦笑眯眯的样子像人畜无害，打量江阔时的眼色却有几分意味深长。

江阔摆了摆手，淡然一笑："不用了，我还是坐在何潮身边好了，太重要的位置，我可不敢坐。"

不知为何，曹启伦就想让江阔坐在身边，他不依不饶："怎么？江小姐是不愿意和我坐在一起了？是怕降低了你的身份，还是觉得我对你有意思，怕我对你动手动脚？"

江阔脸色一沉："曹总，我和你初次见面，你不要强人所难！"

曹启伦嘿嘿一笑，点了一支烟，狠狠地吸了一口："我知道你想投资能飞的元希电子，元希电子现在暂时是出现了资金链断裂的问题，但缺口不大，也就一两千万，我抬抬手就可以帮他渡过难关。所以，你能不能成功投资能飞的元希电子，全看我的心情。"

顿了一顿，曹启伦又一本正经地说道："元希电子接下来的转型方案我已经看到了，很振奋，很有前景，保守估计，在未来两三年内会提升三五倍的产值，也就是说，你现在投资了元希电子，两三年后退出，会有三到五倍的收益……江小姐，可以坐在我身边了吗？"

何潮不动声色，心中微有怒火，曹启伦见色起意，上来就抛出诱饵来诱惑江阔，摆明了要让江阔服软。言外之意很明白，江阔如果不顺从他的意思，就没有机会投资元希电子！

庄能飞不说话，低头把玩手中的水杯，辛有风眼睛转来转去，悄然向曹启伦使了一个眼神。将一切尽收眼底的何潮多少明白了几分，曹启伦如此逼迫江阔，多半是一场早有预谋的大戏。

目的就是考验江阔的承受能力，借机试探江阔的底线。

江阔脸上的愠怒之色一闪而过，她轻轻抿了一口茶，不慌不忙地放下茶杯："第一，请不要叫我江小姐，叫我江阔就可以，我不喜欢'江小姐'这个称呼。第二，我的投资理念，一是不熟不投，二是只投人不投项目，三是帮忙不添乱。就算两三年后有十几倍的收益，但不是合适的人，我也不会投。第三，我觉得曹总刚才的话对庄老板来说不是帮忙，是添乱。"

一番话说得曹启伦和庄能飞面面相觑，二人愣了半晌，忽然同时大笑。

曹启伦一拍桌子："江妹妹了得，话说得滴水不漏，而且不卑不亢。刚才的事情是我不对，我向你赔礼道歉！"话一说完，他倒了一大杯白酒，足有三两，一口喝干，“怎么样？有没有诚意？”

江阔却不为所动，没有多看曹启伦一眼，淡淡地对庄能飞说道：“庄老板，今天的局，看来你不是主角了？”

庄能飞忙站了起来：“得罪，失礼，江总包涵。我和启伦没有恶意，就是开个玩笑。”

江阔缓缓站了起来，起身就走：“对不起，我不接受没有意义的玩笑。我们之间的交情，至此为止！”

庄能飞和曹启伦二人对视一眼，都十分愕然于江阔如此强烈的反应，二人想劝江阔留下，江阔却执意要走。无奈之下，辛有风只好求助于何潮，她拉住何潮的胳膊：“何哥，你快帮忙说句话，快劝她留下。”

江阔却不等何潮开口，直接堵住了他的嘴：“你别劝我，谁劝我我和谁一刀两断。”

何潮呵呵一笑，帮江阔拎起了包：“我没要劝你留下，我是送你出去。”

在几人不解加震惊的目光中，何潮绅士地帮江阔打开房门，一前一后走了出去。

夜色正好，虽依然热浪滚滚，站在院中的榕树下，却有一丝丝的清凉。

“真气人。”江阔停下了脚步，生气地踢着一根气根，“曹启伦真粗俗，真没水平。要是他们有你一半的礼貌，我也不会真的要走。”

何潮一开始还猜不透江阔到底是真生气还是有意扳回一局，现在明白了几分。一片树叶吹落，飘在了江阔的头上，他轻轻拿下树叶，却没扔掉：“你还不够了解我，也许有一天你会发现，我比他们还没水平。”

“不可能！为什么这么说自己？”江阔被何潮成功地转移了注意力，一脸好奇，“是对自己没信心，还是对别人没信心？”

“人是会变的，形势造人……”何潮故作叹息，“比如现在，我在元希电子收入虽然不高，但也算有一个安身之地。万一庄能飞辞退了我，只要我失业的时间超过一个月，我就会流落街头，风餐露宿不说，说不定在饥寒交迫之下，还会铤而走险，抢劫、偷盗，都有可能，最后被抓进局子……”

“扯太远了，别说了。”江阔被何潮惟妙惟肖的表演逗乐了，“你是真心想劝我回去还是……”

“当然是劝你回去了，作为投资人，如果你不学会控制自己的情绪，以后怎么面对更厉害的对手？”何潮模仿江阔说及前男友时的口气，“连这么一个小小的难题都不去迎战，不敢自己解决，以后我还能指望你什么？”

江阔“扑哧”一声乐了：“少学我说话，讨厌。可是我现在回去，不是太没面子了？”

“台阶我已经替你找好了……”何潮嘿嘿一笑，举了举江阔的包，“你真的想投资元希电子？”

“什么台阶？”江阔想抢回自己的包。

“先回答我的问题。”何潮将包藏到了身后。

“实话实说，确实想。我很看好元希电子的未来，庄能飞是个有格局的生意人，如果能助他一臂之力，他可以成长为一个有远见的商人。电子行业刚刚起步，前景非常广阔。”

“为什么这么说？”何潮想听听江阔的真实想法，如此时机岂能错过。他也清楚江阔来自香港，香港是国际大都会，对未来的走向和风向的把控，会更敏锐、更准确，更何况江阔所站的位置比他高了许多，登高望远，肯定比他的看法更有前瞻性。

“庄能飞的性格很好，简单、直接、大气，初步具备了做大事的潜质。电子行业虽然在内地刚刚起步，但未来一定会是一个需求特别旺盛的行业。BP机问世之后，价格高不可攀，到现在降了30%到50%还多，还有大哥大刚出来时，跟砖头一样大，现在是掌中宝，可见科技发展的速度超出了我们的想象，而且由于规模化生产，成本也在持续下降中，早晚有一天，手机和BP机会成为每一个人都买得起的产品。”

江阔越说越投入，在昏暗的灯光下，眼中有亮光在闪动。何潮心中一动，真是一个因美丽而认真、因认真而知性的女孩，她身上闪耀的光芒不是她的出身，而是她全身心投入时的气场以及魅力。

“庄能飞并不满足于只当一个底端的来料加工者和销售商，他想成为生态链中的一环。不明白生态链的概念？别急，等下我再解释。想成为行业的引领者而不是追随者，我接触过不少深圳的电子加工厂，还没有一人有庄能飞的胸怀和格局，当然，还有他高瞻远瞩的眼光。综合下来，人品不错，又有格局和眼光，从事的还是大有前景的行业，不投他投谁？”

第十七章

曹启伦其人

何潮点了点头，没说话，他在为庄能飞所做的方案里，也提到了未来飞速发展的行业中，肯定有电子制造业的重要位置，虽然他并没有明确指出元希电子应该走一条什么样的发展之路，但思路已经很清晰了，就是必须走自主开发之路，不能永远做发达国家的垃圾回收站以及下游组装厂。

“该你了，台阶在哪里？”江阔趁何潮走神，一把抢走了自己的包，“以后不许再帮我拎包，我没那么娇气，而且和你关系也没那么近……”

“得令。”何潮嘻嘻一笑，还有模有样地敬了一个礼，“台阶就在房间里。”

房间里，庄能飞和曹启伦、辛有风相对而坐。

“何潮能追回江阔吗？”曹启伦微微皱眉，他对何潮的观感一般，不相信何潮的能力，“刚才的戏演过了？我觉得还好，恰到好处，江阔也太有个性了，千金小姐的脾气不改，以后很难在内地立足。内地不是香港，香港看重利益，内地在利益之外，还讲究人情。”

“毕竟还年轻嘛，年轻需要成长，成长需要代价。”庄能飞自嘲地摇头笑了笑，“想当年我刚入社会的时候，比她还愤世嫉俗，后来不也被磨平了棱角？启伦，你发现没有？自始至终，何潮都稳坐不动，他既没有周安涌的冲动，也没有江阔的个性，像早被磨平棱角的中年人，可是他才大学毕业，这说明了一个问题……”

“什么问题？”曹启伦不动声色地笑了笑，“说明何潮少年老成，还是说明他城府很深？”

“都不是，说明何潮性格沉稳，做事三思而后行。”庄能飞哈哈地笑了，“我倒觉得他很有你当年的风范。”

曹启伦却不以为然地摇了摇头："他和我比不了，给他100年他也赶不上我。说实话，我看不上他，总觉得他处处让人不舒服。"

辛有风对何潮印象一向很好，正要开口替何潮说几句，门一响，周安涌进来了。

周安涌只扫了一眼就愣在了门口："何潮人呢？"

庄能飞想解释一番，何潮的声音却在周安涌身后响起："在呢，刚才和江阔出去接你，没想到你倒先到了。"

何潮的身后跟着江阔。

一见江阔回来，庄能飞和曹启伦忙起身迎接。江阔依然脸色阴沉，径直来到座位上，拿起何潮有意留下的手机，转身要走："我只是回来取一下手机。"

曹启伦和庄能飞此时才注意到江阔的手机遗留在了桌子上，又见何潮一脸得意的笑意，就知道是何潮有意为之，二人惊讶何潮的细心之余，忙纷纷劝说江阔留下，江阔见好就收，顺水推舟，坐回了原位。

周安涌并不知道发生了什么，但也能猜到大概。他看到了曹启伦右边的空位，当仁不让地坐了过去："我坐曹总身边，多和曹总喝几杯酒，曹总没意见吧？"

曹启伦对周安涌印象挺好，周安涌主动坐过来，正好让他有台阶可下，连忙欢迎。

和上次完全不同的是，周安涌一反常态，并不因为辛有风在场而尴尬，反倒放得很开，不但和曹启伦谈笑风生，还主动敬了庄能飞和辛有风几杯，让庄能飞暗暗称奇，不知道周安涌为何会有如此变化。

何潮却是心里有数，莫非周安涌和郑小溪达成了什么共识？周安涌一边频频和曹启伦、庄能飞碰杯，一边和江阔聊得开心。

虽然不止一次听庄能飞提起过曹启伦，但曹启伦到底是何许人也，何潮还是不太清楚。江阔却对曹启伦了解不少。曹启伦，广西人，师范大学毕业后，在广西柳州任教，后辞职下海，先在广州经营数码电器，来到深圳后，涉足电子制造业，创立了启伦科技，以生产电脑机箱、鼠标为主，兼顾BP机的零配件。

启伦科技年产值在2亿元左右，利润超5000万元，可以说，曹启伦是深圳业内有名的风云人物，人称曹老三，意思是说启伦科技是仅次于中作和国盛的深圳第三大科技公司。

当然，深圳科技公司众多，年产值十几亿的比比皆是，启伦科技无论如何也排不到第三，之所以一直被人称为业内前三，是因为启伦科技的创新和研发能力确实可以排到业内前三。在其他科技公司都处于进行来料加工等低端运营时，启伦科技就开始了产品储备和技术研发，不但在电脑主板的研发上有所突破，而且成功地生产出拥有自主知识产权的程控交换机的一个关键零配件。

曹启伦是庄能飞进军电子行业的领路人。1992年海南房地产业崩溃时，庄能飞侥幸没有全军覆没，带了一笔资金从海南前来深圳发展，还想继续从事老本行——房地产的开发，但深圳不比海南。

海南房地产公司众多，地也多，所以才造成了总人口不过655.8万的海南岛上竟然出现了两万多家房地产公司。短短三年，房价增长超过4倍，600多栋“烂尾楼”、18834公顷闲置土地和800亿元积压资金，仅四大国有商业银行的坏账就高达300亿元。开发商纷纷逃离或倒闭，不少银行的不良贷款率一度高达60%以上。

“天涯”“海角”“烂尾楼”一时间成为海南的三大景观。

深圳用地紧张，房地产的发展比海南健康有序，且已经形成了龙头效应，不但有站稳脚跟的万科，崭露头角的恒大和保利，还有焦头烂额的广信——广州国际信托投资公司。

亚洲金融危机爆发以后，广信由于经营管理混乱，出现了严重的外债支付危机，疲态皆现，下滑严重，而万科正在逐渐剥离和房地产无关的领域，正在大做减法，专注于房地产专业发展道路。历史在1997年划出了一条令人印象深刻的分界线，广信的地产一哥之位，在1997年正式转交到了万科手中。

正是看到了深圳房地产发展的良性和规模化，庄能飞手中有限的资金和人脉想在深圳立足并且打开局面难如登天。正在此时，他认识了曹启伦，在曹启伦的开导和引领下，进军了电子行业。

何潮听完江阔对曹启伦的介绍，点了点头：“为什么曹启伦不收购庄能飞的元希电子呢？刚才他说抬抬手就能帮庄能飞渡过难关，多半是随口一说，有意给你施加压力。”

何潮的分析正合江阔之意，她眼中闪过一丝光彩：“在刚开始接触庄能飞时，我就问过他这个问题，他的回答是，一山难容二虎，除非一公一母，他和曹启伦都是个性太强的人，不可能共事。”

“借口。”何潮暗中打量了曹启伦和庄能飞一眼，二人有了五分酒意，正眉飞色舞地聊个不停，周安涌也加入了二人的对话之中，辛有风却没怎么说话，一副心不在焉的样子，“应该是曹启伦现在也资金周转不灵，没有办法帮庄能飞过关，或者是，他压根儿不想帮助庄能飞……”

江阔抿着嘴唇、眯着眼睛开心地笑了，尽管她也猜测何潮如此说是为刚才曹启伦对她的不敬圆场，但内心还是无限欢喜，主动倒了一杯酒：“我一向相信你的观察力和推测，来，敬你一杯。”

何潮确实既有猜测曹启伦和庄能飞的真正关系之意，也有安慰江阔之心，见江阔倒满了一杯啤酒，不由得愕然：“你不是不喝酒？”

“一般情况下不喝酒，要是遇到了合适的人，也能小酌几杯。”江阔先一口喝干，“等下结束后，我还有事情问你，你先别走。”

“何潮，怎么只顾和美女说话，连酒也不敬了？”曹启伦的目光中有几分敌意，紧盯着江阔，“怪不得江美女不肯坐在我的身边，原来是和何潮有情况。何潮，你来深圳多久了？”

江阔眉毛一扬，想说什么却被何潮制止了。何潮举起酒杯：“敬曹总一杯，我干了，曹总随意。”一口喝干后，他又说，“来深圳一个多月了。”

“深圳是一个快节奏的城市，一个多月了，如果还没有什么收获，我劝你不如回去，可能深圳不适合你。”曹启伦很看不惯何潮的镇静和自信，他和江阔谈笑自如，窃窃私语，十分亲密的样子更是让他妒火中烧，“你现在一穷二白，什么都没有，还想去追江大小姐，是不是太不自量力了？不如多喝点儿啤酒，等下好撒泡尿好好照照自己，哈哈。”

周安涌脸上的笑容瞬间凝固了，酒杯一放，脸色一寒，就要发作。何潮是他的死党、发小和铁哥们儿，不管曹启伦是谁，当面羞辱何潮，就是打他的脸。

何潮轻轻咳嗽一声，又朝周安涌使了一个眼色，接过了话头：“不劳曹总操心，我是不是留在深圳，要不要追求江阔，都是我的个人问题。曹总真是热情，才见面就关心我的工作和感情，难道曹总要给我介绍工作和女朋友？”

曹启伦以为可以激怒何潮，不料何潮云淡风轻，不但没有生气，反倒顺水推舟，他心中大为不满，脸上却依然大大咧咧地笑着。

第十八章

威逼利诱

“工作有的是，如果在能飞这里干得不顺心，来我公司也没问题，待遇提高一倍。女朋友也有合适的，现在就给你介绍一个，叫邹晨晨，早晨的晨，苏州人，漂亮、干练、能力超群，要不要马上就叫她过来认识一下？”

虽然在笑，曹启伦的眼神中却已经有了凶狠之意。

何潮不甘示弱：“好呀，感谢曹总好意。不过现在是庄总的局，不如等下次曹总做东时我们再好好聊聊工作和感情问题？”

“不行，现在就聊！”曹启伦见何潮毫无退让之意，江阔更是一副似笑非笑的嘲笑表情，顿时怒了，拍案而起，“现在你就给我一个明确答复，是不是要跳槽到我的公司？要不要和邹晨晨见面相亲？”

何潮第一次遇到如此强人所难的局面，说不紧张和担心那是骗人的，只是既然是自己的难关，肯定要自己面对，他也站了起来：“感谢曹总盛情，跳槽的事情，先不考虑了。和邹晨晨见面相亲……没问题，随时可以。”

“不行！”何潮不全面退让，就等于曹启伦输了，他曹启伦怎么能输给一个毛头小伙子？他在深圳不管是黑道、白道，政界、商界，都算是一号人物，从来没有人敢当面驳他的面子，江阔是第一个，何潮是第二个，而且何潮明显是在替江阔出气，他越想越觉得愤恨难消：“今天你得罪我了，何潮，我的脾气你也许还不知道，所有得罪我的人，如果不能让我消气，都过不了夜。”

周安涌实在忍不住了，站了起来：“曹总的意思是除非何潮答应你的两个条件，否则今晚就过不去了？”

江阔也站了起来：“曹总，你公开挖庄总的墙脚，当面打脸，太没涵养，也太没水平了。庄总，你说句话。”

庄能飞嘿嘿一笑站了起来："启伦，差不多就行了，别和年轻人过不去，何潮还年轻，又喝了酒，要不，让他陪你再多喝几杯酒？"

"不行！"曹启伦寸步不让，凶悍之气迸发，"今天何潮要是不给我一个明确的答复，别怪我对他不客气，你出面护着也不行。能飞，你别管，这是我和他之间的事情！"

庄能飞脸上闪过一丝不快，却忍了。辛有风起身来到曹启伦身边，端起一杯酒高高举起："曹总、伦哥，消消气，年轻人不懂事，你和年轻人计较，不也落了下乘？来，我陪你喝几杯，有什么不满，尽管冲我来。"

曹启伦脸色稍微缓和几分，上下打量辛有风几眼，轻蔑地一笑："听能飞说他新处了一个女朋友时，我还有几分不理解，他现在是钻石王老五，干吗在一棵树上吊死？天下漂亮姑娘多的是。见了你才知道，能飞眼光不错，你有味道，有风情……"

何潮哭笑不得，曹启伦简直了，不分场合、不分对象，想调戏谁就调戏谁，连辛有风也不放过。他到底是不会做人，还是从来不知道照顾别人的感受，又或者是，是在演戏？

庄能飞暗暗握紧了拳头。

和曹启伦认识时间也不短了，对曹启伦也算有所了解，曹启伦为人仗义，有担当，优点不少，但最大的缺点就是酒品不行，只要喝醉必然闹事。要么打人、骂人，要么调戏美女，总之不会安生。而且曹启伦最大的问题是好色，好色也可以理解，男人不好色，世界上的美女都失去了美丽的意义，但好色也要讲究时间、场合，也要分清对象。有些美女只能是合作伙伴，有些美女招惹不起，而有些美女又有所企图。

醉后的曹启伦不管对方是什么来历、身份，只要是他看上的，必会嘴上挑逗再加上动手动脚，庄能飞不止一次替曹启伦善后了。最可悲的是，他和曹启伦在女人的审美上惊人一致，只要是他介绍的女孩，曹启伦无一例外地喜欢。

记得有一次他介绍深发行的一个支行行长给曹启伦认识，行长带了一个美女助理，是小巧玲珑的四川妹子，酒量不错，能说会道，嘴甜手快，曹启伦当时就看上了。

圈里的规矩是，朋友带来或介绍的女孩，不管是助理还是朋友，都要先弄清二人之间的关系，一见面就打朋友的女性朋友的主意，是不懂规矩和没有见识的表现。曹启伦不是没有见过世面，也经历过大风大浪，在女人上面也没少吃过亏，但还是改不了猎艳的毛病。

结果几杯酒下肚，曹启伦拉着行长助理的手大谈特谈他的男女经，将他经典的“四不”原则和盘托出：“不主动，不拒绝，不负责，不善后。”曹启伦逗得助理乐不可支，笑得前仰后合，而行长的脸色越来越难看。后来第二场KTV唱歌，曹启伦又借机揽着助理唱《一剪梅》时，行长终于忍无可忍，拂袖而去。

尽管后来庄能飞了解到行长和助理并没有任何暧昧关系，行长对助理也没有什么超越上下级界限和友谊的想法，但即将到手的一笔贷款还是泡汤了。原因很简单，行长是一个原则性极强的人，最看不惯酒后无品的人，他的理念是，一个男人酒后失礼发酒疯，是内心压抑的表现。这个男人不管清醒时多正常、多彬彬有礼、多有分寸、多有智慧，但如果不能控制自己的酒后行为，面临重大选择或是巨大压力时，会和发酒疯时一样崩溃失控。

曹启伦在女人问题上栽了不少跟头，作为合作伙伴和兄弟，庄能飞多次苦口婆心地劝说都无济于事，他也就死了心。每个人都有自己的短板，曹启伦的短板就是女人。好在曹启伦虽然和他在女人的审美上高度一致，但还没有发生二人共争一个女人的事情，因为大多时候他会让着曹启伦。

但辛有风不同。

辛有风不是风月场所的女人，她是庄能飞的正牌女友，是他真心喜欢的姑娘，庄能飞的脸色就极度阴郁了，他大步来到曹启伦面前，将辛有风拉到身后，干笑一声：“启伦，别过了！”

“不行！”曹启伦还是重复他的口头禅，他用力推开庄能飞，手指何潮，眼睛却看向辛有风，“他们两个人，得有一个过不了今晚，你可以选择是谁，但得按照我说的来！”

江阔冷冷一笑：“我建议报警。”

“报警？江大小姐，这里是深圳，不是香港。”曹启伦摇晃着来到江阔面前，手指只差十厘米就指到了江阔的鼻子，“你报警试试？信不信赶来的警察见到我转身就走，就当没出警一样？”

周安涌拎起酒瓶冲了过来，就要动手，何潮朝他使了一个眼色，让他先不要动手，随后右手一挥，推开了曹启伦的手指：“曹总，今晚我就不想过了，陪你到天亮，说吧，怎么玩？”

曹启伦本来就看何潮不顺眼，又见江阔双手抓住何潮胳膊躲在何潮身后，小鸟依人，而何潮昂首挺胸，毫不畏惧，曹启伦更是怒不可遏，一掌拍在桌子上：“来来来，是男人就不要躲，我们单挑！”

“怎么个单挑法？”何潮推了推身后的江阔，示意她离远一些，他又一脚踢开了椅子，“曹总画出道道来，怎么都行，年轻人，让前辈说了算。”

庄能飞还想开口相劝，却被曹启伦制止了。曹启伦的目光依次从庄能飞、辛有风、周安涌和江阔几人的脸上扫过：“先说好了，谁也不许帮何潮，谁帮他就是和我过不去。庄能飞，你要是帮他，我们的交情一刀两断，从此我不当你是兄弟。辛有风，你不帮何潮，我送你一台最新的IBM笔记本电脑。周安涌，你不帮何潮，可以来我公司工作，月薪5000元起。”

何潮明白了，曹启伦只不过是借题发挥，假装发酒疯，他没有醉，头脑清醒得很，各个击破的战术运用娴熟。

庄能飞张了张口，想说什么又咽了回去，辛有风看了庄能飞一眼，低头不语了，周安涌冷笑一声，和何潮并肩站在了一起，用行动回应了曹启伦。

何潮微微点了点头，轻轻推开周安涌：“我自己的事情，自己解决，等我没牌可打了，你再上。”

周安涌和何潮并肩作战无数次，二人早就形成了默契，只要何潮说没牌可打时，他就会上，否则他会在一旁警戒，盯紧随时可能在背后朝何潮出手的其他人等。

场中唯一可能朝何潮背后下手的就是庄能飞了，周安涌冲何潮点了点头，悄然朝旁边错开几步，离庄能飞近了几分。

见大局已定，曹启伦哈哈一笑：“听说你上次和能飞拼过一次酒，拼酒是文比，没意思，今天我要和你武比，敢不敢？”

“怎么个比法？”

“元希电子门前的梅丽路是双向八车道，现在是晚上7点多，路上的车还有不少，谁敢闭着眼睛横穿马路，谁就赢了。”曹启伦是没喝醉，但也有几分醉意，他酒气往上涌，摇晃一下，嚣张地笑道，“敢不敢？不敢就是王八蛋！不敢就是草包，就不是男人！”

“启伦！”庄能飞怕了，“别胡闹，会出人命的。”

第十九章

深圳第二课

庄能飞知道曹启伦一向以胆大著称，当年发家也是孤注一掷赌对了一把。曹启伦最初来深圳，靠炒股赚了第一桶金。当时深交所刚刚开业，第一天他就早早去排队。为了防止有人插队，后面的人必须紧紧抱住前面的人，中间不能留一丝缝隙，不管前面的人是男是女，是胖是瘦，是香是臭，反正只要抱不紧，被人挤出去，就没有机会再回去了，只能到后面重新排。

总有一些人来晚了，想插队，负责维护秩序的保安就拿着竹竿当武器，谁敢插队就打谁。长长的竹竿又长又硬，打在身上，火辣辣地疼。

曹启伦来得早，所以排得十分靠前，他紧紧抱住前面体重超过200斤的大胖子，望着只有数米之遥的深交所的大门，双眼放光。虽然太阳当空照，他汗流浃背不说，还被前面胖子的体味熏得几乎晕倒，但他咬牙坚持，因为他清楚，只要迈进了深交所的大门，就意味着他的个人财富可以瞬间翻上十几甚至几十倍！

虽然是没有任何技术含量的财富升值，但时代大潮来临之时如果不抓住机会，他会后悔一辈子。因为电梯在上升时，不管是官员、商人，还是学者、民工，都会被电梯带到顶层，都会因时代的前进而享受红利，前提是，你得先挤上电梯。

在距离大门只有不到三米时，突然发生了意外——身前的胖子实在忍受不了过高的气温而一头晕倒！胖子晕倒也就算了，还带倒了曹启伦。

曹启伦出列了！

在距离财富升值几十倍只有不到三米时，他出局了，曹启伦的大脑一瞬间失去了思索能力，他倒在地上，望着一条条各色的大腿和各种颜色、形状的鞋子，而他的位置被迅速补充，倒在地上中暑昏迷的胖子却无一人理会，他就知道人群已经失去了理智，在巨大的财富面前，疯狂是唯一取胜的法宝。

曹启伦只停顿了两三秒时间，条件反射一样从地上一跃而起，冲进了队伍之中，试图插入他原来的位置。但是替补上来的人不同意，想用力推开他，他知道此时不能退让，前进一步是富翁，后退一步是穷光蛋，几乎就是生与死的距离。

正当曹启伦竭尽全力想重回队伍之时，被保安发现了。保安用长长的竹竿用力敲打他的后背，让他不要插队。曹启伦被打得生疼，却不肯退让，用尽全身力气非要挤回原来的位置，并且解释说他没有插队，只是归位。保安不听，继续敲打曹启伦，而且一下比一下力气大。

曹启伦被打得几乎忍受不住，但依然硬着头皮坚持。保安怒了，竹竿从后背转移到了头上、手上，一下，十下，几十下，曹启伦被打得头破血流，鲜血顺着头发流到了衣服上，触目惊心，手上也是伤痕累累，有些地方甚至露出了骨头。

即使如此，曹启伦依然没有放弃，没有后退一步，终于，不但替补者被他的毅力折服，就连保安也放弃了敲打，悻悻地扔了竹竿："疯了，要钱不要命！"

曹启伦的付出得到了回报，他买到了想要的股票，半年后翻了数十倍，抛售之后，捞到了第一桶金。出乎所有人意料的是，曹启伦并没有继续投资股票，而是转到了实业上，从此，他开始了发家之路。

此事传诵一时，也成了曹启伦日后炫耀的资本。不管是谁，只要听到当年曹启伦浴血挺进深交所的一幕，都不由自主地对曹启伦肃然起敬。

正是知道曹启伦要钱不要命的疯狂，庄能飞才要阻止曹启伦继续胡闹下去。开什么玩笑，梅丽路虽然不是主路，但汽车、摩托车，以及拖拉机众多，闭着眼睛穿过去，不死也得重伤。

"说好了你不要管。"曹启伦伸出一根手指，轻蔑地晃了晃："何潮，你要是不敢，主动认输，跪下来叫我三声爷爷，我就可以放过你。或者是江阔主动过来坐我旁边，陪我喝酒，我也可以高抬贵手。"

江阔不想事情闹大，也是担心何潮安全，挺身而出："好吧，我陪你喝酒。"

何潮笑着摇了摇头："不，现在我很有兴趣闭着眼睛穿过梅丽路。庄总为我上了深圳第一课，让我学会了取舍。曹总现在为我上深圳第二课，是在教我拼搏。"

夜风一吹，曹启伦清醒了大半，他站在元希电子的门口，望着车辆络绎不绝的梅丽路，心中闪过一丝懊悔，这么晚了竟然还有这么多车，早知道不如和何潮拼酒省事。

几年前曹启伦和人打赌，也曾在晚上闭着眼睛横穿梅丽路。深圳发展太快，几年前的半夜路上几乎没什么汽车，现在不同了，车流如河流，奔流不息，别说闭着眼睛穿越了，就是睁着眼睛也不可能过去。

但不能现在就认尽，曹启伦只好硬着头皮干笑几声，指着汽车呼啸不断的梅丽路，大声说道："何潮，你现在后悔还来得及，只要你答应我的两个条件。"

何潮之前对曹启伦的判断是外在严谨而内在圆润，一番接触下来，他又在外在严谨、内在圆润之上多加了一条——好面子、自大，但还算有度。他看出来了，曹启伦打退堂鼓了。

现在是最考验一个人意志的时候，作为成年人，谁也不会真的拿命开玩笑，当然也不排除真有酒后傻大胆非要玩命的，他相信曹启伦不是一个不顾一切的赌徒。

"何潮！"江阔大喊一声，冲何潮摇了摇头，不让何潮以身涉险。

辛有风紧紧抓住庄能飞的胳膊："能飞，快想想办法，别让曹总再闹了，会出人命的。"

庄能飞反倒镇静了下来，拍了拍辛有风的脑袋："老曹有时是过分一些，但不是亡命之徒，他不是好面子吗？现在我倒要看看他怎么收场。"

周安涌更是双手抱胸，一脸冷笑，他对何潮是无比相信，眼前的难关就像何潮所说的一样，是深圳第二课，必须过关，而且必须得他自己过关。

何潮冷冷一笑："曹总，现在有三个选择，我先过，曹总先过，大家一起过，曹总的意思是？"

见何潮事到临头还毫无退缩之意，曹启伦顿时火起："老子还怕你？你算老几，敢跟老子叫板……"

何潮顺势接下曹启伦的怒火，顺手一推："我可不敢向曹总叫板，所以请曹总先过了。"

"你……"曹启伦顿时气馁，才往前迈出一步，一辆汽车瞬息开过，带动的劲风吹得他向后退了一步，幸好何潮及时扶了他一把。他咽了一口唾沫，至此完全酒醒了，脖子一挺："要过一起过，要不显得我欺负你。"

"好呀，我没意见。"何潮和曹启伦并肩而立，"我数到三，一起过马路，一、二……哎哟！"

"三"还没有出口，何潮忽然脚下一滑，一屁股坐在了地上，捂着脚踝大叫不止："崴脚了，疼死我了！"

曹启伦先是一愣，马路牙子才十几厘米，又有路灯，何潮看得清楚路况。刚才迈开脚步的时候，他清楚地看到何潮是正常落地，根本没有踩空，好好的怎么会崴脚？曹启伦正要嘲笑何潮时，忽见何潮朝他眨了眨眼睛，他立刻明白了何潮的意思，台阶来了，再不赶紧下来，难道非要拿命去赌？

“算了算了，何潮崴脚了，我就放他一马，总不能和一个瘸子过不去不是？”曹启伦大手一挥，挺起了胸膛，“不过何潮，先记上账，你欠我的早晚得还。”

嘴上这么说，曹启伦心中却暗自庆幸，他纵横商场多年，在场面上从未输过，今天要不是何潮足够机智，以崴脚化解了僵局，他还真的过不了关。这么一想，曹启伦不由得对何潮感激了几分，更对何潮的观感改变了不少。他也见识过不少大学生，要么腼腆，要么是书呆子，要么过于活络，总是游戏人间，只有何潮，他镇静自若不说，分寸还拿捏得恰到好处。

或者是，看似被他掌控了主动，实际上是何潮顺水推舟先好好捉弄了他一番，在最后关头又主动退让，制造一个台阶让他下来，保留了他的颜面……曹启伦心中猛然一跳，想清了其中的环节，再看何潮时的目光就多了几分惊讶和敬佩，厉害呀，这么年轻就有如此手段，收放有度，人才，难得的人才！

曹启伦酒一醒，就恢复了理智，虽然看何潮还是有几分不顺眼，毕竟心里不是很舒服，竟然被一个毛头小伙子摆了一道，但也得承认何潮确实暗中帮了他的忙，要不他闭着眼睛横穿马路，非得出事不可。

“好，好，记账，记账。”何潮见曹启伦闻弦歌而知雅意，顺势接下了他制造的台阶，就暗暗一笑，曹启伦是个枭雄，枭雄一向惜命，他没看错人。

江阔忙将何潮扶起，为了演得更像一些，何潮脚下一个踉跄，身子朝前一倾，就要摔倒。江阔哪里知道何潮并不是真崴脚，吓得不轻，唯恐何潮摔倒，“哎呀”一声伸出双臂将他抱在了怀里。

第二十章

高手过招

尽管是夜晚，路灯昏暗，因离得过近，何潮还是可以看清江阔脸上、脖颈之上细细的绒毛，更显得她的皮肤吹弹可破，白嫩过人。一股淡淡的香气伴随着热气从她身上传来，犹如深谷幽兰的清香，更让人觉得眼前的女子清丽如山茶，美丽如月光。

原本只是不想让众人看出破绽，何潮才打算假装摔倒，然后一扶旁边的路灯就可以站稳。谁想江阔凭空杀出，惊慌之下抱住了他，多了一人，他的重心失去了原有的平衡，假摔就变成了真摔，朝前便倒。

江阔本想帮忙，不料弄巧成拙，何潮继续往下摔去，她惊吓之余不但没有放开何潮，反而抱得更紧了。

周安涌和庄能飞离得远，又事发突然，想出手相助也鞭长莫及。曹启伦虽离得近，却在错愕之间，错过了时机，众人只好眼睁睁地看着何潮和江阔一起摔了下去。

众人都以为何潮和江阔会重重地摔倒在地，并且何潮会狠狠地压在江阔身上，但让所有人都目瞪口呆的是，何潮双手支地，像做俯卧撑一样悬起，而江阔像树懒一样死死抱住何潮，屁股坐在了地上，后背却悬空，并没有着地。

“神了！何潮，你会武功？”辛有风张大了嘴巴，不敢相信自己的眼睛。

“漂亮，有一手。”庄能飞由衷地赞叹一句。

“这么好的机会浪费了，可惜。”周安涌“啧啧”几声，摇了摇头，“何潮啊何潮，你这样以后会没有女朋友的，干吗非要逞强？该上的时候爹着胆子上，别玩情调和浪漫。”

曹启伦却有与众不同的见解：“厉害了，何潮，泡妞高手，欲擒故纵，放长线钓大鱼，有我当年的风范。就凭你这一手，你这个朋友我交定了。”

别人的评价何潮都没有听到，他现在无暇顾及。夏天的衣物薄，可以清晰地感受到怀中的身子从上到下都散发着火辣辣的热力，穿透两层衣衫，直透到他的身上，他是正常男人，正常男人该有的生理反应都有，何况江阔离得如此之近？不但她身上的清香丝丝入鼻，胸前的山峰紧紧相贴，整个人也几乎和他亲密无间地贴合在一起。

更不用说她还是一个高冷、来历神秘、出身不凡的大美女！

双手撑地，何潮感觉双手生疼，体力有几分不支。主要是刚才俯冲时冲力过大，毕竟多了一个人，要是他自己还好说。江阔虽然不重，但少说也有90斤，二人的重量叠加在一起，下冲之力非同小可。

“江、江阔，已经没事了，是不是可以起来了？”何潮小声在江阔耳边说道，感受到她身体的微微颤抖和火热，要不是有曹启伦等人在场，他险些把持不住，“你再不起来，要是我有什么不受控制的动作，你别怪我。再说现在是夏天，太热了，抱在一起取暖会中暑……”

“扑哧……”江阔面红过耳，笑了，她将头埋在何潮怀里，不敢面对何潮，主要也是因为离得太近了，面对面的话距离不超过五厘米，嘴和嘴会碰到一起，“谁和你抱在一起了？人在慌乱之下，连根稻草都会抓住。你不过是一根人形稻草罢了。”

一边说，江阔一边挣扎着起来，一不小心又摔了一跤，何潮只好伸手去拉她的手，却被她推开，她噘着嘴：“不要你管，我自己的问题自己解决，你起开！”

怎么说翻脸就翻脸？何潮一脸莫名其妙，正要问个明白，曹启伦却拍了拍他的肩膀，在他耳边小声说道：“你还年轻，不懂女人。当一个女人被你突破了第一层心理防线时，她会对你有一种又爱又恨的心理，就像吃了一碗麻辣烫，又麻又辣又刺激，生理上拒绝，心理上享受，欲罢不能。女人天生矜持，又要隐藏心思，所以表现出来，像恼羞成怒，其实是欲拒还迎。恭喜你兄弟，你算是过了第一关，接下来只要加大攻势，不愁拿不下江阔。”

何潮心中大喜，不是惊喜他有希望拿下江阔，实际上他在江阔面前还缺少足够的自信，而是惊喜曹启伦对他的认可，自己的一番努力总算没有白费，曹启伦果然是聪明人，知道他的良苦用心。

曹启伦心情忽然大好，提出第二场他请客，去当年明月KTV唱歌。江阔借口有事离开了，依然是上次的奔驰S600接上她后消失在了茫茫夜色之中。

周安涌见事情解决得还算顺利，也一时心情大好，突发奇想地约上了郑小溪一起。一行六人来到位于上沙泰然九路的当年明月KTV。

当年明月KTV名字虽然古典雅致，但装修得很现代，包房名字也起得很有意思，一进门是“沧海月明”，左首是“蓝田日暖”，右首是“疏影横斜”，尽头是“柳暗花明”，陪酒小妹穿的不是超短裙，也不是露胸装，而是汉服。

曹启伦选了“柳暗花明”包间。

本来庄能飞的意思是今天最好素局，毕竟有辛有风和郑小溪在，辛有风却说没关系，郑小溪也是连连摆手，说她没问题。

何潮虽然不止一次见过郑小溪，今天却是第一次近距离接触。特意打扮了一番的郑小溪穿了一件长裙，颇有几分灵动之意，她有一双大眼睛，长相清纯，说话时还会脸红，有一种淳朴的天然之美。

今晚经历了许多事情，何潮心思杂乱，没太留意郑小溪，也不知道都唱了些什么。他脑中不断闪现江阔的身影，感觉像中了什么魔咒一样。后来他又被曹启伦和庄能飞灌了几杯酒，不知不觉就有了六七分醉意。

曹启伦叫了两个陪酒小妹，一个坐在他身边，一个坐在了何潮身边，庄能飞身边有辛有风，而周安涌身边有郑小溪，二人就没有再叫陪酒小妹。

何潮除了胡思乱想，就唱了一首《同桌的你》和一首《漂洋过海来看你》，一会儿想起艾木，一会儿又想起江阔，二人的身影在眼前不停地闪现，最后合二为一变成了一个瓜子脸、柳叶眉，外加烈焰红唇的古典女子。

“哥，想什么呢，这么入神？也不理人家。”瓜子脸陪酒小妹皮肤白皙，鼻尖上有几个调皮的雀斑，非但没有让她减少靓丽，反倒增添了几分可爱，她一脸嗔怪，“是不是觉得我们陪酒小妹都身份低下，不够资格和你们大学生说话？”

何潮收回了思绪，愣了一愣，笑了：“听你的普通话很标准，但长相像南方人，是在北京上的大学？”

“太神了，哥，太厉害了，你是怎么看出来的？”陪酒小妹掩嘴惊呼，夸张的表情十分到位。

何潮在大学期间交友广泛，大致可以分辨北方人和南方人的显著不同，当然也不是绝对，有些人就长得很中性。但大概还是能有一个概率可以看出区别的，他就笑了：“你不也看出了我是大学生。”

1997年时，大学生还是一个很“高大上”的称呼，带着尊重和高看一眼的意思。谁能想到，20年后，会出现本科遍地走，硕士到处有，不是名牌大学毕业生就面临失业危机的现象。

“你身上有与众不同的气质，很沉静……总之，说不出来，但让人感觉很舒服，不像他们……”陪酒小妹一指庄能飞和曹启伦，“一看就是老奸巨猾，咯咯……哥姓什么？”

“何，你呢？”何潮心不在焉，“你是哪里人？为什么会来陪酒？”

“巧了，我也姓何，本家，湖南人。我为什么会来陪酒？说来话长了，我从北京的师范大学毕业后，来到深圳投奔男友，嗯，前男友，结果那个浑蛋勾搭上了一个村主任的女儿，因为村主任家拆迁后分了一栋楼，整整一栋楼，光是租金就让他过上了梦寐以求的睡觉睡到自然醒，数钱数到手抽筋的幸福生活，自然就甩了我。算我瞎了眼，以前一直觉得他是一个靠谱的男人，谁知他那么有钱了，分手的时候，还把个人欠的两万块外债留给了我，男人是不是都这么坏？”

对于男人是不是都这么坏的疑问何潮直接过滤了，他喝了一大口水，猛然一愣：“你是师范大学的？哪一届的？今年刚毕业？”

在得到何小妹肯定的回答后，他差点跳起来：“我们是校友。”

“真的假的？”何小妹不信，“学校操场的东南角有一处小树林，小树林叫什么名字？”

“鸳鸯林。”何潮乐了，“不信我？说不定我们还见过，我经常在操场打球，每次都从女生宿舍楼下路过，你们女生成排地趴在窗户上往下看，有的还冲男生吹口哨。当时还有顺口溜：师范大学无色狼，正人君子排成行。偶尔几起调戏案，作案都是女流氓……”

“信你了。”何小妹伸出右手，郑重其事地笑了，“来，正式认识一下，何遇，何其不幸，与你相遇。”

“何潮，何处春江，春江潮水。”何潮接过了何遇的右手，轻轻一握随即松开，“既然是师范大学毕业生，你应该去教学，深圳很需要教师人才。”

第二十一章

深圳一哥

“我刚找了一份老师的工作，明天上班，今晚是我最后一次坐台了，我们是不是很有缘？”何遇开心地为何潮倒满了酒，“来，同学，干杯。”

曹启伦和周安涌起身上厕所，二人从何潮和何遇面前路过，曹启伦促狭地一笑：“老弟，男人有两大爱好，拉良家妇女下水，劝风尘女子从良，不过你还是嫩了一些，风尘女子的悲惨身世，都是瞎编的，就是想骗你这样的稚儿。你这个是师范大学毕业的，对不对？我那个陪酒小妹还是北大毕业的呢。”

周安涌明显喝多了，双眼迷离，揽着曹启伦的肩膀，脚步虚浮：“对，对，我校友，她还说在学校见过我，在大学里就暗恋我，但不敢和我说话，没想到在深圳终于认识了。KTV的名字还挺应景，当年明月的柳暗花明，哈哈。”

望着曹启伦和周安涌勾肩搭背的背影，何潮心中闪过一丝疑惑，这二人怎么混到一起了？看样子聊得还挺投机，大有相见恨晚之意。

“我也去趟洗手间。”何遇也没争辩什么，起身出去了。

郑小溪坐了过来，嘻嘻一笑：“男人有两大爱好，拉良家妇女下水，劝风尘女子从良。女人也有两大爱好，和穷人谈钱，和富人谈感情，是不是？”

梳了一对羊角辫的郑小溪有三分淳朴，七分可爱，她脸蛋红扑扑的，像抹了一层胭脂，双眼有几分醉意：“何潮，你和周安涌从小一起长大，你觉得他可靠不？”

“要看你是和他谈钱还是谈感情了，哈哈。”何潮见郑小溪目光中有亮光在闪动，心想郑小溪多半是真喜欢上周安涌了，“我只能告诉你，他对兄弟可靠，对女人嘛……他来深圳是为了爱情，虽然爱情背叛了他。”

“知道了，谢谢你，何潮。”郑小溪甜甜地一笑，回身和辛有风坐在了一起，二人手拉手，也不知道在说些什么，时而窃窃私语，时而朝何潮看上几眼。

庄能飞坐过来，拍了拍何潮的肩膀：“表现不错，启伦的外号叫滚刀肉，很多人都败在他的手下，没想到你能过关，有一套。你的方案我看了，很切合实际，对深圳未来的发展方向也有自己的见解。不过说实话，还是周安涌的方案更有前瞻性和可操作性，我会采用他的方案，任命他担任副总，希望你有心理准备……”

何潮没有多想，点了点头，在他看来不管是他还是周安涌，只要有任何一人的方案被采纳就是胜利，而且庄能飞兑现承诺，真能任命周安涌担任副总，也算是天大的好事，等于是他二人的深圳之路又拓宽了。

只是他的心中还是隐隐有一丝不解，他的方案应该说已经十分完善了，方方面面都考虑周到，虽说并未亲眼见到周安涌的方案是什么，但根据他对周安涌的了解，周安涌应该是更倾向于市场换技术的方向，类似于一汽大众和上海大众以市场换技术的贸工技之路，而他的方案则是希望元希电子走以技术主导市场的技工贸之路。

实践证明，两家大众引进合资十几年来，虽然帮助德国大众打开了中国的汽车市场，但并没有消化德国大众的技术，从开始到现在一直在做德国大众的高级打工者，充其量只是德国大众的销售合作方。

正想得入神时，何潮忽然听到外面传来了周安涌的怒喝声！

“放开！再不放开，就别怪我不客气了！”

随后又传来何遇的惊呼声：“苗水，你再敢动我一下，我杀了你！”

出什么事情了？何潮和庄能飞对视一眼，二人同时起身冲了出去。

包间门口围了一群人，周安涌、曹启伦和何遇在中间，被五六人围住。中间一个留着分头穿着碎花衬衣的年轻人正和周安涌推搡，周围的人纷纷起哄，就要动手围殴周安涌三人。

庄能飞分开人群冲了进去：“有话好好说，想打架也可以，出去好好打，别在里面动手，影响人家KTV的生意。”

何潮却悄悄绕到了众人背后，所谓射人先射马，擒贼先擒王，先找到关键的一人，解决问题就会事半功倍。

只观察了片刻，何潮就大概弄清了事情缘由，和周安涌对峙的花衫年轻人正是何遇的前男友苗水。二人在“柳暗花明”的门口不期而遇，苗水喝多了，非要亲何遇，被周安涌踹了一脚，苗水当时就火了，叫了一帮人来闹。

表面上看苗水似乎是为首者，何潮却发现，苗水看似气势汹汹，但每一次推周安涌时，都要回身和身后的一人交流一下眼神，得到对方的默许后，才会继续动手。

苗水的身后之人是一个年约25岁的年轻人，方脸，大眼，浓眉，长相很英俊，穿着很随意，但全是价值不菲的名牌，神态傲然，一副目中无人的姿态。最醒目的是他一双英气逼人的眼睛，颇有几分威武之气。

周安涌看到了躲在人群背后的何潮，暗中朝何潮使了一个眼色，让何潮更加确定他的猜测没错。他慢慢挤进人群，渐渐靠近了苗水和他身后之人。

曹启伦来到KTV后喝了不少酒，此时又恢复了滚刀肉的状态，他在深圳多年，经历大大小小场面无数，比周安涌底气足多了，在苗水再一次和周安涌推搡之后，他顿时暴起，一拳打在了苗水的脸上，当即打得苗水满脸开花。

“要打赶紧打，磨磨蹭蹭的，是不是男人？”

曹启伦一出手，苗水的同伴不干了，众人一哄而上，打在了一起。

苗水身后之人在众人动手之际，错身后退，不动声色地退到一边，双手抱胸站在一旁，以一副置身事外的态度袖手旁观。他知道自己一方人多势众，不用他动手，取胜只是时间问题。

只是让他没有想到的是，他的身后忽然逼近一人，一道低低的声音在他耳边说道：“让他们都住手，否则你过不了今晚。”

一惊之下，多年的实战经验让他来不及多想，下意识地回身一拳打去，却落了空，随后右臂一麻，被人扣在了身后。

好快的手法！他心中大惊，想还手却不能，已经失去了先机，被对方扭住了胳膊，吃得死死的。对方手上用力，他顿时吃疼，却咬牙不肯认输：“有本事放过我，我们光明正大地打一架，能打过我，我就放了你们……”

话未说完，对方欺身上前，他的脖子一紧，被对方锁喉了。他顿时感觉呼吸困难，口气立刻软了下来：“有话好说，有事好商量。”

对方不说话，手臂加力，他喘不过气来，好汉不吃眼前亏，当即求饶：“成交，成交！”

对方稍微松了几分，他大喊一声：“都住手！都别打了，再打老子就没命了。”

众人住手，回头一看，顿时大惊失色，老大被人制伏了都不知道，太丢人了。苗水扔下周安涌几人，忙冲了过来，一脸惊慌和谦恭：“郭公子，要不要紧？”苗水又冲郭公子身后的何潮怒目而视：“快放开郭公子，你知道他是谁吗？敢动他一根手指，让你在深圳死无葬身之地！”

没错，偷袭成功，一举擒获对方首领的人正是何潮。

何潮当然不知道郭公子是何许人也了，不管郭公子是什么大人物，反正自己一方不能吃亏，他嘿嘿一笑："不好意思，我不动郭公子手指，动他脖子。郭公子，今天的事情，是苗水有错在先，现在大家各退一步，我们对苗水既往不咎，你们也不再不依不饶，我就放了你，怎么样？"

郭公子连连点头，他还从未被人如此要挟过，是为平生的奇耻大辱，但识时务者为俊杰，先过了眼下一关再说："好，一言为定。"

郭公子以为何潮还会再提什么要求，不料话一说完，脖子一松，何潮当即就放开了他，郭公子顿时大喜，狂妄大笑："小子，你真是太幼稚、太天真了，真以为我会放了你们？哈哈，惹了我郭林选，你们会做一年的噩梦。"

何潮和周安涌不知道郭林选是什么人物，庄能飞和曹启伦却很清楚，二人对视一眼，同时大吃一惊！

郭林选人称"深圳一哥"，是房地产大亨善来集团创始人郭统用之子，他从小被当成贵族培养，在新加坡Swiss Cottage读小学，在英国Winchester College读中学，后在英国伦敦大学读大学。从英国归来，担任了善来集团的董事，但并没有负责任何具体事务。

在巨富众多的深圳，善来集团虽然开发了十几处楼盘，是一家市值高达数百亿人民币的大型公司，但郭统用只能排进前20名富豪之列，郭林选的"深圳一哥"名头，并不是因为郭统用，而是他自己打下的江山。

郭林选回国后，无心帮父亲管理公司，成天流连花丛，除了结交狐朋狗友，就是不断地猎艳，从十八线女星到女主持，从夜总会头牌到女大学生，因为他人帅多金，又口才出众，基本上战无不胜，攻无不克。用他自己的话说，只要是他看上的，不管是高冷的、热情的、虚荣的、冷漠的，他一出马就可以手到擒来。

第二十二章

最长的一夜

郭林选最大的梦想是成为当代柳永，他曾在一次醉酒之后躺在一个女孩的怀中，无限感慨地说道："有一天我死了，全深圳的夜总会、KTV全部停业，所有的姑娘都自发地为我送行，成千上万人的队伍浩浩荡荡地在深南大道排成两列，举起牌子，上写'沉痛悼念为深圳娱乐行业做出卓越贡献的深圳一哥郭林选同志'，你说得有多风光？"

"深圳一哥"的名字就这么传了出去，很快就成了郭林选的外号。本来业内还有许多公子哥儿对郭林选"深圳一哥"的称呼很是不满，郭林选怎么够资格当深圳一哥，当他们不存在不成？后来听说了郭林选"深圳一哥"的名头原来是指娱乐行业的一哥，也就一笑置之了。

虽说深圳一哥郭林选也就是喜欢万花丛中过，情深误美人，既不涉黑，又不走私，比许多圈里的公子哥儿干净许多，但毕竟不是一般人物，郭统用在深圳的房地产业，排名前十没有问题。所以深圳一哥不管走到哪里，总是前呼后拥，随从无数，并且名气很大，让其他公子儿哥羡慕不已。

庄能飞和曹启伦来深圳多年，自认也算是深圳的一号人物，但比起在建市之初就来到深圳的第一代深圳人郭统用，作为第二代深圳人的他们与之相比，还是差了很远。不但资产无法相比，影响力和根深蒂固的人脉，更是不在一个层次。

庄能飞和曹启伦一直想结识郭统用却不得其门而入，不想和郭林选狭路相逢，还打了一架，二人瞬间酒醒了大半。

郭林选一方有七八人，庄能飞一方只有四个男人，真打起来，恐怕不是对方的对手。何潮也没想到郭林选会翻脸不认人，想再拿下郭林选已经没有机会了。郭林选吃亏上当一次，不会再让何潮得手第二次，他躲到了人群后面，指着何潮喊道：

“打他，重点打脸！敢威胁我，让他长长记性，做一年噩梦，记一辈子教训。”

几个人冲过来，张牙舞爪地朝何潮脸上抓来。何潮转身就跑，他虽然不靠颜值吃饭，但重点部位必须保护好，再说他对自己的长相也算颇有信心，要不艾木也不会被他追到。有一句话怎么说来着？长得好看的人才有青春，长得普通的人只有大学。

走廊只有两米多宽，十几米长，人又多，何潮想跑也跑不远，才跑几步就被人追上了。何潮猛然蹲下，双手抱头，后背一挺，身后追赶之人收不住，被他绊倒，结结实实摔了一个跟头。

摔倒一个，后面又上来一个。何潮无奈，只好再跑。跑了一圈，他回身一脚，又踢倒一个。先前摔倒的人又追了上来，同时有二人加入追赶的队伍之中，总共有三人对付何潮一个。

再看庄能飞、曹启伦和周安涌三人，一人对付一个，还不算吃力，何潮欲哭无泪，为什么受苦受累的总是他？

郭林选见何潮被追得很狼狈，不由得哈哈大笑，又打了一个电话，片刻之后，不知道从哪里又冒出四五人，加入了战团。本来还能支撑的庄能飞、曹启伦和周安涌，顿时接连败退。更惨的是何潮，被三四个人围住，眼见就要被打倒在地时……

“住手！”

忽然一道软绵绵、懒洋洋的声音响起，有两个人一前一后从隔壁的“不应有恨”包间里出来，二人慢悠悠地来到郭林选面前，其中一人推了推眼镜，上下打量了郭林选几眼：“你就是著名的深圳一哥？”

郭林选被问蒙了，见来人身穿廉价T恤和一条几块钱的短裤，脚上是一双缠了胶带的拖鞋，眼镜腿也打了绷带，浑身上下的行头加在一起估计也不值100块，他顿时面露鄙夷之色：“你谁呀？谁家的绳子断了，让你跑出来了？”

“真想知道我是谁家的狗？”来人不但没有生气，反倒笑容可掬，他踮起脚尖，在郭林选耳边小声说了几句什么，又指了指和他一起出来的人，“夏良就是他哥，他是夏良的亲弟弟。夏良就在‘不应有恨’包间里，要不要请夏良出来聊聊？”

郭林选脸色大变，连连摆手：“不用了，不用了，替我向良哥问好，我有事先撤了。”他冲苗水一挥手，“赶紧走，别愣着，谁走慢了谁善后。”

转眼间，郭林选一行十几人走得干干净净，地上连一个烟头都没有留下，也算是有素质的一群人了。

庄能飞和曹启伦面面相觑，这谁呀？二人都不认识。

眼镜男趿拉着拖鞋和同伴来到何潮面前，嘿嘿一笑："何哥，第二次见面，有点快，有点突然，更有点惊喜是不是？"

何潮愣了愣，打了对方一拳："你小子怎么也在？"他又看向另外一人，"夏师傅怎么没出车，也来KTV潇洒了？"

二人正是江离和夏正。

回了"当年明月"包间，何潮为庄能飞和曹启伦介绍了江离和夏正，二人对江离和夏正表现出了极为浓厚的兴趣，主要是刚才江离一句话吓走了深圳一哥，这让二人大感好奇和敬畏，能让深圳一哥畏惧之人，肯定大有来历。

但江离和夏正看上去明显没什么来历，再普通不过，那么二人的背后到底有什么了不起的人物？

就连何潮和周安涌也纳闷，一个是落魄的无业游民，一个是出租车司机，怎么就能让郭林选乖乖听话？

江离对解释他二人怎么吓走了郭林选毫无兴趣，将难题抛给了夏正，他忙着安慰何遇。他对何遇一见钟情，何遇遭受了惊吓，还在哭泣，他细心安慰，二人越聊越投机。

夏正在何潮的追问下解释说他有一个哥哥叫夏良，原本也是出租车司机，后来因为地盘问题，来自湖南的出租车司机帮和来自潮汕的卖菜帮经常发生争执，久而久之就发展成了武力冲突。

夏良在带领湖南帮出租车司机还击潮汕帮时，脱颖而出，成了带头大哥，身边慢慢聚拢了一帮血性兄弟。在几次著名的冲突事件中，他都一马当先，冲锋在前，打出了名气，成就了威名，在关内尤其是福田、罗湖二区，成了赫赫有名的良哥。

良哥行事规矩，虽然心狠手辣，但讲义气，有道义，从不乱来，在他的带领下，只要是湖南人有难，求到他的门上，他二话不说必会出手相助，有人就送了他一个外号——及时雨良哥。

良哥也知道暗中的秩序需要动用一定的灰色手段来维护，但从长远来看，还是需要走正途才能长久，所以良哥近年来也逐渐转行，做起了物流。

深圳关内有四霸，福田良哥、罗湖辰哥、盐田煤哥和南山京哥，正好谐音"良辰美景"，就有好事者说，有四哥在，深圳才得以稳中有序。当然只是戏言，但不可否认的是，四人在维护地下秩序上起到了一定的制衡作用。

四人中，良哥并不是实力最强、影响力最大的一个，却是名气最大的一人，郭林选虽然从未见过良哥，但在良哥手下吃过亏，所以一听良哥的名头，当即吓遁了。

庄能飞和曹启伦自然也听说过良哥的大名，得知夏正居然是良哥的弟弟，顿时对夏正刮目相看，接连敬了夏正几杯酒。夏正虽然和夏良是亲兄弟，但二人性格差异巨大，夏正从来没有觉得有一个威名远扬的哥哥有多了不起，相反，他还羞于提及夏良，总觉得夏良再威风，也不如他开出租车赚钱来得踏实。

夏正很感谢何潮对他的帮助，对何潮赞不绝口，庄能飞和曹启伦得知何潮只是包了夏正的出租车一次，就和夏正成了好友，不由得感慨何潮的亲和力，一个朋友遍天下的人，才是胸怀宽广之人。

江离却没怎么和庄能飞、曹启伦说话，也懒得理周安涌，他和何遇一见如故，二人聊得大有相见恨晚之势，当即留下了联系方式。聊到后来，二人惊喜地发现，居然应聘上了同一家学校，也就是说，二人马上就是同事了。

本来庄能飞和曹启伦很想结识一下良哥，何潮察觉到二人的心思，向夏正提议，夏正不好拒绝何潮，跑到“不应有恨”包间，却发现良哥已经提前走了。庄能飞和曹启伦大感遗憾，竟然和良哥擦肩而过。

和江离告别的时候，江离提出送何遇回家，何潮自然没有意见，江离用力抱了抱何潮：“何哥，你是我的福星，每次遇到你都有好事。我不但找到了工作，还遇到了喜欢的人，赶紧祝福我吧，三年后，你会看到一个著名经济学家的崛起。”

夜已深，夜空中星光寥寥，城市的快速发展让夜色越来越灿烂，却让夜空越来越黯淡。年少时可见的漫天星光，逐渐被越来越明亮的夜景替代，是进步还是光污染，谁也不好下一个定论。

站在“当年明月”的门口，望着江离、夏正和何遇远去的背影，何潮伸了一个长长的懒腰，感觉像过了他来到深圳之后最长的一夜。他并不知道的是，过了今夜，许多事情会发生巨大的改变，而他的命运，也迎来了一个突如其来的转折点。

第二十三章

合伙即人生，分开各成功

何潮的目光落在了和曹启伦并肩而立的周安涌身上，庄能飞和辛有风在一旁小声说话，并没有注意到周安涌和曹启伦愈加频繁的互动。何潮眺望远处璀璨的夜色，高楼大厦流光溢彩，霓虹灯闪烁不停，像编织的美丽梦境。

一架飞机从头顶的夜空飞过，像过去的岁月呼啸而过，何潮愣住了，心中有什么东西悄然萌动了。

次日一早，周安涌早早起来，叫醒了何潮。何潮揉了揉惺忪的眼睛："庄总不是说今天上午不上班吗？你起这么早干吗？"

周安涌不由分说地拉起了何潮："少废话，赶紧跟我去见庄总，今天有重要的事情发生。"

何潮还在迷糊："有什么重要的事情？宣布你担任副总？我早就知道了，不算新闻了。"

周安涌愣了片刻，忽然叹息一声："何潮，我们从小到大，还没有分开过，合伙即人生，分开各成功，不管怎样，我们永远是兄弟。"

周安涌怎么突然冒出这样莫名其妙的一句话？不等何潮问清楚，周安涌已经出去了。

庄能飞迷糊中被电话铃声吵醒，他简单洗漱了一番，来到办公室，见周安涌和何潮已经等候多时了。

"怎么这么早？"零点后才睡的庄能飞习惯了十点以后起床，现在还不到九点，他困意未消，打了一个大大的哈欠，目光一一扫过周安涌和何潮朝气蓬勃的脸庞，忽然心满意足地笑了。

昨晚一系列的事情，既有曹启伦有意为之的原因，也有曹启伦任性发挥的成分，最终的结果让他十分满意，可以说，周安涌打八分，何潮打十分。

是的，十分，满分！何潮的表现可圈可点，第一场时和曹启伦的斗智斗勇，尽管何潮最后勉强取胜，但以他的年纪和阅历可以让滚刀肉曹启伦无可奈何，也算是十分难得了。更不用说第二场时何潮先是智擒深圳一哥郭林选，后和良哥的弟弟夏正谈笑风生，这个年轻人，也不知道以后还会给他带来多少惊喜！

当然，庄能飞隐隐担忧的是，也不知道郭林选以后会不会报复何潮，就算郭林选因为忌惮良哥的势力而不会对何潮正面下手，至少可以在商业上暗中堵了何潮的前进之路。

不过又一想，何潮现在只是一个无名小卒，还不够级别和郭林选较量，也入不了郭林选之眼，他高估何潮了，也多虑了。只有何潮的实力超越了他之后，才会被郭林选视为对手。

尽管更赏识何潮，庄能飞却还是要提拔周安涌担任副总，不仅仅是因为周安涌的大学名头更响，还因为周安涌的方案更得他心。周安涌提出的技工贸发展方向，更符合他对未来的预期。而何潮的贸工技之路，虽然短期可见效益，但从前景来看，不够长远，考虑稍欠全面。

人无远虑，必有近忧，庄能飞是一个凡事喜欢考虑长远之人，他虽读书不多，却有自己的见解，他非常推崇的一句话是——自古不谋万世者，不足谋一时。不谋全局者，不足谋一域。

何潮和周安涌二人的方案都没有署名，也不知是疏漏还是刻意为之，他也没有细想其中原因，却一眼就认出了技工贸的方案是周安涌的手笔，因为根据他对何潮和周安涌的观察与了解，只有周安涌才有如此的格局和眼界。

更重要的是，方案通篇都是打印而成，技工贸的方案最后，有几个错字用铅笔标注了出来，字迹完全出自周安涌之手。

虽然决定任命周安涌为副总，庄能飞也不想亏待何潮，想同时宣布提拔何潮为总监。

进了办公室，庄能飞从饮水机接了一杯热水，又拿过两个一次性纸杯，想给何潮和周安涌接水，被周安涌制止了。

周安涌表情平静，神色淡然："不用了庄总，不会耽误你太多时间。"

经昨晚一事，庄能飞自认和周安涌在感情上近了许多，相信辛有风已经不再是横亘在他和周安涌之间的鸿沟了。庄能飞笑道："跟我客气什么？现在我们开个小会，估计要一两个小时。我要正式宣布你们的职务调整，安涌，你以后就是元希电子的副总了，直接向我汇报。何潮，你是总监，也直接向我汇报，我们兄弟齐心，其利断金，以后元希电子发展壮大后，股份也少不了你们的……”

何潮脸上的笑容淡淡的，若有若无，还有一丝意味深长的内容，庄能飞也算大度了，为了留下他们，面子、里子都有。只是他为何总感觉哪里不对，是了，是周安涌的情绪不对。

果然，周安涌的笑容很漠然，波澜不惊，不但对被任命为副总毫无惊喜之意，还有一种无视的傲然，他心中一跳，十分了解周安涌的他猛然闪过一个不祥的预感，周安涌的有恃无恐说明他有路可退。

周安涌只有在没有后顾之忧时才会表现得如此不动声色。

“庄总，我辞职了。”周安涌拿出一封信递了过去，“感谢庄总一直以来对我的照顾，也为我上了一堂让我永生难忘的深圳第一课，我会永远铭记庄总对我的伤害！也许等有朝一日我们重逢时，庄总才会真正认识到我到底是一个什么样的人！”

庄能飞惊呆了，接辞职信的手停在空中：“安涌，你、你……还是因为有风的事情？”

周安涌并没有回答庄能飞的问题，而是转向了何潮：“何潮，跟我走吧，我已经替你安排好了位置，收入比在元希电子高一倍，最主要的是，未来的发展空间更大、更广阔。”

庄能飞手中的辞职信掉落在桌子上，他颓然地坐到了椅子上，忽然又一下站了起来：“周安涌，你给我一个充分的理由。”

“重要吗？”周安涌冷笑了一声，冷笑中透露出不屑，“就像你和辛有风在一起完全不需要给我理由一样，我离开元希电子也是我的自由，不需要向你解释什么。”

朝阳升起，阳光穿透窗户射入房间之中，照得四下亮堂堂一片，让人睁不开眼睛，何潮正迎着窗户站立，眯着眼睛，一脸平静，心中却掀起了波浪。

尽管早就猜到周安涌当初留在元希电子是权宜之计，早晚会离开，但何潮没想到周安涌离开得如此之快，如此决绝，并且事先没有透露半点风声。以他对周安涌的了解，居然事先没有看出一点蛛丝马迹，是周安涌变了太多，还是他的决定来得太突然？

是走是留，何潮只犹豫了片刻，心中就有了决定。

“何潮，跟我走。”周安涌拉了何潮一把，朝窗外看了看，“接我们的车快来了。”

庄能飞强忍内心巨大的失落：“何潮，我希望你能留下来。你留下来，除了副总的位置是你的，还有期权奖励。”

“一个小小的副总就能留住何潮？你太小瞧他了，庄能飞，况且这个副总是我不要你才施舍给何潮的。”周安涌再次拉了何潮一把，“走啦何潮，离开元希电子，外面有更广阔的天地。”

“我不走，我会留下来，安涌。”何潮在一瞬间做出了选择，“庄总，我不会要副总的位置，也不要担任总监，只继续做我现在的工作，而且我还会保证在元希电子至少再待半年，半年之后是走是留，也会提前告诉庄总。”

“何潮！”周安涌没想到何潮会不和他同进退，他脸色凝重了几分，“是不是因为我没有事先告诉你，还是有别的原因？”

“都不是。”何潮坚定地摇了摇头，“我们来到深圳的第一站，是庄总收留了我们，并且让我们在深圳落脚。尽管发生了许多意想不到的事情，我们在深圳能够安身，还是庄总之故。我的原则是知恩图报，在元希电子一个多月，我们创造的价值还不足以回报庄总对我们的付出，所以我决定至少半年之后再考虑去留的问题，也算不辜负庄总对我们的照顾。而且在元希电子面临危机时，我们不管不顾转身离去，也不符合我做人的原则。”

周安涌涨红了脸，愣了足足有三分钟，长舒了一口气，只说了一个字就转身走了：“好！”

等何潮下楼想送周安涌一程时，周安涌已经不见了踪影。何潮惆怅地站在元希电子的门口，望着消失在车流中的汽车尾灯，忽然想起了周安涌早起时说的一句话——合伙即人生，分开各成功，不管怎样，我们永远是兄弟。

周安涌就这样离开了元希电子，离开了何潮，一连一个月没有任何消息，他去了哪里、在做什么，何潮一无所知。何潮打过他的手机，关机，而周安涌也没有传呼过何潮一次。

何潮知道，周安涌是真的生他的气了。

对周安涌的突然离开，辛有风表现得很平静，甚至没有多问一句周安涌去了哪里。她和周安涌谈了四年恋爱，了解周安涌的性格，周安涌是一个很固执的人，除非他愿意，否则谁也没有办法劝他回头。

第二十四章

华强北

记得刚谈恋爱时，她很喜欢周安涌的固执，觉得周安涌固执得可爱，倔强得好玩。但相处久了才发现，固执起来的周安涌像一头犟驴，又臭又硬，自以为是，还死不悔改。

辛有风之所以迅速喜欢上庄能飞而抛弃周安涌，不仅仅因为庄能飞的帅气和实力，还因为庄能飞的体贴和变通，知道怎么照顾女人的情绪，并且懂得适度退让。不像周安涌，每次吵架不管谁对谁错，最后都要她认错才行。

在学校里是因为周安涌对她看管太严，所以她没有机会接触除周安涌之外的任何男生，才一直和周安涌保持恋爱关系。走出校门她才发现，随着阅历的增加和眼界的提升，还是社会这所大学的男人更优秀，不但数量多，质量还高。

对于周安涌到底去了哪家公司，辛有风、何潮和庄能飞都有过猜测，庄能飞甚至动用了各方关系四处打听周安涌的下落，却一无所获，周安涌如同凭空消失了一样。

何潮没敢打电话给周安涌家里追问周安涌的下落，怕万一周安涌没有告诉家里，家里又该担心周安涌了。主要是他相信周安涌虽然固执了一些，但能力不错，不会饿死，也不会流落街头。

何潮并没有担任副总，也推掉了总监之位，还是在原来的岗位上做好分内工作。不过他既然为自己立了一个半年的期限，心中也一直没有改变要从事电子行业的方向，就为自己定下了目标。凡事宜未雨绸缪，不能坐等，况且他也清楚，元希电子如果不能及时得到资金的补充，怕是坚持不了多久。

如何潮预料的一样，很快，元希电子的资金链就断裂了！

上次见过江阔之后，一直没有江阔的消息，庄能飞四处寻找投资，原本口口声声说只要抬抬手就可以帮他渡过难关的曹启伦，见死不救，没有向元希电子注资不说，还趁机抢了庄能飞的几个客户。更让庄能飞雪上加霜的是，他欠了上游供货商货款，上游供货商断货了。

断货对于一个下游销售商来说相当于断流，上游不放水，下游只有死路一条。庄能飞不想坐以待毙，每天早出晚归寻找货源和资金，却一直没有什么进展，他每日愁眉不展。

更大的打击接踵而至。

下游的几个客户也不知怎么知道了他资金链断裂的消息，退回了积压的货物不说，还中断了和他的合作。上游断货、下游不再回款，庄能飞离破产只有一步之遥了。

何潮也坐不住了，每天出去帮庄能飞打开市场，国外的客户已经不再信任庄能飞，庄能飞拿不到一手货源，眼下只有一条路可走——从华强北试试运气，看能不能打开渠道。

何潮一早就来到了华强北。

1997年，华强北还远不如后来规模大、品种多，当然，也和那时并没有那么多电子产品有关。

来深圳三个月了，何潮还是第一次来到大名鼎鼎的华强北。

对于华强北的历史，酷爱数码产品的何潮可以说如数家珍。华强北是深圳的名片，是深圳人的记忆，甚至可以说，是许多深圳人的少年和童年。深圳人一说起逛街吃饭，一说起请朋友转转，一说起约会，都会想起华强北。第一部手机，第一件时髦的衣服，等等，华强北在许多深圳人的心目中，是青春，是激情，是时代的旗帜。

1985年，电子工业部决定在深圳成立办事处，为了市场化运作整合分散的小型电子企业，在1986年正式成立了深圳电子集团公司，后更名为深圳赛格集团公司，由此揭开了华强北甚至中国的电子信息产业辉煌的篇章。

华强北的前身是上步工业区，当时成立时并没有太长远的规划，直接沿线画了一条直线，就成了日后全国闻名的华强北。20世纪80年代，深圳作为改革开放的前沿阵地，因紧邻香港的便利条件，上步工业区决定主打外向型加工业。

低端的劳动密集型制造业大量由香港向内地转移，华强北成为第一站。而到了20世纪90年代中后期，华强北逐渐成了深圳市中心，地价上涨让华强北迅速升级为电子元器件的批发中心、集散中心，华强北实现第二拨转型。

1996年，赛格大厦拆除重建，成为深圳第一高楼，上步工业区正式升级为电子元器件市场。正是这次升级，奠定了华强北今后发展成中国乃至全球闻名的“中国电子第一街”的基础。

站在赛格大厦下面，阳光正强，何潮手搭凉棚，朝周围张望。原本生产电子、通信、电器产品的40多家厂房都消失不见了，取而代之的是各种高楼。作为一个工业区的华强北已经完全没有了往昔的影子，正在改造中的华强电子世界被围栏围住，工程进度牌显示要到明年才能施工完毕。也就是说，1998年会有一个焕然一新的华强北问世。

到底从哪里下手才好？何潮一时犯难了，总不能一个一个柜台去扫货吧？他又不是中小型零售商，元希电子的需求量巨大。

尽管知道就算为庄能飞找到了货源，庄能飞解决不了资金问题，也是白费力气，但何潮还是想奋力一搏，不想坐以待毙。至少努力过了，竭尽全力了，才知道什么叫绝望。

他不后悔当初留下来的选择，每个人都要为自己的所作所为负责，后悔是最没有意义、最浪费时间的行为，何潮一直深信一句话——人生没有白走的路，每一步都算数。

第一天，何潮在赛格里随便转了转，看到略显冷清的市场，他大概计算了一下，空铺率在30%左右。经过和店铺老板交谈得知，以前赛格是一铺难求，但从今年六七月开始，铺位逐渐空闲，人流量也比以前减少了三成以上。

“都是受金融危机的影响，上游供货商供货不足，还天天涨价，谁受得了？”留着一小撮胡子，穿着太极服，不像电子店老板倒像文玩店老板的董公子连连叹息。

董公子真名就叫董公子，他来自东北，父母都是普通工人。他原本大学学的是证券，1990年大学一毕业就南下深圳，原本是想在深圳当一名公务员，一路高升，最终当上区长、副市长，没想到阴错阳差之下，走上了经商之路。

董公子在赛格有十米的柜台，主要销售测试探针和各类电子元件，他并没有何潮需要的芯片，却和何潮聊得很投机，何潮临走的时候，他还热情地冲何潮挥手：“你在这里逛三天，就会知道以后该做什么了。下楼，往西走310米，大约5分钟，穿过华强北路，是华强电子世界。往东，跨过3号路，步行5分钟，就能走到中电电子市场。何潮，现在是低谷期，我劝你观望一段时间再决定是不是进来。”

何潮笑着挥手告别董公子。

第二天何潮没再转柜台，而是在外面转来转去，他注意到路边有十几个卖肠粉的摊位，和赛格里的商铺一样，有的生意兴隆，有的生意冷清，其中一个瘦瘦的中年妇女的摊位前，客人往来不绝，她和女儿忙得不可开交，没有片刻的空闲。

眼见快到中午了，何潮慢悠悠地来到中年妇女摊位前，等了半天才找了一个空位坐下，要了肠粉和小菜，慢条斯理地吃了起来。

中年妇女年纪五十开外，身材瘦弱，身高顶多一米五，腰系围裙，手脚麻利。她女儿20岁出头，清丽纯真，扎一条马尾辫，穿一条红色短裤，鼻尖上渗出了细密的汗珠，一双灵动的大眼睛转来转去，格外喜人。

女儿长相和身材与郑小溪有几分相似，多半也是潮汕人。再看她手脚勤快，而且眼里有活儿，眼到手到，何潮心中就有了主意。

作为北方人，何潮从小到大一直在北方生活，吃不惯肠粉，吃了一半就放下了，又要了一杯现榨的甘蔗汁。他坐在靠近女儿的位置，可以近距离观察对方的一举一动。

何潮一杯甘蔗汁喝完，周围的人换了至少三拨，他还没有要走的意思。来往的客人，大多是赛格的员工，都是20岁出头的年纪，一张张青春洋溢的面孔上写满了疲惫和对未来的憧憬。

在不到一个小时的时间里，至少有40人就餐，午餐时间如果从11点算起，持续到下午两点，光一个中午就会有近150名客人。不算不知道，一算吓一跳，何潮大吃一惊，母女二人一天的收入是他一个月的收入！

当然，何潮不是羡慕母女二人，而是观察一共会有多少人用餐，可以大概测算出人流。

又坐了半个小时，临近下午一点的光景，客人渐渐减少了。除了测算客流，何潮还听到了许多用餐者的牢骚和不满，有人埋怨老板克扣，有人抱怨现在生意不如以前，改造工程严重影响了人流，许多人因为道路整修不来华强北了。也有人认为现在生意不如以前是受金融危机的影响，并且金融危机还会进一步扩大，说不定会有两三年的寒冬。

第二十五章

高手在民间

“你坐了两个多小时，吃了一碗肠粉，喝了三杯甘蔗汁，要不是看你长得还算帅气，早就赶你走了。”何潮正想得入神时，耳边传来了一道带有浓重鼻音的质疑声，一抬头，正迎上了左手叉腰、右手拿菜刀的摊主女儿怒气冲冲的面容，“说，你到底打的什么主意？是不是对我有什么企图？”

何潮哑然失笑，他站了起来，用力扭动几下因为坐得过久而疲劳的身子，笑了笑：“你是潮汕人吗？”

摊主女儿双眼圆睁，气呼呼的样子既可爱又调皮：“是怎样，不是又怎样？”

何潮笑了：“都说潮汕女孩温柔贤惠，勤劳持家，你只占了一半。”

“你……”摊主女儿顿了一顿，“你凭什么说我不温柔贤惠？是你赖皮一直不走，影响了我们生意，还总是偷看我，肯定是在打我的主意。”

好吧，何潮承认他是偷看了她几十次，但天地良心，他绝对没有打她主意的意思，是想寻找和她说话的时机，好了解一些事情。

“好，好，我承认是在打你的主意。”何潮索性大方地承认，又不是什么丢人的事情，“我是想和你聊聊，对了，忘了介绍，我叫何潮，来自河北，你叫什么？”

“不告诉你。不想和你聊。”摊主女儿单手叉腰，又挥舞了一下手中的菜刀，“赶紧结账走人，要不，要你好看。”

在人来人往的华强北有一个柜台，是一件了不起的事情，同样，能在众多摊点之中站稳脚跟，并且生意还做得很好，也不简单，何潮充分理解摊主女儿的气势汹汹。不过对方毕竟年轻，虚张声势的恐吓在何潮眼中，没有丝毫威慑力。

何潮最大的过人之处就是观察上的细致入微，摊主女儿干活儿利索，动作熟练，一看就是经常帮摊主打下手，但她的气质和举止又有几分学生气，可以推断是正在上大学的学生，在暑假期间帮家里的忙。

潮汕人家的孩子，从小吃苦耐劳，男人打拼，女人持家。何潮在大学期间认识的一个潮汕同学，大学四年做了四年生意，不但学费不花家里一分钱，还积攒了不少钱。更让人佩服的是，他的功课一门也没有落下，门门优秀。

“我已经够好看了，不用你要。”何潮嘻嘻一笑，“我在北京上的大学，学的是英文专业，你是深圳大学的学生？学什么专业？”

“你怎么知道我是学生？我学计算机。”摊主女儿放下了菜刀，但依然叉着腰，“别套近乎，我不会因为你大学生的身份而放你一马，赶紧结账走人。”

“你有一个以上的好朋友是北方人。”何潮才不会被她吓到，摊主自始至终在一旁埋头干活儿，对他二人的对话假装没有听见，他就知道母女二人一个唱红脸，一个唱白脸，估计对他的不满已经积攒到了极点，他也不恼，“你说话都有北方味道了，说明你们关系极好，天天在一起，不是男朋友就是闺密。”

“你……”摊主女儿惊呆了，叉腰的双手也慢慢放了下来，“你也太神了，你是不是认识我？快说，你肯定也是深大的学生，一直在暗恋我，所以才对我了解得这么清楚，是不是？快说实话。”

“是，是，你猜对了，我是认识你，宋宁！”何潮故意随口报了一个名字。

对方上当了，气得重新叉腰：“我不是宋宁，我是卫力丹！何潮，你到底认不认识我？”

“现在认识了。”何潮开心地笑了，“力丹，不如这样，我帮你打下手，条件是你陪我聊天，怎么样？”

“是不是没钱付账，想赖账？”卫力丹反应倒快。

“不是，我先付清原先的账单。”何潮付了20块钱，来到卫力丹近前，冲摊主一笑，“阿姨，我帮忙不添乱，您放心。”

摊主回应了一个和蔼的笑容：“小伙子，我姓王，叫我王阿姨就行。你看上去还不错，挺有耐心，脾气也好，阿姨喜欢你。力丹是脾气差了些，但刀子嘴豆腐心，你多担待。”

何潮一脸尴尬，王阿姨真当他喜欢卫力丹了？好吧，将错就错好了，他摸了摸后脑勺，来到卫力丹身边，东看看西看看，也不知道该帮些什么。

“笨手笨脚的，你不是帮忙，是添乱。”卫力丹真没当何潮是外人，“喂，何潮，你是哪一届的？哪个系的？”

“我是93级计算机系的，今年刚毕业，留在了深圳。”何潮只好在错误的道路上继续走下去。

何潮没有猜错，卫力丹是深圳人，父母土生土长在宝安，卫力丹可以说是和深圳一起成长的一代。深圳建市时，她才3岁，她的童年伴随着深圳的飞速发展，到现在她长成了一个亭亭玉立的大姑娘，而深圳也如初长成的少女。

卫力丹是深大大二学生，本来她的学习成绩很好，可以考上广州的大学和上海的大学，但她的父母不想她离开广东，最好连深圳都不要离开。父母和大多数潮汕人一样，不喜欢广东以外的地方，总觉得只有广东才最适合生活和工作。她从小听话，深受潮汕传统文化的影响，就选择了深圳大学。

何潮会说话，有眼色，又善于观察，很快就和卫力丹找到了共同话题，二人聊了起来。

下午两点多，客人渐少，几人就坐了下来继续聊天。何潮说他是为了寻找机会来华强北实地考察，说到金融危机对生意的影响时，王阿姨加入了讨论之中。

王阿姨一开口就让何潮大吃一惊，让他再一次深刻地感受到了高手在民间的真理。

“阿姨我在华强北摆了五年摊，见证了华强北是怎样从一个破破烂烂的地方一步步走到今天的辉煌。刚开始传来金融危机的时候，阿姨就预言华强北会受到冲击，他们还不相信，哼，到底没有经历过大风大浪……”

王阿姨扫了周围的摊点一眼，眼神中闪过一丝鄙夷和得意：“我就及时调整了价位，每份降五毛钱，又增加了分量，加量还减价，收到了立竿见影的效果，生意就比他们好了许多。他们现在还不明白我为什么比他们强，是因为他们没能跟上时代潮流，不懂经济规律，在经济下行的时候，都会对价格敏感，对分量在意，让利一部分，收获的是更多的回头客。”

何潮暗暗惊叹，没想到一个摊点阿姨还懂经济规律，确实厉害，让他有一种见到了传说中的扫地僧的惊艳感觉。

更让何潮没想到的是，王阿姨接下来的一番话，让他有豁然开朗之感！

“阿姨基本上认识每一个客人，也知道他们是哪个商铺的员工。他们中的人，流动很大，所以可以从哪个商铺经常换人就能看出生意不好，哪个商铺的人员流动不大肯定生意不错。再有就是，哪家商铺的员工吃饭时间越短说明生意越火。他们吃饭的时候会聊天，说到要进什么货，要发什么货，说的最多的货，就是最畅销的款式。”

何潮服了，连连点头：“阿姨厉害，可以当经济学家了。”

“屁，我才不当什么经济学家，天天说一些老百姓听不懂的话好像就显得高明了，经济是什么？经世济民，不能济民的经济都是伪经济！”说到经济学家，阿姨忽然愤愤不平了，拿起菜刀用力剁了几下，“我一听那些不着调的经济学家胡说八道就来气，他们懂个屁？经济是什么？经济就是每碗肠粉六块钱时每天可以卖500碗，如果降到300碗就是经济下行，如果涨到600碗就是经济发展良性，如果到1000碗就是虚高。”

“阿姨，据您观察，接下来金融危机还会为电子产品市场带来多大的影响？”何潮是真的虚心请教，“在现在低谷的时候进入，是不是最佳时机？”

“你想在华强北租柜台卖电子产品？”王阿姨上下打量了何潮几眼，摇了摇头，“现在还不是时候，还没有到最低谷。什么叫最低谷？就是市场上的店铺三分之一死了，三分之一亏本，只有三分之一勉强维持的时候，现在还有一半以上赚钱。我说何潮，你知道现在一个柜台多少钱一个月吗？一米柜台就要好几万，你连柜台都租不起，更不用说压货了。”

何潮基本上心中有数了：“阿姨，哪家的摩托罗拉手机和BP机销量最好？哪家的NEC的BP机发货量最大？哪家的上游货源渠道最畅通，还有哪家的下游销售渠道最完善，您都一清二楚吧？”

“清楚，清楚得很。”王阿姨停下手中的活计，擦了擦手，何潮忙及时递上了水杯，她满意地一笑，“清楚又怎么样？我又做不了人家的生意，只能卖卖肠粉。”

“一般来说，潮汕人家的女儿不嫁外乡人，不过你这个小伙子不错，眼快手快，长得也不难看，还机灵，你要是真喜欢力丹，我也没有意见。”王阿姨越看何潮越心生欢喜，比起潮汕男人的传统，何潮的勤快确实深得她心。

第二十六章

送货客

“阿姨，我们先聊正事。”何潮只好尴尬地咳嗽一声，见卫力丹伏在桌子上睡着了，嘴角还有一丝口水流了出来，不由得笑了，“阿姨，你挪一下太阳伞，别晒着力丹了，现在日头还挺毒的。”

王阿姨忽然红了眼睛，背着何潮擦了一下眼泪：“力丹她爸要是有你一半好，我们母女俩也不用这么辛苦了。”她一把推醒了卫力丹，“别睡了，赶紧回家去取东西，要不赶不上晚饭了。”

“知道了。”卫力丹醒来，不情愿地揉了揉眼睛，又瞪了何潮一眼，转身骑上自行车走了。她的背影在阳光下逐渐远去并且模糊，很快就消失在了人流之中。

“何潮，你要是想在华强北做生意，阿姨劝你等明年再说，现在正在改造升级，改造后能不能升级成功，还不好说。”王阿姨搬了个马扎坐在了何潮的对面，现在基本上没有客人了，她也闲了下来，“不过我看你不像过来做生意的，倒像寻找货源的，你实话和阿姨说，是不是你老板的资金链断了，以前的供货商不给供货了，你来华强北试试运气想替他找货源？”

何潮顿时对王阿姨肃然起敬，如此慧眼如炬，简直就是高人中的高人，他也不隐瞒，当即点头：“是的是的，阿姨您太厉害了，看人太准了。”

“阿姨我卖肠粉这么多年，练就了一双眼睛。”王阿姨一拢头发，自得地一笑，“我劝你别白费力气了，现在货源紧缺，现金为王，不给钱谁也不会发货，你老板既然没钱了，要么去找钱，要么破产，别想着用什么赊货的方法渡过难关，别人拿钱还买不到货，你没钱还想要货？除非是你的亲爹，要不没戏。”

话糙理不糙，何潮点了点头，道理他懂，只是他不甘心，总觉得还没有到山穷水尽的时候，也许还可以有奇迹发生。

“王阿姨，来10碗肠粉。”

四五个浑身湿透、晒得黝黑的小伙子不知道从哪里冒了出来，每个人都像刚从水里捞出来一样，身上的跨栏背心黑得不成样子了。几个人坐下后，每人都自己动手拿了一瓶冰镇的可乐或雪碧，一口气喝得干干净净。

“还是老样子？马上就好。”王阿姨见来了生意，顿时精神抖擞，开始张罗，何潮见状，连忙起身帮忙。

虽然何潮笨手笨脚，但打个下手还是可以的，也多亏了有何潮在，要不王阿姨一个人没有卫力丹帮忙，还真忙不过来。

足足忙了半个小时，才为四五个小伙子弄好10碗肠粉。几人狼吞虎咽地吃完，起身就走，何潮忙拦住了几人：“等下，你们还没给钱呢。”

“给钱？”为首者留寸头，一双三角眼闪动精光，他粗壮的胳膊上文了一条蜥蜴。蜥蜴长长的舌头从肩膀一直延伸到脖子，很是吓人，为首者问：“你新来的吧？”

“不用给钱，不用给钱，何潮，你快回来。”低头收拾碗筷的工夫，没想到何潮帮了倒忙，王阿姨忙冲过来，将何潮挡在身后，“和仔，何潮他是临时帮忙的，他不认识你们，也不懂规矩，你们别理他。”

何潮见王阿姨脸色都吓白了，知道对方多半不是什么好人：“吃饭给钱，天经地义，和是不是新来的没关系。”

“说得好。”和仔一把推开王阿姨，来到何潮面前，“我今天就让你知道一个道理，我们比你拳头硬，比你人多，打你也是天经地义。”

何潮错身退到一边，顺手抄起了一把漏勺，冷笑一声：“几个大男人欺负一个老人家，还叫本事了？我最看不起你们这帮有力气却吃霸王餐的败类。”

王阿姨急忙将何潮拉到一边，小声说道：“何潮，你别惹他们，你惹不起，他们是辰哥的人，华强北一带都是他们说了算。他们不要我的管理费，每天就是吃一两顿饭，挺划算的。”

“罗湖辰哥？”上次在“当年明月”和夏正、江离偶遇，因夏正是良哥的弟弟，何潮才知道了深圳的“良辰美景”四哥，“华强北属福田，应该归良哥管才对，他们的手也伸得太长了，罗湖辰哥也插手福田的事情？”

“别管那么多了。”王阿姨推开何潮，又手脚麻利地拦住了冲过来的和仔，不让和仔靠近何潮，扭头对何潮继续说道，“何潮你快走，和仔他们每天跑物流送货物，干的都是又脏又累的活儿，有时受了客户的骂，心情不好……”

物流？送货？何潮一下抓住了什么，眼前一亮，一个强烈的念头突如其来！

在香港回归前，深圳因为紧邻香港的地理优势，不少人从香港偷带货物入关，转手一卖就可以赚取巨额利润。当年有不少走私客靠夹带水货入关大发其财，并且形成了一条灰色的产业链。就连当年翻过铁丝网到香港一侧耕种自己土地的村民，许多人也因此发家致富，盖起了小楼，买了汽车。

即使是现在，华强北电子市场如此繁荣，也是得益于和香港近在咫尺之故。香港作为国际大都市，制造业、金融业都十分发达，但随着产业升级，香港的制造业开始向深圳转移，深圳因此得以繁荣。

但香港只是向深圳转移了低端的制造业，高端制造业以及最新的科技还有金融命脉，香港还牢牢抓在自己手中。所以不管是电子产品的货源还是电子加工厂或者制造厂的技术和设计，许多时候还需要从香港得到模板、技术和图纸。

于是催生了另外一个职业——送货客。

和水客不同的是，送货客往来于深港之间，是为有需求的客户带图纸或是送模型。比如香港一个客户需要一批电子元件，会委托一人带着电子元件原版过关来到深圳，交给深圳的制造商，制造商生产出来样品后，再由送货客带着样品过关回香港，让客户验货。客户满意的话，下单生产；不满意的话，返回深圳继续修改。

除了样品，代送信件、转单以及大宗货物的业务也很多，每天往来于深港之间的送货客，保守估计也有上万人。

早年香港的送货客是每单几十港币起价，大多是散兵作战，没有统一的组织和管理。后来有深圳人成立了公司，利用规模效应对付散兵游勇，并且压低了价格，很快就抢占了市场。

香港也有人成立了物流公司，以抢占越来越扩大的市场。随后，深圳也有几家公司相继加入，送货客在进入公司化管理运营之后，竞争日益激烈，每单从以前的最高100港元降至70港元，甚至50港元，连30港元的报价都有，各自打起了价格战的同时，还引发了许多暴力冲突。

最终大多数弱小的物流公司被逐渐吞并，一家名叫“辰达物流”的公司一步步壮大并且成了深圳物流业的领军者，背后的实际掌舵者，就是张辰，人称罗湖辰哥的深圳四哥之一。

而香港的物流公司在经历了混乱、无序等恶性竞争后，最终被一家公司一统天下——江氏物流。江氏物流是香港赫赫有名的江氏集团的全资控股子公司。

江氏物流一直想渗透深圳的市场，却不得其门而入，只能偏安于香港一隅，承接由香港送到深圳的货物。而深圳发往香港以及全国各地的货物，都无法介入，原因是辰达物流背后的辰哥手眼通天，牢牢地把持了深圳的市场，外人都无法进入。

何潮原本一直想从事电子行业，不管是电子销售、加工还是电子制造，只要是电子行业就可以，他很喜欢电子行业，也看好电子行业的未来。但庄能飞目前举步维艰的处境让他明白了一个事实，电子行业投入大、门槛高，不是他这个无人脉、无资金、无渠道的深圳外来“三无”务工人员所能打开局面的行业，连在行业之中沉浸多年的庄能飞说倒闭眼见就要倒闭了，何况他一个一无所有的新人？

之前想过和周安涌一起创业，现在周安涌下落不明不说，从大环境来说，也不是创业的好时候，金融危机表面上和百姓生活并无直接关系，但牵一发而动全身，实际上还是影响到了生活的方方面面。

只不过百姓的感受没有相关从业者敏感并且强烈罢了。

何潮很清楚自己的优势和不足在哪里，最大的优势也是资本——年轻，年轻就有试错的机会，就有敢于尝试的勇气。最大的不足是没有资金，没有人脉，没有资源，说好听点是白手起家，说难听点是一穷二白。

所以近来何潮的苦恼在于，等半年期限一到，他从元希电子出来后，如果要自己创业，到底做什么好？继续从事电子行业，资金和资源从哪里来？不从事电子行业，他对别的行业既不感兴趣，又一窍不通，实在是找不到切入点。

没想到，和仔的出现让他眼前一亮，多日来的困扰一扫而光。

“和哥，是吧？”何潮电光火石间换了一副面孔，从口袋中摸出一盒烟，他不抽烟却备了烟，抽出五根，从和仔到他的同伴，每人发了一支，“不好意思，刚才眼拙，没认出来您就是大名鼎鼎的和哥，失礼，失礼。”

第二十七章

前店后厂

本来已经举起拳头想一拳砸下去的和仔一下子愣住了，何潮前倨后恭的态度转化太快，让他一时没有反应过来，过了好一会儿才转过弯儿来，伸手接过了何潮的烟。

何潮顺手拿过王阿姨的打火机为和仔点烟："和哥是江西人？"

和仔翻了翻白眼，从鼻孔中哼了一声："算你识趣，和哥最大的弱点就是脾气太好，从小老爸就教育我，伸手不打笑脸人。你得感谢我老爸，否则今天你别想走路回去了。对，和哥我是江西人，你不会是我老乡吧？"

何潮暗笑，他不但有一口很标准的普通话，还长得很北方，怎么会是江西人？不过这句话也印证了和仔为人简单，既不见多识广，也没有识人之明。

见一场冲突化解于无形，王阿姨暗中长舒了一口气，不由得高看了何潮一眼。这个小伙子有原则、讲义气，又会审时度势，不一味地无理取闹，是个人才，她不由得越看何潮越心生欢喜。

"不是，我是北方人。"何潮回身冲王阿姨笑了笑，"王阿姨，几个兄弟每人一瓶可乐，我请客。和哥，给个面子，给我一个请客的机会。"

和仔顿时感觉面上有光，大手一挥冲几个手下说道："都听到了？这位小兄弟请客，还不赶紧谢谢。"

一瓶可乐喝完，何潮差不多就从和仔嘴里套出了他想要的信息。

和仔确实是辰哥的手下，他们刚从香港送货回来。本来有香港客户说好要送货到深圳，已经谈好了价格和交货的时间、地点，结果到了香港后，香港客户又反悔了，说江氏物流已经抢先一步带走了货物，此时差不多送到深圳客户手中了。

江氏物流本身就在香港，论速度自然比辰达物流快，而且一向不愿意在价格上让步的江氏物流也低下了高贵的头，开始降价了。本地优势再加上价格优势，辰达物流在香港好不容易建立的客户群，瞬间被江氏物流挖走了大半。

和仔等人只好空手而归，少赚了一大笔的他们自然气不顺，还好华强北又有活儿做，有一个客户紧急要送一个样品到樟木头镇。

樟木头镇位于东莞市。

早年香港将落后的低端制造业产业转移到了深圳，先是集中在了福田区，也就是华强北一带。而随着华强北成为深圳的市中心，现在正在进行的华强北升级改造，就是深圳的一次产业升级，将低端制造业向东莞转移。

樟木头镇是深圳低端制造业转移的一个重要落脚点。

原先在华强北看到的一直是前店后厂的模式，前面是门店，摆出样品销售，后面是小型加工厂。有客户看上哪种产品，下了订单后，后面的加工厂马上开工制造，快速而高效，模具一开，产品就源源不断地生产出来，比起国外以及香港等地需要各种流程、设计以及审批，快了不知多少倍。正是因此，华强北才得以繁荣一时。

低端制造业转移到东莞之后，依然是前店后厂的模式。何潮虽然还没有去过东莞，却见过前店后厂的格局，知道是怎么一回事儿。作为小规模化生产的手工作坊模式的加工厂，船小好掉头，确实是优势。但劣势也很明显，比如加工精度不够、无法大规模生产，同时无法承接最新高科技产品的加工，只能进行简单的二次封装或组装。

不过，也正是大量的前店后厂的小型制造加工厂才催生了物流业的发展，几万家店，平均十分之一的店每天有货物要配送，也有几千个单子。

一瓶可乐喝完，和仔等的样品送到了。

是一个类似手机外壳一样的样品，类似直板手机，却不像市面上的大多数品牌手机。何潮拿过来看了几眼，觉得好奇："不像诺基亚，又不像爱立信，更不像摩托罗拉，到底是模仿哪个品牌呢？"

在华强北，地下工厂模仿名牌手机、游戏机、数码相机、MP3，等等，是不是秘密的秘密，基本上每个知名品牌的名款型号，问世后三个月内，必定有仿制品出来。

因为是仿制品，没有品牌，也不敢打上产地，许多仿制品只在上面印上了"SZ"两个字母，是深圳的拼音缩写。到了2008年，有人以为是山寨拼音的缩写，"山寨"一词就在网络上迅速流行开来。

而在香港，小规模经营的工厂或家庭小作坊被称为"山寨厂"，其出产的产品也被港人讥讽为"山寨货"。而在粤语中，"山寨"一词也含有"不正规"或"不正统”的意思。

“不是模仿，是独创。不过不能告诉你，这是商业机密。”和仔嘿嘿一笑。他收起样品，交给一个留了一头黄毛的瘦弱的手下：“你现在就送到樟木头镇，争取晚上七点前回来。”

深圳距离樟木头镇50多公里，来回至少四个小时。黄毛应了一声，转身就走，才走几步，和仔的手机响了，片刻之后他挂断电话，叫住了黄毛：“给我，我亲自去一趟。老大说了，这个单很重要，不能有一丝闪失。”

和仔起身就走，才走几步，被何潮拦住了。

“和哥，要不我陪你一趟？来回好几个小时，路上也好有人说话。”何潮一脸真诚的笑容，“你的经历一定很多，有很多值得我学习的地方。我刚大学毕业，什么都不懂。”

和仔愣了愣，一个大学生在自己面前如此谦虚好学，他的自尊心得到了极大的满足，只想了片刻就点头同意了：“行，看在你挺有眼色的分儿上，可以跟我走一趟。不过路费你得自己出，我可不管。”

“没问题。”何潮喜出望外。

一个小时后，卫力丹回来了，不见了何潮，听母亲说何潮陪和仔去樟木头镇送货了，她摇了摇头，一脸不解：“真是一个怪人，他怎么这么闲？我觉得他像一个傻瓜。”

“他才不傻，聪明着呢。”王阿姨认真想了想何潮出现之后的所作所为，她坚信她的眼光不会有错。何潮从吃了几个小时的肠粉到有意和她们母女聊天，再到特意和和仔套近乎，明显有明确的目的，这样一个做事认真有耐心的年轻人，在她看来肯定可以做成事情：“力丹，要是他真喜欢你，听妈妈的话，他真是一个可靠的小伙子，你可以认真考虑一下。”

“妈，我还小，才大二，不考虑谈恋爱的事情。”

“还小什么？你都20了，妈妈当年18岁就嫁人了。”

“当年是当年，现在是现在，不能拿以前的规矩对应现在的年轻人。”

“怎么不能？”王阿姨生气了，拿出一张字条，“收好了，何潮的联系方式，妈替你要的。记得呼他，信妈的眼光没错。”

“信信信。”卫力丹只看了一眼字条就随手放进了口袋里，“要是他还回来，我就信了。不回来就算了，来来往往的过客多了，以后谁还记得谁是谁。”

三个小时后，夕阳西斜，一天就要结束了。马上就到晚饭高峰了，王阿姨和卫力丹又开始忙碌了。不过由于晚饭大多数人都会回家吃，生意会比中午差不少。

五点多时，来了两个客人，是两个女孩，一个高挑漂亮，一身长裙飘逸无比；一个小巧玲珑，穿着短裤，露出了光洁的大腿。二人坐下，各要了一碗肠粉吃了起来。

“妈，高个子的女孩肯定是香港人。”卫力丹观察了二人半天，不无羡慕地说道，“她们长得真漂亮，一个漂亮又有气质，一个漂亮又妩媚，各有千秋。和她们一比，我就像丑小鸭一样，真气人。”

“在我眼里，你比她们都好看。高个子的太瘦、太冷，矮个子的太媚、太艳，她们都不如你有福气。”王阿姨安慰卫力丹，“高个子的，就是你说的香港人，浑身上下透露出一股子冰冷，一般人难以接近。矮个子的，眼神太飘，神态太媚，是天生媚骨，容易招惹男人。”

“瞧您说的，人家一个高冷，一个媚骨，一个拒人于千里之外，一个招蜂引蝶，就您女儿最好看、最优秀，是不是？”卫力丹拉长了声调，不满地白了妈妈一眼，“妈，您女儿还是有自知之明的，比上不足，比下有余，没那么优秀也没那么普通，从上大学以来，就没有要过家里一分钱，打工的收入就够学费和生活费了，假期还帮您打下手，反正足够让您省心了，您知道女儿的好就行了，也别踩着别人捧杀我了，我容易骄傲，喜欢膨胀。”

“臭丫头。”王阿姨嗔怪地笑了，笑了一半，忽然笑容凝固了，“听，她们在说何潮，她们认识何潮！”

她们确实认识何潮，因为一个是江阔，另一个是辛有风。

江阔最近一直在香港，今天刚来深圳就被辛有风拉住了。辛有风非让江阔陪她到华强北转转，她本来有事要办，却挨不过辛有风的哀求，只好依她。

第二十八章

危险关系

正在升级改造的华强北人流大减，二人转了不久就失去了兴趣，正好路口有一个摊点，辛有风走累了，说要吃点东西，她也同意了。

元希电子资金链断裂的事情，江阔早就有了心理准备。其实之前在和庄能飞接触的过程中，江阔就预见到了元希电子的今天。金融危机带来的上游货源涨价的影响，下游销售的收缩，作为整个链条中最没有自主权的一环，元希电子既不能控制上游货源，又不能左右下游销售商，在经济下行时，必然两头受气。

原本江阔还看好元希电子的未来，有意趁金融危机来临之时，在元希电子资金紧缺的情况下，可以压低价格进入元希电子，以较小的代价获得较大比例的股份。但后来因曹启伦之故，她一气之下回到香港，暂时搁置了此事。

后来忙起别的事情，几次想再来深圳约见一下庄能飞，她还有一个不想面对也不愿意承认的想法，她想借机再见见何潮。

上次的事件何潮给她留下了难忘的印象，尤其是最后的一抱，当时还不觉得，事后想起，几次羞赧难当。她怎么没有多想就伸手抱住了何潮呢？在外人眼中，肯定认为是她投怀送抱，她是喜欢上何潮了。

但事实又是什么呢？她不过是感谢何潮为她出头，说到底何潮是为了帮她才和曹启伦打赌的，她在何潮危急之时出手相救也是理所应当的。

只是不管如何安慰自己，江阔都无法说服自己对何潮毫不动心。可是她怎么可能喜欢何潮？何潮和前男友一样，不过是一个没有出身甚至连一份安身立命的工作都没有的深圳外来务工人员，和她不在一个层次，更不在一个世界。

江阔一连纠结了好几天，最终下定决心在情感上忘了何潮，不管何潮多有才华，多幽默乐观，她和他只能是普通朋友，顶多是合作伙伴。

此次再来深圳，江阔还是抱着抄底一些电子行业公司的出发点，金融危机之风愈演愈烈，大有席卷整个东南亚之势，波及香港是早晚的事情，趁现在形势比较明朗，还有资金可以调动，吃下一些已经资金链紧张的深圳公司，等寒冬过后，转手一卖，就可以大赚一笔了。

在江阔看来，金融危机应该会在明年七月之前结束，现在虽然不是抄底的最佳时机，但等到明年的话，许多香港的资金闻风而动，到时说不定会哄抬价格。最主要的是，现在可以挑选优质的公司，等众多资金蜂拥而上时，怕是有潜力的公司都被人挑走了。

投资公司就像挑选一只潜力股，非常考验眼光和对未来发展的判断。江阔还是看好电子行业的前景，虽然现在暂时遭遇了寒冬，却只是金融寒冬而不是电子行业的寒冬。

今天一见面辛有风就告诉她，庄能飞已经决定关闭元希电子，不再硬撑了。江阔对自己过于感性的工作方法颇为自责，因为个人的情绪问题错失了投资庄能飞公司的最佳时机而稍有遗憾和后悔。因此在曹启伦邀请她前来启伦电子一谈时，她只犹豫了一下就答应了。

她是不喜欢曹启伦其人，但她不是要和曹启伦处朋友，观感归观感，生意归生意，将个人喜好和生意分开，让情怀的归情怀，商业的归商业，才是一个合格的投资人。

和曹启伦约的是明天，今天左右无事，陪辛有风随处转转就当散心了。

本来不打算主动提及何潮，江阔一直忍着不说，吃饭的时候，她忍了半天还是没有忍住，主动问到了何潮。

在得知周安涌离开了元希电子而何潮留下来后，江阔惊讶之余不由得暗暗赞叹何潮的坚持，商场即人性，何潮能在元希电子最艰难时没有转身离去，而是和元希电子同进共退，他所坚持的不是道义，而是做人的原则和底线。

“你不是说何潮来华强北扫货了，怎么不见他？”话一出口江阔又后悔了，说过了不关心何潮的事情，为什么又问？

辛有风愁眉不展，并没有留意江阔眼中一闪而过的慌乱，她咬着嘴唇，双目无神，茫然地望向远处：“华强北那么大，见不到他也正常，而且说不定他不是来华强北扫货，而是另外找工作去了。”顿了一顿，她揉了揉额头，“江阔，你说我该怎么办？庄能飞破产了，何潮可以再找工作，而我只能继续跟着他，可是，万一他不能东山再起了呢？”

江阔的嘴巴张得大大的，不相信辛有风会说出这样的一番话，她不知道该怎么回答她，只好含糊其词地说道：“庄总还年轻，东山再起的机会多的是。对他来说，只要还有时间，一切都不成问题。”

“一年？三年？十年？”辛有风放下筷子，碗中的肠粉几乎没动，“不吃了，吃不下。女孩最好的年龄是16到26岁，16岁开始散发青春的光芒，26岁后，皮肤的弹性、光泽还有体能都会开始下降，我今年都23岁了，只有3年最好的时光了。3年后，女性魅力就开始贬值。你看现在的女大学生，一年一茬，像韭菜一样，春风吹又生，我们很快就会被更年轻、更漂亮的后来者拍死在岸上。”

江阔风轻云淡地笑了笑：“既然青春留不住，还是做个知性美女好。男人不怕岁月，是男人有事业、有江山，女人一样也可以。只要我们不把所有的赌注都押在青春和美貌上，我们的生命就会升值。”

“谈何容易。”辛有风摇了摇头，“这是一个男人的世界，女人想获得和男人一样的成功，需要付出数倍的努力和代价。女人天生在体力、格局上不如男人，只能借助男人的力量才能在薄情的世界里拥有一席之地。”

“你太悲观，也太看轻自己了，有风。女人在智力和格局上不比男人有多大差异，你不要先给自己预设一个不如男人的前提。”江阔本想好好开导辛有风一番，她也能理解庄能飞的破产对辛有风的打击，但只说了一句话就停了，因为她发现辛有风完全陷入了自己的情绪之中，根本听不进她的劝告。江阔只好转移了话题：“如果何潮现在离开庄能飞，也正常，他对庄能飞也算是仁至义尽了。”

“你说，周安涌到底去了哪里？”辛有风压根儿没有听进江阔的话，她忽然眼前一亮，“周安涌当初义无反顾地离开庄能飞，肯定是找到了更好的下家，他现在说不定混得很好。”

江阔勉强笑了笑，辛有风从来没有摆正自己的位置，只想做一个依附男人的女人，为什么她不努力提升自身的价值呢？她也放下了筷子，擦了擦手：“有风，你没有觉得元希电子破产得很蹊跷？太快了，就算庄能飞遇到了资金危机，也不至于上、下游同时失守，应该是有人在背后用力推了一把，否则以我对元希电子的了解，至少可以坚持半年的。”

“不知道。”辛有风摇头，眼神中流露出迷茫和不解，“是不是我命不好？还以为遇到了一个可以托付终身的人，没想到，他现在不但一分钱也没有了，还欠了一屁股债。我如果和他结婚，是不是也要共同承担债务？”

从感情上来说，江阔并不同情辛有风，既然她选择了庄能飞，就要有承受任何可能的心理准备，选择另一半和投资一家公司是一样的，考验的是眼光和耐心，但从理智上来说，她也有必要和辛有风说清楚：“婚前债务，婚后不需要共担。”

“还好，还好，吓死我了。”辛有风拍了拍胸口，才反应过来江阔刚才所说的话，“你说什么？你的意思是元希电子的破产有幕后黑手，有人故意断了元希电子的路？”

“极有可能。”江阔虽置身事外，但也能明显感觉到不对，她又想了想，“元希电子从上游供货商断货到下游客户退货中断合作，来势之快，完全不符合正常的节奏，而这一切都发生在周安涌离开之后，有风，你难道没有怀疑背后是周安涌的推手……”

“周安涌，怎么可能？”

“怎么不可能？”江阔笑了，“你是觉得他没有动机，还是觉得他没有能力？”

辛有风咬了咬嘴唇：“都有。”

江阔笑笑没有说话，辛有风虽然和周安涌谈了四年恋爱，但很显然她没有用心，四年了居然还不了解周安涌的为人，可见在恋爱中，辛有风一直是被动的角色，安心地享受着周安涌的呵护和照顾，从来不去考虑周安涌的感受、照顾周安涌的情绪。

一个不会考虑别人感受、照顾别人情绪的人，很难了解对方。不管是在感情的世界里还是商业上，不了解对方的合作就是不对等的危险关系。

第二十九章

受害者

因为对方很会照顾你的情绪就说明对方很懂你。被人懂是好事，但同时，也证明你的软肋被人抓住了。

“咦，何潮，这么巧！”江阔正沉默时，忽然辛有风惊叫一声跳了起来，手指远处，“江阔，看，何潮来了。”

何潮？听到何潮的名字，江阔心中没来由地一阵慌乱，想假装镇静，她才不管何潮来还是不来，却控制不住眼神，下意识地朝辛有风手指的方向一看……

何潮骑着一辆大二八自行车，车后座坐着一人，他的车技娴熟，在人流中左右穿梭，如鱼得水，绕过一个行人，躲过一辆汽车，又和一辆迎面冲过来的三轮车擦肩而过，最后风一般来到她和辛有风的面前，一个漂亮的刹车甩尾，稳稳地停了下来。

风一样的男子！江阔心中突然冒出了一句话。

“江阔、有风，这么巧，你们也来华强北了？”何潮停下自行车，一擦脸上的汗水，憨厚地一笑。

车后座的人跳了下来，他打量江阔和辛有风一眼：“兄弟，哪个是你女朋友？我说句实话你别生气，她们都不适合。高个儿的太冷，矮个儿的太艳，你适合找一个温柔贤惠的良家女人过日子，对，像力丹那样的。”

“你谁呀？”辛有风顿时气急，“胡说八道，满嘴放炮！不说话没人当你是哑巴，滚一边儿去！”

正忧心忡忡的辛有风的怒火瞬间被和仔的一句话点燃了。

和仔也怒了，一挽袖子才发现穿的是T恤没有袖子，正要发作，却被何潮拉住了，何潮摇了摇头：“和哥，好鸡不和狗斗……”

和仔立刻心领神会地点头笑了：“对，对，好男不和女斗。我先走了，何哥，你说的事情我记在心里呢，忘不了，等你消息啊。”

和仔临走还不忘凶狠地瞪了辛有风一眼，又冲江阔点了点头：“你不错，就是别那么傲就好了。何哥是好男人，你值得拥有。”

江阔脸一红：“何潮，他是谁？你怎么什么人都结交？流里流气的，很讨厌。”

一旁的王阿姨和卫力丹已经震惊得说不出话了。

她们太了解和仔了，和仔是辰哥负责华强北一带的手下，虽然只是小头目，却也威风八面，而且和仔脾气火暴，动不动就发火，除了辰哥谁也不服，说动手就动手。

怎么何潮和他去了一趟樟木头，回来就对何潮这么客气了，刚才还叫何潮何哥？这到底是怎么一回事儿？什么时候和仔转了性子，居然对何潮客气中带有三分尊重？何潮到底有什么魅力？

何潮也没想到会偶遇江阔和辛有风，主要是他有一段时间没见江阔，不由得十分开心：“江阔，很久不见，甚是想念。”

本是一句玩笑话，江阔却忽地脸红了：“何潮，你可不要胡思乱想，我们只是普通朋友。”

“我……”何潮本想解释他根本没有胡思乱想，只是随口一说，又一想，当面反驳女孩以证明自己清白，不是男人所为，话到嘴边又改口说道，“遵命，江总，一切按照江总的指示办。”

江阔心中微有失落，她既想和何潮保持有一定距离的正常朋友关系，又希望何潮对她另眼相看，所以何潮公事公办的话一出口，她心中不知何故不争气地猛烈跳了几下，语气中掩饰不住失意：“再叫我江总，我就不理你了。”

何潮不知所谓地笑了笑，女人心变得太快，永远别猜，就像一首歌唱得一样：“女孩的心思男孩你别猜，你猜来猜去也猜不明白。不知道她为什么掉眼泪，也不知她为什么笑开怀……”

“何潮，她们是谁？”卫力丹一脸好奇，挤了挤眼睛，促狭一笑，“我猜肯定有一个是你女朋友。”

王阿姨一脸不满：“何潮，你有女朋友了为什么还说喜欢力丹？”

何潮努力想了想，实在想不起来什么时候说过他喜欢力丹了，一想还是不要和女人争辩了，不管是年轻女孩，还是中老年妇女，他只好讪讪一笑：“阿姨，再来三瓶可乐。”

“不用了，我不喝可乐，自己有水。”江阔从包中拿出一瓶香港产的苏打水，喝了一小口，“时候不早了，有风，该回去了，晚上我还有事情要谈。”

江阔的手机响了，一看来电，她脸色微微一变，起身到一边接听电话。

辛有风迟疑着来到何潮身边，回身看了一眼在远处脸色凝重地接听电话的江阔，不知道该怎么告诉何潮庄能飞在今天上午破产的消息。就在何潮离开元希电子后不久，庄能飞正式做出了决定，而何潮还在努力帮庄能飞寻找货源。再想到要不是庄能飞口口声声说保证给她一个未来，保证何潮和周安涌的工作，她也不会喜欢上庄能飞，并且让何潮和周安涌来深圳。现在周安涌下落不明，她失去了工作和未来，何潮也没了工作，一切的一切，源头都是庄能飞！

庄能飞是害得她和周安涌失去爱情，害得何潮和周安涌伤害友情，害得三个人都失去信任的罪魁祸首！

辛有风越想越委屈，她并没有觉得自己做错了什么，她只是太年轻，太轻信庄能飞的能力和承诺了。她其实也是受害者，并且受到的伤害比何潮和周安涌都大得多。

“何潮，你能抱抱我吗？”辛有风想起了曾经的大学时光，那么无忧无虑，那么如风如云，怎会像现在一样不知道明天在哪里，她忽然心中最柔软的地方被触动了。庄能飞不可靠，周安涌不知所终，在她视线范围之内，只有何潮一人在感情上最亲近，她不等何潮同意，就上前一步抱住了何潮，将头靠在他的肩膀上，男人的气息和宽厚的肩膀让她心里踏实了许多：“我很担心安涌，不知道他现在怎么样了。你告诉我实话，到底有没有他的消息？”

“没有。”何潮想推开辛有风，推了一下反倒被她抱得更紧了，他觉得他和辛有风现在的距离过近了，毕竟她是周安涌的前女友以及庄能飞的现任女友，“有风，你别这样……”

王阿姨生气地打了卫力丹一下，又不无自责地叹息摇头：“还以为遇到了不错的小伙子，算是瞎了眼，天下的男人没有一个靠得住。”

卫力丹咬着嘴唇，眼神中有一丝笑意和狡黠，笑道：“妈，你什么眼神？他们不是男女朋友关系，顶多就是认识。刚才的江阔才是真喜欢何潮的人……”

“何潮，你就不能抱我一下吗？”辛有风感觉不到何潮的拥抱，心里既失落又期待，“就一下好吗？”

何潮无奈，总不能在众目睽睽之下推开她，只好伸出双手，轻轻拍了拍辛有风的后背：“好了好了，没事了，有我在，不会有事的。”

“安涌！”正当何潮想再次推开辛有风时，辛有风却主动推开了他，惊喜的声音中有几分不安，“你、你别误会，我和何潮并没有在一起，刚才只是拥抱了一下。”

周安涌？何潮惊喜交加，回身一看，果然在身后数米之外站着周安涌和一个女孩。女孩穿了一袭长裙，亭亭玉立，双眼如黑葡萄一般，灵动无比，嘴角微微上翘，抿成了一个好看的弧度，圆圆的脸蛋可爱而喜人。

和江阔的高冷、辛有风的妩媚不同的是，她长相清纯，两个酒窝俏皮而好看，在一身浅绿色长裙的映衬下，她犹如夏天的一朵荷花，濯清涟而不妖，香远益清，亭亭净植，如一缕清风，飘然而至。她双手交叉放在身前，背上斜挎着一个褐色背包。一个多月未见，周安涌形象大变，如同换了一个人一样——除了笔直的裤子和锃亮的皮鞋，他还打了发胶，头发几乎根根竖立，光可照人，白衬衣熨烫得十分熨帖，扎在腰里，露出了一条崭新的皮带，闪亮的皮带头上是皮尔·卡丹的标志。

皮带上还挂了一个同样是皮尔·卡丹的手机皮套，皮套中露出一小截天线，何潮一眼就认了出来，赫然是摩托罗拉的掌中宝。

1997年，基本上所有手机都有可以拉出机身三五厘米的外置天线，由于发射塔建设的数量不足，以及技术原因，许多地方信号辐射不到或是很弱，需要将天线拉出才能有一两格信号。

士别三日当刮目相看，如果不是和周安涌太熟悉了，何潮第一眼还真不敢相认。眼前的周安涌一改以前的土气和学生气，派头和气场俨然是一个事业小有所成的有钱人，一身行头加上手机，少说也得一万块。

何潮看了看周安涌，又看了看辛有风，想解释什么，周安涌却带着一脸温和的笑意，摇了摇头：“何潮，你不用解释，我相信你。就算你和有风有什么，也没什么，对我来说，她已经不再重要了。你也了解我，我从来不是一个留恋过去的人。”

“来，介绍一下，海之心，我的合伙人！”周安涌又为海之心依次介绍了何潮和辛有风。

第三十章

双重合伙人

何潮看出来了，对周安涌来说，海之心是一个至关重要的人物，不但周安涌介绍她时郑重其事，而且他看向她的目光，充满了关爱和呵护，可以说，他对海之心的态度既恭谨又仰慕。

之前周安涌面对郑小溪时，从来没有流露过同样的神情。

辛有风眼中闪出浓浓的醋意："安涌，她是你的什么合伙人？"

周安涌淡然一笑："人生和事业上的双重合伙人。"

"什么意思？"辛有风眼中的醋意更浓了，"意思是她是你的女朋友了？"

海之心落落大方地伸出右手："你好，我叫海之心，是周安涌的好朋友，很高兴认识你们。常听安涌提到你们，何潮、辛有风、庄能飞……"

"他肯定没有和你提过郑小溪！"辛有风冷冷一笑，并没接过海之心的手，"他提我的时候，有没有说过我和他的关系？"

"说过，你是他的前女友。郑小溪他也提过，安涌他最大的优点就是诚实，从来不隐瞒自己的过去，他说每个人都有过去，既然是过去，不管是亮点，还是污点，优点，还是缺点，都已经过去了，有什么见不得人的？"

辛有风恨恨地一跺脚，看向了周安涌："周安涌，你真行，有一套，服了。"

周安涌一脸平静，不喜不悲："我一直就是这个样子，你又不是不知道。"他扭头冲何潮笑了笑，"最近小溪还好吗？"

何潮有太多话想问周安涌，只是现在的场合不太方便问，其实在周安涌走了之后，他不是没有想过去问一下郑小溪，他以为周安涌至少会和郑小溪保持联系，他摇了摇头："不知道，最近没有见她。"

周安涌点了点头，双手放在何潮的肩膀上："你不怪我走了之后一直没有音信吧？”

说不怪怎么可能，何潮推开周安涌的双手：“你可以一走了之，但你不能毫无音信。别人不知道你去了哪里说得过去，连我也不知道，说明在你眼里，我和别人一样，都是无关紧要的人。”

周安涌知道何潮生气了，嘿嘿一笑：“是我不对，是我不对，向你赔礼道歉。当时也是事情紧急，走，喝一杯去，我一定会向你解释清楚事情的来龙去脉。我还以为你们都可以猜到我去了哪里，没想到，你们真的很单纯，哈哈……”

“好。”和周安涌意外重逢，何潮一扫几日来的阴晦和疲惫，十分高兴：“走，有风，一起去。”

辛有风迟疑一下，还不等她做出决定，江阔打完电话回来了，周安涌为江阔介绍了一遍海之心。

“周安涌？”江阔先是一愣，随即想起了什么，举起了手中的电话，“刚才曹总说派人来接我，接我的人就是你？”

周安涌的手机及时响了，他故意放慢动作，从腰间取下手机，然后将手机高高举过头顶，在头顶上划了一道非常夸张的弧度，才缓缓地放到耳边，接听了电话：“曹总，是，是，知道了，我现在就接江总过去。”

放下电话，周安涌又像做慢动作一样将手机放回皮套之中，右手还特意在皮套上停留了片刻，一脸遗憾：“不好意思，何潮，我临时有事，自从去了曹总公司后，业务特别繁忙，而且曹总任命我为副总，我不能辜负曹总的信任不是？回头我再呼你，就这两天，等我忙完了，我们兄弟好好聚聚。”

望着周安涌、江阔和海之心三人走到路边，来了一辆皇冠接上了三人，直到皇冠消失在远处郁郁葱葱的林荫大道中，何潮才收回目光。

“是不是很羡慕周安涌的成功？”辛有风推了何潮一把，“你们不是兄弟情深吗？他发达了却没有想到你，算什么兄弟？”

何潮淡淡一笑：“兄弟就是他落魄了，我为他难过，并且义无反顾地帮他；他发达了，我为他高兴，但并不会奢望他能为我带来什么。”

“说得好，就和喜欢一个人就是想让他开心快乐一样，并不一定非要和他在一起，兄弟不一定非要有利益。”卫力丹拍掌叫好，“何潮，刚才的话，我觉得你很男人。”

辛有风不屑地瞪了卫力丹一眼：“你懂什么？人和人之间如果没有利益，不能为对方带来实质性的帮助，对对方没有任何用处，就不会成为兄弟、朋友和恋人！每个人都要对别人有用，关系才能长久。”

“不同意你的理论。”卫力丹“哼”了一声，“人是感情动物，有时只凭感觉和喜欢，就会对一个人无条件付出，而不是想得到什么回报。你太现实了，早晚会栽一个跟头……”

“现实？深圳就是一个现实的城市，不现实连生存都成问题！”辛有风转身看了看摊点，冷冷一笑，“就凭这样一个朝不保夕的摊点，你还好意思跟我谈理想和现实？等你在深圳拥有了一套房子和一辆汽车后，你再谈理想才有底气。”

王阿姨却并不帮腔，等辛有风一口气说完，才擦了擦手，不慌不忙地说了一句：“该现实的时候现实，该理想的时候理想。天天摆摊卖肠粉是现实，希望有一天在深圳开几十家王阿姨肠粉店是理想。人要是没有理想，和阿猫阿狗又有什么区别？”

王阿姨有时像经济学家，有时又像一个哲学家，何潮对王阿姨近乎崇拜了。辛有风却不服气，她一个堂堂的大学生，怎么会被一个摆摊的阿姨上课？她正要再反驳几句，手机响了。

接听了电话，辛有风脸色灰白，冲何潮挥了挥手：“我有事先走了……”

“你要去哪里？”何潮想拦住辛有风，“是不是回公司？正好我们可以一起回去。”却没有得到辛有风的回应，辛有风失魂落魄地拦了一辆出租车，开门的时候差点撞在车上，何潮想追上她问个明白，却没来得及。

出什么事情了？何潮心中疑窦丛生。

告别王阿姨和卫力丹，何潮坐公交回去。临走时，王阿姨非要问他怎么就和和仔成了好友，他笑而不答。

路上，何潮坐在靠窗的位置，伴随着公交车的摇晃，他的心思浮沉不定，虽然很累、很疲惫，却没有一丝睡意。今天发生了太多的事情，他想了很多，到现在大脑还一片混乱。

原来周安涌真的去了曹启伦的公司！

其实之前何潮并非没有想过周安涌加盟曹启伦公司的可能，但后来一想，曹启伦和庄能飞毕竟交情莫逆，曹启伦不至于如此不顾及庄能飞的情面，没有原则地在背后挖庄能飞的墙脚，生意之外，毕竟还有人情世故，却没有想到曹启伦真敢下手，而周安涌真敢冒险。

是的，何潮认为周安涌是在冒险，相比曹启伦，他们还是更了解庄能飞。虽然不知道曹启伦承诺了周安涌什么，但可以猜到的是，肯定远超庄能飞所能给到的待遇。再从周安涌的一身打扮和气质来看，他应该深得曹启伦重用，并且收入大增。

说不羡慕周安涌那是自欺欺人，何潮也想出人头地，也想穿一身价值不菲的衣服外加拥有一部小巧的手机，他到现在还买不起一部手机，用的还是艾木留下的呼机。每个人都想过上向往的生活，都想成为有钱人。

但通往有钱人的道路一是狭窄，二是过于拥挤，中途总会有许多人被挤下去，掉进两边的万丈深渊。

何潮在内心深处还是希望周安涌能够一切顺利，不要误入歧途才好。

快到元希电子的时候，呼机突然响了起来。他以为是周安涌呼他有事，忙打开一看，却是艾木发来的信息："你最近还好吗？"

不好，非常不好！何潮心中有一股闷气在盘旋、在聚集，不由得一阵冷笑，在呼机上留言问他好不好有什么意义？他又不能回复！艾木也是，连一个电话也不留下，难道是认为他打不起国际长途？

好吧，他现在也确实打不起一次越洋电话！

下了车，何潮低头走路，呼机又响了，还是艾木的留言："我在美国一切安好，不用挂念。还有，我和历之飞的关系比以前更近了一步，也许真会发展成恋人，希望你不要介意。人在异国他乡，在一个陌生的环境里，巨大的孤独感会让两个人没有选择地迅速走近。"

何潮心中的闷气转化为一团怒火，他是一个正常的男人，前女友向他诉说生活的美好以及有了新的恋情，他怎么可能做到无动于衷？他走到元希电子大门之前，一拳砸在了门上。

他忘了手中还紧紧握着呼机，一拳砸下，手中的呼机应声而碎！

他身上最值钱的唯一的通信工具，就这么无意中被他一拳砸坏了，何潮欲哭无泪。现在好了，不但和艾木断绝了联系，周安涌也无法再传呼他了。

而和周安涌的见面太仓促，何潮竟然忘了要他的电话号码。

何潮无比懊悔，埋怨自己就算生气也不应该拿东西出气，尤其是贵重物品，呼机一坏，他现在连几点都不知道了。

天色已经黑了下来，大概是晚上7点的光景。

第三十一章

男儿泪

不对，哪里不对……何潮推开元希电子的铁门进去，周围漆黑一片，没有亮灯。怎么才晚上7点就关了大门熄了灯？以前都是10点才关门，路灯彻夜不灭，最主要的是，四下静悄悄的，没有一丝人声。

难道是走错地方了？何潮咳嗽一声壮胆：“有人吗？”无人回应。

他来到院子中间的大榕树下，抬头望去，见二楼庄能飞的办公室也没有光亮，心中的不解和不安愈加强烈。

“庄总？有风？马总监？珺哥？”

依然没有回答，他的声音在空旷的院子里回荡，像漂泊的风没有着落。何潮心中闪过一丝不祥的预感，他三步并作两步，快速跑到自己的宿舍——和他猜想的一样，门上贴了封条，上了锁，他进不去了。

何潮心中暗骂一句，一脚踹在了门上，门纹丝未动，脚反倒被弹得生疼。他看了看新装的大锁，拳头大小且上了铁链，他打消了砸锁的念头。

可是他的全部身家都在宿舍里，被褥、洗漱用品，以及一些杂七杂八的日常用具。虽然不是很值钱，但他现在没钱重新购置一套。这个月的工资还没有发，他身上的钱已经所剩无几了。

主要因为他最近帮庄能飞寻找货源，日常开支都是自己垫付的，还没有报销。

“你谁呀？”

几道灯柱从走廊的一侧照射过来，何潮一惊，被灯光刺得睁不开眼睛。

“我是何潮，回宿舍，怎么上了锁？”何潮还以为是元希电子的保安，就想问个清楚，“出什么事情了？是不是停电了？”

自从何潮来到元希电子，总共发生过三次停电事件，每次都是半夜，停电时间一般不超过3个小时。据辛有风说，深圳目前制造厂、加工厂过多，电力供应紧张，经常会区域性停电，如果不是庄能飞关系硬、人脉广，元希电子每周至少要停电两天。像每次只是半夜停上3个小时，既不影响工作又可以保证睡觉的停电，是关系户才能享受的待遇。

“停电？是断电！”几个人冲到何潮面前，有人推，有人拉，不顾何潮反对，硬生生将他拖到大门，一把将他推到了外面。

“赶紧走，再敢进来，打断你的腿。”自始至终，何潮都被强光手电照射得睁不开眼睛，看不清对方的长相，只依稀可以看到对方一共是三个人。

“庄能飞呢？我要见庄能飞。”何潮不甘心被赶出去，尽管他大概已经猜到了什么，“你们放开我，让我拿走我的东西。”

“你要见庄能飞？我们刘老板更想见他，可惜他太草包了，欠债不还跑路了，他这里的东西，全部用来抵债，谁也别想拿走一针一线。”一个保安把手中长约半米的手电筒一挥，重重地打在何潮的后背上，“再不走，打得你撒尿都认不出自己！”

何潮一个踉跄险些摔倒，后背火辣辣地疼，他怒火中烧，有一种想捡起地上砖头拍在对方脑袋上的冲动。“轰……”一道闪电划亮夜空，一声沉闷的雷声在头顶炸响，何潮瞬间清醒，目光从砖头上移开，回身看了三名凶神恶煞的保安一眼：“三位大哥，帮个忙，通融一下，至少让我拿走我的铺盖，要不晚上得睡大街上了。”

“现在在大街上睡觉还挺舒服的，哈哈，路边、公园、天桥下面，铺张报纸就能对付一晚上。要是嫌吵，可以去梧桐山找个山洞，说不定一觉醒来就成仙了。”

“滚，赶紧滚！”

“少跟他废话。”

三个人吵吵嚷嚷，一起动手将何潮推到百米开外，其中一人还狠狠踢了他一脚：“再敢回来，老子弄死你。你也别怪我们，要怪就怪你们老板太无能、太绝情，只顾自己跑路不管你们死活。”

想起辛有风在华强北接到一个电话后仓皇离开的情景，何潮暗叹一声，恐怕当时辛有风是得到了消息急忙和庄能飞会合去了，而他还蒙在鼓里。

他早上出来时，一切如常，晚上回来，元希电子就易手他人了。只一天时间，也算是深圳速度了。

“三位大哥能不能留个名字，回头我好……”

"你好打击报复我们是吧？行，没问题，怕你是王八蛋。"一个留着一脸络腮胡子的保安特意用手电照亮了自己的脸，"来，看清楚了，老子叫高英俊，长得帅不？他叫罗三苗，他叫伍合理，记住没有？我们三个都来自东北，人称东北拼命三郎。"

何潮原本是想记住三人的名字，再回来要东西时，好直接找三人商量。不想竟然被对方误会，只好双手抱拳作揖："三位大哥好，记住了，以后有机会请三位大哥喝酒。"

罗三苗又瘦又黑，却长了一双大眼，滴溜溜地转个不停。伍合理名字怪，人长得也怪，正常身高、正常体形，却有一对大大的招风耳，还长了一双三角眼，看人的时候，眯着眼睛斜着看，有阴森之感。

在深圳的东北人也不少，但和潮汕、湖南相比，人数不占优势，高英俊留着一脸络腮胡子，小眼睛、大鼻子，毫无英俊可言，三人站在一起，别说东北拼命三郎了，倒像滑稽三人组。

"你叫什么名字？"高英俊拉住转身要走的何潮，"好让我们哥儿仨记住你小子，你小子挺有意思，有点倔，又有点滑头，又挺识趣、挺机智，我都想认识你了。"何潮嘿嘿一笑，敬了个礼："报告，我叫何潮，'何去何从'的'何'，'潮水'的'潮'。"

一个人走在热闹非凡的大街上，何潮感觉自己确实像不知道该何去何从的潮水，没有方向、没有目的，随波逐流。也不知道到底走了多久，他实在走不动了，坐在了路边的长椅上。开始下雨了，还好头上是棕榈树，宽大的树叶遮住了大部分雨，但还是有一小部分落在了何潮的头上和身上。

何潮翻遍了口袋，只剩下38块了。坏掉的呼机他没舍得扔掉，也许还可以修好。除此之外，身上再也没有值钱的东西了。

雨越下越大，他左右看看，无处躲雨，就起身到后面摘了一片芭蕉叶，正好盖个严实。躺在长椅上，听着哗哗的雨声，想起在深圳两个多月的日子，也不知是眼泪还是雨水在脸上肆意奔流。

曾经的梦想，曾经的雄心壮志，如今都化成了不甘的泪水和飞泻的雨水，何潮心中涌动着无数酸甜苦辣，想起远在北方的父母，想起大洋彼岸的艾木和历之飞，想起回到家乡有父母庇护和亲朋好友照顾的同学，想起混得风生水起的周安涌，再想起辜负了他的信任的庄能飞和辛有风，他再也忍不住放声大哭起来。

在风雨声中，何潮无比渺小，哭声被完全淹没，甚至激不起一丝浪花。身边不时有人路过，也有车辆驶过，无人在意他的悲伤和委屈，以及他深深的失落和对明天的彷徨。

有那么一瞬间，他真的对自己失去了信心，真想明天就离开深圳，不管是回家还是去哪里，只要离开这个伤心之地就好。

雨越下越大，何潮蜷缩在长椅上，芭蕉叶已经无法完全遮挡滂沱的大雨，他浑身湿透，和落汤鸡没什么区别。无奈，他只好起来又摘了几片芭蕉叶遮在身上，还好8月底的深圳依然是夏天，雨水虽然凉，却不是冰冷的，还可以承受。

睡到半夜，雨不知何时停了，何潮起来仰望星空，发现漫天星光无比灿烂，银河横亘夜空，如一条银练。雨后夜晚的街道，空无一人，昏黄的路灯像一个个斑驳的梦境，既遥远又近在咫尺。他感觉到了冷，浑身发抖，想跑上几步取暖，却迈不开脚步，仿佛双脚被钉在了路面上一样。

何潮努力挣扎，却无济于事，双脚依然重如万斤，被地面牢牢卡住，情急之下，他用力挣扎，双脚一蹬，只听到“哎呀”一声，随后又听到“扑通”一声，有人摔倒在地。原来刚才是做梦。

何潮一个激灵翻身坐起，睡意全无，借着路灯的灯光，只见一个人坐在地上，双手抱着一只鞋，正对他怒目而视。

再看脚上的鞋已经被对方脱了一只，另一只也被脱下了一半，顿时明白了什么，何潮从长椅上一跃而起，抢过对方手中的鞋：“滚！再敢抢我的鞋，一脚踢死你。”

对方拍了拍胸口，若无其事地站了起来，他年约40，穿着一身短衣短裤，破烂无比，脚上一双拖鞋只剩下半截了，T恤到处是洞。短裤也是一条裤腿长一条裤腿短，又黑又瘦的他身高一米七以上，看上去顶多100斤。

对方的一双眼睛倒是炯炯有神，在黑暗中闪动着贪婪的亮光。

“你打不过我，好汉不吃眼前亏，识相点儿，把鞋给我，我不抢你身上的钱，怎么样？”对方用力拍了拍胸膛，“我顾两说话算话，等我发达了，百倍回报。”

“姑娘？就你还姑娘？别逗了。”何潮被逗笑了，他也知道顾两是普通话不标准，不过还是笑个不停，“既然你是姑娘，我也不和你一般见识了，你现在走，我保证不打死你。”

第三十二章

用对方听得懂的方式讲道理

顾两摆了一个进攻的姿势："我数到三，如果你再不交出鞋子，我顾两可是学过功夫的人，三拳两脚打得你生活不能自理。你想想，是鞋子重要，还是小命重要？打死了你，随便往梧桐山一扔，你就永远消失了，没有人知道你的死活。一……"

"三！"

何潮话一出口，快步向前，一拳打中顾两的肩膀，顾两冷不防中了一招，身子退后几步，还没有反应过来，何潮又飞起一脚，正中顾两的肚子。顾两仰面摔倒，双手捂住肚子，满地打滚："你耍赖，你不按照规矩来，你作弊！你不讲道理！"

何潮乘胜追击，向前一步，一脚踩在顾两的肩膀上："不按照规矩来？你想打劫我，我还要和你讲规矩？我打你就是规矩。我是在用你听得懂的方式和你讲道理。"

顾两想推开何潮的脚，何潮才不会让他得逞，反而脚下更加用力，顾两大喊："疼，疼，好，我认输，我投降。你放开，我以我的人格担保，保证不再抢你的鞋，而且要认你当老大，以后跟着你，当你的小弟。"

何潮放开了顾两，转身坐回长椅上，也不管长椅上还有积水。他抬头望天，夜空中依稀可见一两片云彩飘过，以及隐约闪烁的星星。

如果说之前的大雨就是金融危机，许多人因为住在房子里，看似没有受到任何影响，其实不然，雨水滋润万物，也清洗万物，世界都置身于雨水之中，不管是巨大的芭蕉树，还是树下的一棵小草，都会在雨水带来的冲击之下身不由己地被淋湿、被滋润，或是被清洗。

哪怕躲在了房屋之中，也要接受被雨水冲刷过后的世界的改变。

如果没有金融危机，庄能飞的元希电子不会倒闭，元希电子不倒闭，他不会流落街头，他不流落街头，也就不会被顾两抢劫。

顾两也许和他一样是受到金融危机波及的失业者，何潮听出了顾两的口音，应该来自江浙一带，而且从他的谈吐中可以猜测出来，在落魄之前，他应该也是有见识、有阅历之人。

顾两小心翼翼地坐在了何潮的旁边：“大哥贵姓？”

“何。”

“何哥，从此以后我就跟着你了，你是我的老大，我是你的小弟，何哥以后要多多照顾小弟。”顾两一脸讨好的笑容，抱了抱拳，“何哥是北方人？学过功夫？何哥刚才的动作真快，我都没有反应过来。何哥不但身手好，道理也讲得明白——用你听得懂的方式和你讲道理——太对了，太有才了，何哥是文武全才。”

“少拍马屁，没用，我也不当你的大哥，我都快饿死了。你比我还大了十几岁，你当我大哥好了。”何潮没好气道。

“有志不在年高，有才不在年少，你必须是大哥，我只能是小弟。”顾两叹息一声，“何哥，我已经三天没吃饭了。刚才我抢你的鞋，因为是皮鞋，我想煮了吃。”

鞋也吃？何潮差点被顾两恶心得吐了：“你怎么会沦落到这个地步？”

“说来话长……”顾两的肚子传来一阵叫声，他不好意思地笑了笑，揉了揉肚子，“反正天快亮了，我就讲讲我的故事，要是何哥觉得我值得同情，又有几分才能，就请收了小弟，小弟愿跟在何哥身前身后。”

“跟着我干什么？我也吃不上饭。”何潮估计现在是凌晨四点多，天快亮了，听听顾两的故事也无妨，“别说来话长了，长话短说就行了。天一亮，大家就各奔东西。”

“听完再说，听完再说。”顾两站起来，整理了一下头发，又拉了拉身上的T恤，忽然放声一笑，“想当年我顾两也是叱咤风云的人物……”

“说重点！”何潮不耐烦地打断顾两的话，“要是东拉西扯，我可没闲心听你吹牛。好汉不提当年勇，英雄莫问出处。”

“当年勇还是要提一提的……”顾两讪讪地一笑，“放心，我会只说重点不说边角料。”

顾两是浙江温州人，原本是健力宝驻温州分公司的负责人，他为人灵活，懂管理，会经营，将健力宝的销售渠道下沉到了每一个乡镇，抢占了不少原本属于可口可乐的市场份额。顾两因为表现出色，多次受到健力宝创始人李经纬的嘉奖，李经纬不止一次希望将顾两调到广东佛山总部。

当时的健力宝如日中天。1984年健力宝因赞助洛杉矶奥运会中国体育代表团而一炮走红，被誉为“中国魔水”。作为中国第一个添加碱性电解质的饮料，健力宝率先为国人引入运动饮料的概念。

正当顾两踌躇满志，想前往总部打出一片新的天地时，一件意外的事情发生了，让他深陷温州的泥潭之中。

温州人一向头脑灵活，善于发现商机。改革开放以来，温州一马当先，创办了许多民营的中小型企业。但由于金融政策向国企倾斜，政策规定银行不能给私企贷款，也不允许民间创办钱庄，当地政府为了支持民营企业的发展，对地下钱庄睁一只眼，闭一只眼，地下钱庄应运而生之后，由于无序生长，很快就壮大起来。

最初是在温州乐清县，有一种名为“百人百元百月单万会”，简称“八年四”会的地下钱庄组织，由于“八年四”会会员过多，组织严密，有人就另辟蹊径，发展了另外一种形式的组织：一个会员入会交1.16万元，从第二个月开始，会主每月付给会员9000元，连续12个月，共计10.8万元；从第十三个月起，会员再付给会主3000元，连续付88个月，计26.4万元，会主仍然每月付出9000元。如此循环滚动，一个会期为100个月。有人计算过，一个1.16万元的会员要维持下去，到第六个月必须发展22个会员，到第十二个月，要发展691个会员，到第十八个月，要发展20883个会员。

原来的“八年四”会叫平会，新的组织抬高了利息和入会额度，因此称为抬会，又叫应会、排会、经济互助会，等等。现在看来，为了维护资金的运转，必须不断地吸收新的会员加入，从小会主到中会主再到大会主，按月返息，集资并没有用于生产流通，不产生利润，只能拆东墙补西墙，击鼓传花，是典型的“庞式骗局”。

但在当时，人人都以为是一条可以持续发展的生财之道，就连师范学校毕业、在当地小有名气的顾两也跳入了坑中。

顾两一开始其实是想做会主，1986年时他30岁，因为销售得力，他年薪达到了10万元。在万元户是衡量富人的标准线的20世纪80年代，以他的收入绝对是响当当的一方富豪。

顾两将辛苦积攒的30万元投入了抬会之中，第一个月该返还时，会主的资金链断裂了，并且引发了挤兑恐慌，无数会员要求返还本金，会主无钱返还，只好潜逃。

政府开始抓人，无数大小会主被抓。被抓的会主还算幸运，一些逃跑的会主被债主发现后，被严刑拷打，有的甚至被吊在了树上，折磨至死。只一年时间，温州一地鸡毛，到处狼藉，60多人自杀，200多人潜逃，1000多人被抓，8万家庭破产。

顾两一夜回到解放前，血本无归。和拿着炸药包找会主拼命的债主不同，他保持了足够的理智，因为他清楚，钱是要不回来了。留得青山在，不怕没柴烧，怪只怪自己太贪心。

钱没了，可以再赚；命没了，就什么都没了。顾两准备东山再起时，总部却因为他近来工作的怠惰而开除了他，妻子一气之下，和他离婚，远走他乡。顾两身无分文不说，还成了孤家寡人。一怒之下，他去了海南。

在海南的房地产大潮中，他凭借精明的头脑和超前的眼光，很快赚到了人生第一个100万资金。再后来，他的房地产公司迅速膨胀，在短短时间内囤积了大量土地。

当时海南的房地产盛况和当年的温州抬会一样，也是击鼓传花式的无序。比如一个人手中有一块地皮，他买来的价格是2000块一亩，转手卖给下家时，涨到3000块一亩。如此传递下去，到第15个人手中时，说不定到了30000块一亩。中间没有产生任何增值，经了十几手的转卖，土地价格翻了十几倍，自然是泡沫一样虚高。

很快顾两就发现了海南房地产的问题症结，也清楚早晚会崩盘。只是他还和当初入“八年四”会时一样抱了一丝幻想，再做完最后一笔生意就收手，让别人成为最后一棒。但人性的贪婪让他无法收手，最终一个楼盘成了他人生的滑铁卢——不但赔进了前期所有的资产，还负债2000万元。

带着一身债，顾两在1996年年底来到了深圳，想在深圳寻找商机。结果直到今天，商机没找到，连饭都吃不上了，所以才在遇到何潮后，铤而走险，想抢走何潮的皮鞋。

“说完了？”何潮伸了伸懒腰，见天快要亮了，起身就走，“再见。不对，是再也不见。”

“等等，何哥，说好一起打天下，你怎么能扔下我一个人自己耍？”顾两忙追上何潮，拦住了何潮的去路。

第三十三章

大道理都懂，却还是过不好这一生

“说实话，不怕你生气，你睡着的时候，我翻到了你身上还有38块钱，本想拿走，一看你这么落魄，同是天涯沦落人，我就没有下手。所以你看，我还是有善良的一面不是？还有，我毕竟成功过，当时也算是叱咤风云、呼风唤雨的一方人物，虽然现在落难了，但一身本事还在，跟着你混，肯定可以帮你成就一番伟大的事业。”

何潮下意识地摸了摸口袋，果然38块钱还在，他想了想说道：“好吧，你可以跟着我，但我们得约法三章。第一，你当我的小弟可以，但我不保证你一定有饭吃。当然了，我有饭吃一定会分你一半。第二，所有事情，你必须听我的指挥。第三，不许再抢劫、偷东西，也不许再有歪门邪道的想法。”

“第四，除非何哥赶我走，不管我以后多发达、多有权有势，一定会跟随在何哥身边，听从何哥的指挥。”顾两伸出三根手指，“我发誓，要是以后做出不利于何哥的事情，不得好死。”

何潮乐了：“行了，不用表演了。能吃苦不？”

“经历过大起大落的人，除了死，什么苦都不叫苦。”顾两叹息一声，又嬉皮笑脸起来，“何哥，你看天都亮了，是不是先解决一下早饭问题？”

尽管肚子饿得咕咕叫，何潮还是忍住了吃早餐的欲望，最后的38块钱每一分钱都无比宝贵，他必须保证每一分钱都花到实处。

跟着何潮走了半天，顾两一边捂着肚子哭丧着脸，一边看着身边呼啸而过的出租车和公交车问道：“何哥，我们到底要去哪里？打车太贵，坐公交也行。饿也就忍了，继续走路的话，会越走越饿。”

何潮一想也是，就上了公交，二人一共花了四块钱，总算到了华强北。

在看到王阿姨和卫力丹的一瞬间，何潮险些热泪盈眶，想不到在偌大的深圳，一夜之间他被整个世界抛弃，刚刚认识的这一对母女成了他心目中亲人一般的存在。

下了公交，何潮几乎是一路小跑冲到了王阿姨面前，他一脸热切和期盼："王阿姨，我想再帮您一天忙，不要一分钱工资，只要管饭就成。"

王阿姨和卫力丹正在收拾东西，被何潮的突然出现吓了一跳，王阿姨手中的刀举在半空，见何潮头发乱成一团，身上的衣服脏得不成样子，脸上还有泥巴，裤子也皱巴巴的，像刚从洗衣机中拿出来，她不由得笑了："你这是打仗去了？"

"比打仗厉害多了。"何潮憨厚地一笑，露出了一口白牙，"不好意思，早上醒来后还没有刷牙洗脸……"

"来，这里有水。"卫力丹掩嘴而笑，"昨天还很正常，今天就变成了叫花子，深圳真是一个充满奇迹的城市……你谁呀？你怎么也进来了？赶紧出去，要饭到一边儿去要。"

顾两嘿嘿一笑，露出了一口大黄牙："姑娘，我叫顾两，是何哥的小弟、跟班、跑腿，兼司机、保镖。"

卫力丹愣住了，忽然放声大笑："大叫花子还有小叫花子当小弟和保镖，你们也太有意思了。不对，你都多大了，还当他小弟？当他大爷还差不多。"

"一个人的成就和心态与年龄无关。"顾两沉重地叹息一声，手脚麻利地拿过脸盆，从水桶中接了水，有模有样地等何潮洗完脸，他用剩下的水胡乱擦了一把脸，才一本正经地说道，"我和何哥是关山难越，谁悲失路之人；萍水相逢，尽是他乡之客！"

"哎哟，第一次见到这么有文化的叫花子，还会引用《滕王阁序》，你这些年到底经历了什么才落魄成这个样子？"卫力丹对顾两好奇心大起，背着小手围着顾两转了一圈，"我最喜欢听故事了，来，说说你的经历，要是能打动我，我可以考虑收留你，否则的话，哼哼哼……"

王阿姨本来只是答应留下何潮来帮忙，没想到何潮还带了一个拖油瓶，就有几分不乐意。好在顾两比何潮更有眼色，手脚更勤快，一会儿工夫就将一切收拾得十分利索，再加上顾两说话风趣，会逗乐儿，她也就不好再说什么。

早餐高峰时，有了何潮和顾两的帮忙，轻松了许多。顾两和王阿姨搭手，何潮和卫力丹配合，四人搭配起来，竟然比往常多卖了十几份肠粉。

王阿姨一时高兴，让何潮和顾两饱饱地吃了一顿早饭。

客人渐少时，王阿姨才问起何潮的经历，得知何潮突然失业并且失去了唯一的通信工具，又在外面淋了一夜雨后，王阿姨不由得红了眼睛：“你们大学生都是天之骄子，真是难为你了。不过深圳就是这样，今天腰缠万贯，明天就可能要饭，不要紧，你还年轻，有的是机会。”

“只要王阿姨收留我三天，让我帮忙三天，管我三天饭，我的机会就来了。”何潮和卫力丹并排坐在小板凳上，“而且不忙的时候，我还可以和力丹聊聊电脑和电子产品，同时可以帮她学英语。”

“你是想在华强北待上三天，守株待兔，等你想见的人吧？”王阿姨一下子就猜到了何潮的真实想法，笑着点了点头，“收留你没问题，阿姨相信你，可是他就不行了，油嘴滑舌，油腔滑调，帮小忙添大乱。”

“我……”顾两以为他已经赢得了王阿姨的好感，没想到王阿姨的一番话打击得他灰头土脸，不过他可不是轻易气馁之人，“王姐，你还不知道我的经历，等你知道了，你就会乐意让我留下来了，而且，我还能帮你一个大忙。”

“你能帮我什么大忙？”王阿姨忽然幽幽地叹息一声，“我不想听什么大道理，大道理都懂，却还是过不好这一生。”

顾两顿时瞪大了双眼：“王姐，你简直就是哲学家，刚才的语气和神情，特别像我上师范学校时的一个副教授。”

“别拍马屁，王姐我知道自己的斤两，说吧，你有什么经历？又能帮我什么忙？”

在顾两口若悬河地重复他的经历时，何潮安静地坐在一旁，有些出神地望向远处。远处人来人往，他期待的人一直没有出现。

三天，三天后如果期待的人没有出现，他该怎么办？再找一份工作不难，难的是，他所有的梦想都会因此而破灭。

平心而论，何潮确实有几分痛恨庄能飞，破产倒闭没什么，他可以承受最好的，也可以接受最坏的，但为什么不提前告诉他，好让他有一个心理准备和缓冲期？好吧，他心中愤愤地想，至少他可以提前拿出被褥，也不至于一气之下砸坏了呼机。

“太厉害了，没看出来大叔你当年还是亿万富翁。”卫力丹的惊呼中有三分惊叹、七分敬佩，眼神中闪出仰慕的光芒，“快说说你当年花天酒地时，是什么样的感觉，是不是真有一种挥金如土的气概？”

顾两的眼神黯淡了下来：“挥金如土又怎么样？等你真有钱了，你才会知道，对一个男人来说，金钱不过是数字，事业上的成功和情怀的落地，才是价值所在。”

卫力丹撇了撇嘴：“要不要这么标榜自己？太虚伪了。”

王阿姨再看顾两时的眼神也多了仰望："粪土当年万户侯，有故事的男人。得意淡然，失意坦然。喜而不狂，忧而不伤，顾两，你可以留下来了，王姐觉得你是个男子汉。"

顾两肃然起敬，都快哭了："王姐，我走南闯北这么多年，阅人无数，交友无数，你是第一个懂我的人，喜而不狂，忧而不伤，完全就是我的真实写照。王姐，从今以后，你就是我的亲姐。"

王阿姨却瞬间恢复了冷静，斜了顾两一眼："少套近乎，如果你不能帮我的忙，对我没用，我不会认你当弟弟。"

"弟弟怎么可能对姐姐没用？"顾两拍了拍胸膛，又指了指何潮，"况且我还有何哥指点，肯定可以帮王姐你打开局面，开许多家连锁店。"

王阿姨顿时眼前一亮："你怎么知道我想开连锁店？"

顾两眉飞色舞："都是何哥教导有方。"

何潮暗笑，顾两时刻不忘抬高他，既能说会道，又八面玲珑，不过他虽然听了十分受用，却还是坚持他的看法——顾两有真才实学还好，如果只会油腔滑调，他还是会和顾两分开。

顾两站了起来，手指指向正对着摊点的一家销售电子产品的店铺："刚才我观察了一下，这家叫真真电子的店铺生意不好，在两个小时内，两边的电子店铺进出的顾客有几十人，真真电子只有五个人，而且五个人进去后不到一分钟就出来了，说明没有成交。真真电子位置不错，为什么没有生意呢？要么是产品不全，要么是老板经营策略不当，对两边的竞争对手来说没有任何竞争力。所以如果租下真真电子改成王姐肠粉，就迈出了连锁经营的第一步。"

第三十四章

生存之外的事情都是奢侈品

何潮之前也注意到了真真电子的生意萧条，却没有顾两想得深，不由得对顾两高看了一眼，毕竟顾两多年的经历都是宝贵的人生财富，哪怕失败，也是用时光换来的经验。

"为什么是真真电子，而不是三岁电子？"何潮朝左侧一指，左侧不远处，也有一家生意很差的店铺，名字很奇怪，叫三岁电子，不但门庭冷落，很少有顾客上门，而且店内只有一个店员，在百无聊赖地看电视，"三岁电子距摊点只有不到100米，真真电子至少有200米远，而且要过马路，不利于导流老顾客过去。"

"说得好。"一谈到生意，顾两一改之前的油腔滑调，变得一本正经起来，"何哥，你说得很对，三岁电子确实比真真电子更容易引导老顾客过去，而且引导的成本也低，只需要在门口挂一个大大的条幅就可以让绝大部分老顾客看到。但凡事要考虑长远，第一，华强北正在改造，改造成功后，王姐的摊点和周围的摊点肯定都会被取消，因为影响了客流和市容，不利于华强北形象的整体提升，所以越早撤摊入铺越好，等大家都一哄而上时，不但一铺难求，租金也会成倍增长。"

何潮不说话，眼神认真而坚定地点了点头。

"第二，华强北改造升级之后，道路两侧的店铺会引来一拨改造高潮，虽然现在市里和区里还没有出台规划，但可以预见的是，两侧店铺应该不允许经营电子产品之外的业务，包括餐饮。所以虽然三岁电子位置好且容易导流，但有可能因为政策的调整而陷入绝境。"

王阿姨和卫力丹听得目瞪口呆，不敢相信眼前这个乞丐一样的男人会说出这样一番有水准、有见识的话。

"第三，一旦周围所有摊点都撤摊入铺，马路对面的店铺是最合适的选择，而真真电子现在生意不好，转让费用肯定不高，并且和现在的摊点正面相望，到时只需要在现在的地点竖立一把太阳伞，上面画一个箭头指向真真电子，再在真真电子的门口挂一个条幅，就可以导流老顾客过去了。还有一点，何哥肯定也注意到了，真真电子虽然生意不好，看似位置也不好，其实不是，对电子产品销售来说，真真电子确实位置一般，但对肠粉店面来说，真真电子的前后左右全是客流，又和电子店铺不形成直接竞争关系，反倒可以互相导流……”

王阿姨一拍大腿站了起来：“顾两，你完全说到我心坎里了，你不开肠粉店真是浪费了。我马上过去和他们谈谈，看他们是不是愿意转让店铺。”

“你去不行，王姐，他们认识你，肯定会漫天要价，得我去才行。”顾两嘿嘿一笑，不好意思地整理了一下衣服，“可惜这一身行头太‘脏乱差’了，会被当成乞丐赶出来。”

王阿姨几乎没有片刻犹豫：“走，我带你去买一身衣服。”

“王阿姨干脆利索，做事从来不拖泥带水，能成大事。”何潮确实很佩服王阿姨的性格，“怪不得都说潮汕女人勤劳持家，还真是名副其实。”

“什么呀，还不是因为我爸靠不住，要不我妈也不会这么累，一个人撑起一个家。”卫力丹微微摇头，一脸忧色，“在我妈生下我不久，为了满足我爸想要一个儿子的愿望，我妈又怀孕了，结果流产了，而且被医生判了不能再生育的死刑，我爸二话不说离开了我们，又找了一个女人，那个女人第二年就为他生了一个儿子。潮汕人，传宗接代的思想特别严重。我妈一个人拉扯我长大不容易，虽然她爱唠叨，见识短，还传统，每次她不对的时候，我就会想到她的不容易，就总是让着她，你说这是不是爱的绑架？”

何潮不置可否地笑了笑：“苦难让人成长，磨难让人思索。”

“就知道你也大男子主义。”卫力丹“哼”了一声，坐近了几分，小手放在何潮的肩膀上，“现在没人，说，你是不是在这里等上次见过的的江阔姐姐出现？你肯定有她的电话号码，打她电话不就行了？守株待兔可不是一个敢作敢为的男人的做法。”

“还真不是等她。”何潮摇了摇头，他说的是真话，他不是在等江阔，也不是在等辛有风以及庄能飞，甚至不是在等周安涌，而是在等一个他刚认识的人——和仔。

“你接下来到底怎么打算？”卫力丹郑重地拍了拍何潮的肩膀，“我马上就开学了，开学后就不能再帮我妈了，要不你跟着我妈干算了，她虽然话多一点、人苛刻一点，但总体来说不是一个坏人。你是大学生，她也不会委屈你，怎么样？”

“有股份才行。”何潮心中早就有了打算，只是现在还不方便说，也是他心里没底，不知道他的计划能不能实现，就随口开了一句玩笑。

王阿姨和顾两从商场出来，顾两焕然一新，神采飞扬，举手投足间完全就是一个事业有成、呼风唤雨的大老板，何潮不由得笑了：“瘦死的骆驼比马大，有过辉煌成就的男人就是不一样，衣服一换，瞬间魅力值上升了99个百分点。”

“哇，是不一样，真有魅力，怪不得我身边有不少女孩喜欢大叔，大叔的魅力还真的是难以抵挡，比你们这些豆芽菜强多了。大叔就是一棵参天大树，能让人感觉到温暖和可靠。”卫力丹愣了一愣，才反应过来，“你还想要股份？你现在都快要饭了，收留你已经很不错了，你还人心不足蛇吞象？”

卫力丹的话让何潮想起了辛有风对庄能飞的爱恋，大叔的温暖和可靠是在经历过许多女人以及人生的起落之后练就的，是人生经验的沉淀，是财富的积累，需要时间来成就，来不得半点儿投机取巧。

时间是最公平的大师，可以改变一个人许多，气质、魅力，以及命运。

何潮不是贪心，是他志在他处，他看好餐饮业的未来，却并不想从事餐饮业，兴趣并不在此，没有兴趣就没有足够的动力。

见何潮不回答，卫力丹也懒得再问，她的兴趣又转移了：“何潮，你和我说实话，你到底喜不喜欢江姐姐？”

何潮有点难以回答，摸了摸脑袋，又搓了搓手：“要说不喜欢，是骗人的；要说喜欢，又没底气和信心。怎么说呢，肯定有好感。”

“喜欢就去告诉她，别连告白的勇气都没有。”卫力丹双手托腮，“人海之中，遇到一个喜欢的人不容易，错过了也许会后悔一生。”

“喜欢不一定要告白，更不一定非要追求一个结果，喜欢就是喜欢，就像喜欢春天的花、夏天的风、秋天的月、冬天的雪，只要欣赏就足够了。”何潮说得很诗意，其实内心深处却在想，他拿什么喜欢江阔？他连一份养活自己的工作都没有，在生存面前，爱情是奢侈品。

“别说得那么好听，别以为我不知道你的想法，你是没有勇气，是觉得配不上她。”卫力丹无情地揭露了何潮内心真实的想法，“江姐姐人长得漂亮，又有钱，还是香港人，气质超群，就连身高也不比你矮多少，你在她面前找不到丝毫心理上的优势，我了解男人，男人只有在自己喜欢的女人面前拥有了足够的自信，才敢表白。”

何潮开心地笑了，不因被卫力丹说破心事而生气，他摸了摸卫力丹的脑袋，用力揉了揉：“你才多大，懂这么多？小心越了解男人，以后越找不到男朋友。”

“别摸我脑袋。”卫力丹皱起鼻子，凶狠地冲何潮扬了扬右拳，“我才不担心找不到男朋友，没有男人，女人一样活得很好，就像我妈一样，自从她离婚之后，虽然很忙、很累，但是笑容比以前多了许多。”

何潮沉默了，想起了父母还算和谐的婚姻。父亲严厉而沉默，母亲温柔而忍让，忍让中又带有善良。父亲对孩子一向过于苛求，因为他幼年经历了许多苦难。早在父亲16岁的时候，在“文革”中受尽迫害的爷爷不堪忍受，自杀身亡。父亲被迫用一辆板车拉着爷爷的尸体游街，许多以前关系不错的乡亲一路打骂父亲，父亲沉默地忍受了所有的屈辱。

只有周安涌的父亲周仁成对父亲百般照顾，不仅不打骂父亲，还暗中安慰父亲，并且送了许多东西。患难见真情，两家的情谊就此建立，一直保持着。

后来爷爷平反，父亲因爷爷的冤案而得以招工入城，到了省会石家庄。周家也同时进城，不但进了同一家单位，还成了邻居。

因为少年的经历，父亲在丧父之后，性格日益坚强。他对孩子们的要求极为严格，不但要求自己的事情自己做，而且希望何潮和何流不管遇到什么困难和挫折，都首先要自己解决，实在解决不了，再和家里说。

妹妹何流一开始以为父亲只是说说而已，不管什么事情都向父亲汇报，后来有一次父亲大发雷霆，骂了何流半天，说她都成年了还会因为和同学闹别扭的事情向父母告状，太没出息，太不自强自立了。

第三十五章

种下了种子

受了委屈的何流向母亲和何潮哭诉，母亲没有办法，只好劝何流忍让，何潮却一边劝妹妹，一边帮她解决了问题，并且告诉她以后有事情不要直接找父亲商量，要采用迂回战术，先和他商量了再说。

从此妹妹事事先和何潮通气，在何流的成长过程中，何潮既像大哥，又像父亲。

母亲排行老三，上面有一个哥哥、一个姐姐，下面有一个妹妹、一个弟弟，她属于兄弟姐妹中最没有存在感也最得不到关爱的一个。从男孩的角度来说，大哥是第一个孩子，最经心。从女孩的角度来说，大姐是第一个女孩，最用心。从父母都偏爱老小的出发点来说，最小的弟弟最受宠。从小爹不疼、娘不爱的经历养成了母亲沉默忍让的性格，尤其是嫁给父亲之后，在父亲的强权之下，更加小心翼翼了。

母亲对他和妹妹的关爱比父亲更直接，同时也更含蓄。直接表现在生活上对他们无微不至的关怀，父亲从来不会在生活的小事上对他们兄妹有任何表示，只会偶尔为他们讲一些人生的大道理。含蓄则表现在每次遇到父亲严厉的指责时，母亲总是在背后软言柔语地开导他们。

母亲看似柔弱，其实内心很坚强，她的沉默和忍让是因为她坚信父亲总有不再强硬的一天。母亲总是说，人就像果子，外壳坚硬的，都有一个软芯，比如核桃。外壳柔软的，都有一个硬核，比如桃子。不管是外硬内软，还是外软内硬，软硬在一起才是阴阳平衡。

母亲的付出得到了回报，年纪越大，父亲强硬的一面慢慢褪色，他虽然和以前一样倔强，在何潮前来深圳以及何流留在身边的事情上寸步不让，但不再如以前一样声色俱厉，而是以无声的对抗和拒绝对话来表达他内心的强烈不满。

如果是以前，何潮相信父亲会拿起电话对他大骂一通，甚至亲自前来深圳押他回家。

“喂，想什么呢，这么入神？”卫力丹推了推陷入沉思的何潮，抓了抓何潮的头发，“你是不是有一个妹妹？你刚才摸我脑袋时，眼睛中闪动的光芒特别像一个宠爱妹妹的大哥哥。”

“嗯。”何潮点了点头，想起了何流俏皮的笑容和狡黠的目光，不由得笑了，“她比你大一两岁，已经大学毕业了，是一名光荣的人民教师。”

“江姐姐应该也比我大一两岁，不过还是比你小，我猜你喜欢比你小的女孩，对不对？”

怎么又扯到江阔身上了？何潮嘿嘿一笑，见顾两和王阿姨已经从真真电子出来了，二人面无表情地穿过了马路，就说：“猜猜看，他们谈成没有？”

卫力丹不屑地冷“哼”一声：“你其实挺勇敢、挺男人的，但在感情上怎么这么草包？算了，懒得管你。肯定没有成功，你看他们一脸的丧气，要是成了，我妈早就眉飞色舞了。对了，我妈叫王如，我总埋怨说，她的名字都起得比我的名字好，我外公琴棋书画样样精通，到了我妈这一代，样样不通，根本是倒退。”

时间在前进，时代未必在进步，何潮笑笑没有说话，他的母亲也只上过小学，他的姥爷却是远近闻名的文化人，在兵荒马乱的年代上过高中，还当过县一中的教导主任。在母亲上学的20世纪五六十年代，却是全民狂热没有文化才光荣的颠倒岁月。

等顾两和王阿姨距离他们还有10米远时，他迎了上去：“恭喜顾两初战告捷。”

卫力丹“啊”了一声：“成了？不可能！我了解我妈，何潮，我要和你打赌。”

“赌什么？”何潮欲擒故纵，“我输了，我跟你妈打工。”

“行，要是我输了，我跟你去打工。”卫力丹一步就迈进了何潮的坑，“一言为定，谁要是反悔谁就是小狗。”

何潮和卫力丹击掌。

“神了，何哥，我和王姐说，我们假装事情没成，吓他们一吓，你怎么一眼就看出来了？我们应该没有出戏，演得很认真、很用心了。”顾两虽然一身新衣在身，气质马上上升了好几个档次，但一开口还是露出了油腔滑调的本质，“快说，我们到底是哪里露馅儿了？”

王阿姨也好奇地笑了。

“戏演过了，脸绷得太硬了，要是再放松一些就能骗过我了。”何潮很清楚，一个人可以假装失落，可以紧绷着表情，但眼神掩饰不住，悲伤还是开心，眼神中的光彩会真实流露，顾两是装得挺像的，眼神也比较平和，但王阿姨就不同了，眼神中明显有喜悦在闪动。

“谈成了，谈成了！”王阿姨脸上紧绷的表情一下子绽放开来，喜笑颜开，“顾两就是厉害，先不谈转让的事情，东扯扯，西问问，店主以为我们是顾客，很热情，聊来聊去，生意不好连租金都付不起的状况就被顾两套了出来。顾两先说要租下店铺三个月，店主报了一个高价，接着谈半年的价格，最后是一年、两年，价格压到了最初报价的一半，店主竟然答应了，我都觉得顾两太狠、太会砍价了，想劝他别太贪心了……”

“哈哈，王姐，你要会运用心理战术。现在店主不仅仅急于转手，还想套一笔现金去做其他生意，所以租期越长，他要的价格越低，但到手的钱越多。主要是他不看好改造升级后的华强北的前景，所以想去其他地方发展，既然知道了他的心理，不拼命压价既对不起王姐的信任，又辜负了自己的才能不是？”顾两边说边脱衣服，“还好没给何哥丢人，圆满完成任务，王姐，衣服还你。”

“穿上，赶紧穿上！”王阿姨打了顾两一巴掌，“王姐是这么小气的人？你大街上脱衣服多不文明，别丢何潮的人。”

“好，听王姐的话，不给何哥丢人。”顾两明明是自己不舍得脱下衣服，却欲擒故纵，最后还假装被迫收下，也算是难得的演技了，他笑得很开心、很得意，“王姐，有没有电脑？我现在就帮你做一份商业计划书，保证你在两年之内开十家连锁店。”

“我去借一台笔记本电脑。”卫力丹开心地跳了起来，吐了吐舌头，又冲何潮做了一个鬼脸，“算你赢了，我说话算话，你等我毕业。”

“太晚了，来不及，现在就要。”何潮冲卫力丹的背影喊了一声。

王阿姨一脸警惕的表情：“你们在说什么？何潮，丹丹还小，你要真喜欢她，和她谈恋爱可以，但不能乱来，知道不？”

何潮脸一红：“阿姨，你误会了……”

很快，卫力丹就借来了一台最新款的IBM笔记本电脑，是IBM即将推出的全球第一款14.1寸彩色液晶屏幕并带DVD驱动的全内置笔记本电脑——ThinkPad 770，市场价格2万多元。华强北不愧为内地最大的电子产品集散地，还没有上市的新品也能提前到货。

顾两不识货，深爱电子产品的何潮可是垂涎三尺，他一再叮嘱顾两：“你小心点儿，别磕着碰着了，轻点敲键盘。WINDOWS 97操作系统，居然还装了王码五笔86版，顾两，你还会五笔打字法？”

顾两投入工作之中，没空理会何潮的碎碎念，他十指如飞，打字速度飞快，不多时就打满了一页。何潮连连点头，顾两没有骗他，确实有点本事，商业计划书写得条理清楚，规划明确，从国际到国内，再到深圳的环境，分析得头头是道，得出的结论也十分让人信服。

“你到底想做什么？”卫力丹碰了碰何潮的胳膊，“还想让我为你打工，你雇得起我吗？我很贵的，不但对电脑硬件了如指掌，软件也样样精通，五笔打字每分钟150个字。你不会想生产电脑，或者开发软件吧？我劝你还是不要异想天开了，你现在不管是销售硬件，还是开发软件，都太晚了。”

何潮嘿嘿一笑，拍了拍卫力丹的肩膀：“人生永远没有太晚的开始，只有太早的放弃。”

20世纪80年代初期，中国刚开始计算机产业化的时候，电子工业部直属的国营无线电厂是绝对的主力。而到了20世纪80年代中后期，为抵御以IBM、HP为代表的国际品牌电脑的入侵，深圳的长城电脑是新主力。但谁想到，长城也好，清华同方也好，最终没有扛起大旗，而当时还在倒腾“旱冰鞋”的联想以后会是中国计算机产业的旗帜。

同样的例子还有很多，王文京于1988年成立用友财务软件服务社时，只是个体工商户。而五笔字型的创始人不是北京的汉字专家，而是河南省南阳市南召县技术员王永民。王永民38岁学计算机的时候，他一点都没有想到他写的江民杀毒软件会成为中国最赚钱的软件之一。

往往改变历史成就传奇的人物，一开始都是一个不起眼的小人物，在不经意间播下的种子，在日后的某一天长成了参天大树。

“你说得都对，但你得告诉我，你到底想做什么？”卫力丹不依不饶，她既然答应了何潮为他打工，就得弄清她的老板想从事什么行业。

第三十六章

可行性

“三天，三天之后，肯定告诉你。”现在何潮心中的目标越来越清晰了，但他还在等待最后时机的出现。

“还要三天呀？三天后我就开学了。”卫力丹不满地摇晃何潮的胳膊，“何哥哥，快告诉我，好不好？我特别好奇，你不告诉我，我吃不香、睡不着。”

何潮不为所动：“顾两完成商业计划书了，快去打印出来。”

卫力丹只好拿走了电脑。她很快就归还电脑，拿着打印好的商业计划书回来了。

何潮先看了一遍，然后默不作声地交给了王阿姨。王阿姨看完后也没说话，交给了卫力丹。

卫力丹只看了几眼就惊叫出声：“不可能！太激进了，太冒险了，我觉得可行性不大。”

顾两和王阿姨同时看向了何潮，何潮不好意思地笑了笑：“你们别都看我好不好？好，我说，我说。商业计划书本来就是计划，但计划赶不上变化，不过我认为顾两的商业计划书并不激进，也不冒险，符合目前深圳的商业环境。商业就和学习一样如逆水行舟，不进则退，先租下真真电子，拿出利润的三分之一用来引导客流和广告推广，是值得的。再把店铺抵押贷款用来开第二、第三家连锁店，是很大胆，但也是很关键的第一步。第一步迈出了，后面就容易了，万事开头难……”

王阿姨点了点头：“道理我懂，但我得好好考虑考虑，毕竟要是赔了，会赔上所有的身家，马虎不得。虽然我不怕输，大不了从头再来，但丹丹不行，她要上学，她要花钱。”

“我可以，我没问题，我马上有工作了，何潮是我的老板，我要为他打工。”卫力丹抓住了何潮的胳膊，“老板，说好了，月薪低于1000块，我可是要罢工的。”

“别闹。”王阿姨笑骂了一句，“何潮都没饭吃了，还雇得起你？你们两个加在一起，也没我年龄大，还想赚钱？先刷几年碗再说。”

一天很快过去了，晚饭高峰过后，王阿姨在何潮和顾两的帮助下，比往常快半个小时收好了摊子，她拿了一张10元的钞票递给何潮：“晚上找个地方住，别睡大街上了。”

何潮没要：“我们找到地方住了，王阿姨，明天见。”

一直跟何潮走了将近一个小时，顾两实在走不动了，一屁股坐在地上：“何哥，你说的住处到底是哪里？”

“到了，到了。”何潮笑眯眯地一指远处，“纯天然，全植被覆盖，空气清新，古人说，是故大丈夫恬然无思，淡然无虑，以天为盖，以地为舆……”

“啊，莲花山公园？早知道不跟你来了，好歹几块钱住个旅馆，好过睡在野外。”顾两还想说个没完，见何潮眼神不对，忙手舞足蹈地跳了起来，“天作被，地作席，星星为友，月亮为妻。草丛为佳肴，露水为美酒，值此良辰夜，当醉酒三杯。”

“什么乱七八糟的！”何潮无奈地笑了，“你当我不想住旅馆？我是不想拿王阿姨的钱，现在我们寄人篱下，要自觉，弓不要拉满，事不要做绝，人情不要用尽。”

“何哥说得都对。”顾两不失时机地拍上一记马屁，“古人还说，故天将降大任于斯人也，必先苦其心志，劳其筋骨，饿其体肤，空乏其身，行拂乱其所为，所以动心忍性，曾益其所不能。”

莲花山公园筹建于1992年10月，1997年6月23日正式开放。由于刚开放，人迹罕至，走了半天不见一个人影。公园的南部是以草坪、棕榈科植物为主组成的具有热带、亚热带风情的8万平方米的椰林草坪景区，北部则是人工湖，何潮和顾两来到湖边，一排长椅排开，二人各选一个，相对而眠。

“何哥，你为什么要帮王姐三天？三天后去哪里？”顾两睡不着，仰望夜空，想起以前的种种，恍若隔世，“我想家了。爸妈一直劝我回家，我说我在深圳很好、很忙，等不忙了一定回去。如果让他们知道我混成这个样子，不知道有多伤心。”

顾两的声音轻松中透露出一丝调侃，何潮却听出来里面隐含的沧桑和悲伤。

何潮双手枕在头下：“我在等一个人，三天后如果他出现，我就会和他一起创业。”

“带上我不？”

何潮原本觉得顾两油腔滑调，并不可靠，接触下来对他改观不少，顾两看似油滑，其实颇有一些小心思，但本质不坏，他迟疑一下下定了决心："一要吃苦，二要努力，三不能中途放弃，你能做到？"

"能，百分之百能。"顾两的声音突然哽咽了，"何哥，你以为我一个师范毕业生，能说会道，又会电脑，还有头脑，不能在深圳找到一份养活自己的工作？不是不能，是不想！我是想用流浪来麻醉自己，让自己过浑浑噩噩的生活，不想回忆过去，不想去努力奋斗，甚至不想明天。因为我不想再被明天伤害了！"

虽然经历远不如顾两丰富，何潮却能体会到顾两的悲怆，人生大起大落两次，无颜再见父老乡亲，即使找一份可以安身立命的工作又能如何？比起之前的辉煌差了太多，顾两既不甘失败，又没有东山再起之路，只能得过且过，让自己彻底死心。

"直到我遇到了你，何哥。你比我学历更高，更年轻，也更优秀，却留在元希电子，直到元希电子破产倒闭你才被迫离开，这份情义和坚持，让我非常敬佩。我受过太多人的欺骗和伤害，见多了商场上的尔虞我诈，早就不再相信人和人之间还有信任。但你和王姐、卫力丹之间真心的互助，没有任何利益的帮忙，让我再一次感受到了人间的温暖。真的，你别骂我矫情，我麻木太久了，有时连感动都是非常奢侈的事情。"

顾两说的是实话，他原本打算跟着何潮混上几天，趁何潮对他没有提防之时，偷走何潮的皮鞋和30多块钱就溜之大吉。但在见到何潮和卫力丹母女犹如一家人的关系之后，他内心冰封的感情融化了。这么多年来，他习惯了封闭自己，习惯了冷漠，习惯了如丧家之犬一样被人驱赶，何潮不但没有因为他的偷窃而嫌弃他，还拿出钱为他垫付公交车费。

而在卫力丹母女身上，他也体会到了久违的信任和亲情，并且在帮助母女二人的过程中，他慢慢树立起了自信，尤其是在和真真电子的店主谈判时，久经商场的气势重回体内，他再次感受到了他身为一个男人的尊严和曾经成功者的勇气。

是的，勇气，现在他重新拾起了勇气。

何潮沉默了半晌，想说什么却觉得多余，轻轻叹息了一声："睡吧，不管今天怎么狼狈、怎么疲惫，一觉醒来，又是一个崭新的明天。"

何潮和顾两整整帮了王阿姨母女三天。第三天时，卫力丹开学，没来摊点，她托王阿姨将一件东西转交给何潮。

何潮打开一看，是一张收据，卫力丹将他砸坏的呼机送去维修了，因为零件缺货，最少也要一个月才能修好。

“丹丹把一个月的零花钱全部用上了，她对你是真好，何潮，你以后可不要辜负她。”王阿姨语重心长的语气中带有一丝炫耀的成分，“丹丹是个好姑娘，长得好看，人又勤快，脾气还好，不敢说万里挑一，千里挑一总是有的，是不是？”

“是，是，是。”何潮很感动，紧紧攥住了收据，维修费用高达300块，他心中涌动着温暖，暗暗发誓以后一定努力，让所有喜欢他和他喜欢的人，都可以因为他的存在而开心。

“王姐，什么时候做决定？”三天时间到了，顾两很关心王姐是不是决心租下真真电子开始连锁店之路，“再犹豫的话，说不定机会就没有了。你有没有注意到，三天来，客流在逐渐减少？因为改造到了关键时刻，再过两个月，改造接近尾声，客流就会反弹，市里对于华强北进一步规划的消息也会放出来，你就抢不到真真电子了。”

王阿姨低头想了一会儿，仿佛下了巨大的决心：“何潮，万一阿姨失败了，赔了，你能不能答应帮阿姨照顾丹丹？”

何潮认真地点了点头：“能。一定能！”

王阿姨长舒了一口气：“何潮，你帮不帮阿姨？”

何潮愧疚地摇了摇头：“我有别的事情要做，已经答应别人了。”

“好，阿姨不勉强你。”王阿姨又看向了顾两，“你呢，顾两？”

顾两嘿嘿一笑：“何哥去哪里，我就跟到哪里。但说到帮忙，肯定是要帮的，不过不能做全职，只能兼职。”

“好，就这么说定了。”王阿姨“啪”的一声将一张纸拍在了桌子上，“你们签了这份协议，我就租下真真电子，哪怕赔得血本无归，我也认了。”

第三十七章

万事俱备

何潮和顾两凑过去一看，不由得乐了，协议很简单，就是何潮和顾两二人承诺如果王阿姨今后的生意赔钱，他们负责照顾卫力丹，保证卫力丹不会因为交不起学费而中途辍学。同时，二人要担任王阿姨的顾问，保证在空闲时间对王阿姨的王姨肠粉进行商业上的规划和指导以及力所能及的帮助。作为回报，王姨肠粉赠送5%的股份给何潮和顾两。

顾两二话不说就签上了名字："股份挂到何哥名下就行，我不要。"

何潮也签上了字："股份就算了，帮忙是应该的。"

"那可不行，没有股份，你们帮忙的动力会不足。"王阿姨开心地收起了协议，从包中取出厚厚的一沓钱，"全部积蓄都在这里了，顾两，跟我去办理交接手续。"

"遵命。"顾两开心地搓了搓手。

人生总要迈出艰难的第一步，谁也不知道以后会是怎样的结局，王阿姨赌上了身家，何潮既为王阿姨高兴，又隐隐有一丝担忧。不过世间没有百分之百的事情，总要努力了才不会后悔。

可是他努力了，为什么现在还不见结果？今天是最后一天了，如果他要等的人还不出现，他不知道接下来到底该怎么办了。

"何潮，真的是你！我刚才看了半天没敢认，不敢相信你会在华强北卖肠粉。"

一道清脆的声音打断了何潮的思绪，何潮扭头一看，一个身穿褐色连衣裙的女孩笑盈盈地站在几米之外，她面容清秀，长发披肩，露出了一段莲藕一般的小腿，双脚的大拇指都涂了红指甲，格外醒目。

正是郑小溪。

郑小溪人如其名，清澈如溪水，明媚如阳光，她蹦蹦跳跳地来到何潮面前：

"何哥，我才知道元希电子倒闭了，谁都联系不上，呼你也不回，以为你们都不理我了，我可伤心了。今天来华强北买光盘，竟然遇到了你，太开心了。"

何潮呵呵一笑："走得匆忙，忘了和你说一声。对了，安涌有没有和你联系？"

"没有。"郑小溪的神情有几分落寞，语气中也带了几分埋怨，"也不知道他去了哪里，呼他他也不回，他知道我的电话，可从来没有打来一次！你知道他的下落吗？"

"知道……"何潮猜不透周安涌不和郑小溪联系的原因，又不好多说什么，只能摇了摇头，"应该说不知道。我前几天也是和他在华强北偶遇了一次，但走得匆忙，忘了要他的电话号码。我的呼机也坏了，我们失联了。"

"他以前的呼机号还用吗？"郑小溪朝太阳伞下面挪了挪，脸上渗出了一层细密的汗珠，她浅浅地一笑，"要不你呼他试试？我呼他他不回，可能是不想理我了。"

郑小溪递上了一部手机，是一部爱立信的翻盖手机。

周安涌走后，何潮不是没有动过传呼他的念头，可几次拿起电话又放下。办公室的电话周安涌知道，他的传呼号周安涌也记得，周安涌不联系他，是有意不让何潮知道他的下落，何潮何必非要问个清楚？他很了解周安涌的为人，在周安涌不想和人联系时，不要过于主动，他是一个非常有主见的人，除非他愿意，否则再主动、再努力也是无用。

何潮接过手机，打了传呼台，给周安涌留言："安涌，我是何潮，我的呼机坏了，如果你有事情联系我，请回本机。"

手机静默，没有来电。郑小溪一脸失望："他为什么要不辞而别？说好了要和我一起创业，我都关了冷饮店，他却不见了，不是骗人吗？"

作为兄弟，何潮猜测周安涌是另有新欢了，不出意外就是海之心。周安涌对郑小溪并没有太多感情，他只是想借助郑小溪的人脉和实力，而郑小溪可能确实喜欢周安涌。

何潮只好尴尬地回应："他连我都没有联系，可能是想等安稳了再说。"周安涌没有回话，应该是换呼机号码了。

"不理他了。"郑小溪对周安涌很生气，收起了手机，"我决定以后再也不理他了，说话不算话，不是好人。对了，何哥，你真的要卖肠粉了吗？"

"不是，我是在帮朋友的忙。"

"我现在不开店了，想找些事情做，你能不能带带我？"郑小溪低头看脚尖，有几分局促和不安，“我就高中毕业，没学历，不过我肯吃苦、爱学习，只要你让我跟着你，你让我做什么都可以。”

何潮大概猜到了郑小溪的心思，跟着他，就有机会再见到周安涌，他本想拒绝，忽然想到了什么，点了点头：“真的愿意跟我一起干事业？”

“愿意！”郑小溪抬起头，眼神中多了坚定，咬了咬嘴唇，“你和周安涌不一样，他说得多、做得少，你说得少、做得多，我信你。”

好吧，郑小溪对他和周安涌的评价还算中肯，何潮笑了笑：“只是我还得等一个关键的人，只要他一到，我们的利道物流就会正式开业。”

“太好了，谢谢何哥。”郑小溪才不管何潮要从事什么行业，她只想有事情可做，也想跟在何潮身边，不愁以后见不到周安涌，“我可以做什么工作？办公室文员？行政助理？公司一共有多少人？”

何潮算了一下，连同他在内，包括顾两、和仔和郑小溪，再加上一个兼职的卫力丹，一共五个人，他笑了笑：“你负责行政工作。”

“我呢？我呢？”顾两的声音在何潮身后响起。何潮回身一看，顾两和王阿姨回来了。

“你当然是和我一起干苦力了。”见二人喜形于色，何潮就知道事情已成，“今天是一个值得纪念的好日子，王阿姨迈出了关键的第一步，希望我的事情也顺利……”

王阿姨越看何潮越欢喜，这小伙子不但有眼色，人勤快，还有见识和人格魅力，从之前的和仔到现在的顾两，以及身前的姑娘都喜欢围绕在他身边……姑娘？她才注意到郑小溪的存在，立刻警惕地看向了郑小溪，声音中充满敌意：“你是谁？和何潮什么关系？”

顾两碰了碰何潮的肩膀，嘿嘿一笑，小声说道：“现在王姐比丹丹还紧张你，看你看得很紧，完全当女婿看待了，你可不要辜负她的一番好意。”

何潮稍一用力就将顾两撞到了一边，为王阿姨介绍了郑小溪。郑小溪根本没有看出王阿姨对她的提防，热情地介绍了几句自己，得知王阿姨和她一样是深圳本地人时，就更开心了几分。

王阿姨却对郑小溪不冷不热，在得知郑小溪的爸爸是村主任并且即将拥有一栋回迁楼后，更是冷淡了几分，几次暗示何潮赶紧让郑小溪离开。

何潮假装不明白，他的心思不在王阿姨猜测他和郑小溪关系的小心思上，而是眼见天色渐晚，最后一天的约定期限马上过去了，如果和仔再不出现，事情有可能就黄了。

他很担心，也很焦虑。

王阿姨一次性交够了两年的租金，顾两顺带谈好了装修改造事宜，半个月后就可以开张营业了。顾两还对装修风格提出了建议，并且帮王阿姨厘清了所有杂七杂八的事情。

晚饭高峰时，何潮、顾两和郑小溪同时帮忙，王阿姨还算轻松自如地应付了过去。晚上八点多，客人渐少，王阿姨开始收拾桌椅。

顾两也上前帮忙："王姐，已经帮你打出广告招人了，估计明天就会有人过来应聘，你挑手脚勤快、眼里有活儿的。"

"不要紧，我已经通知了一个姐妹，她会过来帮我几天过渡一下。"王阿姨见何潮一脸失落地坐在一旁不说话，小声说道，"他要等的人没有出现，可能他的事情成不了了，你去劝劝他。"

"不用劝，他自己能调整情绪。"顾两对何潮充满了盲目的信任，"如果不能自己过关，以后的麻烦还多着呢。创业才是第一步，创业过程中遇到的困难，以及公司做大之后的波折，有他承受的。"

"你就不能说点好话开导开导他？尽是打击。"王阿姨有点同情何潮，"有你在他身边，他能有好心情才怪。"

"你错了，王姐，真正的男人需要的不是好话，而是真话，是摔打，是锤炼……算了，说了你也不懂。"顾两扔下瞪眼的王阿姨来到何潮身边，"何哥，别怕，如果你等的人没来，我这里有几十个创业方案可以供你挑选，不管是房地产、制造业、金融业，还是走私汽车、倒卖石油，应有尽有，只要不是国家垄断的行业，都可以插一手进去。"

心情低落的何潮被顾两逗乐了："几点了？"

"九点。"顾两四下张望一番，"估计是不来了，没发现敌情，算了，撤吧，条条大路通罗马，何必单恋一枝花。"

"再等五分钟。"何潮不甘心，站了起来，"我既然决定做物流，就会义无反顾地做下去。五分钟后，如果和仔还不出现，我决定从明天起，自己单干！"

第三十八章

最好的时代

“怎么会是单干呢？”顾两拍了拍胸膛，“还有我。”

“还有我。”一直陪坐在何潮身边的郑小溪也站起来，举起了右手，“我保证不会半途而废，不怕苦，不怕累。”

五分钟后，何潮将身下的板凳装车，招呼顾两和郑小溪：“走，不等了，明天早上九点，在莲花山公园南门开会。小溪，不许迟到。”

“保证不迟到！”

和仔的声音在身后响起，何潮惊喜交加，回身一看，远处的路灯下，和仔骑了一辆大二八自行车，满头大汗，身上的跨栏背心已经湿透，他用力冲何潮挥手：“何哥，我来晚了，还赶得上吗？”

何潮的笑容像灯光一样闪亮：“赶得上，不早不晚，正好。”

吴老伯和往常一样，天刚蒙蒙亮就起来锻炼。他通常是从家里出发，沿红荔路一路前行，来到莲花山，再上到山顶，最后下山回家。

自从1992年开始筹建莲花山公园，每天过往的工程车着实为他平静的生活带来了不少困扰，他曾不止一次地向老伴抱怨现在的大兴土木，打破了多少人平静的生活，还未必能带来什么改变。

到了1997年，莲花山公园建成后正式对外开放，吴老伯才改变了看法。落成后的莲花山公园不但景色更加秀丽优美，登山的道路也比以前安全牢固了许多。只是有一点，来莲花山公园游玩的游客也多了起来。

喜欢清静的吴老伯就一改以前8点才开始锻炼的习惯，每天6点起床，等他上了山顶也不过7点，下山的时候顶多8点，大多数游客还没有过来。

不过，最近几天吴老伯又多了一些烦恼，三天前，公园里突然多了两个流浪汉，每晚过来睡在公园不说，还起得很早。他活了一把年纪，从未见过早起的流浪汉，就像乞丐从来不要早饭一样，因为乞丐都睡懒觉，能有早起要饭的劲头，也许就不当叫花子了。

起得很早的两个流浪汉和吴老伯一样，竟然是为了早起锻炼身体。二人从山下跑到山顶，再跑下来，精神抖擞不说，还有说有笑，一点儿也不像对生活绝望、一无所有的流浪汉，倒像两个特意隐姓埋名体验生活的富翁，或者是传说中的高人。

吴老伯早就听人说过，深圳的梧桐山和莲花山中都有高人，有的高人是高僧，有的高人是道士，有的高人是普通人，这些高人平常不显山、不露水，什么时候指点你几句，你就会豁然开朗，然后飞黄腾达。

吴老伯就一连三天跟在二人身后，想暗中观察二人到底是何许人也，却因为跟不上二人的脚步，只依稀听到二人谈论的都是创业、投资、金融危机、深圳未来的发展方向、电子科技、物流、银行，等等，听得他云山雾罩，一头雾水，完全没有概念。

吴老伯种了一辈子地，老了因为征地摇身一变成了深圳市民，他还是很喜欢现在的身份，也很看好深圳的未来，也想发挥一下余热，越听越觉得二人不简单，就非常迫切地想认识二人，却一直不敢凑上前去说话。

今天一早，吴老伯下定决心，如果再遇到二人，一定要和二人聊一聊，也许二人真是高人，可以指点他一下，他今年才60岁，可以再工作10年。

让吴老伯失望的是，今天二人没有上山。他忽然觉得像丢失了什么，失去了往日的兴致，到了山顶也没有心思欣赏风光，快步下山，心中满是失落，自责为什么昨天不上前问上一问。人生中有太多事情禁不起等待，一等往往就会永远错过。

吴老伯到了莲花山公园南门时，发现有四五个人聚在一起，有男有女，正在热烈地讨论什么。吴老伯心情不好，本来不想理会，忽然念头一动，难道是高人出现了？他忙凑了过去，也想让高人指点他一下。

莲花山时常有高人出没的传说由来已久，也不知道最早是从哪里传出来的，说莲花山中隐居了两名世外高人，一个是得道高僧，一个是方外道人。吴老伯原本不信，他就住在莲花山北村，所谓的莲花山其实很小，一点儿也不险峻雄伟，海拔只有93米，可以说是一处山丘。如果不是兴建莲花山公园，只是一片少有人来的山地。

高人不都住在崇山峻岭之中吗？

不过后来传说越来越有鼻子有眼，村里不少人都说在莲花山北坡的桃花林亲眼见过两位高人。吴老伯听得多了，也就慢慢信了几分。

让吴老伯失望的是，他走近一看才发现人群中间的两个人并不是什么传说中的一僧一道的高人，而是他这些天跟过的两个人——一个20多岁和一个40多岁的普通人，二人盘腿坐在南门的台阶上，一边在地上用砖头比画着什么，一边说个不停。

台阶下的水泥地面上，有一幅蓝图，是用红砖画成的，很潦草，但对深圳和周围区域非常熟悉的吴老伯一眼就认了出来，他们画的是一幅深圳的地图，其中重点标注并且加粗的部分，是樟木头镇。

最中间的年轻人，一边画一边兴奋而激昂地描述："对美国来说，一个神奇的年份是1886年。1886年，纽约的一个图书推销员大卫·麦肯尼，在推销《莎士比亚选集》时意外而惊喜地发现，他随书赠送的香水备受顾客的青睐，于是他萌生了创业的念头，就用莎士比亚故乡一条河流的名字'Avon'（雅芳）为名，创建了雅芳香水公司。同年，可口可乐诞生于亚特兰大。同样在1886年，乔治·伊斯曼研制出第一架自动照相机，命名为柯达。

"同样诞生于1886年的著名企业还有花旗银行、强生，虽然开始时强生是制造医药诊断产品的，后来才开始生产润肤露以及邦迪创可贴。而在德国的卡尔·奔驰也于1886年发明了世界上第一辆公认的汽车……1886年诞生的大型跨国集团公司，它们影响甚至改变了其后100多年的世界格局。"

吴老伯并不懂经济，如果不是深圳建市的原因，他现在还是一个完全不了解世界只知道面朝黄土背朝天的农民。成为深圳市民后，在大潮的冲击下，对许多以前完全不能理解的名词和现象，他也耳濡目染，此刻竟然听懂了年轻人在说些什么。

更让他庆幸而惊喜的是，年轻人所说的每一家公司，他都知道，甚至用过其中几家的产品，比如他喝过可口可乐，买过柯达相机，用过强生的润肤产品，还坐过奔驰汽车。

年轻人旁边的中年男人竖起了大拇指，赞不绝口："何哥厉害，对世界知名企业的创立和发展了如指掌，不愧是我们的老大。"

年轻人瞪了中年男人一眼："以后少拍一些没用的马屁，直接说正事，减少工作上的闲聊成本。"

"是，是，何哥说得都对。那么请何哥继续指导我们，对中国来说，哪一年是关键的一年？"

"1984年。"何潮注意到了人群背后的吴老伯，他的目光一一闪过和仔、郑小溪、卫力丹热切而期盼的脸庞，又朝吴老伯微微点头一笑，才继续说道，“1984年年初，一个年轻人骑着自行车路过深圳国贸大厦，看到许多警车和警察，一问才知道是邓小平登上了国贸大厦俯瞰深圳全貌，他心中冒出了一个强烈的念头，是干大事的时候了。5月，他成立了深圳现代科教仪器展销中心，后来改名为万科。而在山东青岛，35岁的张瑞敏被派到一家濒临倒闭的电器厂当厂长，他上任后的第一个决策是退出洗衣机市场转而生产冰箱，并将厂子改名为青岛电冰箱总厂。后来他引进了德国一家倒闭的名叫利勃海尔的冰箱小厂的技术，最终定名为海尔。

“同样是1984年，北京，中关村，柳传志在中科院一间20平方米、分成里外间的小平房里，创建了联想。同年，在洛杉矶奥运会上，中国体育代表团最终夺得15枚金牌，金牌数次于美国、罗马尼亚、联邦德国，位居第四。奥运会上的成功，极大地激发了全民的热情和民族自豪感，而作为中国代表团的首选饮料，健力宝也获得了不可想象的关注。一举成名的健力宝，在此后十几年里，一直是民族饮料第一品牌……1984年诞生的这些公司，在当时还非常弱小，没有资源，没有关注，创业者也是普通人，就像一棵微不足道的小草，谁也不知道以后是什么样子，会不会长成一棵参天大树。”何潮的声音忽然提高了八度，变得慷慨激昂起来，“就像我们一样，我们今天的创业，也是一样弱小，弱不禁风，无人关照，但我相信，不用多久，我们就能长成一棵参天大树，成为一家可以媲美联想、海尔的大型集团公司。因为，我们正处在一个最好的时代，并且是在中国改革开放前沿的窗口深圳，有天时、地利，还有人和，一定会成功！”

第三十九章

合适的年龄做合适的事情

“好！”

“一定能！”

“肯定能！”

郑小溪、和仔和顾两、卫力丹齐声叫好，一起鼓掌，都被何潮一番颇有感染力的演讲打动了。何潮的高明之处在于先抛出之前的成功案例，让所有人相信许多著名集团公司甚至500强公司的创始人，原本都是普通人，之所以创业成功，是个人奋斗和时代的趋势结合在了一起。

和仔脸涨得通红，胸中激情澎湃，更坚定了要和何潮一起创业的决心。

和仔昨晚到最后一刻才出现，其实并不是有事耽误了，而是他一直在犹豫，始终没有下定决心。

上次何潮陪他去樟木头镇，一路上聊了很多，从物流的利润来源到运营模式，再比较了几家物流公司的激烈竞争以及各自的优劣，还说到了深圳得天独厚的地理条件，和仔才知道，别看何潮年纪不大，比他还小了两岁，但眼界很高，格局很广，想问题很深入，提出的许多问题是他以前从未想到以后估计也不会想到的高度。

到了樟木头镇，何潮有眼色，又勤快，不但没有成为他的累赘，反倒帮了他不少忙。将样品送到指定地点后，工厂当即就开模并且进行生产，约定三天后来取产品。

回去的路上，何潮和和仔赶上了樟木头镇回深圳的最后一班客车。二人坐在最后，和几个涂脂抹粉、打扮妖艳的女孩坐在一起，何潮受不了刺鼻的劣质香水味道，接连打了几个喷嚏，惹得和仔哈哈大笑。

和仔在和女孩聊天，何潮在一旁听得清楚，几个女孩来自天南地北，坐车到深圳是去做兼职。从她们的打扮和穿着暴露程度，以及说话语气得知，她们没上过什么学，也没有一技之长，能做什么兼职就可想而知了。

几个人有正式工作，是樟木头镇一家精密仪器厂的打工妹。平常上班，在空闲时兼职赚一些外快。

好在几人中途下车了，和仔才又和何潮聊天，何潮不由得感慨，美女是生产力果然不假。不过他也从和仔的聊天中，听到了不少信息，包括和仔的经历。

和仔是江西九江人，自幼家穷，兄弟姐妹众多，他在家中没什么存在感。和仔大名傅学和，头脑聪明，上了高中后，成绩在班上一直名列前茅。后来如果不是因为一起打架事件被学校开除，和仔考上南昌大学没有问题。

和仔打架是因为一个女生。

和仔一直喜欢班上的一个女生，女生长相漂亮，家境很好，父母是当地有名的富翁，但学习成绩一般，身边总有男生围绕。和仔只是暗中喜欢，却不敢表白，眼睁睁看着她身边的护花使者换了一个又一个。

直到有一天，和仔发现她一周没来上学，再上学时，脸色苍白。原来她被学校的一个男生玩弄后怀孕，还被男生抛弃，男生为了躲开她，转校走了。临走时男生还说，谈恋爱和做生意一样，要及时止损。

和仔的拳头握出了血。

三天后，打听到了男生新的学校后，和仔守在学校门口，在学校门口他对男生大打出手，将对方打伤。和仔因此被学校开除，女生还怪罪和仔下手太狠，多管闲事。和仔一气之下，离开九江来到深圳，成了辰哥的手下。

因为讲义气、有信誉，和仔很快就被辰哥赏识，成为辰哥最得力的手下之一，负责华强北一带的送货业务。只不过随着竞争越来越激烈，和仔希望辰哥将送货业务正规化、公司化，辰哥却不加理睬，因为辰哥的重点不在物流上，物流来钱慢、利润低，他看不到前景，还不如收管理费和卖菜来钱快。

和仔却看好物流业的未来，他几次提出让辰哥加大对送货业务的支持，辰哥反倒怪和仔多事。物流是什么？就是送货。送货没什么技术含量，靠的是人力，拼的是苦力，赚的是一点点的辛苦钱，不值得加大投入。他之所以保留送货业务，是想借机了解市场动向，并不指望从中赢利，并说如果和仔再不听话，就不再让和仔负责华强北一带的业务。和仔很想做一番事业出来，不想继续混下去，就向辰哥提出了辞职。

和仔以为辰哥会挽留他，没想到辰哥一口答应，却给了他三天后悔期，三天后，如果和仔坚持要走，他也不再强留。

不过前提条件是，和仔帮他送完最后一趟货。

和仔已经决定自己出来单干了，他向何潮诉苦，说辰哥只想赚快钱，不想打造一个良性发展的商业帝国，还不如良哥有眼光和格局。不想何潮不但赞成他的想法，还提出要和他一起成立一个物流公司，要好好大干一场。

和仔高兴之余，又怕何潮刚接触物流行业，对行业了解不够深入，不知道行业的问题和方向，他就试探着问了何潮几个问题，不料何潮不但回答得头头是道，而且对行业的看法很透彻，也很有见解。他只考虑了片刻，就答应了何潮。

和仔闯荡多年，哭过、笑过，成功过、失败过，到现在还是日复一日地重复，他不想继续过这种没有前景、没有规划，也没有激情的生活了。他曾经因为冲动毁掉了唾手可得的大学，不能再因为安稳而浪费时日无多的青春。

合适的年龄做合适的事情，是和仔从他为冲动付出的代价以及近年来闯荡深圳得到的人生经验。老人们说，人误地一时，地误人一年。同样，不适宜的年龄做不适宜的事情，有时也会误一生。

他很庆幸认识了何潮，世界很大，遇到志同道合者的机会并不多。一路上听何潮讲到他的求学经历，讲他和艾木的分手，讲到他为了承诺而留在元希电子，和仔对何潮更多了敬佩和赏识，不知不觉对何潮的称呼由“何潮”变成了“何哥”。

在和何潮约定三天之内向辰哥辞职并且和何潮一起创业后，和仔回去后见到辰哥，提出不用等三天，现在他就决定辞职了。辰哥一口答应下来，但坚持让和仔送完最后一趟货，就是他刚刚送到樟木头镇的样品。

辰哥不无遗憾地对和仔说他马上要发大财了，可惜和仔却在关键时刻离开。他让和仔送去的样品是即将上市的一款产品，可以替代手机，是手机终结者，价格比手机便宜三分之二以上，话费也比手机话费便宜一半以上，一经推出，肯定会大火。名字已经起好，叫小灵通。

辰哥信誓旦旦地保证，他已经和深圳的几家大型科技公司达成了合作协议，他入股了其中一家，到时每卖出一部小灵通，他至少可以提1块钱的利润，他认为一年卖上亿部不成问题。

不得不说，辰哥的话确实让和仔有几分动摇，因为辰哥许诺，他会拿出他股份的一部分来分给几个忠心追随他的手下，当然包括和仔。保守估算，到明年小灵通正式上市后，和仔一年的利润分红最少100万元。

和仔考虑了三天，三天来，他左思右想，几次想留下，每次想起何潮的话，天平就再次向何潮倾斜。如果说一开始他的犹豫是两个行业的前景抉择，到最后的左右为难就是何潮和辰哥个人魅力的选择。最终和仔选择了何潮，因为他虽然和何潮接触不久，甚至不十分了解何潮，但他相信他的眼光。何潮有亲和力，待人真诚，有眼光，做事认真，同时有创业的激情，他相信何潮有无限的升值潜力。

何潮的升值潜力就是公司的成长空间。

所以直到最后一刻才下定决心的和仔，一路狂奔赶到约定的地点后，他在想如果何潮已经离开了，他就转身回去继续跟着辰哥，因为何潮如果连等他的耐心都没有，说明何潮心里对他不够重视。

还好，何潮等到了最后一刻。

今日一早赶到莲花山公园南门，见到何潮的创业队伍，他更坚定了信心。听到何潮的一番演讲，和仔心中久违的激情再次澎湃而出，他几乎按捺不住内心汹涌的浪潮，恨不得现在就开干。

而且他从郑小溪、卫力丹和顾两热切而期盼的眼神中可以看出，几人不但对何潮无比信任，也和他一样对创业充满了激情。

不过他也隐隐有几分担心，何潮是大学生，顾两是师范生，卫力丹还在上大学，而他和郑小溪都只是高中毕业，不对，他连高中都没有读完，这样一个团队，能在竞争非常激烈的物流行业杀出一条血路吗?

物流行业需要的都是身强力壮的小伙子，目前来看，除了他和顾两，何潮恐怕也吃不了每天爬几百层楼送货的苦，更不用说郑小溪和卫力丹了。

不能光听何潮高谈阔论，公司具体如何运营、如何发展，才最关键。

不等和仔开口问个清楚，卫力丹先开口发问了。

第四十章

新的创业时代

“何潮，我有两个问题不明白，你得解答一下，第一，1984年中国诞生了许多了不起的公司，现在是1997年，创业的最佳时期是不是已经过去了？现在许多著名的跨国集团，是诞生在许多年前，近年来好像没有伟大的公司出现。第二，就我们几个人，每个人的分工是什么？公司怎么运营？我们不可能自己去送货，还有，我还在上学，今天还是请假过来的，只能兼职。”

卫力丹的问题也是和仔最想问的问题，他第一个响应：“对，对，事情还是要落到实处才行，不能盲目乐观。”

郑小溪双手托腮，带着一脸呆萌的表情望着何潮：“何哥怎么说，我就怎么做，我百分之百相信他。”

“相信肯定都相信，但创业不是过家家，要有规划才行。虽然说计划赶不上变化，但没有规划的创业，也是盲目行为。”顾两摸了摸下巴，几天没刮胡子，下巴已经杂草丛生，“不过你们也别急，我相信何哥肯定有详细的规划，大不了在他的指导下，我花两个小时弄一份商业计划书出来。”

和仔摇头：“不看什么商业计划书，只需要听何哥说个明白就行。”

何潮微微一笑，也和顾两一样摸了摸下巴，他的胡子也长了出来，有些扎手，不过也平添了几分沧桑之感，显得他更成熟了几分。

几人之中，除了卫力丹比他小，郑小溪和他同岁，和仔和顾两都比他大，不管是年龄还是阅历，他都没有优势。要想服众，他必须拿出真本事才行。

何潮站了起来，拍了拍屁股上的土，双手叉腰眺望远处，远处是起伏的山峦和农田，以及林立的高楼，他心中蓦然迸发出豪迈之气：“如果说1984年诞生的中国公司是第一代公司，创始人是中国的第一代企业家，那么成立于1997年的公司，会是第二代公司，而我们，算是第二代企业家。每个时代有每个时代的特性，1984年，刚改革开放，百废待举，创业需要的是勇气和决心，需要舍我其谁的气概。到了今天，香港回归，金融危机，深圳越来越发达，并且版图在扩大，创业需要的就不仅仅是勇气和决心了，还要有超前的眼光、了解国际和国内局势的格局，以及对自己清醒的认识。我敢说，第一代企业家是被时代推到了潮头，而第二代企业家，更多的是借时代之势，自己站立到潮头。一个被动，一个主动。并且我还相信，从第二代企业家开始算，未来中国的创业者，如果没有学历，没有高度，就没有成功的机会。

“1995年，马云创办了中国黄页网站。1995年，从美国归来的张朝阳创建了爱特信信息技术有限公司。1997年6月，丁磊成立网易公司。新一代的创业者不约而同地选择了互联网为创业方向，说明了什么？”

郑小溪摇了摇头，顾两笑而不语，卫力丹一下子跳了起来，“咯咯”一笑：“说明新的创业时代已经来临了。”

何潮点了点头：“互联网以后肯定可以改变世界，现在呼机和手机已经改变了我们的生活方式，互联网普及之后，对世界的改变可能远超我们的想象。但互联网是虚拟的，改变世界还要依托硬件，也就是电脑、手机、程控交换机等电子产品，那么电子产品越发达，需要运送的货物就越多，对货物运送的速度就要求越快，所以我们的利道物流成立以后，最大的优势是什么？一个字——快！

“天下武功，唯快不破。快一天，也许客户可以多赚100万。快一个小时，也许客户可以抢先一步占领市场。公司成立后，我负责规划和指挥全局，顾两负责客户的对接和日常管理，和仔负责管理和调配送货员，力丹负责统计和协调，小溪负责行政和后勤，怎么样？大家对各自的分工有没有意见？”

顾两、和仔和郑小溪一起摇头，卫力丹却高高举起了右手：“我有意见，我有意见。我负责统计和协调没有问题，利用课余时间就可以完成工作，但前提是，得配一台电脑，最好是笔记本电脑。”

“好，没问题。”何潮满口答应。

“太好了，谢谢何哥。”卫力丹开心地跳了起来，想抱一下何潮，却被何潮躲开了。

“你先别高兴得太早了，现在公司没有启动资金，等赚到钱后才能买电脑。”何潮拿出了口袋里的全部家当，“这就是公司的全部财产，总共是……25块6毛5

分，和仔，应该够我们坐车到樟木头了吧？”

卫力丹不开心，坐回台阶上：“骗子，何潮就是一个大骗子。”

和仔笑了：“何哥不是骗子，他拿出了全部积蓄当启动资金，是百分之百的诚意。够了，不够的话，我来想办法。”

何潮将钱塞到和仔手中：“等下你负责将我们安全地带到樟木头镇。”他又冲郑小溪笑了笑，“小溪，联系好你表姐没有？”

郑小溪扬了扬手中的手机：“联系好了，没问题，住宿问题包在我身上了。”

郑小溪在樟木头镇有一个表姐，表姐家中房子成片。何潮之所以选择在樟木头镇起步，一是樟木头镇货流量大，二是他看中了未来小灵通肯定会大卖，而樟木头镇是集散地之一。当然还有一点，樟木头镇比起深圳和东莞，住宿和消费都便宜了不少。他不是穷，是压根儿没钱。没钱还想创业，省钱就是第一生产力。

郑小溪自告奋勇地为公司解决住宿问题，她联系了表姐，以极低的价格租下了两间平房，而且可以缓交房租，先住后交，也算是难得的优惠条件了，主要是因为郑小溪的面子大。

“好了，会议结束，现在出发去樟木头镇。”何潮信心满满，“历史会铭记这一天，史称‘莲花山会议’，注定载入利道物流的公司编年史。而你们作为创始人之一，也会随着公司的发展壮大而越来越成功。”

几人热血沸腾，仿佛看到了触手可及的成功。

不料一盆凉水从天而降。

谁也想不到的是，给他们泼凉水的是一个素不相识的老伯。

等吴老伯认出中间的二人正是几天来一直睡在公园的他以为的两个高人时，他还着实欣喜了一番，不过等他听到何潮在大讲特讲之后，话锋一转，竟然要成立什么物流公司，顿时来气了。

吴老伯生气是因为偶像形象的破灭，他当何潮二人是懂经济、知大局的高人，没想到竟然真是穷得叮当响的无业游民，他就有一种上当受骗的感觉。再听到何潮想从事物流行业，更是嗤之以鼻，不就是送货客吗？古代叫镖局，现在叫水客和送货客，没什么技术含量，都是出苦力，每单几十元，赚上十块八块的，一天就算能送100单又能有多少收入？顶多千儿八百！

吴老伯越听越气，觉得之前对何潮二人的高看是对自己智商的侮辱，他本想一走了之，听到最后还是没有忍住，直接来到了何潮面前：“年轻人，你得多栽好几个跟头才能认清自己，你很傻、很天真嘛。”

和仔顿时大怒，上前就要出手，被何潮拦住了。何潮认出吴老伯是几天来每天都坚持上山锻炼的老人家：“老伯，你是不看好我这个人，还是不看好我们的团队？”

郑小溪一拉何潮：“何哥，跟他一个老人家有什么好说的，他懂什么？”

吴老伯怒了：“小丫头片子，一边儿去，我走过的桥比你走的路都多。”

郑小溪看似柔弱，其实也有倔强的一面：“那又怎样？走的桥多只能说明你穷，坐不起车，更买不起车。”

“你……”吴老伯被气着了。

何潮忙打圆场：“老伯，您肯定是要和我讲道理，不是和她吵架，对不对？您有什么指教，我听着呢。”

吴老伯就坡下驴：“真没礼貌，别和我说话，丫头片子！是，我是想教训教训你，现在都什么时代了，你怎么还想从事落后的行业？现在是电子时代，以后还有可能是互联网时代，物流这种落后的行业早晚会被淘汰，你想呀，以前人们要是远距离交流，只能写信，现在呢？打个传呼、发个短信、拨个电话就可以了。我以前一年要写几十封信，现在一年只有一两封了，再这样下去，邮局就要倒闭了。”

何潮得承认老伯说得有几分道理，新事物兴起时，旧事物总会被淘汰一部分。但纵观历史会发现，千百年来，变的只是外在的形式，不变的是人心，是人的基本欲望和需求。

人的基本欲望和需求，是商业发展的根本动力。

邮局会不会倒闭，何潮不敢妄下结论，但他可以预测的是，邮局一定会找到另外一条可以继续发展下去的途径。

古代的驿站，今天的邮局。古代的客栈，今天的酒店。古代的镖局，今天的物流。听上去似乎在变，其实本质上是为了满足人们生活便利的出发点没变。

第四十一章

一念之间

何潮并不想说服老伯，他只是淡淡地笑了笑："古人说，以不变应万变，因为万变不离其宗。但古人又说，穷则变，变则通，通则久，到底哪个对，恐怕各有各的答案。谢谢老伯教诲，我会更加努力、更加奋进，一定会成功。"

"要不这样……"吴老伯也看了出来，何潮压根儿没有听进去他的话，固执而坚定，他就改变了策略，"你先不要说什么成功了，如果你能挺过两个月，你再来莲花山北村找我，只要在我能力范围之内，你想要什么我就帮你什么。对了，我姓吴，叫吴为，你可以叫我吴老伯。"

"吴老伯好，我叫何潮。"何潮自报了家门，心想吴为的名字挺有意思，可以谐音"无为"，也可以谐音"无畏"，无为，还是无畏，只在一念之间。

吴老伯身材清瘦，年过六旬的他面相显年轻，眼窝较深，耳朵很大，鼻子高挺，胳膊像松树一样苍劲，双手之上也是青筋外露，十指如竹子一般。老伯的一双眼睛炯炯有神，气色很好，腰间系了一条军用皮带。

不出意料，吴老伯应该是一个性格坚定，既固执又极有原则之人，何潮心中有了初步判断："谢谢吴老伯，好意我心领了。如果我没能挺过两个月呢？"

"没挺过去，你也可以过来找我，当面对我说你错了，我会接受你的认错，并且指点你一条生路。"说完，吴老伯转身就走，"记住了，我叫吴为，家住莲花山北村，到了村里打听我，准能找到。"

"哪儿来的倔老头？真有意思，别理他。"顾两望着吴老伯远去的背影，笑着摇了摇头，他刚才察言观色，见何潮面对突如其来的质疑波澜不惊，还能从容应对，心中对何潮又高看了一分，相信何潮从事物流行业是经过深思熟虑的结果。

尽管决定追随何潮左右，顾两却并不十分看好物流行业的前景，他的看法反倒和吴老伯有几分相似，物流行业是一个落后的行业，早晚会被淘汰。但他并不想打击何潮的积极性和信心，多年来的经历让他多了一份耐心，对年轻人来说，说一千遍道理也不如他自己摔一个跟头。

人生没有白走的路，该自己走的路，必须自己走，别人的经验可以借鉴，但没有办法感同身受。

“现在可以走了吧？”和仔望着吴老伯的背影，恨恨地“呸”了一口，“老东西，找死。下次别让我遇到你。”

何潮拍了拍和仔的肩膀：“和仔，你现在是利道物流的创始人之一，以后要注意自己的形象，不能再动不动就以武力相威胁了。”

何潮的聪明之处在于不是强行阻止，而是让和仔树立起形象感和使命感，果然和仔立刻挺直了胸膛，不好意思地嘿嘿一笑：“也是，我好歹也是有身份的人了，不能再和以前一样了。各位同事，请大家以后多多监督，如果我再有任何有损公司形象的行为，一定当面指出，我这个人最大的优点就是知错必改。”

开完莲花山会议后，除了卫力丹回学校上课，何潮一行四人离开了莲花山。几人没有察觉的是，在他们走后不久，停在远处的一辆奔驰汽车缓缓离开了。

后座坐着二人，一个是江阔，另一个年约30岁，面容和江阔颇有几分相似，他穿了一身西装，打了领带，皮鞋一尘不染，头发一丝不乱，手腕上露出黄白相间的劳力士手表。

他右手拿着雪茄，却并不点燃，只是放在鼻子下面闻了闻。

“几年前，43岁的宁劲走投无路之际，开始创业。所以中作的文化具有鲜明的江湖色彩，一群失意者、落魄者聚一起，创业背后的动机既简单又复杂：满足对财富和权力的巨大饥饿感。现在何潮的创业，同样如此，一个师范大学的英语系毕业生，一个深圳大学的在校学生，一个几次破产负债累累的失败者，一个社会底层的小混混，还有一个不知道能干什么、会干什么且没有人生方向的拆二代，你说这样一帮很有江湖气息又没有什么所长的人聚在一起，不是乌合之众是什么？我的建议是，不要投资。不，不仅仅是不投资，也没有必要跟进了，更要远离何潮，不要在他身边浪费你的一丁点儿时间。

“江阔，哥哥再劝你一句，以后不要被感情左右自己的判断，你肯定喜欢何潮。你到底喜欢他什么？他什么都没有，而且我也不看好他的未来。他还做物流？现在物流行业竞争这么激烈，他凭什么进入？他没看清自己，他什么都不是！”

江阔微微皱眉，眼神中闪出不甘：“哥，你要不要再考虑一下？何潮真的挺优秀的，他有眼光、有格局、有人格魅力，你不要只听他说了几句话就草率地下一个结论。”

江安看了看手腕上的劳力士手表，左手轻轻敲了敲表面：“你知道我的时间有多宝贵，在我眼里，何潮和他的团队加在一起，还不如我的一块手表值钱。你要是再拿何潮浪费我的时间，我就不让你来深圳了。”

“哥……”江阔不甘心，她还想劝说哥哥回心转意，支持她对何潮的判断。

“不要再说了。”江安轻蔑地笑了一笑，“我下午还要在深圳开个会，晚上回香港。你也跟我一起回去，短时间内不要来深圳了。金融危机的影响怕是要扩大了，集中精力处理好公司的内部事务，不要再在投资深圳公司的小事上耽误时间了。我不是很看好深圳电子产业的未来，都是低端的加工产业，高端技术都掌握在欧美手中，香港看欧美，深圳看香港，你应该将目光放在欧美。要向上看，不要往下瞧。”

江安不动声色地看了江阔一眼，继续说道：“甚至不如去广州寻找更有升值潜力的公司。今年亚洲的金融危机和香港回归，让港澳台资纷纷加速来大陆投资设厂，除了一部分来深圳，还有不少盘踞在东南亚与香港、重庆的非洲商客，辗转来到广州，他们大多住在广州的小北……”

“我不回香港，我留下来继续和周安涌谈判投资启伦电子的事情。”江阔生气地下了车，摔门而去，“你不看好深圳电子产业的未来，我很看好，我就是要看看，谁更有眼光。”

她心里还有一句话没有说出口，她同样很看好何潮的未来。

司机从后视镜看了江安一眼：“少爷……”

“说了多少遍了，叫我江总，不要叫我少爷。”江安突然气不打一处来，话一出口意识到了自己的失态，又歉意一笑，“不好意思，江叔，我有点激动了。算了，不管她了，我们回去。”

江阔从周安涌口中知道了何潮近几天一直住在莲花山公园里的现状。

上次在华强北她和周安涌一起离开，是去曹启伦的公司谈投资事宜。本来她还想和何潮再说几句什么，曹启伦却一再催促，说事情紧急，要她和周安涌尽快一起赶来，他正在和另外一家投资公司洽谈投资之事，基本上达成了共识。

江阔初来深圳，接触的第一家公司就是庄能飞的元希电子，第二家是曹启伦的启伦电子。元希电子如今破产，庄能飞下落不明，她就将全部希望寄托在了启伦电子上。

她在深圳人生地不熟，想尽快打开局面，好站稳脚跟，从而让哥哥改变不重视投资深圳的想法。而且启伦电子比元希电子更有实力、更有活力，同时股权结构也更合理、更清晰，曹启伦持股70%，持股平台持股20%，释放10%的股权融资，非常适合投资。

和周安涌一起上了皇冠车，江阔还回头看了一眼，见何潮还在原地未动，不由得心中微微一动，想起了什么：“安涌，你怎么忘了给何潮你的手机号码？你的呼号没变吧？他还能联系上你不？”

周安涌坐在副驾驶，他探头朝后面笑了笑：“不是忘了，是故意没留。呼号变了，他联系不上我，不过我可以联系上他。”

和江阔并排坐在后座的海之心嫣然一笑：“安涌想给何潮一个冷静期，让何潮吃一些苦头，让他知道庄能飞是一个什么样的人，让他明白谁最可靠、最值得信任。安涌从元希电子离开的时候，再三请求何潮和他一起加盟曹总的公司，何潮说什么也不肯，非要留下来帮一个抢走了安涌女友的人，他的做法让安涌很寒心。”

江阔心中猛然大跳，周安涌和何潮见面时，表现得非常正常，丝毫没有流露出对何潮的不满，没想到，他对何潮竟然满心的愤恨，他也太会假装、太会掩饰自己的真实情绪了。

“何潮坚持的是原则，是对事不对人，安涌你误会何潮了。”江阔想为何潮辩解，她不想看到周安涌和何潮十几年的发小友谊因为庄能飞而产生嫌隙。

第四十二章

致命原因

周安涌没再回头，他用右手轻轻抚摸打了发胶的头发，呵呵一笑："江总，你不了解何潮，我太了解他了，从小到大，他就没有服过我，又处处不如我，不管是学习还是为人处事。后来我考上了北大，他只考上了北京的师范大学，我以为他总算认命了，承认我比他优秀。其实他不知道，只要他承认他不如我，我和他关系这么好，又怎么会不照顾他？承认一个好朋友确实比自己优秀、比自己厉害真的这么难吗？他之所以留在元希电子，并不是为了什么原则，而是为了羞辱我。我平生栽的最大的一个跟头就是因为庄能飞。他非要留在庄能飞身边，是因为他可以时时看到我的失败、我的滑铁卢，他可以借机获得心理上的优越感。"

江阔汗都流下来了，周安涌怎么会这么想？以她对何潮的了解，何潮绝对不是周安涌形容的那种人。

"对一个男人最大的打击是什么？是事业和爱情。而庄能飞恰恰是使我人生第一次遭受事业和爱情双重挫败的罪魁祸首，而且元希电子还有辛有风！从何潮见到辛有风第一眼起，我就知道他喜欢辛有风。何潮尽管掩饰得很好，但他忘了一点，我和他十几年的兄弟了，他对女人的审美是什么标准我会不知道？他和我太像了，以至于像到他自己都不会想到，也不愿意承认。你以为他留在元希电子真的是为了对庄能飞的一句承诺，想帮庄能飞发展壮大？别扯了，他是为了趁机留在辛有风身边，想赢得辛有风的好感，甚至想让辛有风喜欢上他。如果他的两个目的都达到了，庄能飞公司发展壮大，他又成功地俘获了辛有风的芳心，他等于狠狠地将我踩在了脚下，我所有的失败就都成了他胜利的支点，我所有的痛苦就都成了他炫耀的快感！"

江阔说不出话来，她无论如何也不会想到在周安涌心目中，何潮竟如此可恶、如此无耻，是一个鼠肚鸡肠的小人，是一个两面三刀的坏人，之前她还羡慕周安涌和何潮十几年的兄弟情谊，如果能联手开创一番事业，兄弟齐心，其利断金，现在看来，到底是何潮真的如周安涌所说，是为了打败周安涌，还是周安涌太过在意自己的感受，被一次失败打击得失去了自我？

江阔不想轻易得出结论，但在内心深处，她还是对何潮心存好感，不愿意相信何潮是一个没有底线的小人。哥哥江安一向喜欢从一个人的长相和谈吐来判断一个人，她从小耳濡目染，也学会了一些。在她看来，何潮和周安涌都是面相周正、谈吐有度之人，按照哥哥的推断，二人就算不是宅心仁厚，也不会是当面一套，背后一套的坏人。

难道她真的是被感情左右，被对何潮的好感欺骗影响了判断？

“其实我已经知道庄能飞的公司今天一早破产了，本来想告诉何潮早做打算，但见到他和辛有风抱在一起时的情景，我就更加坚定了我的判断，何潮留在元希电子的出发点，很大程度上是为了辛有风。没有什么事情比得到辛有风更能打击我的自信了，他就是想不惜一切手段踩在我的头上，然后对我耀武扬威。哈哈，他都失业了，什么都没有了，还想着压我一头，真是太可笑了。”周安涌放声大笑，笑声中有悲怆、有愤慨，也有说不出来的得意，“他更不知道的是，庄能飞之所以这么迅速破产，背后是我一手推动的。哈哈，我和曹总联手，珠联璧合，只用了一个月的时间就让庄能飞几年的基业毁于一旦，痛快，解恨！”

江阔心中大跳！

她早就猜疑庄能飞破产如此之快是有幕后力量在推动，却没想到竟然是周安涌。周安涌报复庄能飞的动机她可以理解，但周安涌怎么会有这么大的能量？不可能，就算他能调动曹启伦全部的资源，也很难做到在短短一个月内将庄能飞打得落花流水，没有丝毫还手之力。

要知道庄能飞的元希电子年产值几千万元，不是一个年产值几十万、上百万的小厂。

以江阔的性格以及从小受父母影响和哥哥教诲的习惯，她一般不喜欢介入别人的争端，只是涉及何潮以及她想投资的庄能飞和曹启伦，她按捺不住好奇之心：“安涌，只凭外部力量，你很难做到在一个月之内打垮庄能飞……”

“其实你可以直接问我是怎么做到的，我是不会有所隐瞒的，放心。庄能飞的失败，说白了还得感谢何潮，如果没有何潮的暗中相助，庄能飞也不会输得这么快、这么惨。”周安涌再次回头冲江阔得意地一笑，“何潮总想战胜我，他并不知道和我相比，他还是差了不少，不能说十万八千里，至少也有一个珠穆朗玛峰的距离。有时我都于心不忍，他经常傻呆呆的，一是过于轻信人，二是太简单、太固执。庄能飞让我和他为元希电子未来的发展做方案，他还当真了，非常认真地走访记录并且查阅了大量资料，像在为自己的公司做方案一样细致。我真是服了他，不过是应付差事的一项工作，何必付出过多的时间和精力？还好，他的数据和资料最终为我所用，让我用来对付庄能飞，也算没有辜负他的一番心血。”

江阔的语气中不由自主地带了几分鄙夷之意：“我觉得何潮做得没错，不管在什么职位，不管做什么工作，都要对得起别人的信任和自己的付出。任何时候你其实都是在为自己工作，而不是为别人。因为工作做出了成绩，提升的是你自己的能力，能力会永远跟随你。”

“不好意思，我不赞同你的观点，不过我也不会和你辩论。”周安涌一副公事公办的口气，“我们是合作关系，不是朋友，所以求同存异，没必要非要理念一致。何潮的方案做得很扎实，我的方案实际上做得也不差，只不过一些关键数据我没有像他那样认真核对好几遍罢了，因为不是重要关注点。方案做好后，我改动了何潮方案的几个数据，并且特意让何潮没有署名，同时在何潮的方案上留下了我的笔迹，顺利地让庄能飞误以为何潮的方案就是我的方案。”

“为什么？是你的方案不够好，还是你对自己没有信心？”江阔冷笑一声，“我怎么越听越觉得并不是何潮想打败你，反倒是你在嫉妒并陷害何潮？”

“错，不是嫉妒和陷害，是利用和帮助。”周安涌调整了一下坐姿，双手抱胸，“因为我了解庄能飞的为人，他性格里有执拗的一面，想走与众不同的道路。何潮也一样！所以在由贸易带动技术进步的贸工技之路还是由技术主导贸易方向的技工贸之路的选择上，庄能飞和何潮一样都认为技工贸之路才是正途，可笑，以中国目前的科技水平和制造水平，怎么可能以自主研发技术引领市场方向？只能从国外买进技术消化后，一边做大市场规模，一边研发技术。做人和做事，重要的是认清现实，不要过于高估自己。庄能飞和何潮就是犯了高估自己的毛病，我就有意在何潮的方案中修改了几处数据，既让庄能飞认为方案是我的手笔，又让庄能飞在关键数据上出错，一举两得。”

“既然你要走，为什么不让庄能飞知道真相呢？你又为什么要在暗中做这样的手脚？”江阔想不明白周安涌的目的是什么。

海之心一直静坐在一旁，娴静，淡然，脸上始终挂着浅浅的笑容。江阔的问题一抛出，她拢了拢头发，轻轻地咳嗽一声："我来替安涌解释清楚……安涌这么做，是因为安涌在辞职之前几次试探何潮的口气，知道何潮多半不会离开元希电子，所以他才有此伏笔，为的就是让庄能飞采用修改过数据的技工贸的方案并且不会去问何潮。因为是安涌的方案，而安涌离开了元希电子，庄能飞又不好意思拿着安涌的方案去和何潮商量。而安涌自己的方案，在递交给庄能飞时，就不是一个完整的方案。"

江阔瞬间明白了什么："周安涌的完整方案，是不是已经递交给了曹启伦？"

"江总果然是聪明人，一点就透。"海之心坐在周安涌身后，她看向周安涌的目光充满了爱意和仰慕，"曹总和安涌不但性格相合，对电子行业的未来看法也一致，所以安涌的方案深得曹总之心……"

"接着说周安涌怎么打垮了庄能飞。"对曹启伦和周安涌如何互相赏识，江阔不感兴趣，她现在只想知道庄能飞失败在哪里，虽然她差不多猜到了几分。

错误的方案是庄能飞失败的致命原因！

第四十三章

招招致命

“事情最难的部分在于让庄能飞采用错误的方案，既然庄能飞如我所愿上了套，接下来的事情就简单多了，以江总的智慧和见多识广，常见的商战套路肯定都懂。”周安涌接过话头，呵呵一笑，“我既然掌握了元希电子的上游供货商和下游销售商的资源，又知道庄能飞接下来的发展策略，不管是让他的上游断流还是下游断流，对他来说都一样致命。”

海之心又及时插了一句：“生意是一条河，不能断流，一旦断流，上游和下游失去联系，作为中间的一段，就会干涸。哪怕只是涓涓细流，只要维护，等到春来冰雪融化后，还会恢复以前的浩浩汤汤。所以，必须彻底掐断元希电子的活路。”

周安涌加盟曹启伦的启伦电子后，曹启伦采用了周安涌的贸工技方案，不但买进了生产线，还准备合资生产小灵通。

是的，周安涌很看好小灵通未来的市场，大力鼓动曹启伦豪赌小灵通，曹启伦被周安涌说服，调整了方向，将其他所有的业务全部砍掉，集中精力上马小灵通项目。

在紧锣密鼓地调整发展方向的同时，周安涌联络庄能飞的供货商和销售商，告诉了他们庄能飞眼下资金紧张的现状，以及庄能飞想自己研发新产品，想融一笔资金用在科研上面，而从科研开始到出来成果，需要三到五年的时间。电子行业瞬息万变，三五年时间相当于一个时代，不知道要淘汰多少厂家、多少产品、多少商家，跟着庄能飞赌未来的持久战，只能是死路一条。

周安涌之前和元希电子的供货商、销售商建立了密切的关系，他的话在供货商和销售商中间起到了推波助澜的作用，一部分人在他的劝告下，选择了和启伦电子合作，一部分中断了和庄能飞的合作，转投他家。只有一小部分坚持和庄能飞合作，不相信周安涌所说的。但在和庄能飞对话之后，得知庄能飞真的下定决心要自主研发后，仅有的几家供货商和销售商也离庄能飞而去。

谁也没有耐心等庄能飞研发出新产品，就算庄能飞可以在半年内研发出拥有自主知识产权的新产品，有没有市场还不好说，并且风险太大，时间太长。

如果仅仅是上游的供货商和下游的销售商同时抛弃庄能飞，庄能飞少说还能坚持三个月，有足够的时间重新找到新的供货商和销售商。但周安涌不会给庄能飞喘息之机，他让曹启伦出面，一一清除了庄能飞接触的所有投资人，并且还散播消息说庄能飞孤注一掷想研发出来可以替代摩托罗拉和爱立信的手机品牌。

结果庄能飞就被无情地扼杀了。业内人士的共识是，中国十几年内不可能有超越摩托罗拉和爱立信品牌的手机出现，毕竟国外技术领先中国很多，差距至少是30年的时间。庄能飞一个小小的电子加工厂，也敢放出如此大话，不是疯了就是想借机骗钱。

庄能飞不靠谱想骗钱大捞一笔的名声就这么传了出去，所有有意向和他合作的人都对他敬而远之，避之唯恐不及。为了让庄能飞死得彻底，周安涌又来了一手釜底抽薪——他让人假装租客去和元希电子的房东谈判，提出以两倍的价格租下厂区，并且声称庄能飞已经资金链断裂，连房租都付不起了。结果引发了恐慌，而事实上庄能飞确实资金链断了，在被房东连番催要房租之下，他答应尽快解决，房东却失去了耐心，让人连夜封锁厂区，将元希电子的所有人员都赶出去，扣押了元希电子的部分设备以抵房租。

庄能飞原本还想出面和房东商议解决问题之道，周安涌却打电话给辛有风，让辛有风务必劝庄能飞赶紧躲起来不要露面，不但房东放风说要让庄能飞下半生生活不能自理，一些供货商也打算绑了庄能飞让他还钱。

辛有风哪里知道真假，从来没有经历过如此凶险之事的她当即吓得六神无主，说什么也不让庄能飞和债主们见面，将庄能飞带离深圳，躲了起来。

庄能飞如果露面还好说一些，事情说不定还有转机。他一旦消失，所有人就都认定他是欠债不还了，多米诺骨牌只要推倒了第一张，就会以不可抵挡之势蔓延，引发连锁反应。

庄能飞的元希电子不但破产倒闭，他多年建立的信誉也因此毁于一旦！

如果说打垮一家公司只是断流，那么毁掉一个人多年的信誉，就相当于填平了河床，从此再也不可能恢复了。江阔心中的震撼久久挥之不去，尽管庄能飞的元希电子只是深圳成千上万家的中小型公司之一，在深圳每天都会上演公司的诞生和倒闭，但亲历其中，感受到了真实商战的刀光剑影，她还是难以平复起伏不定的心情。

庄能飞一个曾经的千万富翁，奋斗了十几年才有今天的成就，正处于上升期，却一朝跌落尘埃，输得一败涂地，基本上没有了东山再起的可能！正如一首诗所写：“君不见，左纳言，右纳史，朝承恩，暮赐死。”

就算周安涌对庄能飞的赶尽杀绝是出于对庄能飞抢走了辛有风的仇恨，勉强可以理解，但周安涌的手段确实犀利，并且招招致命，以他的年纪，有如此城府和心机，实属少见。只是江阔一想到，周安涌在整个事件之中，不但利用了何潮对他的绝对信任，还暗中布局，步步为营，非要认为何潮是在处处和他作对，她心中就积郁难平，周安涌怎会是这样一个偏执之人？他分明既想利用何潮又不想让自己有心理负担，才将何潮想得如此不堪，好让自己心安理得地睡得安稳。

至于周安涌用来对付庄能飞的商业手段，江阔倒不觉得有多无耻，商业上的事情，放到明面之上的争斗和较量，只要不犯法就都合情合理，只是她接受不了周安涌对兄弟之情的践踏以及他对何潮人品的辱没！

如果说一开始江阔还不太肯定，何潮到底是不是真的想踩着周安涌的耻辱以获得心理上的满足感，现在她已经完全可以断定，何潮绝对不是周安涌所说的那种人。

车停在了启伦电子的办公楼下。

启伦电子办公地点位于福田CBD，与自然形成的罗湖CBD不同的是，福田CBD是由深圳市政府规划出来的。早在1985年编制深圳特区总体规划之时，有关设计单位和中外专家就多次提出过福田中心区规划方案。到今年，深圳市规划建设部门完成了深圳CBD的建设规划，福田CBD才见雏形，许多大楼还在建造之中。

如果说罗湖CBD相当于深圳的中环，那么福田CBD在未来的规划中，是深圳CBD，也就是深圳全市的中心区。

尽管周围的大楼还在施工，机器轰鸣声不断，启伦电子所在的办公楼也是刚落成，楼前到处是建筑垃圾以及来来往往的工人，环境脏乱差不说，还噪声不断，但江阔还是赞叹曹启伦的眼光和格局，将办公室放在未来的深圳中心区，不但升值潜力巨大，对公司的形象和未来发展，确实大有帮助。

相比之下，庄能飞的办公地点和厂区并在一起，表面上有利于对工厂的管理以及节省开支，实际上不利于公司整体价值的提升。

周安涌站在楼前，豪气迸发：“江总，曹总本来是租了一层，在我的建议下，最终买了下来。我相信，以后CBD会大幅升值，而且在CBD办公，会显得更‘高大上’，也会让公司的形象更突出。”

尽管不认可周安涌的人品，江阔却对他的眼光表示叹服：“说得没错，提升公司的形象有很多种方法，在高端CBD办公是最行之有效的一种。曹总眼光不错。”

周安涌得意地一笑：“你说的曹总眼光不错，是指他买下CBD办公楼，还是指他重用我并且事事听从我的建议？”

“两者不是一回事儿吗？”见周安涌时刻不忘自夸和抬高自己，江阔也乐得送一个顺水人情，她虽然心中很是厌恶周安涌的为人，但她不得不一再告诫自己，她和周安涌谈的是生意、是合作，而不是和他交朋友。

启伦电子在18层，整整一层，足有3000平方米，还没有装修完毕，卡位区正在施工，董事长兼总经理的办公室，以及副总经理的办公室，已经就绪。

周安涌有意请江阔参观他的副总办公室，被江阔婉拒，江阔直接来到了曹启伦的董事长兼总经理办公室。

曹启伦正站在窗前打电话，声音洪亮，气势过人：“不行，说好的事情不能变卦，合同上白纸黑字写得清清楚楚，必须按照合同执行。是，没得商量，不要跟我提违背原则的要求，我不缺钱，也不怕事，所以你别想用金钱收买我，也别想恐吓我。什么‘良辰美景’‘深圳四哥’，都不是事儿，我不会主动招惹他们，他们要是不识相想动我，尽管放马过来，看最后谁吃亏……”

第四十四章

第一回合

放下电话，曹启伦热情地和江阔握手，他的目光特意在江阔的胸前和小腿之上停留片刻，哈哈一笑："江总人漂亮，又有能力，眼光超前，格局过人，优秀得让人不敢直视，哈哈。"

江阔淡淡一笑，迅速抽回被曹启伦紧紧握住的右手："已经不是陌生人了，曹总就不必客套耽误时间了，不如直奔主题，说说各自的诉求。"

曹启伦眼中闪过一丝不快，看了看表："正是晚饭时间，我已经订好了深圳最好的西餐厅，不知江总肯否赏光？"

"不必了，我最近节食，不吃晚饭。"江阔款款落座，不着痕迹地动了动裙子，盖住了大腿，"在路上我听周总大概介绍了一下启伦电子未来的发展方向，一是走贸工技之路，以购买国外的先进技术和关键零配件为主，以贸易促进技术的提升，二是接下来会主攻小灵通，除此之外，曹总还有什么想让我知道的？"

曹启伦坐回了座位上，居高临下地俯视江阔："江总既然有意投资启伦电子，我就先明确我的态度：一是欢迎江总的投资；二是启伦电子这一轮融资释放10%的股份，作价2000万元；三是资方可以派人进驻管理层，但不能插手财务。"

条件很苛刻，报价很高，完全没有诚意，10%作价2000万元，相当于启伦电子被估值2亿元，江阔微微一笑："去年启伦电子的净利润似乎还没到1000万元，按照10倍的预测市盈率计算，顶多1个亿。"

曹启伦眼神凌厉，语气咄咄逼人："江总的计算方法太传统、太保守了，今年启伦电子的净利润至少突破3000万，而且启伦电子目前已经接到了小灵通的订单，明年的利润少说也有1个亿。你现在投入2000万，是按2个亿的公司估值，明年公司的估值就会变成10亿，一年时间升值5倍，江总，这样的奇迹只能在深圳发生，而在深圳，也只有启伦电子一家公司有这样的潜力。”

不得不说，曹启伦很有谈判天赋，盛气凌人，底气十足，先声夺人，很容易让人对他产生盲目的崇拜，进而由崇拜变成没有自信，然后被他掌控主动，从而一步步退让心理防线，最后输得一败涂地。

如果江阔不是从小生长在一个久经商战的家族之中，见多了商业谈判和各色人等，而只是一个初出茅庐的投资界新人，还真会被曹启伦刚才一番话压得气势全无，乱了阵脚，并且没有丝毫还手之力。

江阔十几岁时就跟在哥哥身边，亲眼见哥哥和一个又一个商业对手谈判，强势出击或是迂回战术，瞒天过海或是暗度陈仓，表面上的明枪，背地里的暗箭，她都有过亲身经历，曹启伦虽然是她见过的谈判对手中非常出色的一位，但一个回合就想让她认输，没有可能。

江阔决定采用迂回战术：“曹总明年的主要业务全部押在了小灵通上面，万一小灵通没有打开市场，不是会输得很惨？说不定我投资的2000万会打了水漂。”

“不会，肯定不会。”曹启伦停顿了片刻，又意味深长地笑了，“以江总的眼光，会看不到小灵通的前景？我相信，江总接受我的邀请过来公司一趟，说明启伦电子已经在江总预设的可以投资的前提之下，否则江总事务繁忙，不会浪费时间，是不是？”

曹启伦又将球踢了回来，江阔却没接球：“麻烦周总为我普及一下小灵通的知识。”

周安涌点头一笑，正要开口，却被曹启伦打断了。曹启伦站了起来，大手一挥：“关于小灵通的知识，还是江总自己了解清楚才印象深刻，毕竟投资人要深入了解一个行业，才算是一个优秀的投资人。今天我还约了几个投资人，就不陪江总了，辛苦江总大老远跑来一趟，我就不远送了。安涌，替我送一下客人。”

周安涌愕然，曹启伦收得太突然了，他都没有反应过来。不过又一想，他理解了曹启伦见好就收的心思，这是以退为进，好在下次谈判中继续掌控主动，不让江阔以为启伦电子非江阔的资金不可。

江阔也清楚曹启伦欲擒故纵的手法，淡然一笑，告别了曹启伦后，就回到了深圳的公寓。

尽管深圳和香港近在咫尺，但由于过关的不便，江阔在深圳买了一套公寓常住。

换了一身睡衣的江阔贴了面膜，光着脚在公寓里走来走去。公寓可以俯瞰深圳湾，并且可远眺香港，地理位置特别优越。公寓面积也不小，是LOFT格局，有100多平方米，她一人居住很宽敞。

江阔很喜欢住在深圳。

不仅仅因为深圳舒适、宽敞，充满了活力，孕育了无限可能，还因为深圳的住房比香港好了太多，香港是以平方尺计算面积，所谓的千尺豪宅不过是90多平方米，而香港有许多几百平方尺的住宅，一家几口人挤在一起，像住鸽子笼。

江阔坐在沙发上，出神地望向窗外，过了一会儿才如梦方醒，打开电脑，上网查询关于小灵通的相关知识，却几乎没有什么收获。

网上的信息极少，毕竟是还没有上市的产品。江阔关了电脑，现在网站不多，可供浏览的网页也少，又是拨号上网，网速极慢，她没有耐心，也没有了兴趣。

如果能和谁商量一下就好了。和哥哥？还是算了。哥哥有一种天然的优越感，认为大陆，包括深圳，永远不可能超过香港，深圳只能是香港转移低端制造业和淘汰落后产能的地方，不可能发展出“高精尖”的科技，无法成为高端制造业之都，所以在深圳的投资行为，只能是短期行为，趁混乱无序时大赚一笔，然后赶紧套现走人。

哥哥认为千万不能长期持有深圳公司的股票以及任何资产，包括不动产。

本来哥哥想长租一家酒店，江阔不同意，她不喜欢酒店的氛围，住酒店总感觉像随时启程的过客，她喜欢安定。在买公寓时，哥哥坚决反对，认为深圳的房价虽然会涨，但涨幅不会太大，如果算上物价上涨的速度和通货膨胀，买房远不如租房划算。

最终江阔还是没能说服哥哥，她一气之下拿出自己的积蓄买了公寓。她在大学期间就开始在家族企业工作，除了正常的工资收入，到大学毕业时，还分到了一部分股份。工资收入加分红，足以支撑她在深圳买几套公寓了，尤其是在港元兑换人民币1：1.07的前提下。

如果何潮在就好了，至少她可以和何潮深入讨论一下小灵通的前景，相信何潮可以得出让她信服的结论。只是不知道现在何潮人在哪里。

对了，她有何潮的呼机号码……江阔当即拿出电话，拨叫了传呼台，留言给何潮，让他速回电话。

三分钟后，手机急促地响了起来。一看来电是一个陌生的手机号码，她心中还闪过一丝疑惑，何潮什么时候有手机了？她随后接听了电话：“何潮……”

“江总，我是周安涌。”

江阔心中闪过浓浓的失望，努力让自己恢复了平和：“周总好，有事吗？”

周安涌听出了江阔语气中的淡漠：“也没什么事情，就是想告诉你何潮的下落……”

“何潮？他在哪里？”江阔心中一跳，压抑不住迫切之意，“我刚打了他的呼机，他没回话。”

“他在莲花山公园……”周安涌顿了一顿，努力压抑心中的兴奋之意，“准确地说，是白天在华强北卖肠粉，晚上住在莲花山公园，如果你想见他，随时可以。”

挂断电话，周安涌对身边的海之心说道：“你确定何潮真的住在莲花山公园？”

“当然确定了，你还信不过我？”海之心眼波流转，在五彩斑斓的灯光映衬下，她娇美的脸庞上流光溢彩，眼神中闪耀着期待的光芒，“我派人跟踪了他和顾两，亲眼见到了他和顾两睡在公园的长椅上。”

“你为什么派人跟踪何潮？”周安涌玩味地笑了笑，嘴角浮现一丝得意之色，他抬头看了看头顶上光芒闪耀的霓虹灯编织而成的炫目的璀璨夜景，一种胜利者的情绪油然而生，他灯红酒绿，纸醉金迷，何潮却卖肠粉，睡公园，一个天上，一个地下，怪得了谁？

只能怪何潮没有眼光，不听他的话。只怪何潮内心阴暗，不够大气，关键时刻不和他并肩作战，落得今日的下场，也是活该！

海之心轻轻推了周安涌一把：“讨厌，你明知道我是为了你。你不想眼睁睁看着你的发小流落街头，只好闭上眼睛，我和他又不是发小，所以眼睁睁看着他落难也没有什么。况且知道了他的下落，有朝一日你不再生气了，想拉他一把，也容易出手相助不是？”

“知我者，海之心也。”周安涌伸手将海之心揽在怀里，“走，回到酒局上，在外面太久了，曹总会不高兴。”

第四十五章

天才

“曹总对谁不高兴也不会对你，他太器重你了。”海之心只轻微挣扎一下就放弃了，任由周安涌紧紧揽住她的肩膀，和周安涌一起沿金碧辉煌的走廊前去888雅间，“等下你和曹总好好喝几杯，他是你的命中贵人，他不但给了你高薪和地位，还介绍了我们认识。”

“哈哈，你也要好好谢谢曹总，没有他，你做梦也想不到会认识我这么优秀的男……性朋友。”周安涌用力抓了抓海之心瘦弱的肩膀，江山、美人，他即将全部拥有，没有了辛有风，离开元希电子，深圳的天地比他想象中还要广阔，还要充满机遇。

虽然周安涌的话有些刺耳，但海之心只是微微皱眉，就释然了。她承认周安涌确实十分优秀，在歼灭元希电子的商业狙击战中，全盘计划以及每一步的行动，都是出自周安涌的指挥，周安涌仿佛一个天生的将军，只要给他千军万马，给他战场，他就可以指挥若定，横扫天下。

海之心原本只是和曹启伦洽谈一笔合作，她和姐姐海之澜有一家名叫海王星的外贸公司，有国外的供货渠道，曹启伦想通过海王星进口一批电子配件。

合作谈得很顺利，在签合同的宴会上，她认识了初到启伦电子的周安涌。曹启伦当众宣布，周安涌日后负责公司的日常运营，和海王星后续工作的对接由周安涌全权负责。

海之心从美国留学回来，经营管理专业毕业的她，对管理颇有心得，正是因此，姐姐才力邀她加盟海王星，并且让她担任了副总。她上任之后，借助和国外渠道畅通的优势，很快就将海王星经营得有声有色，姐姐惊喜之余，将海王星一半的股份转让给了她。

海之心的志向却并不在于一个小小的海王星，作为只是中转渠道的外贸公司，海王星一年的营业额不过1000多万元，利润最多二三百万元，远远满足不了她的胃口。她一直想找一个志同道合者，与其合作开创更大的事业，她从美国回来就是想借深圳迅速发展的东风成就自己的大计，却始终没有遇到合适的人选。

海之心不喜欢和同性打交道，她觉得和男人相比，女人有天然的不足，不但格局和眼光不够，而且太情绪化，太容易陷入自我的偏执中被情感左右判断。她也不喜欢和同龄人来往，不论男女，在20多岁时，大多数人还沉迷于感官的刺激和盲目的虚荣之中，无从判断什么才是真实的利益。她只想和40岁以上的成功男人接触，因为他们拥有足够的阅历、充实的财富和睿智的目光。

当然，她定义的成功男人得拥有千万以上的个人资产。

在她眼里，曹启伦就是成功男人的典型代表，40岁出头的他长相不凡，气度过人，事业有成，且为人大气，举手投足间有成功者和上位者的气势，时而指点江山，时而盛气凌人。曹启伦深深地吸引了她。

她原以为她不会喜欢同龄人，同龄人太幼稚、太肤浅了，只不过40多岁的成功男人大多有家有室，她只能欣赏而不能喜欢，更不能走到一起。她不会当成功男人背后的女人，她想做和成功男人并驾齐驱的成功女人。

正是因为带有对同龄人的偏见，第一次见到周安涌的时候，她对他没有什么太深的印象，因为她的目光并没有过多地投向周安涌，而是时刻不离曹启伦左右。

曹启伦结婚了，她很清楚，她也知道她对曹启伦的欣赏只是一种女孩对成功男人的仰望，对成熟男人的向往，并不是喜欢，更不是爱。正是由于对曹启伦投去了过多的目光，以至于坐在她身边的周安涌不停地和她说了些什么，她都没记住。

除了曹启伦，她欣赏的另一个男人是她的姐夫沈亦农。沈亦农是湖南人，在20世纪80年代初期来到深圳，白手起家，先从建筑工地小工做起，后来承包了工程队，再后来自己拉队伍单干，用了十年时间将他的深圳市华根基础工程公司打造成了深圳市最专业、实力最雄厚的地基建筑公司，承包了许多著名大厦的地基工程。

尽管沈亦农远不如曹启伦盛气凌人，沈亦农行事更方正温和，但毕竟是一家年产值数亿元的大公司的老总，言谈举止还是会在不经意间流露出成功男人特有的气质——淡定、从容，说话曼声细语，却有着不容置疑的坚定。

海之心欣赏的成功男人类型很多，从未想过她会喜欢什么类型的男人，直到她和周安涌第二次接触，她忽然意识到欣赏和喜欢，原来真的有着巨大的差异。

欣赏是一种远远的观望，是仰慕，而喜欢是一种亲近，是一种迫切地想和他在一起的渴望。在和周安涌对接了后续工作事宜之后，周安涌身上既幼稚又成熟、既简单又复杂的矛盾性格深深吸引了她，在认识周安涌才半个月并且只见了三次面之后，她意识到自己喜欢上了他。

她很想和他在一起，愿意和他讨论电子行业的前景和深圳的未来，她甚至幻想有朝一日可以和他一起开创事业。

更让她欣喜的是，她的情绪被周安涌敏锐地捕捉到了，周安涌回应了积极的信号，明显表现出想和她深入了解的意向。她是一个发现机会绝对不会错过的女孩，也从来不认为女孩遇到喜欢的男孩要等男孩主动。她觉得女孩想要的事业和幸福，都要靠自己努力争取才有意义，尤其在后来周安涌出谋划策并且具体实施对庄能飞的狙击战中，她见识到了什么叫天才！是的，她坚定地认为周安涌是天才，难得一见的天才。从未有过实际操作经验的他，在第一次指挥商战时就如身经百战的将军，步步为营，招招致命，打得对手没有还手之力不说，甚至庄能飞在一败涂地时，都不知道背后的对手是谁，究竟输在了哪里。

有些人生来就是强大的，比如霍去病，第一次带兵打仗就决胜于千里之外。海之心觉得周安涌在商业上的嗅觉和商战上的策略，不亚于名将在战场上的布局。她虽然没有亲身经历过商战，但听姐夫说过不少他当年一路过关斩将的经历，知道商场上的险恶，一步生，一步死，一步风和日丽，一步狂风暴雨。有许多经历过无数次重大战役的著名商人，被许多人传颂和仰望，他们在没有成功之前，曾多次被打得落花流水，溃不成军。

她从来没有听说过任何一人如周安涌一般，第一次出手就如此高明，如此算无遗策！周安涌打的不是商战，是人性，他知道人性的弱点，清楚人性的短板，所有的事情都是由人组成的，以人为点，各个击破，对方就会全面崩溃。

在认识周安涌一个月之后，海之心不得不承认一个事实——她真的爱上了周安涌。是的，周安涌击垮庄能飞的高明手法以及对何潮利用加怜悯的态度，让她认为周安涌是一个既理性又重感情的男人，假以时日，周安涌必成大事。

所以在周安涌第一次拥抱她时，她只是微微反抗了一下就顺从了。

“安涌，你真的不管何潮了，就任由他睡在公园的椅子上，靠卖肠粉为生？”海之心还是不相信周安涌会对何潮不管不顾，让他自生自灭。

“当然不会了。”周安涌站住了，靠在墙壁上，想起了以前和何潮在一起的欢乐时光，心中涌动着友情，“他虽然有诸多不好，嫉妒我，想踩在我的耻辱上超过我，但我最后还是会原谅他，谁让他是我的兄弟呢？从小到大，我和他形影不离，他心安理得地享受我的照顾，意识不到我对他的好……现在让他一个人闯荡一段时间也好，让他知道生存的艰难和不易，再想起我对他所做的一切，他会感激我激励他的成长。现在想想，也能理解他为什么不离开元希电子了，他能在元希电子工作，是因为我。再跟我来启伦电子，等于还是跟在我的屁股后面。算了，不说他了，让他再风吹雨打几天，差不多的时候，我们去接上他。”

“就知道你有时表面上挺强硬，其实内心很柔软。”海之心推开周安涌，整理了一下衣服，“别让曹总他们看见，不太好。对了，你为什么要打给江阔？你是提醒江阔关照何潮吗？肯定是，你现在心里还有气，不想理何潮，却放不下他，只好借江阔之手帮你完成心愿。”

周安涌抓住了海之心的右手，紧紧握了握：“还是你了解我，坏了，我可能要陷落了。你以后能不能不要这么懂我？”

海之心脸色羞红，低头踢了几下墙壁：“不好吗？”

“好，我喜欢。”周安涌开心地笑了，笑容之中，却有一丝不易察觉的阴霾。海之心并没有猜中他的真实想法，他之所以告诉江阔，是想让江阔认清何潮的为人，不要再对何潮心存幻想了。他知道江阔对何潮很有好感。

第四十六章

每个人都有命中贵人

只不过周安涌失策了，在他告诉江阔之后的第二天一早，江阔就去了莲花山公园寻找何潮，却扑了个空，何潮一早就走了。她本想再去肠粉摊，但是哥哥找她有事，让她赶紧回香港。

在香港待了两天，第三天一早她和哥哥来深圳办事，她特意让司机江叔绕行莲花山公园，正好遇到了何潮在南门召开公司成立大会。原来何潮并没有消沉，他对未来充满了信心，江阔一颗心落地了。

只是哥哥对何潮的态度没变，在她提出要投资何潮的新公司时，哥哥一口否决了，让她无比郁闷。她下了车，漫无目的地走了一会儿，想了一想，拦下一辆出租车，准备去曹启伦的公司再谈一轮。

路上，江阔又意外接到了周安涌的电话。

“江总，今天有没有时间一起喝茶？不谈公事，只是想和你聊聊何潮。”周安涌站在启伦电子办公室的窗前，眺望远处正在紧张施工的高楼大厦，嘴角浮现出得意的笑容，“我让人去华强北找他，他不在了，问摊点的王阿姨，她说她也不知道何潮去了哪里，我打了他的传呼机，他也没有回话，我怕他会出事情。”

“没时间。”江阔一口回绝，语气中有几分赌气的成分，“何潮是你的发小，和我又没有什么关系，你为什么要和我聊他？莫名其妙。”

周安涌的笑容更浓了，听出了江阔患得患失的口吻，他轻轻咳嗽一声：“江总说得也是，好，我们不聊何潮，只聊公事，我想和你聊聊小灵通的相关知识，不知道江总肯否赏脸？”

江阔只犹豫了一下就同意了：“地址。”

“就在福田CBD吧，楼下有一家还不错的茶馆。”

快到的时候，几次从后视镜观察江阔的司机终于忍不住问了一句：“姑娘你好，不好意思，刚才听到你的电话，你提到了一个人，不知道是不是和我认识的何潮是同一个人？”

江阔愣了愣，才留意了司机几眼，见他长相还算和善，才说：“你认识的何潮是什么人？”

“北方人，很帅气的一个小伙子，很有男人气概，普通话很标准，个子和我差不多，师范大学毕业的……”

江阔心中一跳：“就是他，师傅你怎么认识他？”

“真是一个人呀，太巧了。我最近一直在找他，找不到，打他呼机他也不回。姑娘，你要是遇到他能不能替我带个话？”车正好到了启伦电子办公楼下，司机停车，替江阔打开车门，递上了一张名片，“我有事找他，他知道我，我叫夏正。”

江阔收起名片，点了点头：“放心好了。”

“谢谢，谢谢。”夏正连连点头，“何潮何哥就是我的命中贵人，我一定要找到他，除了当面向他表示感谢，还有许多疑惑想请教他。姑娘，你要是帮我联系上何潮，以后只要打车遇到我，我都免费为你服务。”

本来已经走出几米远的江阔闻言又停下了脚步：“他对你真的这么重要？他人真有这么好？”

“是的是的。”夏正一脸热切和期盼，“我和他一见如故，他说了几句话让我茅塞顿开，在他的指导下我做了一笔投资，不但大赚了一笔，还收获了爱情，并且确定了未来的发展方向。”

夏正的出租车走了很久，江阔还站立在原地一动不动，她并不知道何潮和夏正之间到底发生了什么，但她可以肯定的一点是，何潮可以给一个只见过一两次面的出租车司机留下如此深刻的印象，他一定是一个待人接物平和从容，既不媚上也不会欺下的人。

她更坚定了自己的看法，何潮并非如周安涌所说的那样心理阴暗、龌龊不堪，如果何潮真是一个对自己发小还处处算计，想踩在别人的耻辱上上位之人，他不会对一个素昧平生的出租车司机友好。

哥哥不止一次告诫她，看一个人的好坏，不要看他对你的态度，要看他对所有人的态度。一个人对上司、对客户、对合作伙伴态度友好，并不表明他真的友好，因为他对他们的友好可能只是基于利益。如果他对出租车司机、餐厅服务员、电梯小姐、清洁工都友好，才是真正的友好。

“加油，何潮。”江阔心中的疑虑和担忧终于消融，她展颜一笑，开心地伸出右臂用力摇晃几下，“希望有一天，我可以助你一臂之力！”

何潮一行乘坐客车赶到樟木头镇时，已经是下午一点多了。车费花光了何潮的全部身家，幸好有郑小溪的表姐苏小怀接待，否则就要挨饿了。

苏小怀比郑小溪大几岁，有一个孩子五岁。今年刚25岁的她，结婚已经六年了，人生的脚步很充实，每一步都没有耽误。她大眼圆脸，上身穿花格子衬衣，朴实而天然，下身却穿着紧身的牛仔裤，脚上穿了一双新款的高跟凉鞋，和周围的城乡接合部的景色十分般配。

樟木头镇是东莞市下辖的32个镇（街道）之一，位于东莞市东南部，距广州100公里、深圳38公里、东莞36公里、惠州40公里，总面积118.8平方公里，属于低山丘陵地貌，典型的盆地特征，是亚热带季风气候，长夏无冬。

樟木头镇以其便利和得天独厚的环境吸引了很多港商投资，这里被港人称为“香港后花园”，由于常年生活在樟木头镇的香港人超过了30万人，是当地常住人口的10倍以上，所以樟木头镇又有“小香港”之称。

何潮选择樟木头镇作为利道物流成立之后的第一个起点，也是看中了樟木头镇的优势。放眼望去，樟木头街上随处可见的商品房广告，宣传口号无一例外是“香港人之家”。

樟木头镇之所以吸引众多香港人来此，一是地理优势加上环境优美，从香港坐火车过来也就一个多小时；二是有一座远近闻名的观音山，传说求姻缘和子嗣颇为灵验，也是笃信神灵的香港人趋之若鹜的一个原因。

从1993年开始，樟木头镇是全国第一个开发房地产的乡镇，第一个拥有五星级酒店的乡镇，第一个拥有42层高商品楼的乡镇。樟木头镇的名气之大，在深圳和东莞耀眼的光芒之下，毫不逊色。

表姐的房子正面沿街，背面是山坡，山坡之下可见清澈的河水奔流，是石马河。房子一共35间，除了祖屋十几间，新修建的有20多间，一字排开，颇有气势。

房子大多出租给了在樟木头镇打工的打工仔和打工妹，表姐每月只靠收房租，日子过得就十分舒服了。

因为郑小溪的关系，表姐特意为何潮几人安排了两个房间，何潮、顾两和和仔一间，郑小溪自己一间，郑小溪的房间兼做办公室，何潮他们的房间兼做仓库。

房间是几十间房的最中间两间，位置很好，前面临街，交通便利，后面靠河，景色优美，还有一个不小的院子，何潮几人十分开心。

院子里有水井，有荔枝树，以及散养的家鸡。吃饭的时候，在荔枝树下摆了一张桌子，表姐和郑小溪张罗饭菜，顾两也去帮忙，不多时就摆了一桌。

几人也是饿了，饭菜被一扫而光。

顾两很喜欢表姐的儿子张平旭，张平旭却最喜欢何潮，总是黏在何潮身边，一口一个大哥哥叫得亲切。顾两就有几分嫉妒，非让张平旭叫何潮叔叔，被张平旭翻了白眼，惹得表姐哈哈大笑。

表姐是开朗型的性格，说话语速很快："何潮，因为小溪的关系，我先允许你们住下，等有钱了再交房租。但如果一个月到期了不交房租，我也得赶你们走，你们别怪我不讲情面，我孤儿寡母的，就靠房租过活。我不需要你们可怜，但你们也别欺负我，是不是这个理儿？"

郑小溪吐了吐舌头，一脸尴尬："你们别在意，表姐就是这样，刀子嘴豆腐心。你们放心，到时公司没有赢利的话，我负责房租。"

"不行，怎么能让你出钱！"和仔很有气势地一挥右手，"我们几个男人，一身力气还能赚不到钱？让你出钱，我们不是吃软饭了？"

"说哪里去了。"郑小溪脸微微一红，偷看了何潮一眼，"我们合伙成立公司，有钱的出钱，有力的出力，才能壮大公司。我也不是白出，钱都算股份的。"

顾两点了点头："对，对，谁出钱多，谁出力多，谁股份就多，这才符合公平原则。对了，表姐你是单身？"

"别叫我表姐，你都那么大了，叫我表姐都把我叫老了。"表姐坦然地笑了笑，"是呀，单身三年了，他爸为了盖房，累死了，留了我和儿子空守着几十间房子。生活是富裕了，可是人没了，唉，都是命不好。"

"累死了，怎么可能？"和仔连连摇头，"我天天爬几百层楼，有时跑上百公里，都活得好好的，他做了什么，难道比我还累？樟木头走私汽车的很多，钱赚得很容易。不过也正是因为赚钱太容易，好多人喜欢赌博，赌输了赔不起，就被扔到了海里。"

第四十七章

小灵通

何潮连使眼色，让和仔不要乱说，和仔嘿嘿一笑，自嘲地抓了抓后脑勺："我瞎说的，听来的，我不了解樟木头的情况。头痒了，洗头去。"

和仔打了一脸盆水，在一棵荔枝树下，直接用凉水洗头。

表姐脸色平静，并不急于否认什么："樟木头是叫'小香港'，这里来自香港的大老板很多，机会也多。但不是你们想象的那么美好，想赚钱，除了多付出，还要靠头脑。"说完，表姐起身要收拾碗筷。

"我来，我来。"顾两忙抢过表姐手中的碗筷，"小怀，以后有什么脏活、累活，尽管吩咐我，我肯定随叫随到。"

表姐只是淡淡地看了顾两一眼："顾两，你是个有故事的男人，你现在只是暂时落难了，才觉得我好，等你事业起来了，再回头看我，你就会觉得我什么都不是了。"

"我……"顾两一下愣住了，想辩白一番，表姐却转身走了，只留给他一个意味深长的背影。

顾两"啧啧"几声："小溪，你表姐厉害，是一个有深度的女人。"

"她一个人有几十间房子，才25岁，拉扯一个孩子，要是没有一点儿自保的能力，早就活不下去了。"郑小溪眼神中流露出同情之色，"表姐不是本地人，是从黄江镇嫁过来的，而且姐夫的家人都不在了，姐夫是孤儿。"

是不容易，一个女人守着一份偌大的家业，又是外地人，在龙蛇混杂的樟木头镇可以游刃有余，何潮顿时对表姐多了敬佩之意。

房间很简陋，也不大，除了几张床，还有一张桌子和几把椅子，何潮三人忙活了半天，用一张木板将床和桌椅隔开，勉强算是将睡觉区域和仓库区域分开。

下午，四人开了一个会，经何潮提议，最终公司的股权结构为何潮51%，郑小溪15%，和仔15%，顾两10%，预留9%为股权奖励。

晚饭时，表姐没有出现，去镇上串门了，张平旭留了下来，不离何潮几人左右。晚饭后，何潮又召开了一个会议，确定了一下方向。

会议在郑小溪的房间举行。

郑小溪的房间和何潮几人的房间一样大，但只有一张床，显得宽敞了许多。表姐还特意给郑小溪多配了一张桌子，几人围坐在桌边。

何潮意气风发，万里长征终于迈出了第一步，明天就要开始征途了，创业之路的第一仗，一定要打好。

“明天一早，小溪在家守候接单，我和顾两、和仔去跑单，前期只要是单子就接，价格比别人便宜三分之一，时效比别人快三分之一，打的是价格差，拼的是体力，比的是时效。我们起步低，只能硬拼。”何潮紧握右拳，“但在接单的过程中，要有意识地选择电子产品的客户，尤其是正在为小灵通生产配件的客户，必须留住，未来小灵通将会有非常庞大的市场，小灵通推向市场迅速兴起的时候，就是我们利道物流快速发展之际。”

“何哥，你为什么这么看好小灵通的未来？”郑小溪有意摆弄了几下自己手中的手机，“有了手机，谁会用小灵通？”

何潮微微一笑：“顾两、和仔，你们会用小灵通吗？”

顾两和和仔面面相觑，二人同时点头，又同时摇头：“不知道。”

郑小溪掩嘴一笑。

“好吧，看来很有必要普及一下小灵通的知识。”何潮拍了拍和仔的肩膀，“说来还得感谢和仔，是和仔让我知道了小灵通的存在，通过深入了解之后，我意识到了小灵通巨大的市场潜力。”

1996年，UT斯达康公司得到叶永烈先生的无偿授权，将“小灵通”归类为一类无线市话产品，从此，小灵通正式进入了人们的视线。

手机自问世以来，以其便捷赢得了许多人的喜欢，奈何手机价格高昂，动辄四五千元甚至上万元的售价，对平均月薪四五百元的工薪阶层来说，太昂贵、太遥不可及了。

即使是月收入1000元以上的高收入者，积攒了半年之久买了一部手机之后，也会发现不管是打进还是打出都要收费的双向收费无法承受，而且话费高昂，每分钟高达几块钱，每个月电话一多，轻而易举就可以花掉普通人一个月的工资。

所以经常可以看到在大街上，有人的手机响了，匆忙拒听，然后用旁边的公用电话回过去。买得起手机，用不起手机，一直是许多人心中的痛。

当然，何潮的痛是他别说买得起手机，明天的饭能不能吃上都还不知道。

好在何潮很乐观，相信凭借双手他不会饿死，毕竟他有头脑，还有超前的眼光。当年许多人来到深圳时不但身无分文，还欠了几百万、上千万元的外债，最终不也在深圳赤手空拳打下了一片江山？深圳就是一个创造奇迹的地方，而且是许多人想象不到的奇迹。

虽然手机和话费都无比昂贵，但科技的进步确实带来了前所未有的便利，无数人前赴后继，省吃俭用一年半载也要拥有一部手机，哪怕只是为了炫耀，为了和人见面时光荣而自豪地留下手机号。所以在相当长的一段时间里，女士的标配是从手包中拿出一部手机和一个BP机，男士的标准装备是皮带之上左边挂手机，右边系BP机。

又为众所周知的话费原因，在同时知道了对方BP机号码和手机号码的情况下，有事的时候，还是会先打BP机，或者打一声之后挂断，省得对方拒听电话，然后对方再用公司固定电话打回来。

何潮身为穷人中的一员，却得了热爱电子产品的富贵病，一直梦想拥有一部手机，可惜，呼机都被自己砸坏了，手机更买不起。就算现在有人送他一部手机，每个月光月租费用就足够让他破产了。

如果能生产一种只打出收费接听不收费的单向收费手机，并且手机售价从现在的几千元降至1000多元，甚至以下，该有多畅销？毕竟大多数人还是穷人，而且中国人口基数庞大，只要价格下降到60%的人口可以承受的区间，不知道会激发多大的消费市场。

手机话费高昂，何潮虽接受不了但可以理解，基站的建设和电缆的铺设，前期需要大量投入，而用户基数越小，每个用户相应承担的前期投入就越大。到现在为止，中国移动的用户才刚刚达到1000万人大关，才是12亿人口的1%不到。

所以第一次听到和仔要送小灵通的样品去樟木头时，何潮就眼前一亮，心中闪过了一个强烈的念头，对于可以替代手机的电子产品他只能想想而已，而有人已经切实落地了。也正是小灵通的事情让何潮下定了决心，他热爱电子产品不假，但热爱不一定非要从事，就像喜欢一个人不一定非要追求、非要得到一样，如果是不合适的时间和地点，不如放弃。

因为研发一个新产品，不仅仅需要巨额资金，还需要广泛的社会关系，以及超前的眼光，再加上对技术的了解，是一个系统工程，而不仅仅是单纯的热爱就可以解决的困难。以他目前的实力，远远不具备以上条件，但他可以从事另一个和热爱的行业息息相关的行业——物流。

是的，就是物流！不管是手机、电脑、电子零配件还是小灵通，只要销售，就要有流通环节，他就为中国电子行业的繁荣昌盛在流通环节出一份力吧。

何潮之所以非要拉和仔加盟，一是看重和仔之前的经验，尽管送货客的送货来源就是扫楼、扫门店，并没有什么技术含量；二是因为和仔有创业之心，想做一番事业，自发的内动力最重要；三是和仔知道小灵通的客户都在哪里。

何潮决定赌一把小灵通。

1996年，中国移动和中国电信分家。浙江余杭电信局局长徐福新提出把PHS无线市话嫁接到固定电话网上，用中国电信网络，前端接上PHS的无线技术，就成了一个建立在固定网上的小手机。徐福新选择的合作伙伴就是UT斯达康公司。1997年，UT斯达康公司注册了小灵通商标，意味着这种建立在固定网上的小手机被正式命名为小灵通。

小灵通尽管在技术上大有限制，比如信号弱、基站少，基本上只能在市区使用，是固定电话的补充和延伸，辅助功能少，一旦超过40公里的时速就会断线，但小灵通的优点也不少，比如辐射低、功耗小，待机时间长。最重要的是，机身和话费都比手机要便宜许多，并且话费只是单向收费，月租不超过20元。

只价格便宜一项，就足够让许多人忽略小灵通的不足，毕竟大多数人平常还是在市区活动，即使小灵通不能漫游也不要紧，漫游对一年出差不了几次的上班族来说并不是刚需，但可以移动的电话是刚需。

如果小灵通现在面世，何潮肯定会买一部使用，随时随地可以联系的感觉实在太诱人了，他现在没有手机，呼机也拿去维修了，感觉和整个世界隔绝了一样。

第四十八章

所有的进步和成功都是倒逼的

何潮的想法很简单，也很坚定，小灵通必定可以大行其道，他不能在小灵通时代的到来中出一份力，不能在研发阶段介入，那么就让他做一个时代的搬运工也好，至少他可以为小灵通的普及贡献力量。

小灵通虽然比手机便宜不少，但在构造上和手机并无太大的不同，同样有屏幕、按键、电池、主板以及内部的零配件，也就是说，小灵通在制造程序和分工上与手机并无不同。

在元希电子的两个月里，何潮摸透了电子行业的规则，一部手机由无数个零配件组成，每个零配件都有一个生产厂家，一部手机其实是由无数厂家齐心协力生产而成，最后再由一个工厂进行组装调试之后销售的。

不只是手机，大多数电子产品都是一样的。

因此，每一个生产环节，都需要物流的支撑才能完成运输。环节越多，物流的重要性越凸显。假设一部手机销量达到1000万部，在整机阶段就需要1000万部的物流运输量，而在生产阶段，如果拆分成10个零配件，至少需要1亿次的物流运输量。

何潮得到了一个非常清晰又非常明确的方向——随着电子产品性能的提升，互联网的速度也会进一步提高，互联网普及程度越高，相应地对电子产品的性能要求也越高，硬件和软件相辅相成，必然会催生一个无比庞大的产业链。

未来将会是电子产品、互联网和物流的时代，他三者居其一，足矣。

虽然着眼长远，但要立足眼前，眼下先解决了生存的第一步再说，利道物流刚刚起步，只能将全部精力押在小灵通上，以后再怎样拓展业务是以后的事情。

“怎么样？现在你们知道了小灵通的相关知识，是不是瞬间充满了激情，觉得在不久的将来，小灵通将会成为人手一部的通信工具？”何潮说完之后，见众人大眼瞪小眼，没什么回应，不由得气笑了，“你们给个反馈行不行？”

和仔摸了摸后脑勺：“行，反馈了，何哥说怎么干就怎么干。”

郑小溪也是含蓄地笑了笑：“我没何哥看得那么长远，反正我的想法就是，一切听何哥的。”

顾两手托着下巴，沉思片刻：“我也看好小灵通以后的市场，可是不能盲目乐观不是？全部押注到小灵通上，只维护生产小灵通相关产品的客户，会不会太冒险了？”

何潮的眼神在昏黄的白炽灯下格外明亮，他一拍桌子，紧咬牙关：“有所为，有所不为，就这么定了，拼一把。”

顾两见何潮主意已定，当即转了风向：“行，赌一次。所有的进步和成功都是倒逼的，这就是人性。以后在重大事情上，由何哥一人决断，所谓慈不掌兵，懒不治学，惰不为官，弱不行商，情不立事。”

“你说啥？”和仔和郑小溪异口同声，同时瞪大了眼睛，像不认识一样看向顾两。

顾两被二人看得有几分不好意思，顺手拿起了桌上的一粒花生米捏在手中，用两根手指敲击桌子，卖弄地笑道：“对呀对呀！……茴香豆的‘茴’字有四样写法，你们知道吗？”

何潮忍住笑，知道顾两在掉书袋，在模仿《孔乙己》里面的情节。

和仔和郑小溪同时翻了一个白眼：“你瞎呀？这分明是花生米。”

“哈哈！”

众人大笑。

“呵呵……”

江阔笑得很温柔、很漫不经心，她轻轻晃动手中的红茶，茶已经温了，她没有续水，刚才周安涌为她普及了小灵通的相关知识，她很认真地在听，并且做了不少笔记，心中已经有了结论……

她非常看好小灵通的未来。

“江总的笑，是对小灵通的认可，还是对我口才的认可？”周安涌坐在江阔的对面，他替江阔添了水，大学几年下围棋的功夫现在派上了用场，他姿态从容，动作淡定，不疾不徐的样子，犹如胜券在握的大将。

可惜的是，他面对的同样是一个见过世面的投资人。

虽然从业绩和从业年龄来看不算资深，但从江阔的成长环境和家庭背景来说，她足够资深了。她的起点比周安涌高了太多，身在香港的信息优势、眼界优势，从小为家族企业工作的格局优势、地位优势，周安涌远远无法与之相比。

周安涌也意识到了这一点，他滔滔不绝地说了一个多小时，其间江阔气定神闲，一副波澜不惊的姿态让他心中颇有几分不自在。他自认口才出众，并且对小灵通的了解也足够全面，应该可以让江阔为之折服，不料江阔不动声色的态度似乎是对他前期功课的无视。

周安涌心中的不满之中，还有另外一层难以言说的苦涩，他经过十几年的努力，从寒门一路过关斩将，考上了中国的最高学府，来到深圳后，又经历了失恋之痛的打击，才最终借势成功，成了曹启伦最得力的干将。历尽千辛万苦，感觉终于迈出了成功的第一步，到头来却发现，他所有的努力换来的不过是一个和江阔平等地喝茶的机会。

江阔生下来就拥有的一切，也许他还需要许多年的奋斗才能拥有，她凭什么？世界为什么如此不公平？

周安涌脸上在笑，心中却恨恨地想：江阔，你别装，也别得意，总有一天我会成为叱咤风云的人物，别说你了，就是你们整个江氏集团也会被我踩在脚下，等着瞧！

江阔笑笑，她习惯的淡然的表情，并不是对任何人的轻视，而是个性使然：“都认可。”

周安涌顿时放下心中成见，一脸惊喜：“这么说，江总决定投资启伦电子了？”

还是急躁了一些，江阔暗暗一笑，周安涌急于在曹启伦面前再立一功，打垮庄能飞，再抢走庄能飞的投资人，必然会让庄能飞雪上加霜。她是很想投资启伦电子，也清楚启伦电子现在扩张的步伐过快，资金缺口加大，急需引入资金。

但再想投资也要稳住，投资公司和结婚一样，恋爱阶段一定要了解清楚，否则一旦有了股权上的合作，想分开就麻烦了，利益纠缠太多，如果互相推诿扯皮，会牵扯大量精力。还有一点让江阔一时难以下定决心的是，她不是很认可周安涌和曹启伦的为人。

曹启伦是枭雄，从当初逼迫何潮，非要闭眼穿越马路的手段就可以看出，曹启伦其人，强势且固执。再从其不顾庄能飞脸面挖走周安涌，再和周安涌一起暗中下手将庄能飞彻底打垮可以看出，曹启伦心狠手辣，只要是有利于他的事情，他会在法律允许的范围之内，在打击对手，侵吞竞争者的市场之时，毫无情面可言。

如此二人的组合，倒是更符合目前电子行业疯狂但无序的竞争环境，也正是哥哥最喜欢的创始人团队，因为哥哥只想赚一笔快钱然后套现走人，才不管身后是怎样的洪水滔天。

江阔却不同，她想做长线，做战略投资而不是财务投资，但她相信启伦电子确实可以在小灵通时代来临之时，抢占先机大赚一笔，所以她在犹豫。在情感上，她不想和周安涌、曹启伦之流合作；但在工作上，启伦电子确实有升值空间。

“我会认真考虑的。”江阔给了周安涌一个模棱两可的回答，她放下茶杯，起身要走，“不早了，我还有其他事情，谢谢你的款待。”

周安涌眼中的不快一闪而过，他没有起身：“见到何潮了？”

江阔身子一顿，愣了片刻，又慢慢坐回了原位：“见到了。”

“他怎么样？”

“不好。”

“江总是不是打算投资何潮？”周安涌心中隐隐有火星迸发，“何潮一直有创业的想法，只是不知道他到底想干什么、能干什么。在深圳，创业不仅仅需要资金、人脉，还需要自身有格局和眼光。”

江阔听出了周安涌的言外之意是何潮远不如他，她冷冷一笑：“我是不是打算投资何潮，和我们的事情并无关系。周安涌，你如果真当自己是何潮的兄弟，就不会在他落难时不管不问，不但不拉他一把，还冷嘲热讽。”

周安涌哈哈一笑：“江总，你误会我了，我不是不管何潮，我和何潮的兄弟情义，外人理解不了。这么说吧，男人和男人之间的友情，女人永远理解不了，因为女人和男人的思维不在一个频道上。我是希望何潮经过一番风吹雨打之后，真正成熟起来，再和我并肩作战，这样会收到事半功倍的效果，否则再遇到上次的事情，他还会做出错误的选择。”

“你认识夏正？”江阔不想和周安涌辩论，每个人都有自己的是非观和原则，辩论是最没有意义的事情。

“夏正？”周安涌努力地回忆了一下，怎么也想不起来，摇了摇头，“应该不认识，没印象了。”

“是一个出租车司机，他说他认识何潮……”

第四十九章

贪心是失败的最大隐患

“哦……他呀，想起来了，湖南人，他怎么了？”周安涌嘴角浮现惯常的轻蔑笑容，“不会是江总正好坐了夏正的车，夏正话多，说到了何潮？一个出租车司机，不好好开车，想法还挺多，深圳是一个创造奇迹的地方，但不是谁都可以成为奇迹的主角的，呵呵。”

“有时间再聊。”江阔不想再听周安涌说下去了。她觉得很是憋闷，告别了周安涌，来到外面，正要叫车时，手机响了。

是辛有风来电。

上次和辛有风在华强北匆匆一别，辛有风就如同人间蒸发一样不见了踪影，江阔打过几次她的电话，不是关机就是无人接听。

“有风，你在哪里？”江阔是真心关心辛有风，辛有风是她在深圳认识的第一个朋友，不是闺密，胜似闺密。

“我……”辛有风的声音带有哭腔，“我也不知道我在哪里，我和庄能飞在一起，为了躲债，我们东躲西藏，不知道去过了多少地方。”

江阔深呼吸一口：“你别急，你现在在深圳吗？”

“在，不，不在，在东莞下面的一个镇，我不知道是什么镇，好像离樟木头镇不远，你知道樟木头吗？”

江阔当然知道号称“小香港”的樟木头镇，哥哥在樟木头镇还有一套房产，她也有许多朋友在樟木头。

“江阔，你说我该怎么办才好？庄能飞不让我和外界联系，可是我实在受不了了，这样提心吊胆的日子不知道还要过多久，一年？十年？我可不想把青春都耗费在躲债上面，再说又不是我欠债，是他欠债，关我什么事呀？”

离樟木头不远，岂不是离何潮很近？江阔忽然萌生了一个念头："不如这样，你告诉我一个地点，我去见你。"

"好，不过现在不行。"辛有风忽然压低了声音，"听庄能飞说，好像有债主发现他了，他准备过几天躲到樟木头去，等我到了樟木头再和你联系，好不？你知道何潮和周安涌在哪里吗？我想和他们在一起，想离开庄能飞，他现在天天喝酒，好吓人。"

江阔很清楚庄能飞虽然身陷债务危机，但其实是三角债，如果他将外面欠他的钱全部收回，未必不能抵销他所欠的外债。在制造业中，三角债现象十分普遍。只不过现在庄能飞不敢露面，是怕被债主绑了。

庄能飞深陷的不是债务危机，其实是信誉危机。只要他的债主信任他，给他时间处理，他应该会过关。只不过信誉崩盘，债主唯恐他跑路，又唯恐别的债主抢先一步拿到钱而自己没钱可要，所以庄能飞暂避风头躲藏一段时间，也是人之常情。

"你先别急，等见到我再说。"江阔有几分担心辛有风，人在极大的压力之下，会做出失控之事。现在庄能飞正是最需要辛有风之际，此时辛有风非要离开，他失去了一切之后再失去辛有风，难免会做出极端之事。

"好，好，我等你，记得一定要来看我，你不来，我也许就撑不下去了。"辛有风的声音又压低了几分，"江阔，你没有何潮和周安涌的消息，他们现在怎么样了？"

"没有。"江阔想了一想，还是没有告诉辛有风真相，她担心辛有风冲动之下去樟木头找何潮，不知道会引发什么样的后果。

"庄能飞来了，我挂了，别给我打电话，等我打给你……"辛有风急急地说了一句，电话就断了。

江阔收起电话，愣神半晌，又摇了摇头，叹息一声。

江阔刚坐上出租车，准备回公寓，电话又响了，是哥哥来电。

"江阔，你直接来国贸大厦，我带你认识一个人。"江安的语气不容置疑，"给你半个小时时间，穿得正式一些，很重要的一次会面。"

"哥，我还有事……"江阔没有心情，想拒绝，话说一半，通话断了，她就明白，哥哥不给她选择的机会。

虽然不情愿，她还是坐上了出租车，直奔国贸大厦而去。不到半个小时，就到了目的地，她远远看见哥哥的奔驰停在楼下。

江阔气呼呼地走过来，江安下车，整理了一下衣服，不理会江阔的不满，健步如飞："今天要见的人叫郭统用，是深圳的房地产大亨之一，善来集团的创始人。他儿子不争气，成天游手好闲，不想接班，他正要物色一个CEO来管理公司。他儿子叫郭林选，号称深圳一哥，和你一样有留学背景，现在还是单身……"

说话间，江安上了电梯，按下了28层的按键："今天的会面，郭统用和郭林选都在，CEO我已经想好了一个人选，你也认识，是宁英俊。"

"宁英俊？"江阔愣住了，忽然"扑哧"乐了，"怎么会想起推荐他？你是故意坑郭统用吧？他未必比郭家所谓的深圳一哥强，他们一个是花花公子，一个是绣花枕头。"

江安神秘地笑了："宁英俊是没什么才能，但他最大的特点是可控，对，是对我们来说可控。善来集团运营状况良好，现金流充足，可惜的是，郭统用不是很懂管理，公司的股权结构不太合理，还有一个不争气的儿子，他对我又是绝对信任，如此良机岂能错过？"

江阔瞬间明白了哥哥的用意："哥，郭统用信任你，你却算计他，不太好吧？"

"商场上的事情，不就是你算计我、我算计你？只要不犯法，我是收购还是侵吞他的公司，都只是正常的商业行为。"江安拍了拍江阔的后背，"江阔，你很聪明，也很有判断力，唯一的缺点就是过于感情用事。相信我，该下手的时候，绝对不要手软，因为你对别人的手软就是对自己的残忍。我来和郭统用周旋，郭林选就交给你了，相信以你的魅力，应该可以让郭林选臣服……"

"哥！"江阔生气了，"你是让我色诱郭林选？"

"说的什么话，只是希望你尽可能地展现个人魅力，让郭林选对你多些好感，当然，能喜欢上你就更好了。"江安不以为意地笑了笑，"如果郭林选喜欢上了你，再如果郭统用重用了我推荐的宁英俊，到时宁英俊和你里应外合，不愁不能以极低的价格吞并善来集团。善来集团虽然在深圳的房地产企业中排名不是非常靠前，成绩也没有那么耀眼，但公司实力雄厚，根深蒂固，不但储备了许多优良地块，名下还有不少物业楼，净利润率很高，是非常难得的优质资产。"

"哥，你觉得我会有意勾引郭林选吗？"江阔冷笑，快走几步将江安甩到身后，"深圳的优质资产多了，你能都吞下吗？贪心是一个人失败的最大隐患。"

江安快步追上江阔，抓住了江阔的胳膊："别任性，在大局面前，不要让你的小性子和情绪影响了判断。江阔，我再和你说一遍，在商业面前，什么好感，什么喜欢，统统不可取，只有利益最大化。永远记住一点，别谈什么情怀，在商言商！”

二人来到了2818室的门前，里面传来了一个人慷慨激昂的声音，江安正要敲门的手举在空中，没有落下。

“明明日本的房地产泡沫在1990年就已经爆了，但是东南亚四国和中国香港依然义无反顾地跳进了同一个坑里，真是昏了头。1985年到1990年期间，这些地区的房价还算是比较温和地上涨，年均涨幅只有15%左右，当然，15%也不算低了。然而在日本的地产泡沫破灭之后，东南亚四国和中国香港居然就敢膨胀起来了，不知天高地厚，不懂前车之鉴。

“1990年之后，房价泡沫进一步迅速膨胀，房价每年都翻上一番。20世纪90年代初期，香港中心区房价每平方米折合人民币约1万元，当然，他们1平方米是按十几平方尺计算，听上去很‘高大上’，是不是？泰国曼谷中心区公寓房价约5000元。到1996年金融风暴前夕，香港房价涨到约8万元，曼谷公寓房价涨到约3万元。在当时，香港近五成的银行贷款投给了房地产，泰国甚至达到了七成。房地产成了这些地区经济的绝对支撑，一旦资金从地产领域撤出，必然导致泡沫破灭，并带来残酷的连锁反应……”

江安微微皱眉，尽管这番话听上去比较刺耳，却是现实，他必须得承认这人很有见解，颇有一针见血的犀利。其实他很清楚香港目前的困境，尽管他不愿意承认，但也真切地感觉到了深圳的崛起确实给香港带来了正面的冲击，而香港的房价在少数人的操纵之下，上涨的速度惊人，有失控的危险。

江氏名下也有房地产行业，并且涉及造船、酒店以及运输，现在正在拓展投资领域。江安看清了一个事实，深圳背后依托的是大陆庞大的市场和十几亿正在逐渐富裕起来的消费阶层，未来比香港的腾挪空间大多了。

不过香港的优势也很明显，世界领先的金融体系，世界一流的自由港口，以及更宽松的金融政策和全球认可的信誉，还有“高精尖”的制造业，等等，深圳想追赶上来，还需要很多年。香港GDP为1774亿美元，相当于大陆GDP的18.6%，而深圳GDP才1297亿元人民币，和香港的差距非常大。

第五十章

什么是财富

江阔也被里面的声音惊住，张大嘴巴看向了江安："是大郭还是小郭？"

江安摇了摇头："都不是，是不认识的声音。"

声音继续响起："1995年之后，美国掀起了互联网投资热潮，以雅虎为代表的各种网站吸引了欧美资金的疯狂追捧，各路财团纷纷从世界各地抽调资金去炒互联网概念股。在这样的大背景下，欧美财团纷纷出售自己位于东南亚地区的房产，组团套现退出。资金抽离，必然会引发连锁反应，泰国首当其冲，成了第一个受害者。原因是什么？泰国的公寓市场体系在管理上本来就非常特殊，禁止外国客户购买独立式房屋，它的公寓事实上就是面对外国投资者的投资型住宅，因此有很多楼盘都是由欧美财团直接整栋购买的。现在外国投资者出售的时候也纷纷整栋楼打包卖掉，而本地居民根本承受不起如此高昂的房价，这就意味着找不到接盘者了，于是房价断崖式暴跌。曼谷的房价在1997年当年就遭遇腰斩。"

"他说得很精确、很到位，他很厉害。"江阔小声说道，等了一会儿不见江安回应，她扭头一看，江安已经愣在当场了。

江安确实惊呆了，不知名人士的高谈阔论虽然有马后炮之嫌，但他对欧美市场的了解以及对东南亚金融危机的起源分析得入木三分，让人不得不暗暗佩服，江安忽然萌生了迫切想认识此人的想法，此人肯定是一个著名的经济学家，否则不会有如此让人叹服的分析。

"外资撤出引发房价下跌，并导致银行坏账，连锁反应使金融系统瘫痪，反过来这又会刺激外资加速出逃，并进而导致汇率暴贬。现在香港似乎还没有受到影响，但风起于青萍之末，浪成于微澜之间，根据香港近年来的发展态势和模式不难得到结论，再过一两个月，甚至最快到10月，危机绝对会蔓延到香港！"

江安再也忍不住了，尽管他很欣赏此人的理论，但不喜欢他说话时时而高昂、时而激愤的腔调，在听到他对香港得出的论断时，他不顾礼貌推门而入，脱口而出：“危言耸听！”

房间中的人顿时都惊呆了。

面积约50平方米的办公室里一共有四个人，三男一女，顶着一头花白头发、戴着老花镜的郭统用站在窗前，背负双手，脸色凝重地注视着中间的一名年轻人。

郭林选双手抱胸，一副好像刚睡醒的表情，瘫坐在沙发上，面无表情，双眼无神，还不时打哈欠。

一个身材清瘦、长相格外清丽的女孩站在中间年轻人的身边，一脸浅浅笑意，看向年轻人的目光中全是仰慕和敬佩。

而最中间的年轻人，上身穿白衬衣，下身穿七分裤，脚上穿凉鞋，凉鞋很新，但明显是劣质产品，是几块钱的地摊货。而眼镜的两只眼镜腿都缠了红绳，像受伤的胳膊打了绷带一样。

几人惊诧的目光同时投向了江安和江阔。

郭统用愣了一愣，回过神来，向前一步和江安握手：“欢迎江总。”

随后，郭统用为江安和江阔介绍了几人，沙发上的是郭林选，大名鼎鼎的深圳一哥。中间站立的年轻人叫江离，是罗湖区一家中学的历史老师。女孩叫何遇，是江离的同事。

江安为众人介绍了江阔，不过让他遗憾的是，在和江阔握手时，郭林选眉毛都没有动一下，一副漫不经心的样子，对江阔的美丽和端庄视而不见。

原来不是什么著名的经济学家，只是一个小小的中学老师，教的还是历史，江安顿时心生鄙夷之意：“刚才在外面听到江老师的高见，我有不同的看法，想请江老师指点一二。”

江离推了推眼镜，嘻嘻一笑：“江总想反驳我的观点就明说，我这个人最大的优点就是乐意接受反驳，并且喜欢辩论。”

“好，既然如此，我就不客气了。”江安朝郭统用歉意一笑，擦了擦他的金丝眼镜，笑道，“香港和东南亚国家不同，一是香港的体制很健全，金融市场良性有序；二是香港人民对香港充满信心，并且香港没有那么多针对外国投资商的专用楼盘，而且香港的金融系统这么多年来一直非常健康，我认为，香港不会被东南亚的金融危机波及。”

“江总的话也有几分道理，不过江总过于乐观了，只看到了香港的优势，没有留意香港的不足……严重不足！”江离拿起水杯，喝了一口水，“我们都姓江，500年前是一家人，所以我们就事论事，不要伤了和气，呵呵。”

江安勉强笑了笑。

“从深圳建市，香港就开始向大陆主要是深圳转移制造业，到今年为止，香港的制造业差不多全部搬离了香港，大多数转移到了深圳、东莞，香港现在的主要产业是金融、房地产、运输、酒店、专业服务和旅游等，不知道江总有没有发现，以上的产业都有一个共同的特征？”

“什么特征？”江安被江离问住了，他还真没有深思过这个问题。

“不产生财富，只分配财富！”江离虽然教的是历史，但他对经济的兴趣远大于历史，不过他在研究历史时发现了经济规律，也算是意外收获了，“或者说，中国香港的产业和东南亚四国的产业陷入了同样的陷阱——产业空心化陷阱！”

“产业空心化？”江阔被江离的理论引发了好奇之心，平心而论，她一开始也有几分轻视江离，尽管之前在门口被江离的理论震惊了，但见到江离本人之后，不可避免地被他的形象影响了打分，犯了几乎所有人都会犯下的以貌取人的错误。

“是的，许多人认为金融、物流、专业服务等行业是最高级别的行业，比起制造业来说，赚钱来得快，又轻松，是财富的再分配，但许多人往往忽视了一点，我们所认为的财富是什么？又从何而来？”江离侃侃而谈，面对江安和江阔，以及郭统用和郭林选，毫不怯场，只管毫无保留地发表自己的看法，“财富是物质，是实体。房子是财富，手机是财富，汽车是财富，如果继续前进一步，欲望是财富，期望值也是财富。欲望是财富体现在服务上，期望值是财富体现在股市上。但所有财富的基础是什么？还是实体。先别跟我讲超级富豪的财富观，对于拥有几十栋大楼和私人飞机的超级富豪来说，财富只是数字，只是权力和话语权，而我们讨论的是普通人的财富，普通人的财富都建立在满足生存之上，也就是实体和物质。”

“我理解你对财富的理解，但并不认同香港产业空心化的说法。”江阔很看好香港的发展和未来，“香港是向深圳转移了大量制造业，现在的香港确实没有什么制造业了，但你知道香港的GDP是深圳的多少倍吗？”

“我知道，我当然知道。”江离笑了，“香港GDP为1774亿美元，而深圳GDP为1297亿元人民币，按照美元兑换人民币的汇率计算，香港相当于11.2个深圳。”

“十几倍的差距，以香港现在的增长速度和深圳的增长速度，恐怕100年后，香港还是比深圳强大。”江安的话里不免带了一丝得意的味道，他很是不满江离对香港的结论。

“我并不想讨论深圳能不能超过香港的命题，我只想说说我对财富的理解以及对香港是不是会受到东南亚金融危机波及的看法。”江离谦虚地笑了笑，但语气一点儿也不谦虚，“我还是坚持我的观点，香港因为产业空心化，缺少实业的支撑，受到东南亚金融危机的波及只是早晚的事情，最早10月，最晚明年年初，香港的房价会下跌，外资会出逃，港币会贬值……”

江安摇了摇头：“我还是坚持刚才的观点，送江先生四个字——危言耸听。”

“中国GDP增长速度持续加速下降，1996年，增速是9.9%，今年的数据还没有出来，预计至少会降低0.5个百分点，甚至1个百分点。至于明年，恐怕会下降得更多。”江离叹息一声，摇了摇头，一副忧国忧民的表情，“位卑未敢忘忧国，可惜我人微言轻，也就是郭总赏识我，愿意听我信口开河，别人都觉得我是胡说八道。历史上，有许多被人认为是危言耸听的言论，后来被证实了预见性。大多时候，准确的预见是一名优秀的经济学家与生俱来的天赋，只不过和他具有同样高度和前瞻性的天才太少了。同样，准确的预见，也是一名伟大的企业家必须具备的能力。”

郭统用见对立的气氛渐浓，忙呵呵一笑：“好了好了，今天的务虚到此为止，下面谈务实的事情。江离是我特意请到公司为林选上课的老师，林选，你是不是该和江老师去上课了？”

第五十一章

论战

郭林选依然瘫坐在沙发上不起身，懒洋洋地打了一个哈欠："爸，你就会折腾我，上什么课？从小到大，我被你上的课、被学校上的课，还有被大大小小的正经和不正经人物上的课还少吗？我现在不想上江老师的课，想上江总的课，成不成？"

郭统用愣了一愣，一脸尴尬："成，成，你只要愿意上课，上谁的课都行。不好意思江老师，下次再请你过来。"

江离好像没听懂郭统用的逐客令一样，嘻嘻一笑："反正我今天已经请假了，左右没事，也听听江总的课，多受教受教，好提高自己的见识。"

江安心想：江离怎么这么不懂事？明显是别人的谈话不想他在场，他非要耍赖不走，太没眼色了。他正要开口说些什么，郭林选却腾地站起来，揽住了江离的肩膀："江老师的无赖颇有我的风采，我喜欢，你留下，等下我们一起去吃饭，我请客，好好聊聊上次在'当年明月'的偶遇。"

"啊？"江离顿时涨红了脸，不知所措地搓了搓手，"我以为你上次没记住我，原来你没忘。"

江离是郭统用在参加一次教育局的宴会时认识的，当时江离作为学校重点培养的老师被介绍给各位嘉宾认识。郭统用一开始对江离没什么印象，如郭统用一样的人物，参加了太多宴会，见多了各行各业形形色色的人，大多数见过即忘，不会再有任何交集。

郭统用和江离同桌，江离先是沉默地吃饭，后来饭桌上有一个人高谈阔论，说到了东南亚的金融危机对深圳的影响，正说得唾沫横飞时，江离用三句话反驳得他哑口无言，当场下不来台，最后拂袖而去。

三句话，句句正中郭统用下怀。郭统用本想中途退席，却临时决定留下来，和江离聊了起来。一聊就一发不可收，他深深被江离的见解折服，不因江离比他小了20多岁而轻视他。

后来郭统用请江离来了善来集团一趟，再深聊一次之后决定让江离担任郭林选经济方面的顾问，每周为郭林选上一次课，费用是500元。江离自然乐意，有人赏识他的见解还付费给他，对他来说是天大的好事。他和同事讨论经济形势时，往往会被同事揶揄或是嘲笑，说他一个历史老师谈论什么经济，就和体育老师非要教数学一样，不是贻笑大方吗？

难得遇到赞同他的理念者，江离大为开心之余，也十分珍惜和郭统用的交情。

今天是第一次见郭林选，一见之后顿时大吃一惊，他这才知道郭林选竟然是上次在“当年明月”和他们大打出手的深圳一哥。

江离当时只记住了郭林选深圳一哥的外号，他的大名和他的来历，虽然当时听到了，但他没有往心里去，后来就忘得差不多了。谁知不是冤家不碰头，居然再次相遇，他还是自己送上门来的，江离有苦说不出。

江离暗中观察了郭林选半天，见他没什么反应，以为他没有认出自己，就慢慢恢复了胆子，开始大讲特讲。不料他还是高兴得太早了，郭林选居然还记得他。

“你知道深圳一哥最厉害的地方是什么吗？”郭林选揽着江离的肩膀，不让江离脱身，“不是泡妞，而是过目不忘。放心，忘不了你，更忘不了何潮那小子。”

江阔大吃一惊，郭林选怎么也认识何潮？

江安并没有听到郭林选和江离的对话，他和郭统用在一边小声交谈了几句，随后二人坐在了沙发上，开始正式交谈。显然二人已经达成了共识，不再避讳江离和何遇。

不知为何，江阔对何遇印象很好，第一眼见到她就觉得她很干净、很简单，她冲何遇招了招手，示意何遇坐在她的旁边。何遇看了一下江离，见江离被郭林选抱得很紧，就放心地坐在了江阔的身旁。

“今天都不是外人，我就有话直说了。”郭统用点燃了一支烟，抽了一口，见郭林选皱了皱眉，他忙深吸一口，随后掐灭了烟，“有女士在，就不抽了。善来集团发展到今天，遇到了两个瓶颈，一是集团发展方向的瓶颈，二是接班人瓶颈。”

江离被郭林选抱住，想脱身却不能，只能尴尬地小声说道：“你放开一些，郭总讲话，我得坐正一些才显得尊重。”

郭林选放开了江离，郑重地拍了拍江离的肩膀：“不要怕，有我罩着你，老郭不会为难你。他是爱才惜才，但他平生最怕，也最迁就的人是我，明白不？”

“明白，明白。”江离苦笑着点了点头。

虽然不知道江离和郭林选之间发生了什么，不过从二人相处的样子可以看出，二人肯定有事。江阔有心问问何遇，又觉得不妥，只好按捺住好奇心，悄悄向江离和郭林选多看了几眼。

江安并未注意到江阔的心思，也没在意郭林选和江离的互动，他沉吟了片刻，端起茶杯又放下：“我还以为郭总只是想挑选一名优秀的CEO，没想到郭总还有意调整善来集团的发展方向。深圳的房地产行业方兴未艾，正是好时机，郭总为什么要放弃房地产行业？”

郭统用一愣，随即笑了：“江总误会我了，可能是我表述不清，善来集团接下来肯定会继续发展房地产，所谓的方向瓶颈，是我现在有些犹豫到底是继续开发商品房项目，还是效仿江氏集团，发展商业地产和文化地产。”

江安眼前一亮，郭统用的想法正中他的下怀：“自然是着重开发商业地产和文化地产了！像美国的西蒙集团，在美国本土拥有100多处物业，其中包括几十个区域性购物中心、50多个名牌折扣中心、8个大都会购物中心、2个社区服务中心以及6个其他零售资产，在美国有着不可撼动的位置，主要是它的发展策略十分成功，主要的核心战略是‘大规模扩张+多种业态的经营+聪明的品牌管理’。

“香港的商业地产就是江氏了，江氏的商用物业占60%～70%，出售型的住宅物业占30%～40%。商业物业可以长期持有，收取源源不断的租金，并且不断地提升企业的品牌形象，从而开发下一个综合商业体，比起住宅地产一次出售之后再也没有后续收益好了许多。”

郭统用不置可否地笑了笑：“林选，你有什么想法？”

“在座的要么是前辈，要么是港商，最不济也是老师，我怎么敢有想法？”郭林选眉毛一扬，目光忽然落在了江阔的脸上，“江妹妹人漂亮，气质端庄，肯定有非凡的见解，请江妹妹为我上课。”

江阔突然被点名，有些意外，又有些愠怒，主要是郭林选的语气太轻佻，她有心不理，却见江安朝她连使眼色，她不由得耐着性子点了点头：“美国和中国香港的商业地产确实非常成功，但中国深圳和美国以及中国香港不同，不管是整体经济总量还是消费者的消费理念，都有很大的差距，所以现阶段将重心转移到商业地产上，不是明智之举。”

江安心中有气，原本指望江阔顺着他的话往下说，可以诱导郭统用走他安排的商业之路，如此可以更好地控制善来集团，江阔偏偏和他唱反调。他不由得冷哼一声："江阔在公司内部只负责投资业务，对江氏发展的大方向并不十分了解，再加上她身为女性容易情绪化，这会导致判断失误，她的看法不够全面，高度也有所欠缺，郭总不必放在心上。"

江阔很不满地瞪了江安一眼："我的话还没有说完，你急什么？我的意思是，郭总现在可以着手布局商业地产，但要有足够的耐心，就像雀巢当初进入中国一样，1990年先在东北的一个偏远小城双城开始建厂，从手把手教当地农民养育奶牛开始，第一步解决奶源问题。因为雀巢的优势是咖啡和奶粉，但是1990年，除了香港，整个中国还没有饮用咖啡的习惯，因此雀巢才从奶制品着手，先养奶牛。所有伟大的公司都有一个共性，就是耐心，就是培育消费习惯。同样的公司还有肯德基，1987年11月12日，在北京的前门，肯德基在中国内地的第一家餐厅正式开业。为了打开中国市场，肯德基总部任命负责中国事务的远东地区总裁是在中国出生，在美国长大的华人。在中国，许多人知道肯德基，却不知道麦当劳，实际上在美国，麦当劳比肯德基更受欢迎，但肯德基比麦当劳更重视中国市场，提前三年来到中国……"

"三年后，1990年10月8日，中国内地第一家麦当劳餐厅在深圳市罗湖区东门商业步行街开业……"郭林选坐直身子，伸了伸懒腰，"我知道麦当劳在美国比肯德基有名多了，但肯德基在中国先入为主，麦当劳虽然只晚了3年，但想在中国赶上肯德基，恐怕至少得需要10年。"

第五十二章

先烈和先驱

“不，我认为再过20年麦当劳也未必能超越肯德基在中国的市场份额。”江离忍不住又开口了，“人都有味觉记忆，一旦形成了记忆，就很难更改。所以我们总是认为母亲的饭菜最好吃，是因为我们吃母亲的饭菜长大，先入为主，形成了最初的味觉记忆，并不是真的因为好吃。对于改革开放之后刚刚打开国门的中国人来说，任何最先进入的品牌，都会形成类似于味觉记忆一样的惯性认可，惯性认可只要形成，就会影响一生，包括对品牌的认知。除了肯德基，还有大众汽车、柯达相机、爱普生打印机，等等。我想小江总的意思是，郭总可以像雀巢一样，先慢慢布局，不着急马上调整重心到商业地产上来，而是先让消费者对善来集团形成惯性认可，是不是小江总？”

“叫我江阔就行。”江阔点了点头，“是的，现在开始调整重心的话，快了三步，在消费者的消费习惯和消费能力还没有形成之前就下注进来，战线会拉得很长。快人三步，会成为先烈。快人一步，才是先驱。”

郭统用明白了江阔的意思，他看向江离：“江离你也是一样的看法？”

江离回身看了郭林选一眼，怯怯地说道：“我能说实话吗？”

郭林选大笑：“看你吓的，我又不吃人。能，你尽管说。”

江离又看了看江安：“对不起了，江总，我不是故意反对你，我只是就事论事，不好意思，我的看法和你正好相反，善来集团不要调整方向，也不必像江阔所说的先行布局，慢慢深耕商业地产……善来集团只管埋头住宅地产，也就是我们常说的商品房就足够了。”

“为什么？”江安和郭统用异口同声，二人都是一脸不解的表情。

江安的不解之中还有几分不满，不过他掩饰得很好，眼中的不满之意一闪而过。

“有两方面的原因，一是善来集团在住宅地产方面的开发经验很成熟，轻车熟路，目前储备的地块，也非常适合开发商品房住宅，而且可以预见的是，未来几年，深圳的房价还会一路上涨，不过我要强调一句，深圳的房价上涨和香港的房价上涨是完全不同的性质，深圳的房价上涨是因为深圳是一个移民城市，外来者大量涌入造成了刚性需求，香港的房价上涨，却有着错综复杂的原因，更多的是人为的商业因素。术业有专攻，要做就做专业的事情并且持之以恒。二是善来集团不具备开发商业地产的实力，请注意，我说的不是硬实力，是软实力，善来集团资金雄厚，但人才不足，商业地产需要大量的中高层管理人员，以善来集团的现状来看，接班人问题是制约公司进一步发展的最大问题……”

郭林选打断了江离的话：“别看我，我不想听你们讲什么大道理，我才不想当什么接班人，多没意思，成天算来算去，忙来忙去，一点儿玩的时间都没有。江离江老师说得没错，爸，继续开发住宅地产好了，您老身体还挺不错，再坚持个二十年，我也四十多岁了，可以和您一起退休了。”

郭统用被气笑了：“你就当一辈子窝囊废？”

“这不叫窝囊废，叫米虫。”郭林选双手抱头朝后一靠，色眯眯地瞄了江阔一眼，“我这辈子最大的梦想就是身上有钱、手中有酒、身边有妞、天下有朋友。”

“其实问题很好解决……”江安强压心中的不满，他后悔带江阔过来了，原本想让江阔给郭林选留下好印象，以便双管齐下，不想江阔居然站在了他的对立面，更让他气愤的是，突然冒出来的江离，不但口才不错，思路清晰，说话滴水不漏，还成了郭统用的座上宾，更是和郭林选打成了一片。

江离不除，他的大计难成，江安决心拿掉江离，不让江离留在郭统用身边影响他的谋局。

“郭总不是让我物色一个CEO吗？人选已经找到了，这是履历。”江安从公文包中拿出文件，递给了郭统用，“既然郭公子不愿意接管善来集团，也没什么可担心的，只要设计好股权结构，聘请优秀的职业经理人，一样可以继续带领善来集团前进，让更多优秀的人才替自己打工，才是优秀资本家的用人之道。请郭总相信我的眼光，聘请了宁英俊担任CEO，他会为善来集团挖来更多的中层优秀管理人才，再按照江阔的思路，耐心布局，先人一步，等消费者观念成熟以及市场时机来临时，中层管理人员已经全部到位，再大举进军商业地产，可以一举成功。保守估计，三到五年时间可以完成全部布局。”

郭统用翻看了几眼宁英俊的资料：“很亮眼，很不错，是个人才，什么时候约见一下？”

“随时可以。”江安心中一喜，只要让宁英俊担任了善来集团的CEO，他的计划就向成功迈进了一大步，就算有江离阻挠，也无济于事。

“你们谈得差不多了吧？我可以走了吗？不对，是我们。”郭林选一点儿也不在乎谁来担任善来集团的CEO。他早就按捺不住了，站了起来，扫了一眼江阔：“江阔，我和江离、何遇去吃饭，你要不要一起？听他们谈一些什么发展和谋略的沉重话题，会让人未老先衰，年轻人要有年轻人的朝气……”

江阔有心拒绝，她才不想和郭林选有什么纠葛，不料江安碰了碰她的胳膊，替她应了下来：“江阔，你和郭公子他们一起吧，你们年轻人多接触接触。”

江阔想反对也晚了，只好恨恨地瞪了江安一眼，起身跟随郭林选几人一起下楼。

地下停车场，一字排开停了五辆汽车，保时捷、法拉利、奔驰、宝马和宾利，郭林选从身上翻出一堆车钥匙，他先是打开一辆保时捷跑车，又关上了门，然后打开了宾利的车门，坐上了驾驶座：“还是四座车好，可以一车装下，两座跑车只适合泡妞。”

江离想坐后座，却被郭林选拉到了副驾驶，他只好硬着头皮坐下，小心翼翼地问道：“去哪里吃饭？郭公子，我下午还有课，简单吃点儿就行了。”

“你是我的老师，得请你吃大餐，怎么可能简单？”郭林选哈哈一笑，“下午的课不要去了，请假，我有重要的事情要和你商量。我们去吃‘鸿门宴’怎么样？”

“鸿门宴”就在“当年明月”的对面，一下车江离脸都白了，心知郭林选是有意旧事重提，今天的鸿门宴，怕是免不了一场刀光剑影。

郭林选显然是“鸿门宴”的常客，他一进门就扔了车钥匙，对穿着旗袍、笑意盈盈的迎宾小姐道：“茉莉，上山。”

茉莉脆生生应了一声，让人去泊车，一路小跑引领郭林选上了二楼，来到一个名叫“上山”的雅间。

雅间布置得很幽雅，也很安静，仿古风格，郭林选当仁不让地坐在了主位，一拍旁边的位置，让江离坐下，江阔和何遇坐在了对面。

上了菜，郭林选倒了满满一杯酒，双手举起：“来，江离老师，我敬你一杯。”

江离连连摆手：“我酒量不行，喝不了酒，又是中午，就更不能喝了。”

“我先干为敬。”郭林选一仰脖子一口喝干。

江离还想推辞，郭林选一口喝干了第二杯："第二杯，再次先干为敬，江离老师你随意。"

江离骑虎难下，何遇想替他喝酒，他一咬牙拒绝了，连喝两杯，呛得连连咳嗽。

江阔冷眼旁观，不动声色，在没有弄清二人之间的恩怨之前，她不便介入。

郭林选又和江离干了第三杯，见江离咬牙切齿地喝完，才放下酒杯，哈哈一笑："我这个人恩怨分明，上次的事情，都在三杯酒中，从此一笔勾销。不过我们的账算清了，和何潮的账还没完，何潮在哪里？"

"不知道，我也联系不上他，打他呼机，他不回。"江离不胜酒力，感觉胃里翻江倒海，何遇忙递过去热水，他连喝几口才压下呕吐之意，"我和夏正都在找他，怎么也找不到，很让人担心。"

"你也认识夏正？"江阔再也忍不住了，好奇心再次熊熊燃烧，"你们怎么都认识何潮？郭公子，你和何潮有什么过节？他抢你女朋友了？"

江阔原本是想开一句玩笑缓解一下紧张的气氛，话一说完，郭林选顿时愣住了，吓了她一跳。

"哈哈……"过了片刻，郭林选紧绷的脸突然释放了，他放声大笑，"要是他抢我女朋友还好说，我反正总有女朋友要甩掉，他要是愿意接盘，我高兴还来不及呢。他是当众落了我的面子，我深圳一哥在深圳纵横这么多年，还从来没有这么丢人过，不好好收拾他一顿，我深圳一哥的名号没法再叫了。"

何潮居然得罪了深圳一哥，江阔觉得既好笑又有趣："你打算怎么收拾他？"

第五十三章

被自己喜欢的东西所累

"还没想好，到时看心情。"郭林选和何遇碰了一杯，故作凶狠地说，"他有两个选择：一是收留我甩掉的所有前女友，也不多，有十几个；二是在深南大道上裸奔一圈，来一场不短于10公里的长跑。"

"扑哧……"江阔实在忍不住笑了，她对郭林选的印象大为改观，除了花心一些，爱玩，郭林选还真不是一个坏人，连惩罚何潮的方法都那么无赖，"你这不是收拾他，是奖励他。"

喝多了的江离现在才反应过来刚才江阔的问题："我当然认识夏正了，我和他是好哥们儿，我一直住在他家。"

江阔简单一说她和夏正认识的过程，江离开心地跳了起来。江离说起他被夏正从大街上捡到，再到收留了他，再到他找到工作后，现在依然住在夏正家里，因为夏正不舍得他走，他也不愿意离开。

说到夏正，郭林选来了兴趣，问到了夏良，可惜的是，江离只见过夏良一次，就是在"当年明月"唱歌的那一次，此后夏良再也没有出现过，夏正也很少和夏良见面，兄弟二人虽是亲兄弟，却各干各的，来往并不多。

几人越聊越投机，江阔也一改之前的态度，变得热络起来。在得知何遇和江离是在KTV认识并且何遇曾经是陪酒小妹时，她对何遇顿时高看一眼，当即敬了何遇一杯。在她看来，何遇坚强独立，有让人佩服的一面。

现在的何遇是江离的同事，教数学和物理。

何遇一直担心郭林选会对江离不利，接触下来她改变了看法，和江阔、江离一样，郭林选其实很好接近，是一个很真实的公子哥儿，除了有点放荡，本质上还是一个可交的朋友。

“江阔，你也认识曹启伦？”郭林选有些喝多了，醉眼蒙眬，“你有没有见过曹启伦的助理邹晨晨？一个肤白貌美大长腿的四川妹子。”

“没有，我从来没有见过他的助理。”江阔回忆了一下，她确实没见过曹启伦身边带有什么助理。

“哈哈，应该是他没有带给你看。实话告诉你们，我喜欢邹晨晨，在见她第一眼时我就知道我完了，遇到克星了，对别的女孩，我是逢场作戏，对她，我是一见钟情，是真爱，是着魔。”郭林选还要喝酒，被江离夺走了酒瓶，他又抢了过来，却发现没酒了，“我知道你哥江安其实是想撮合我们，江阔，你是挺漂亮的，而且既知性又有气质，简直就是完美，但我不喜欢完美的女人，任何事物一旦趋于完美就会衰败，花未全开月未圆，才是人间最好的味道。而且我也看出来了，你喜欢何潮。”

“我喜欢何潮？”江阔勇敢地迎向郭林选的目光，自认坦然而无惧，“我和他只见过几面，连深交都没有，我怎么会喜欢他？开玩笑。”

“我只见过邹晨晨一面，说过三句话，还是‘你好’‘谢谢’‘再见’，我就百分之百确定我喜欢她。喜欢没有缘由，也和见面次数没关系。”郭林选嘿嘿一笑，“要说投资，你可能比我懂得多，但说到男女关系，你差远了，我看人最准的地方就是能一眼看出谁喜欢谁更多一些。你的眼神出卖了你，提到何潮时，你瞳孔放大、呼吸急促，明显是既紧张又期待的表现，这就是喜欢。”

郭林选又一指何遇：“何遇和江离是一对恋人，正在开始阶段，还没有太深入，不过也快了，不用多久就会进入热恋。他们二人，何遇喜欢江离多一些，倒不是江离不够喜欢何遇，而是江离比何遇慢热。”

何遇难以置信地捂住了嘴巴，江离羞涩地嘿嘿直笑。

“江阔，喜欢何潮就大方地承认，喜欢一个人没错，爱也不分国界和身份地位。喜欢却不说出来，非要等对方表白，就大错特错了。你看中一家有潜力的公司，是主动投资，还是等对方上门？就算从商业策略的角度来说，对方上门你可以掌握更多的主动权，但也要释放出让对方知道你的意向的信号才行，否则谁会知道你的意图？”郭林选喝多了，习惯性地伸手去抓江阔的手，江阔不着痕迹地借拢头发躲开，他的手就顺势拍在了江离的肩膀上，“这样，你负责找到何潮的下落，找到后告诉我，我送何潮一份大礼。”

“你先说是什么大礼，我才决定要不要帮你找何潮。”江阔不为所动，以退为进，淡然一笑。

“大礼嘛……我想想。”郭林选歪头想了一想。他看向了江离：“江离你说，何潮最喜欢什么？现金、女人，还是房子、汽车？”

江离不傻，知道郭林选肯定是虚晃一枪，无功不受禄，就算何潮和郭林选是铁哥们儿、好朋友，郭林选也不会直接送他现金、女人或是房子、汽车，退一万步讲，就算送，何潮也不会要。他一直相信一句话，任何赠送的礼物，暗中早就标好了价格，世上哪有白拿的东西？

江离嘿嘿一笑：“何潮最喜欢事业，一哥是要送他一份事业？”

“好，这个好。”郭林选猛然一拍大腿，“我出钱成立一家公司，我当董事长，让他当CEO，天天为我打工，看我不折磨死他！他有苦说不出，就算一万个不情愿，也得拼命为我干活儿，哈哈哈哈，就这么定了，这主意好。江离，果然还是你有才。谁喜欢什么，就送他什么，让他被自己喜欢的东西所累，果然懂人性、通古今，从今天起，你就是我的老师兼军师。”

江离刚要摆手拒绝，就被郭林选抱住了，郭林选咬牙笑道：“你是理论派，何潮是行动派，你们两个真是一对活宝，好玩，好玩。上次的事情过后，我郁闷了很长时间，一直找不到你们，结果你们一个个主动上门了，真是开心，当浮一大白。来，再来两瓶。”

江离苦着脸向江阔求助，江阔装没看见，窃笑着扭头，何遇挺身而出，替江离挡了不少酒。郭林选小瞧了何遇，阴沟里翻船，陪酒生涯练就了惊人酒量的何遇最后灌得郭林选酩酊大醉。

一周后。

9月的岭南，浑然没有北京秋高气爽的舒适，依然炎热无比，比天气更炎热的是何潮几人热火朝天的干劲。一周以来，何潮和顾两、和仔平均每天送单十几件，每晚累得只要一躺下就瞬间入睡，从来不知失眠为何物。

周末一早，一周下来变得又黑又瘦的何潮挣扎几次起床失败，决定偷半天懒，多睡几个小时。同屋的顾两和和仔睡得正香，醒都没有醒来。

迷迷糊糊中刚闭上眼睛，就响起了急促的敲门声。何潮条件反射一样从床上一跃而起，几乎是以迅雷不及掩耳之势拉开了房门，眼睛都还没有完全睁开，下意识问道：“哪里取货？发往哪里？”

“啊！”郑小溪惊慌失措地惊叫一声，手中的早餐失手落地，她双手捂脸，羞涩满面，“你、你没穿衣服！”

何潮这才清醒过来，低头看了一眼，不慌不忙地捡起了掉在地上的早餐，还好，装在塑料袋里没有弄脏。早餐是豆浆和油条，豆浆是表姐现磨的，油条是表姐刚炸的，热气腾腾。

“明明穿了内裤，怎么叫没穿衣服？”何潮若无其事地收拾好地上的早餐，转身进门，“还能吃，不能浪费。对了，小溪，一个小时后开会。”

郑小溪面红过耳，低头应了一句，快速跑开了。

何潮摇了摇头，自嘲地一笑：“还好，还好，吓我一跳，表演过关。最近实在是太紧张了，竟然没穿衣服就开门了，幸亏是小溪，要是表姐就丢人丢大发了。”

何潮一边自言自语，一边进门，一回身，身后静静地站着顾两和和仔，二人闭着双眼，直直地站立，像两个死人。

“啊！”何潮大叫一声，扬手扔了手中的早餐，一下子跳了起来，“鬼啊！”

“噗！”二人同时笑出声来。

何潮大怒，拳打和仔，脚踢顾两：“好好的人不当，非要当僵尸，要吓死我是不是？你们僵尸电影看多了？”

尽管每天累得连说话的力气都没有了，但回来后，和仔总要看一部电影才睡。也不知道他从哪里弄来的录像带，全是香港的僵尸片，那些鬼哭狼嚎、阴森恐怖的情节，他看得津津有味，总被何潮和顾两鄙视，香港好电影那么多，为什么偏看吓人的僵尸片？

和仔的说法是僵尸比人可爱，傻傻的，憨憨的，不管做什么都直来直去，从来不会拐弯抹角，更不会暗中算计人，看上去恐怖可怕，其实简单直接，好对付得很。

和仔的说法倒也新鲜，何潮和顾两就不再鄙视和仔并不阳光的唯一爱好，他们还是更喜欢看武侠片和爱情片，以及成龙的电影，春节期间放映的《一个好人》，何潮连看了三遍。周星驰主演的《算死草》以及刘德华主演的《天地雄心》，他也非常喜欢。

电视剧，何潮最喜欢看TVB的《大时代》。

不过由于太累了，何潮和顾两又不像和仔一样精力旺盛，二人每天回来后基本上倒头便睡，就被和仔嘲笑二人一个是未老先衰，一个是太老了。

第五十四章

生活总有意外

其实何潮比和仔和顾两累多了，他们二人只是体力上过度消耗，而他则是体力和脑力的双重消耗。因为他不但要送货，还要计算每一单的送货时间，计算最优路线，以便下一次改进。更主要的是，他还要统计客户信息，分析客户所送货物的品牌、种类，从而得出哪一种品牌的电子产品最为畅销。

他还要为下一步小灵通的推出事先做好准备，不仅仅是搜集客户资源，还要预估一旦小灵通真的如预期一样火爆，他该怎么扩大经营，招兵买马。

未来的物流行业如何，他不得而知，也想象不到，但至少在现阶段，物流拼的还是人力。他的公司连他在内才三个送货员，面临着人手严重不足的困境。

顾两从地上捡起早餐，上面沾了土，他也不嫌弃，冲洗一下又摆到了桌子上："不睡了，开饭。"

几人草草吃过早饭，难得到现在还没有客户上门，他们叫来郑小溪，几人就围着桌子召开了一周一次的例会。

何潮端起大搪瓷茶缸喝了一口水，脸上流露出痛苦的表情，努力了半天才咽下去，他瞪了顾两一眼："老顾，以后不要泡这么浓的茶，太苦了。粗茶淡饭才是健康生活，懂不懂？"

"粗茶淡饭怎么成健康生活了？分明是因为穷才粗，才淡……"顾两喜欢喝浓茶，一泡半茶缸茶叶，他觉得浓茶可以让人在苦涩中感到清醒。

"我们现在难道不穷？"何潮喜欢一切清淡中和的东西，他始终认为过浓、过淡，都是极端，"茶叶虽然是表姐自家种的，免费让我们喝，我们也不能往死里喝不是？好好的凤凰单枞，硬生生让你泡出了茶根茶末的味道，真是服了你。"

顾两举双手投降："你是老大，你说什么都对。下面进入正题，请老大训话。"

“滚。”何潮笑骂了一句，将大茶缸推到一边，铺开一张报纸，从身上掏出了一把钱。顾两和和仔对视一眼，二人也都拿出了全部的收入。

几人清点了一下，一周以来的总收入为1015元，平均下来，每人每周赚了338元，每天48元。算起来，一个月会有4300多元，刨去房租和各项开支，剩余会有1000元左右。

“怎么样？第一周就赢利了，是不是更有信心了？”何潮将全部收入汇总，推到一边，“以后所有收入都交由小溪保管，我们只管收货、送货。这一周下来，都有什么心得体会，我们交流一下。”

和仔拍了拍桌子：“我先说，我先说。樟木头镇是没有深圳繁华，也没有深圳人多，但机会一点儿也不比深圳少，而且前景也很好，我干劲十足。唯一的不好是，住宿条件太差了，主要是顾两打呼噜太响，不但打呼噜，还说梦话、磨牙，太烦人了，我恨不得掐死他。”

“嘿嘿，嘿嘿嘿嘿……”顾两不好意思地摸着下巴笑了，“今晚我就在院子里支一张床，睡外面。”

“行了，别闹了。”何潮摆了摆手，“都将就一下，创业不是请客吃饭，是艰苦奋斗。该你说了，顾两。”

顾两想了想：“实践证明，成立物流公司是一条切实可行的创业之路。实战证明，我们从事物流行业，是正确的选择。”

和仔一掌拍在桌子上：“顾两，说人话。”

顾两哈哈一笑：“我是说，这份事业至少可以养活我们自己，但接下来怎么扩张，走规模化发展之路，我还没有想法，得听听何哥的规划。”

何潮很赖皮地双手一摊：“我也没有规划，走一步算一步了。”

顾两不相信：“以我对你的了解，肯定早就规划好了每一步，别骗我，我特别好骗，你说什么我信什么。”

何潮神秘地笑了笑：“才刚刚开始一周，要说有什么规划也是纸上谈兵，物流行业，表面上看是一个并不复杂的行业，无非接货、送货，但实际上，从建立客户群到建成关系网，再到打通所有渠道，完成全方位的布局，至少需要三年。”

“这么说，何哥心中是有一个三年规划了？”顾两凑了过来，“说出来让我开心一下，鼓舞一下军心。”

“不说。”何潮坚决摇头，他是有规划，不过并不是那么清晰，“先制订一个短期计划：每周开一次会，总结一下进展和失误。每月开一个下月计划会议，规划下个月的主要工作方向。好了，散会，继续送货，争取每天都有新的突破。”

郑小溪一直没说话，眨动眼睛看着何潮，神思有些恍惚，不知道在想些什么。

转眼就到了9月底。

傍晚，劳累了一天的何潮、顾两和和仔陆续收工回来，几人趁黑在院子里冲凉。郑小溪陪表姐出去办事了，家里只剩下几个男人外加表姐的儿子张平旭。虽然马上到10月了，南国的夏天依然迟迟不肯离开，秋天还没有到来。

几人穿着短裤，拎着水管，互相为对方冲洗。冲来冲去就变成了打闹，张平旭也加入了战团，不知道从哪里拿来一把水枪，对几人扫射。顾两一时兴起，和张平旭打成了一团。

和仔鄙夷地撇了撇嘴：“老顾都多大了，怎么还和小屁孩玩？真没出息。”

何潮却能体会顾两对张平旭的喜欢：“如果他不是生意失败，婚姻不顺，他的孩子也有这么大了。人到了一定年纪，都会喜欢小孩子的。”

和仔摇头：“不信。我就算七老八十了，也不会喜欢小孩，太吵、太烦人了。”他忽然想起了什么，左右看了看，小声问道，“我现在光着身子冲凉没事儿吧？反正表姐和小溪都不在。”

“随便你。”何潮懒懒地回应了一句，他晒黑了许多，也结实了许多，洗完了，凉风一吹，感觉有些疲惫，就坐在了竹椅上，“赶紧洗几下，估计她们也快回来了。”

和仔欢呼一声，脱掉了短裤，盛了满满一脸盆水，当头倒下。无数水花奔流而下，在他的身上流淌成一首欢快的歌。

只是这首歌只唱了一句就戛然而止！

门“吱呀”一响，一道手电光柱照来，无巧不成书，光柱正照在和仔的身上，同时一道女声响起：“何潮在吗？”

何潮几人所住的房子，原本是按照前店后厂的格局设计的，后来因为大多数房间租给了附近工厂的打工者，就变成了前店后院的格局。原本预留用来建厂的地方，都被围起来，形成了院子。

正常情况下，想进入院子，先要从房子前面进入，穿过房间才能来到后院。所以何潮几人才会认为不会有人打扰，他们已经锁上了房门。

不过由于表姐的房子是连排成片的格局，可以从旁边房子的院子来到他们的院子。一个月来，何潮几人早出晚归，不知道隔壁住的是什么人，从来没有来往过，甚至没有见过一面，对隔壁的邻居也没有什么提防。

院子里除了有一个门直通房间，还有一个侧门和隔壁相通。侧门从何潮几人来后就一直上锁，从来没有打开过，几人就想当然地认为侧门永远不会打开。

和仔先是一愣，随即跳了起来，双手捂住要害部位，躲到了一棵荔枝树后面：“谁？谁呀？快关了手电，私人物品，非请勿看。”

何潮却听出了来人是谁，不敢相信：“王阿姨？”

“是我，是我。”王阿姨晃动着手电，声音越来越近。她不屑地“哼”了一声：“和仔你别躲，刚才我都看见了，没什么可看的，男人都一样，你也不特殊。”

和仔躲在树后不敢出来：“王阿姨，怎么是你？你刚才真的都看见了？离这么远，你眼神有这么好？我不信。”

“信不信由你。”王阿姨哈哈一笑。她来到何潮面前，手电上下照了何潮几下：“瘦了，黑了，也壮了，可以，很努力、很上进，是个好小伙子。该吃苦的年龄，不能安逸，要不在该安逸的年龄时再吃苦，就有罪受了。”

“何潮，看看我的新裙子好看不？”

何潮伸手挡住王阿姨的手电光，光线太刺眼，他看不清王阿姨的样子，更不知道王阿姨的身后还跟了一人，直到卫力丹的声音突然响起。

随后卫力丹像一只蝴蝶一样跳了出来，闪现在何潮的面前，她穿了一身鹅黄色连衣裙，留了马尾辫，头上还戴了一顶俏皮的黑色帽子，就如暗夜之中一朵闪亮的夜来香，展现迷人的美丽，绽放醉人的香气。

“力丹！”何潮惊喜之下，一把抓住了卫力丹的手，“正有事情要和你商量，你就来了，简直是太好了，心有灵犀一点通。”

卫力丹甜甜一笑，注意到了何潮光着上身只穿了一条短裤的形象，而且浑身湿透，不由得脸一红，挣脱了何潮的双手，背过身去：“你穿上衣服，真不雅观。”

“王阿姨，你快灭了手电筒，闪到一边儿去，别偷看我穿衣服。”和仔躲在树后不敢出来。他急得跳脚：“还有你，力丹，都离远一点儿。我和仔不是随便的人，你们给再多钱，我也不出卖自己。”

第五十五章

意外之外也有惊喜

“呸！”卫力丹脸红过耳，转身就走，“自恋狂，谁愿意看臭男人，白给……不，给钱都不看。”

等何潮、和仔和顾两都换好衣服后，张平旭还是只穿了一条内裤跑来跑去。他不认生，对卫力丹大感兴趣，围着卫力丹转个不停，还夸卫力丹好看。

“姐姐你真好看，身材真好，一定有很多男朋友吧！”

“姐姐你千万别轻易答应他们，男人都一样，得不到的才是最好的，得到了，就不会珍惜了。”

“要不姐姐你等我长大好不好？我保证专一，对你一个人好，不会三心二意。”

“……”

张平旭一席像小大人一样的话，逗得几人笑个不停，顾两笑得前仰后合：“你个小家伙了不得，长大后肯定是一个泡妞高手，不定会骗得多少女孩子伤心流泪。你从哪里学来的这些？”

何潮摸了摸张平旭的脑袋：“是不是平常妈妈经常一个人说话，翻来覆去都是这些，你听多了也就记住了？”

张平旭乖巧地点了点头：“妈妈还说，漂亮的女孩子会骗人，帅气的男孩子会哄人，我们都会被外表迷惑，被自己喜欢的东西晃瞎了眼睛……”

几人不说话了，不约而同地想：表姐肯定经历了许多生活的波折才会生发这样的感慨。

寒暄过后，王阿姨拿出一份合同，拍在了何潮面前：“来，何潮，签字生效。阿姨答应给你的股份，肯定说到做到。你答应阿姨的事情，也不要忘了。”

何潮想推辞，顾两不由分说地拉着何潮签字并且按上了手印，嘿嘿一笑：“股权合作才是深度合作，才是保证长期合作的前提。不想要股权，就是不想承担相应的责任，何哥，你不是一个推卸责任的人。”

“能帮王阿姨的地方肯定会义不容辞……”何潮还想再说几句什么，却被王阿姨打断了。

“你能帮阿姨的地方有很多，出谋划策、照顾力丹，等等，当然，主要是照顾力丹。顾两可以多帮我出谋划策，他是我的顾问。”王阿姨边说边拿出一个东西放在了何潮面前，语重心长地说道，“何潮，你是个好孩子，以前的事情过去就过去了，阿姨不想知道，更不想追究，不过既然过去了，最好和过去一刀两断。”

卫力丹急了，一把抢过王阿姨手中的东西，失声惊叫：“妈，你为什么偷看何潮的信息？”

何潮才看清二人争抢的东西是他的呼机，他惊叫一声：“修好了？”

“修好了。”卫力丹将呼机还给何潮，微微一笑，“不好意思，何潮，呼机修好后，收到了几十条信息。本来不该偷看你的信息，可是妈妈无意中看到了艾木发来的留言，好奇之下就全部翻看了一遍……”

艾木又有留言？何潮忙打开呼机查看，只看了几眼就惊呆了。

艾木的留言有五六条！

“我和历之飞确定了恋爱关系，何潮，希望你能祝福我们！说实话，在美国真的太寂寞了，没有国内热闹的氛围，也没有多少可以消遣的地方，很大，很空旷！我开始怀念国内的生活了。”

“历之飞也许不是我最想要的一个，但在美国的中国人不多，可供选择的更少，聊得来的，既是同学又是同龄人的异性朋友，就他一个！他真的只是没有选择的选择，在环境面前，个人的喜好真的不值一提。”

“我发现我还是无法全部投入，做不到对他像对你一样认真。何潮，你能体会我的心情吗？真的很难受、很为难、很困惑……”

“最近有些好转了，感觉似乎是适应了美国生活，也适应了历之飞，我想如果真的不再回国了，我可能真的会和他结婚，和别人相比，我还是觉得他足够包容我、迁就我。”

“何潮，你还在深圳吗？如果在深圳待不下去想回北京，和我说一声，我会找人帮你安排一份不错的工作。对了，一直忘了告诉你我在美国的电话，你可以随时打我手机+01–212–367–××××，希望可以听到你的消息。”

除了艾木的留言，还有江阔、江离、夏正和周安涌的留言。

江阔的留言最简短："速回电话！"

江离和夏正的留言完全一样，并且有三条："速回电话，有事找你。"

周安涌的留言，也有三条。

"何潮，最近我感触很多，深圳确实是一座充满奇迹的城市，但奇迹需要你遇到对的人才能做出对的事，在做对的事情的前提下，才有可能创造奇迹。期待和你一叙。"

"兄弟，你最近在哪里？怎么消失了？还在深圳吗？以我对你的了解，肯定还在深圳，我的手机号码和新呼号分别是1390231××××、1198×××，随时等候你的消息。"

"兄弟，你到底怎么了？这么久没有任何消息，我很担心你！你是好是坏说一声，好吗？不管出了什么事情，永远记住，你有一个只要你一转身就会在你身后的兄弟！"

何潮一条条翻看信息，一个多月的失联，肯定让关心他的人着急了。

最后还有两条何流的信息。

"哥，你好久没有来电话了，妈妈很担心你。爸爸嘴上不说，其实好几次明显想问你的状况，却没问出来。我看他憋得难受，就是故意不提，就气他！"

"哥，你给家里来个电话好不好？最近我工作得很不开心，想去深圳找你，你能不能收留我？"

何潮放下呼机，心中涌动着亲情、友情和曾经的爱情，艾木虽然远在美国，但在他心里从未远离。有一个多月没有和周安涌联系了，他不是没有想过和周安涌见上一面，但是想了几次又放弃了念头，他想先安稳下来再说，省得周安涌为他担心。以他对周安涌的了解，周安涌不但会担心他，还会劝他不要从事物流行业，甚至为他安排一份工作。

何潮并不希望妹妹前来深圳，妹妹的性格并不适合深圳过于浓厚的商业气氛和快节奏的工作生活，她还是适合待在石家庄，从事一份安稳的工作，过平静的生活。

收起呼机，何潮抬头一看才发现，众人都大眼瞪小眼地看着他，一言不发，他吓了一跳："怎么了这是？干吗都这样看我？我有这么帅吗？"

"你刚才的表情好奇怪……"和仔摸了摸脑袋，"一会儿傻笑，一会儿想哭，一会儿又好像要睡着一样……"

"不是要睡着，是迷离，是迷茫，是向往，是一往情深。"顾两纠正和仔的说法，摸了摸下巴，“让何潮傻笑的信息，多半是友情；让他想哭的信息，多半是亲情；让他迷茫和一往情深的信息，不用说，肯定是爱情。”

“何潮，你不是说要替我照顾力丹的吗？前女友都跑美国去了，怎么还藕断丝连？”王阿姨脸色一沉，故作不悦之色，“别怪阿姨生气，阿姨不喜欢拖泥带水的人。”

何潮顾左右而言他：“小溪怎么还没回来？钱都在她手里，我身上一分钱都没有，没法还力丹的维修费用。”

卫力丹用力一拍何潮的肩膀：“行了，别装了，我不会收你的钱，你答应送我的笔记本电脑得尽快兑现，工欲善其事，必先利其器，有了电脑，我才好投入工作之中，用电脑帮公司管理客户，统计收支账目并且汇总信息。”

卫力丹又冲王阿姨一瞪眼：“妈，你就不要乱点鸳鸯谱了，我和何潮没戏，他不是我喜欢的类型，我喜欢两种类型的男人，要么像和仔一样放荡不羁，要么像顾两一样成熟稳重，何潮半成熟，半放荡，最难受了，不喜欢。”

“你……”王阿姨气得不行，扬手要打，却被顾两抓住了胳膊。

顾两坐在王阿姨身边，几人围坐在一张八仙桌旁，他将王阿姨的胳膊放在桌子上：“王姐，年轻人的事情让年轻人自己处理，强扭的瓜不甜。虽然我知道你的性格，你就是想把瓜扭下来，不在乎瓜甜不甜。但现在有比扭瓜更重要的事情，来，说说你的连锁店进展到哪一步了？”

还是顾两了解王阿姨，一句话就让她立刻转移了兴趣点，马上滔滔不绝地说起了她生意上的最新进展。

搬进店铺之后，生意一开始确实受到了一定的影响，她通过条幅和广告单宣传，用一周时间成功地将大部分老顾客导流到了新店之中，还吸引了不少新顾客光临，开店第三周，就达到了收支平衡。现在，每天的盈利已经达到了之前摆摊的两倍多。

原本王阿姨不敢听从顾两的建议，将店铺抵押之后贷款开第二家连锁店，但见到每日现金流如此充足，胆子也大了起来，刚刚办理好了贷款手续，将店铺以及每天的流水用作抵押，贷款了20万元，在福田CBD选好一处地方，已经开始装修了。顺利的话，第二家连锁店半个月后开张。

现在的王阿姨充满了信心，力争在三年之后开20家店，五年之后，成立股份有限公司，并争取上市。上市后，再冲出深圳，开始进行全国范围布局。

第五十六章

优势

“怎么样？何潮，阿姨的动作比你快吧？”王阿姨一脸兴奋之意，“要论做生意，阿姨也许没有你们理论丰富，懂得多，但阿姨是个实干家，行动派，想到做到。我估算三个月后，至少能开三家连锁店。现在阿姨人手紧缺，你们这个什么利道物流，赶紧解散了，全部并入我的公司，我重新调整一下股权结构，你们人人都有股份。你们不是为我打工，是为自己打工！”

不得不说，王阿姨的话还真有一定的煽动性，可惜的是，何潮不为所动。

王阿姨不甘心，还想说服何潮：“你们一个月能赚多少钱？以后社会发展也许不再需要物流了，但不管社会发展到哪一步，人都需要吃饭，所以我的王姐肠粉永远有市场。”

王阿姨是一个优秀的生意人，何潮赞叹之余，也能理解王阿姨的迫切心理，她现在急需人手，对他们几人又无比信任，他们的加入绝对可以为她带来巨大的助力。只不过他真的不能放下刚刚起步的事业去帮助王阿姨，况且他对餐饮业并没有兴趣。

经过一个多月的运营，虽然很累，虽然他现在只是一个搬运工，而且他的利道物流在众多大大小小的物流公司中，不值一提，但他相信他已经摸到了物流行业的门槛，下一步就是扩大经营，脱颖而出不过是时间问题。

何潮并不想和王阿姨争辩物流和餐饮未来哪一个更有市场，餐饮是人类的生存刚需，永远有市场，但餐饮业也有市场饱和，就像每个人的胃口都是定量的一样。物流就不同了，至少到现在为止，他还远远没有看到物流市场的饱和。

“王阿姨，你知道深圳有多少家饭店吗？深圳和东莞的加在一起，有多少家物流公司吗？”何潮虽是问王阿姨，目光却看向了卫力丹。

他必须承认，今天的卫力丹特别漂亮，不但裙子得体，黑帽子也衬托得她肌肤胜雪，略施薄粉的她还抹了口红，并不浓，红而不艳，恰到好处，在并不明亮的昏黄灯光下，更显光彩照人。

所谓楼上看山，城头看雪，舟中看霞，月下看影，灯下看美人，何潮想起卫力丹对他的关照，想起在他最落魄的时候，若非她母女二人收留，他还不知道会沦落到何处，不由得心中微微激荡。

“力丹今天真漂亮。”顾两眼光老到，注意到了何潮的异样，笑得很猥琐，“就像以前是花骨朵，现在突然盛开了，马上就可以结果了。”

“你形容得不对……”和仔拍了拍何潮的肩膀，“何哥，力丹就像青苹果变成了红苹果，以前酸，现在甜，可以吃了。”

“吃你个头。”卫力丹听出了二人的调侃之意，脸上的红润一闪而过，她昂首挺胸，“我告诉你们，我和何潮真的不来电，你们别总是撮合我们，弄不好真出了什么事情，两个互相不喜欢的人因为别人的起哄在一起了，最后再因为别人的不起哄而分手，会很痛苦的……”

顾两和和仔面面相觑，说不出话来，力丹的话太有哲理了，他们都没想到力丹年纪轻轻，对感情的看法竟然这么透彻。

二人忽然想到了什么，同时看向王阿姨。

王阿姨愣了半天，忽然叹息一声：“丹丹你说得也对，妈妈就是前车之鉴，现在却想强加到你身上，是妈妈糊涂了，以后不管你了，你爱和谁在一起就和谁在一起，只要你开心快乐就好。”她抓住了何潮的手，“何潮，阿姨以后不管你们了。现在回到正题，你刚才的话是什么意思？”

何潮暗中长舒了一口气，一颗心落到了实处，只要王阿姨不撮合他和卫力丹，他就能全力以赴地投入事业之中：“深圳一共有多少家饭店我不知道，但大概可以推算出如阿姨的王姐肠粉店，少说也有上万家。而深圳和东莞的物流公司加在一起，也有几千家。表面上看，物流公司的竞争没有肠粉激烈，其实不是，肠粉店之间的竞争，价格并不是主要因素，因为一碗肠粉上下差价一元钱，不是顾客选择的决定性因素。”

第一次听何潮分析商业行为，王阿姨大感有趣，笑眯眯地问道：“决定性因素是什么？”

何潮嘿嘿一笑：“王阿姨考我，是吧？决定性因素是什么，你肯定比谁都清楚，当然是口感了。对顾客来说，直接入口的东西，只要味道好，对胃口，贵上一两元甚至十几元都是小问题，所以留存顾客，宣传是一方面，只要保证质量，保持稳定的口感，形成口碑效应，就会不断地吸引更多的顾客，日积月累就能形成规模效应。”

“说得很好，有见解，说到了点子上。”王阿姨连连点头，赞不绝口，不料后半句突然来了一个转折，“快赶上阿姨一半的水平了，再过三五年，就有可能超过阿姨了。”

和仔乐了：“王阿姨你太有才了，我要向你学习。”

顾两却不笑，一脸严肃：“何哥，接着说呀，我想听听你对物流行业的分析……”

说心里话，顾两表面上嘻嘻哈哈，每天浑浑噩噩，其实内心充满焦虑。他年纪不小了，没遇到何潮之前是想麻木自己，不去想明天。认识何潮之后，他重新点燃了对未来的向往。可是他对物流行业的前景并不看好，之所以留在何潮身边，是看好何潮的为人，是因为感觉何潮可以为他带来安全感和期许。

他很想亲耳听到何潮对物流行业的深度分析，以他多年的从商经历，他还是更看好实体行业，对于服务业的看法不是很积极，还是觉得太虚了，总觉得落不到实处。

“物流行业之间的竞争，至少现阶段就是价格上的竞争。”何潮经过一个多月的切身实战，再加上之前对物流行业的了解，结合之后有了自己的心得，“几千家物流公司，有的公司有自己的车队，有的公司人多，有的公司建立了不少站点，有的公司送货速度快，总之，各有各的优点，但都是在一种无序竞争的状态之下，还没有一家公司形成对其他公司的碾压性优势。因此，可以说现在的物流行业正处于群雄四起的时代，诸侯争霸的时代远远没有到来。”

顾两听明白了几分：“何哥，我们利道和别的公司相比，最大的竞争优势是什么？你怎么定位利道物流？”

此话一出，所有人都瞪大了眼睛看向何潮，就连卫力丹也是一脸凝重，摆出了洗耳恭听的架势。

何潮感觉自己就像聚焦于镁光灯下，压力大增，假装擦了一把汗：“你们这样好吗？这么多人围攻我一个，我会怯场的……”

出乎何潮意料的是，没有一人同情他，所有人的眼睛反倒瞪得更大了，他只好投降：“好，我说，我说还不行吗？利道的定位从一开始到现在都没有变，就是一个字——快！天下武功，唯快不破，物流也是，争分夺秒，快人一步，才能立于不败之地。当然，现在利道还没有处处快人一步的资本，只凭勤劳和汗水，怎么也快不过汽车和火车不是？所以利道的最大优势还没有机会呈现出来，至少要等半年。”

“为什么是半年？”和仔不解。

“因为至少需要半年，在路线规划上，我才能根据亲身实践做一个详细的方案出来，只有经过实践的方案，才具有可操作性。另一个主要的原因是至少要经过半年的资金积累，才有购买摩托车以及汽车等交通工具的财力，所以，嘿嘿……”何潮揉了一把脸，猛地端起茶缸喝了一大口浓茶，苦涩的味道让他咧了咧嘴，不过也提神了许多，“现在知道为什么我一直不敢规划未来了吧？想法有很多，方法也有不少，但一是缺少实践经验，二是没钱。如果谁能投资我一笔钱，我会立刻扩大经营，让利道迅速走上发展的快车道。”

“江阔姐姐可以投资你。”卫力丹眼前一亮，想起了什么，眼睛笑成了弯弯的月牙儿，“她喜欢你，肯定愿意投资你。除了江阔姐姐，小溪姐姐也可以投资你，她也是有钱人，家里有一栋楼。”

何潮摇了摇头：“我希望有一个更有远见、更理性的投资人和我合作，江阔人不错，但有点情绪化，而且她未必对物流感兴趣。小溪家里有钱，又不是她自己有钱，况且她并不是专业的投资人，也不懂投资。要和专业的人做专业的事情，我需要的是战略投资，而不是财务投资。”

王阿姨忽然叹息一声，抬头看了看挂在屋顶上的白炽灯：“现在的年轻人确实进步了不少，懂的比我们多多了。我是有了几十年时间一边卖肠粉一边学习，才积累了一些知识和想法，你们上几年大学就全部学到了。如果我当年也上过大学，现在说不定是中国肯德基的合伙人了。”

第五十七章

先定一个小目标

何潮双手放在王阿姨的肩膀上："王阿姨，现在你创业也来得及，中国还没有像国外一样的超级连锁餐饮品牌，比如肯德基、麦当劳、白城堡、Wendy's等，正是因为空白，才充满了各种可能。也许十几年后，王姐肠粉会红遍全国……"

他们又聊了一会儿前景，王阿姨现在对她的肠粉事业信心百倍，对何潮的物流事业却不太看好，她虽然不再劝说何潮解散利道加盟她的肠粉五年百店计划，却为何潮指出了一条明路——如果利道物流破产，她愿意收留和仔、顾两和郑小溪，至于何潮，最好找一份安稳的工作。以何潮的学历和能力，早晚可以当上CEO。

王阿姨原本是想明天过来看望何潮，后来一想白天还要在店里照顾生意，再加上明天有更重要的事情要处理，就临时决定连夜赶来，再连夜回去。

听说王阿姨要连夜回去，何潮不同意，现在已经错过了末班车，王阿姨雇一辆黑车回去的想法被他否定了，坐黑车太不安全了。他让王阿姨和卫力丹住在郑小溪的房间，明天一早回深圳。

王阿姨不想留宿，卫力丹却不想回去，她处处觉得新奇，正争执时，郑小溪和表姐回来了。

郑小溪喜出望外，说什么也不肯让卫力丹回去，表姐也劝王阿姨留下，再有顾两在一旁非说还要和王阿姨商量事情，王阿姨只好改变了主意。

表姐和王阿姨一见如故，得知王阿姨一个人拉扯卫力丹长大，更是对王阿姨多了好感，非要让王阿姨晚上和她一起住。

人太多，房间坐不下，几人来到外面的树下聊天。星光漫天，夜风习习，远处是汽车的轰鸣，近处是流水的叮咚，几人倒也自得其乐。

王阿姨坐在何潮的身边，见何潮有几分心不在焉，拿出一部手机递给何潮：

“想给谁打电话就赶紧打去，阿姨新买的手机，刚交了话费。”

一部NEC品牌的平板手机，市场价应该在2000元以上，何潮拿过手机看了几眼，又还给了王阿姨：“谢谢王阿姨，先不用了，都没有什么紧急的事情，等明天再说。”

何潮有几分感动，在手机话费高达每分钟几块钱的今天，能借你手机打电话的人，绝对是真朋友。他想起了周安涌只剩最后一张IC卡也要让他先打电话的往事，心想等明天一定给周安涌回一个电话，约一个时间见面，是该好好聊聊了。

听说王阿姨要开肠粉连锁店，表姐顿时表现出了极大的兴趣，为王阿姨提了不少建议，说到兴奋处，她还拉着王阿姨到她的厨房，要亲自做一道菜演示给王阿姨看，想让王阿姨的菜单上增加一道她的拿手菜品。

二人一走，郑小溪和卫力丹对视一眼，同时大笑。

郑小溪拍了拍胸口：“表姐虽然才比我大几岁，但是感觉像我妈一样严厉，她在的时候，我都不敢多说话。”

卫力丹吐了吐舌头，做了一个鬼脸：“我倒不是怕我妈，而是有些话不想让她听，她太爱唠叨了。不过科学家说，女人爱唠叨，会把心中的烦恼和不满发泄出去，有利于身心健康。”

“知道为什么女人一向比男人长寿吗？”顾两冷笑，笑完了，又摸了摸下巴，故作痛苦状。

“为什么？”卫力丹和郑小溪同时发问。

“因为男人都被女人唠叨死了……哈哈！”见二人上当，顾两抛出炸弹后，放声大笑。

不料卫力丹和郑小溪只是愣了一愣，随即同时翻了一个白眼。

何潮也笑：“力丹，你会编程吗？”

卫力丹坐在何潮对面，哼了一声：“你说呢？你是不是想说女人逻辑思维不如男人，编程肯定也不行？没错，程序员还是男生多，而且许多著名的软件确实是男性编写的，但我是特例，我迟早也能写出可以比肩OICQ、WPS97的知名软件，你信不信？”

“你也用OICQ？”和仔跳了起来，“你号码多少？我们加一下好友，我刚申请了一个号码，六位的，没多少好友。”

“等下再加，说正事呢，别打岔。”卫力丹奉送了和仔一个大大的白眼，“现在网速这么慢，网费又这么贵，平常谁会打开电脑上OICQ聊天？太费力气，太浪费了，还不如直接用手机和呼机交流方便。”

何潮不置可否地笑了笑，抬头仰望星空：“我倒觉得以后OICQ会很受欢迎，因为电脑普及的范围会越来越广。也不知道电脑和手机的兴起，会为人类带来什么样的进步。千百年来，科技是提升了许多，但生活质量并没有提高多少，或者说，生活方式并没有改变多少。我总觉得，电脑和手机，说不定会让人类的生活方式发生巨大的变化。”

“电脑和手机不会，汽车才会。”和仔双手在胸前比画开车的姿势，“我最大的梦想是买一辆丰田皇冠，风吹不着，雨淋不到。”

“然后开着皇冠送货是吧？”顾两调侃了一句。

“对呀，不然呢？”和仔奇怪地看向顾两，“如果买得起奔驰，我更愿意开着奔驰送货。”

“呵呵，你开得起奔驰的时候，怎么还会自己送货？”顾两含蓄地笑了，“贫穷总是会限制一个人的想象力。”

“贫穷会，所在的环境和个人经历，也会。”何潮的目光从几人脸上依次扫过，“既要有远大的理想，又要有脚踏实地的干劲，先定一个小目标，下周招聘几个送货员，现在我们掌握的客户资源已经足够支撑六七人的队伍了，必须招兵买马了。再定一个大目标，争取一个月后，赚够买一台笔记本电脑的钱，让力丹用来网络办公。”

“招人的事情我在行，我来办。”和仔跳了起来，“我手下兄弟有很多，只要我召唤，他们肯定都来投奔我。”

“好。”何潮开心地一拍和仔的肩膀，“挑几个肯吃苦、有拼劲的兄弟过来。”

“如果需要女孩子，我来找人。”郑小溪也站了起来，又摇头笑了，“估计现在不需要，女孩子送货还是比不了男孩子……哎呀，差点儿忘了一件重要的事情，刚才我和表姐出去办事，在银河北路路过樟木头医院时，恍惚中看到了一个人影……”

“啊！”和仔刚坐下，惊叫一声又站了起来，“你别吓人，大晚上的，别说什么鬼怪和僵尸，人吓人会死人的。”

郑小溪掩嘴而笑：“你想哪里去了？没想到和仔这么胆小，天天看僵尸电影，原来是假胆大。是有一个人影一闪而过，特别像辛有风。我还以为是错觉，跟上去，看到了她的背影，但是她走得很快，我没跟上。后来她拐到银河南路，转进小巷里，就不见了人影。”

“辛有风？”何潮不由得感到十分震惊，他并没有忘记庄能飞和辛有风，很久没有提起他们是有原因的，一来他最近一直在忙自己的事情，二来人海茫茫，也许终其一生都不会再见面了，三来他也没有时间去怨恨二人，“你确定没有看错？”

“不会看错，我当时还喊了一声，她明显停了一停，然后脚步更快了。”郑小溪回想了一下，又点了点头，“我认识她比认识你们还久，她刚来元希电子时，我们就认识了，肯定不会认错。樟木头镇反正不大，我明天再出去找找，不信找不到她。”

“不用了，明天继续工作，随她去吧。”何潮摇了摇头，“马上就到国庆节了，国庆期间许多工厂并不休息，正是我们加班加点干活儿的时候。”

是夜，卫力丹和郑小溪同睡一床，表姐和王阿姨同居一屋。

郑小溪躺在床上，睁大眼睛望着屋顶，昏黄的灯光从窗户照了进来，朦胧如月色。

“丹丹，睡了没有？”郑小溪没有睡意。

“没有，睡不着，认床。”卫力丹翻了一个身，穿短袖短裤的她在若隐若现的灯光中，粉嫩娇艳，“小溪，你说我和何潮到底合适不合适？”

“说不好。”郑小溪也侧身过来，和卫力丹面对面，她咬了咬嘴唇，“我觉得吧，江阔姐姐可能更适合何潮哥哥。”

“你呢？你喜欢不喜欢何潮？”卫力丹眨了眨眼睛。

“嗯……”郑小溪歪着头想了一想，脸忽然红了一下，“其实我最早喜欢的是周安涌。从小爸爸就对我说，大学生都很厉害，很了不起，是时代的精英，所以我一直对大学生有好感。周安涌是大学生，又来自北方，长得帅，干净、大方、阳光，可是后来他突然就不见了，也不和我联系，我很生气，但还是放不下他。我跟何潮一起创业，其实有很大一部分原因是觉得和何潮在一起，早晚还会再见到周安涌。”

“现在呢？”

“现在有一点点喜欢何潮，但只是普通的喜欢，不是男女间的喜欢……你是不是特别喜欢何潮？”郑小溪嘻嘻一笑，推了卫力丹一把，“王阿姨完全拿何哥当女婿一样看待。”

第五十八章

招兵买马

“我也不知道……”卫力丹咬了咬手指，忽然一副如释重负的样子，“算了，不想那么多了，现在何潮正在创业，他也没有心思谈恋爱，我还在上学，而且又在利道物流兼职，既没有闲心，又没有心情，是吧？”

“万一何潮真的爱上了江阔呢？”郑小溪想起江阔和何潮在一起时的举止，“江姐姐可能真的喜欢何潮。”

“江阔对何潮只是爱惜他的才华，才不会喜欢他的人，他们完全就是两个世界的人，江阔可是千金小姐！”卫力丹撇了撇嘴，一脸不屑，“江阔怎么可能看上何潮？何潮可什么都没有。”

“你说这话违心不？”郑小溪嘻嘻一笑，看出了卫力丹的心虚，“莫欺少年穷，懂不？江阔是大小姐不假，何潮却不会永远是穷小子。我家里还有一栋楼呢，可是我在周安涌面前，一点儿自信也没有。女孩子真喜欢上一个人的时候，她才不会在意他的出身，只会在意他的感受。”

卫力丹紧咬嘴唇，犹豫了半天：“好吧，你说对了，我是怕万一我喜欢上了何潮，而何潮喜欢江阔，我竞争不过江阔该有多丢人，多没面子，所以宁可先不喜欢他，这样不就没有烦恼了。好了，不说了，睡了。”

“不对，还有一件事情……”卫力丹刚闭上眼睛，又猛然睁开，“周安涌好像有女朋友了，叫……海之心，对，就是海之心，上次在华强北我见到了，长得挺漂亮，也挺洋气，就是新潮，和他挺配。啊，我不是说你和他不配，是他好像真的喜欢海之心。”

“没关系，我喜欢他，并不是要他也喜欢我，甚至不用让他知道，是我自己的事情。”郑小溪淡淡地回了一句，闭上眼睛，“我困了，睡吧。”

次日一早，王阿姨要回深圳，卫力丹留了下来，她国庆放假，决定在樟木头留几天，熟悉一下环境，整理一下账目，也算是真正地开始工作。让人意想不到的是，表姐要和王阿姨一起去深圳。

“我提了几个建议，还贡献了几道拿手的配菜，王阿姨都采纳了。我决定实地考察一下，如果条件合适，我可能会投资王阿姨的王姐肠粉。”表姐快人快语，毫不掩饰她的开心，“当然了，条件不合适，没谈妥的话，也不会投资。”

王阿姨笑而不语，等表姐说完，她才对何潮说道：“何潮，你真是阿姨的福星，先是顾两出主意，阿姨开了第一家连锁，现在又遇到了第一个投资人，两个机遇都是你带来的。如果阿姨和小怀的合作真的成了，阿姨一定要好好谢谢你。”

“不用谢我，自助者天助，要谢就谢自己。”何潮才不居功，他也很高兴看到王阿姨和表姐有望达成的合作，“等你们合作成功时，请我们公司所有人吃一顿肠粉就可以了。”

“好，一言为定。”王阿姨和表姐高兴地走了。

何潮刚交代卫力丹几句工作上的事情，就又接到了几个单子，他和顾两、和仔三人同时出动前去送货。忙了一上午回来后，郑小溪和卫力丹已经准备好了热乎乎的饭菜。

“丹丹就是不一样。”吃饭的时候，郑小溪对卫力丹赞不绝口，“她先是打印了几份招聘启事，在招聘启事上又打上了公司广告，接下来申请安装固定电话，还印制了公司名片。启事刚贴出去，就接到了应聘电话，有三个人应聘送货员，我让他们下午三点过来，现在是两点半，还有半个小时。”

卫力丹得意地一扬下巴：“我学的是计算机专业，逻辑思维是我的强项。还有，你们的路线规划有点问题，不是很科学，我帮你们重新设计了一下。”她拿出一张地图铺在饭桌上，用筷子指点，“这样走更合理，路口右转比左转更节省时间，还有，骑自行车一定要走小路，小路没有红绿灯，别看我，我知道你们总是闯红灯，但闯红灯容易出事知道不？科学地规划合理路线，不但会节省时间，提高效率，还会更加安全。”

“动作这么快？”和仔嘴里塞满了东西，含混不清地说道，“你这么做会让我很没面子的，我还没有来得及召唤我的兄弟们，你都招到人了，我该怎么办？”

“怎么办？人手当然是多多益善了。”何潮三下五除二地吃完饭，一抹嘴巴，很没形象地咧嘴一笑，“今天上午我谈妥一个大客户，未来三个月，他每天都有四五单货要送，至少需要三个人固定为他一家服务，现在是点对点地送货，一个单子就需要一个人半天甚至一天的时间，效率很低，什么时候能够改进效率就好了。”

“何哥你肯定已经想到了改进效率的方法……”郑小溪嫣然一笑，一双美目目不转睛地盯着何潮，“肯定是，我相信你。”

“办法确实有。”何潮也不谦虚，嘿嘿一笑，“怎样提高效率，这些天来我想过不下100个方法，但没有一个可以现在实施，知道为什么吗？”

“不能立刻实施的方法无非有两方面的原因，一是财力，二是人力。”卫力丹带着一脸认真的表情，“以利道现在的情况来看，财力问题一天两天肯定无法解决，但如果有钱了就一定有人吗？不一定。没钱就一定没人吗？也不一定。有钱招来人不叫本事，没钱还能让人和你一起创业，才叫本事。”

“哈哈……”何潮大笑，忽然想起了什么，伸出右手，“快，把你张贴的招聘启事拿来。”

何潮看完卫力丹递来的招聘启事，没说话，默默地交给了顾两，顾两看完了，又面无表情地交给了和仔，和仔扫了几眼，一脸蒙：“挺好的，语句通顺，没错别字，没毛病，有问题吗？”

何潮无奈地摇了摇头，故作深沉地叹息一声：“你和丹丹，一个粗枝大叶，一个心细如发。一个傻得可爱，一个精明过人……”

顾两指了指招聘启事上的一行小字：“这里——待遇是保底月薪1元，提成每单5元，每月提成保证1500元，上不封顶……樟木头镇全是工厂，底薪都是1000元起，丹丹来了一个底薪1块钱，鬼才来应聘。”

“何经理在吗？”

顾两话音刚落，外面就传来了一道声音，声音很洪亮，中气十足，几人听着感觉就像在耳边响起来一样：“我来应聘送货员，我找何经理。”

顾两眼睛都直了：“还真来了一个傻子！”

“何经理，我们一共是三个人！”那道声音又补充了一句。

顾两当即就震惊了：“傻子一来就三个！”

和仔开心地跳了起来：“真好，又来了三个充满激情和热血的好兄弟，这年头，还是有不少和我一样为了事业不计报酬的好男儿的。”

顾两一脸痛苦地扭过头去。

何潮懒得理会顾两和和仔，让郑小溪出去接人，他坐在办公椅上，摆出了面试的架势。虽然没钱，但姿态不能丢，必须拿出应有的气势。

正是下午时分，阳光正亮，门口正对南面，人影一闪，光线一暗，三个人同时进来了。

三个人，一个留着满脸络腮胡子，一个又黑又瘦，一个长着三角眼、招风耳。三人当前一站，很滑稽很好笑。

何潮只看了三人一眼就愣住了，三人也同时惊呆当场！

几年后，当何潮和三人回忆起当时的情景时，高英俊感慨地说道："当我看到何总的第一眼时，第一个念头就是完了，这小子真有心计，为了报仇，设计了这么一个坑让我跳进来。我本来想转身就跑，没想到何总的第一句话就把我镇住了！"

何潮愣了片刻后，开口的第一句话是："你们被录取了，现在就可以上班了！"

三人你看看我，我看看你，愣了足有一分钟之久，为首的络腮胡子才下意识地咽了一口唾沫："何、何总，你真的要聘用我们，不是在开玩笑？"

"你看我像在开玩笑吗？"何潮笑着起身来到三人面前，"东北拼命三郎，利道物流欢迎你们的加入。从现在起，你们就是利道物流的员工了，底薪1元起，提成上不封顶，有没有意见？"

三人同时摇头。

高英俊还是不太相信何潮的话："何、何总，上次我们兄弟三人打了你，还把你赶出了元希电子，你不记恨我们？"

三人正是上次在元希电子将何潮赶出门外不让何潮拿走个人物品的三个保安，自称东北拼命三郎的高英俊、罗三苗和伍合理。三人受雇于一家保安公司，不料在处理元希电子破产倒闭的事件中，保安公司没有拿到房东应付的款项，因为房东在变卖了庄能飞的资产后发现，值钱的东西早就被庄能飞搬空了，剩下的破烂远不够支付所欠的半年房租。房东一气之下，耍赖不付保安公司的钱。保安公司无奈之下，解雇了十几名保安以挽回损失。

第五十九章

人心深如海

高英俊三人很不幸就在被解雇的名单之中。

三人被解雇后，一连找了半个月工作都没有着落，后来听说樟木头镇大小工厂众多，需要大量保安，就来到了这里。结果一连三天碰壁无数，没有一家工厂愿意收留他们。正打算回深圳时，接近身无分文的三人发现了卫力丹张贴的招聘启事，虽然保底月薪只有1块钱，但管吃管住，就抱着试一试的想法来应聘了。

结果冤家路窄，他们竟然遇到了上次被他们欺负的小伙子。

都说深圳是一座创造奇迹的城市，千万不要小瞧任何一个人，说不定昨天他还在流落街头，今天就摇身一变成了千万富翁。不过奇迹类似传说，听说的多，亲眼所见的少，都是别人身边的故事。高英俊三人怎么也想不到，眼睛一眨，被他们欺负的小伙子成了公司的老总，还能决定他们的去留。

人生啊，不是三十年河东，三十年河西，在深圳，是三十天河东，三十天河西。

说实话，何潮当时是有些记恨三人的，毕竟他所有的个人物品都在元希电子，被三人驱赶，是他来深圳之后最悲惨的一夜。但后来他放下了心中的怨念，三人虽然对他凶狠了一些，但也是受雇于人，职责所在，他相信他们本质上并不坏。

现在正是用人之际，何潮愿意给三人一个机会："上次你们是保安，不让我进去是工作负责的表现。如果你们还能和以前一样尽职尽责，做好自己应做的工作，我不但不会记恨你们，还要奖励你们。"

"得了，请何总放心，要是干不好工作，我们兄弟三个立马走人，不等何总赶人。"高英俊嘿嘿一笑，摸了摸肚子，"是不是现在就正式入职了？有没有饭吃？吃了饭才有力气干活儿。"

罗三苗和伍合理也连连赔笑点头。

郑小溪领三人去吃饭，又为三人安排了住宿——她向表姐多申请了一间房，住十几个人没有问题。

又忙了一下午，何潮亲自带领高英俊三人送货，三人上手很快，马上就投入工作之中。送货确实没多少技术含量，只要勤快就行。

傍晚时分，何潮才拖着疲惫的身子回来，刚进屋喝了一口水，呼机就响了。他愣了半天才反应过来，呼机已经修好，可以使用了，他和外界又恢复了联系。

还有许多电话要回，一忙起来就都忘了，何潮苦笑着摇了摇头，拿过呼机一看，是江阔的信息："请速回电话，找你有急事，江阔。"

何潮并没有急于回话，他将呼机扔到一边，刚洗了一把脸，郑小溪和卫力丹就进来了。

"今天成绩不错，送货量是以前的三倍。固然有高英俊三个人新加入的原因，也和慢慢在客户群中建立了口碑有关。"卫力丹拿着一张报表进来，上面密密麻麻列举了最近的数据，"实战证明，在现阶段不断地扩大员工数量是切实可行的方法。对了，有件事情我得事先声明一下，我没有经过你的同意就让和仔回深圳了。"

"回深圳？"何潮一愣，随即想到和仔是替他招兵买马去了，不由得摇头，"你一来就打乱了我的部署，我原本打算至少再过一个月扩大经营，你倒好，事事先斩后奏，我是老总还是你是？"

卫力丹嘻嘻一笑，又一本正经地说道："当然是何哥哥了，我只是在执行何哥哥的意志而已，只不过提前了，又不是自作主张，对吧？何哥何总，你还是太保守了，现在是激进的年代，应该大胆前进，否则你别说跟上深圳的步伐了，连周安涌的步伐我们也跟不上。"

"你有安涌的消息？"卫力丹的话提醒了何潮，他忽然迫切地想知道周安涌的近况，"我也没想跟上安涌的步伐，我只想按照我的节奏一步步推进。"

"我觉得丹丹说得对，现在就该快速前进，深圳的节奏太快了，我们要紧跟时代和潮流才行。"郑小溪拿过手机递给何潮，"该和安涌联系了，也不知道他现在怎么样了。"

"他肯定好得很。"卫力丹白了郑小溪一眼，"我虽然不认识他，但从你们嘴里没少听到他的故事，大概能知道他是一个什么样的人，他比何潮厉害多了，强势，从不吃亏，审时度势又精于算计。"

"他不是……"郑小溪不想卫力丹对周安涌有负面评价。

何潮摆了摆手，拨通了周安涌的手机。

铃响三声，周安涌四平八稳的声音传来："你好，我是周安涌，请问哪位？"

何潮强压激动的心情，算起来和周安涌有一个多月没有见面，两个多月没有深谈了，他努力让自己的声音和平常一样平静："安涌，是我，何潮。"

电话那端至少沉默了半分钟之久，才传来周安涌平静而没有起伏的声音："何潮，你终于肯和我联系了，你到底去了哪里？你有了手机为什么不告诉我？"

在听到手机一端传来何潮的声音时，周安涌心中大跳，何潮这么落魄怎么会有手机？莫非他也发达了？他的心中莫名紧张了几分。

郑小溪的手机号码是周安涌早就知道的，何潮心中一动，说明周安涌并没有存下郑小溪的手机号码，他再想到周安涌对海之心的热烈眼神，心中更坚定了他的推测："前段时间我的呼机坏了，刚修好。不是我的手机，我可买不起手机，是小溪的，她现在和我一起创业。你在曹启伦公司还不错吧？"

"还不错，比在元希电子强了不止一百倍，哈哈。"原来不是何潮的手机，周安涌的声音忽然欢快起来，恢复了以前熟悉的声调，"你都创业了？不错嘛，还在做电子行业的生意？既然创业自己当老板了，也该配一部手机了，要不总联系不上你，让人担心。"

"手机暂时还买不起，创业阶段，继续保持艰苦奋斗的作风。"何潮也笑了，他和周安涌之间虽然微有隔阂，但毕竟是多年的兄弟，几句话说开了，一切都会烟消云散，"不是做电子行业，是做物流，在樟木头镇。我打算国庆期间去一趟深圳，和你见面聊聊。对了，国庆也不回家一趟？"

"做物流？"周安涌停顿了一会儿，"物流行业可没有什么技术含量，不像你的风格，你不是一直对电子行业很有兴趣吗？不回家了，已经和家里通过电话，回家一趟要花不少路费，路上耽误的时间太多，票也不好买。你呢，回家吗？和家里通话时，爸妈问到你，我没敢多说，就说你还很好，生怕露馅儿。"

"我也不回去了，主要是没钱，哈哈。你是有钱没时间，我是没钱也没时间。"何潮又想起了艾木的信息，"艾木有消息了，还留了电话，不过越洋电话太贵了，又没什么事情，我就不打了。你有没有辛有风的消息？"

"没有。"周安涌回答得很干脆，也很直接，"都过去了，不管是辛有风还是庄能飞，不过是我们人生道路之中的匆匆过客，以后也许永远没有机会再见了。过客来去匆匆，我们兄弟的友情，永远不会变。"

何潮心中涌动着感动："是的，我们永远是兄弟。"

周安涌咳嗽一声，想起了一件事情，小心翼翼地问道："最近有没有见过江阔？"

"没有，我们以前共同的朋友，除了小溪，别人都没有见过。"何潮特意再一次提到郑小溪，刚才周安涌完全忽略了郑小溪。

"没见过江阔就好，她有意投资启伦电子，不过在和曹总的谈判过程中，有几次不是很愉快，她可能觉得是我从中作梗，对我有偏见。我是公事公办，对事不对人。如果她对你说什么风凉话或是挑拨离间的话，你别信她。"

"江阔怎么会？"何潮一惊，周安涌何出此言？

不等何潮深思，周安涌低沉的声音再次传来："你是信我还是信她？"

"当然是信你了。"何潮心中莫名一沉。莫非周安涌和江阔之间真的出现了不可调和的矛盾？否则周安涌的态度不会如此严肃，于是他问："我记得江阔一向对事不对人，她就算对你有偏见，也不至于在我面前搬弄是非，毕竟她和我关系没那么深，也没有什么利益冲突。"

"别管那么多了，人心深如海，江阔说不定想利用你来对付我，好达到她想控制启伦电子的目的……"周安涌忽然意识到说得过多了，忙又咳嗽一声，"不说了，不说了，也许是我多心，是我想多了，哈哈，我宁愿相信江阔是一个好女孩。你的呼机刚修好，肯定有许多信息吧！赶紧回复一下，相信江阔也在联系你，你也和她联系一下，也许她会投资你。"

周安涌又在不动声色间抛出了一个诱饵。

第六十章

背景音乐

“我会和她联系的，不过投资就算了，我的公司太小了，完全入不了她的眼，也不符合她的投资理念。”何潮想起江阔几次留言让他速回电话，心中更多了猜疑之意。他还想再和周安涌多说几句，周安涌却匆忙挂断了电话。

“我临时有点事情要处理，兄弟，保持联系，等你回深圳。”

放下电话，周安涌回身看了坐在老板椅上的曹启伦一眼：“曹总，江阔肯定会和何潮再次见面，你觉得她会对何潮说起庄能飞破产背后的事情吗？我有点后悔当初对她说得太多了。”

曹启伦轻描淡写地摆了摆手：“你已经预先给何潮打了预防针，江阔再怎么挑拨离间，也改变不了何潮对你的信任，不过我就不明白了，你干吗这么在意何潮？他已经是一个失败者了，创业去干物流？他脑子坏掉了，死路一条。他现在完全和你不是一个级别的对手了。”

“他原本就不是我的对手，他是我的发小，是老乡，是陪衬，是我衣锦还乡时的背景音乐……”周安涌哈哈一笑，来到落地窗前，负手而立，“我不管成就多高，如果没有何潮的失败作为衬托，别人永远会以为成功很容易。”

曹启伦沉默片刻，目光阴沉地看向了窗外：“安涌，男人要有大格局，不要在一些小事上过于纠结，一个总是想着衣锦还乡的人，格局也就是家乡的一亩三分地。当你君临天下时，整个世界都是你的，何来家乡和他乡之分？”

“是，曹总说得对，受教了。”周安涌听出了曹启伦话中的不满之意，立刻一脸恭敬，微微弯腰。

曹启伦微微一笑：“当年我和你一样，总是想着成功后回到老家扬眉吐气，让那些曾经看不起我的人都匍匐在我的脚下。后来真的成功了我才想明白，何必和没有见过世面的人一般见识？真正见过世面的人，眼里没有家乡和他乡的分别。而当一个人看过的人间冷暖越多，他对这个世界的偏见就会越少。如果一个人看不惯的人和事有很多，不是这个人懂得多，而是这个人心智还不够成熟，是这个人的境界和格局不够。”

周安涌连连点头：“有过经历的人是不一样，曹总一定很喜欢李宗盛的歌。”

曹启伦会心地笑了：“知我者，安涌也。以前喜欢香港四大天王的歌，从刘德华的《忘情水》到郭富城的《对你爱不完》，还有黎明的《今夜你会不会来》以及张学友的《吻别》，也喜欢过小虎队的《逍遥游》，现在更喜欢李宗盛的《当爱已成往事》，哈哈，人生每个阶段都会有不同的感受，现在要说自己最喜欢谁的歌，只能说心境不同，喜欢的歌曲也不同。”

周安涌沉默了，他想起了何潮，想起了辛有风。记得大学时他和何潮、辛有风一起去唱歌，当时的北京还没有太多KTV，就算有，他们也去不起，最流行的是街头路边的卡拉OK，设备简陋，音响低劣，却不影响他们高歌一曲的心情。

有一次唱到兴头上时，忽然下起了雨，音响设备在遮阳伞下，他和周安涌在雨中。二人唱得非常投入，忘乎所以，浑身湿透也没有停止。

后来回到学校，何潮没事，他大病了一场。每次提到唱歌唱到感冒的事情，他和何潮都会大笑。他记得很清楚，当时唱的是郑智化的《水手》。

“苦涩的沙，吹痛脸庞的感觉，像父亲的责骂、母亲的哭泣，永远难忘记。年少的我，喜欢一个人在海边，卷起裤管光着脚丫踩在沙滩上……”一时间，周安涌思绪纷飞，回到了从前，回到了难忘的大学时光，回到了和何潮一起吃饭、一起看录像、一起旅游、一起追求女孩的过去，心中萌生出强烈的要和何潮见面的想法。

“曹总，我想抽空去一趟樟木头镇，和何潮聊聊。”

“聊什么？”曹启伦直视周安涌的双眼，似乎要看透周安涌内心真实的想法，“安涌，自古以来成大事者不拘小节，你知道你最大的缺点是什么吗？你过于在意感情，什么爱情、友情、亲情，在商业中都是障碍，都是影响我们决策和判断的绊脚石。商业是冰冷的，是残酷的，容不得半点儿优柔寡断！你现在最要紧的事情只有两件：一是尽快融资，启伦电子现在急需一笔资金渡过难关，目前除了江阔，对启伦电子有投资意向的还有刘以授和赵动中，明晚有个局，我邀请了他们二人，你做好准备，争取给他们留下好印象；二是我听说江氏集团正在插手善来集团的事务，郭统用的草包儿子郭林选无心接班，他正在寻找合适的CEO，这样的好事不能落在外人手里，你要想尽一切办法，不管用什么手段，一定要认识郭林选，介入郭家的接班人之争中。”

周安涌立刻明白了曹启伦的心思：“曹总的意思是不能让江氏集团摘了善来集团的果子？”

曹启伦笑得很意味深长：“你说呢？善来集团可是深圳的公司，如果让一家香港的集团得手了，不是欺负我们深圳没人吗？”

“这么说，我还真得赶紧见何潮一面了。”周安涌回想起当时在“当年明月”的一幕，“曹总一定还记得在‘当年明月’我们和深圳一哥起了冲突，是谁帮我们解了围，是江离和夏正。上次听江阔说，江离不知道怎么就进入了郭统用的视线，现在是郭统用的座上宾，并且是郭林选的顾问，而何潮和江离关系很好，通过何潮认识江离，通过江离进入郭家，是目前我的关系网中最短、最直接的路线。除非曹总直接认识郭统用和郭林选……”

“按照你的思路执行。”曹启伦虽然大小也算是一个成功人士，但和郭统用相比，还是相差甚远，他还不够资格进入郭统用的圈子，更不认识郭家任何一人。

下班后，周安涌约上海之心一起吃饭。

二人挑选了一家很有情调的西餐厅，海之心点了牛排和沙拉，看着周安涌拿刀叉的笨拙姿势，她善意地笑了，轻声细语地帮他纠正，并且告诉他要点。

得知周安涌肩负启伦电子的所有大事，海之心就有了几分抱怨：“曹总明是重用你，其实是压榨你，不能什么事情都让你一个人出面，你才来深圳多久？你硬扛的话，压力过大会崩溃的。”

“不会，放心好了，我心理承受能力极强。”周安涌将一块牛排放到嘴里，慢慢咀嚼，“我以前不喜欢西餐，总觉得吃西餐太正式、太做作了，认为吃西餐的人都崇洋媚外，虚伪得要命。现在才知道，其实还是自己偏激了，不，说到底还是穷，没能力在优雅舒适的西餐厅享受美食，所以因嫉妒而产生心态失衡。”

“其实我倒不这么认为，西餐、中餐只是一种习惯。我是在国外留学期间喜欢上了西餐，主要也是没办法，国外西餐众多，中餐馆虽然也不少，但实在是太难吃了，中西交杂，变了味道。”海之心温柔地笑了笑，“话又说回来，安涌，压力也会产生动力，希望你不要有心理负担，有过不去的坎我也可以帮你。”

“我想得很明白，不管多大的压力、多重的工作量，只要做好了、做成功了，表面上最后收益都是曹启伦的，但实际上我收获了人脉、资源和实战经验。”周安涌得意地一笑，“所以不管曹总让我做什么事情，难度再大，我也会不折不扣地执行。我在深圳的第一个支点是庄能飞，第一个跳板是曹启伦，希望在我再次起跳时，可以将曹启伦的资源压榨得一干二净，这样我才能借势跳得更高。”

海之心最欣赏周安涌冷静的头脑和明确的目的性，他知道自己在做什么、想要什么，并且知道通过什么手段可以实现。在和周安涌的接触中她越来越肯定一个事实，她真的喜欢上了周安涌，非常喜欢！在她眼里，周安涌除了现实一些，势利一些，他身上积极向上的精神和永不服输的拼劲让她无比欣赏，她相信，她和周安涌在一起，不但情投意合，还会是事业上的合伙人。

在深圳这座城市，谁不现实、谁不势利呢？只不过是掩饰的程度深浅不同而已！

和许多稍有不顺就怨天尤人的同龄人不同，周安涌从来不等待机会，而是在不停地创造机会、制造机遇。他主动出击，充分借势，从不懈怠，在深圳，只有一往无前才有成功的可能。许多行业还处在混乱无序的竞争状态，刚从国外回来的海之心最清楚不过了。美国经过了上百年的资本洗礼和竞争，市场已经有序而正规，凭借个人努力而大获成功的机会远不如国内。

“我就知道你不会永远寄人篱下，早晚会出去开创自己的事业。”海之心举杯和周安涌碰杯，“听说何潮已经创业了，从事物流行业？”

第六十一章

是人就有缺点

“是呀，说物流还好听一些，其实就是送货客，和水客没多大区别。也不知道他是怎么想的，非要去干这个。”周安涌摇了摇头，一脸惋惜的表情，“不过也可以理解他，毕竟他现在一没人脉，二没资金，三没资源，送货客只要有体力就可以干，他也是没有选择。谁让他当初不听我的劝，固执的人总是以为自己最聪明、最正确。”

周安涌停顿了片刻：“一想到我为了认识郭统用父子还要借助他的人脉就觉得羞耻，也不知道何潮交了什么狗屎运，认识了一个出租车司机和一个无能的大学生，竟然和郭家搭上了关系，简直是天大的笑话。”

海之心呆了一呆，她知道周安涌始终放不下何潮在关键时刻没有和他同进退的事情，对何潮的怨念不时流露出来：“安涌，深圳是一座创造奇迹的城市，奇迹会发生在每一个人身上，包括出租车司机、卖菜的外来务工人员、大学生、辞职下海的官员，等等，不要小瞧任何一个人，每一个人都有可能成为奇迹的创造者。”

周安涌没接海之心的话，海之心就知道她还是没能说服周安涌。二人沉默着吃完饭，出去散步时，海之心挽住了周安涌的胳膊：“安涌，你打算什么时候见何潮？”

广场上人来人往，还算热闹，二人缓步而行，没有目的地。

周安涌想了一想才说：“明晚有一个重要的饭局，曹总要介绍我认识刘以授和赵动中，我要事先做好功课，多了解一下刘以授和赵动中的为人以及事迹，好做到心中有数。后天再联系何潮，约个见面时间。”

“如果不是因为要认识郭氏父子，何潮的事情在你的日程里，是不是永远都排在后面？”

“也不是。”周安涌笑了笑，“大家都忙，主要是他不联系我。如果他请求我的帮助，我肯定推掉所有事情，优先帮他。”

海之心心中微叹一声，周安涌最大的问题就是太放不下面子，和何潮也要在意谁主动联系谁的问题，如果他心胸再开阔一些，不那么计较一些细枝末节的小事，会进步更快。就连和她在一起，也一直不肯开口说他喜欢她，她知道，周安涌是想让所有人都知道，是她先追的他。

海之心在国外多年，行事喜欢直来直去，正好前面有两个人在卖花，她一拉周安涌的胳膊："安涌，送我一枝花，我就正式当你的女朋友，并且承认是我先喜欢上了你，是我在追你。"

周安涌买了一枝花，送给海之心，海之心欣然收下："安涌，你愿意让我当你的女朋友吗？"

周安涌露出一脸幸福的笑容："夫复何求？"

"真心话？"

"千真万确！"

"你记住了，既然是我先追的你，我要提一个要求，你一定要答应我。"

"好，你说。"

"如果以后我们不再相爱了，分手的时候，你不要先说，一定要等我说分手才可以分。"

"为什么？"

"从哪里开始，在哪里结束，我先开始的，也得由我先结束。"

"好，答应你。"

海之心甜甜地笑了，将头靠在周安涌的肩膀上，摆弄手中的鲜花："刘以授和赵动中的资料，我有，对他们我也有一些了解。刘以授是深圳本地人，40岁，早年靠拆迁发家，现在的产业涉及房地产、酒店、KTV以及酒吧，身家几十亿。游走在黑白两道，做的大多是灰色生意，在深圳人脉极广，传说深圳'良辰美景'四哥都和他有生意往来，他背景复杂，官商两界都有涉及。赵动中相对来说简单一些，潮汕人，早年卖菜，从摆地摊到承包商铺，到现在从事房地产、物流、小额贷款、保险和医疗，几乎哪个行业赚钱就进入哪个行业，是一个嗜血成性的商人。"

周安涌沉吟片刻："和我得到的信息差不多，之心，你果然是我最得力的助手。你觉得刘以授和赵动中每个人最大的缺点是什么？"

"刘以授是好色，赵动中……目前还不知道，似乎没有什么太明显的缺点。"

"对男人来说，好色不是缺点，只是爱好。如果好色到了饥渴的程度，才算是缺点。男人不好色，女人漂亮给谁看？”周安涌轻佻地用一根手指挑起了海之心的下巴，哈哈一笑，“不对，赵动中不可能没有缺点，是人就有缺点，只是掩藏的深浅程度不同而已。”

“抢劫啦，有人抢劫了！”

一阵急促的惊叫声打断了周安涌和海之心的讨论，周安涌用力一拉海之心，二人紧急退后一步，两个人影如闪电般从身前一闪而过。

后面一个衣着朴素的中年妇女追了几步，一屁股坐在地上，号啕大哭：“救命啊！我的救命钱被抢了，是为儿子治病的救命钱，被人抢走了，救命啊！”

海之心几乎没有犹豫，手中的包脱手飞出，正击中一个劫匪的后脑勺。劫匪一个踉跄，“扑通”一声摔倒在地。

另一名劫匪见状，忙回身去扶同伴。海之心飞身上前，一脚踢中劫匪：“救命钱也抢，丧尽天良！”

事情发生得太突然，周安涌想阻止也来不及了。

摔倒的劫匪翻身跳起，他和同伴一样戴了口罩和眼镜，只露出一个大大的鹰钩鼻，他的同伴则是小小的酒糟鼻。

二人对视一眼，同时掏出了弹簧刀，闷声闷气地说道：“多管闲事，不想活了是吧？”

海之心毫无惧色：“警察马上就到，你们赶紧扔下凶器，还可以争取宽大处理。”

中年妇女也赶了过来，二话不说就要从劫匪手中抢回帆布包，却被劫匪一脚踢飞。劫匪上前一步，一刀扎在中年妇女的腿上，狞笑一声：“你再敢追我们，就和她是一样的下场。”

中年妇女血流如注，惨叫不断。

海之心依然丝毫没有退却，见周安涌赶到，一拉周安涌的胳膊：“安涌，你别放过他们，他们太坏了，穷凶极恶，毫无人性。”

深圳刚建市时，治安很差，全国各地前来深圳淘金的人过多，难以管理。到了1997年时，深圳投入了大量的警力和财力维护治安，比以前好了许多，但比起许多内陆城市，还是乱了不少。

经济快速发展的同时，必然会带来负面的东西，就像窗户打开进来了新鲜空气和阳光，也会不可避免地引来蚊虫和污染物。事物的发展需要一个过程，不可能一蹴而就地解决所有问题，更不可能只有经济的发展而不用付出相应的代价。

所以，周安涌很能理解在深圳街头遇到抢劫，他在北京的街头也曾近距离目睹过。但不管是在哪里，他的原则都是事不关己，高高挂起。

没想到海之心反应太快，让他连心理准备都没有，就被拖下了水，正面面对两个持刀的劫匪，周安涌倒吸一口凉气，后背顿时湿了一片。

海之心是不是在国外待久了，脑子坏掉了，什么事情都敢管，这可是持刀抢劫，一不小心会赔上小命的。

如果是别人，周安涌说不定转身就走了，可是海之心不是别人，他硬着头皮向前一步，将海之心挡在身后，努力让声音平静不至于失真："两位大哥，有话好好说，你们不就是想要钱吗？好，我给钱，我给钱！"

海之心不敢相信周安涌会说出这样的一番话，她看了周安涌一眼："安涌，你给劫匪钱，我没听错吧？"

周安涌气不打一处来："命重要还是钱重要？"

"正义重要。"海之心挡住了周安涌拿钱包的手，"不能助长劫匪的气焰，他们是贼，做贼心虚，只要我们坚决和他们做斗争，他们就不敢嚣张。"

周围的广场上，三三两两的有一些人，却没有人过来帮忙，中年妇女惨叫的声音渐弱，很快就昏了过去。海之心情急之下，拿出手机就要拨打电话："快报警，快叫救护车。"

鹰钩鼻劫匪猛然朝前一扑，一拳打掉了海之心的手机，另一个酒糟鼻劫匪趁周安涌愣神之际，一把抢走了他手中的钱包。二人一举得手，转身就跑。

海之心大怒，脱下高跟鞋扔向劫匪："安涌，别让他们跑了。"

可惜没打中。

周安涌却站立原地未动，他伸手抓住了海之心，不让海之心去追赶劫匪："算了，不要和不要命的人一般见识，钱可以再赚回来，命丢了就再也没有了……"

海之心用力挣脱周安涌的手，奋力追赶劫匪："抓坏人啦，抢劫了，来人啊！"

两名劫匪跑出不远，听到海之心的呼唤，迅速转身朝海之心扑来，瞬间来到海之心面前，一刀扎向海之心的胸口！

周安涌惊叫一声，想出手已然来不及，他压根儿没有迈出一步，离海之心有十米之遥。海之心也真是倔强，何必非要激怒劫匪，跑就跑了，回头让警察将他们抓获归案不也一样。

第六十二章

演技

眼见海之心就要被劫匪一刀击中时，斜刺里突然有一个人杀出，一下就将劫匪撞开，随即他飞起一脚，将劫匪踢倒在地。

另一名劫匪大惊失色，顾不上再对海之心下手，举刀朝来人便刺。不料才一出手，身后又突然多了一人，一脚踢在他的屁股上，他收不住，一头栽倒在地。

突然出现的二人，个子都不高，其中一人身材干瘦，大耳、大眼、浓眉，脸上棱角分明，很有威武之气。另外一人，皮肤稍黑，头发稀少，左耳之上有一颗明显的黑痣。

两个劫匪被打倒之后，挣扎着还想起来，被大耳的瘦子上前一人踹一脚，都动弹不得了。显然，瘦子会几下子，练过。

海之心惊呆了，从未见过身手如此厉害之人，她愣了一会儿才冲二人连声道谢，回身招呼周安涌时，周安涌却不见了。

人呢？刚才事情紧急，又一片慌乱，她只记得周安涌没有第一时间冲上去拦截劫匪，也没有逃跑，还挡在了她的面前。虽然周安涌没有像她一样冲上前去和劫匪对打，让她微有失望，但至少他知道保护她，这让她略感欣慰。

但为什么劫匪被制伏了，他反倒不见了？

“大庭广众之下也敢抢劫？你们真以为深圳市民都怕你们？你们以为你们是谁？你们不过是流氓，是浑蛋，是小偷！居然连别人治病的救命钱也抢，你们还是不是人？还有没有良心？你们还有没有哪怕一丁点儿人性？”

背后忽然响起了一个人义正词严、慷慨激昂的声音，声音很熟悉，海之心愣住了，回身一看，只见周安涌昂首挺胸地站在两名劫匪中间，一脚踩住一个，双手叉腰，正对着围观的市民痛斥二人的罪行。

而将两名劫匪打倒的两个英雄，站在周安涌身后，甘当周安涌的陪衬。围观过来的市民并不知道刚才是谁打倒了两名劫匪，纷纷鼓掌为周安涌叫好。

海之心不敢相信自己的眼睛，怎么一转眼的工夫，形势大变，功劳全成了周安涌一人的了？明明周安涌刚才离劫匪十几米远，为什么两个英雄会让周安涌冒名顶替？

周安涌冲海之心眨了眨眼睛，暗示她不要说话。很快警察和救护车就来了，抓走劫匪，救走中年妇女，并表扬了周安涌。面对警察的表扬和市民的欢呼，周安涌坦然受之，毫无羞愧之意。

等警察走后人群散尽，海之心才有机会开口问个清楚，还未张嘴，周安涌却伸开双臂将两个英雄揽住，哈哈一笑："之心，简直是天助我也。你不会想到他们是谁，他们是我失散多年的发小！"

"发小？"海之心糊涂了，"何潮不是你的发小吗？"

"发小是从小一起长大的兄弟，除了我和何潮，我们一起长大的还有柳三金和李之用。他是柳三金，当兵出身……"周安涌拍了拍左边大耳的瘦子，又用力抱了抱右边脸上有黑痣的人，"他是李之用，曾经的中学老师。"

在一家茶楼，几人要了一壶上等的铁观音，周安涌和海之心并肩而坐，柳三金和李之用坐在对面。

周安涌心情大好，意气风发，高高举起茶杯："大江东去，浪淘尽，千古风流人物。故垒西边，人道是，三国周郎赤壁。乱石穿空，惊涛拍岸，卷起千堆雪。江山如画，一时多少豪杰……来，兄弟们，以茶代酒，敬你们。"

"敬安涌！"柳三金和李之用异口同声，眼中闪耀着久别重逢的喜悦光芒。

二人从小到大都无比佩服何潮和周安涌，佩服何潮为人仗义，佩服周安涌学习成绩一流。如果说让二人在何潮和周安涌之中选一个孩子王，他们还真是难以决定，他们喜欢何潮的细心以及为他们考虑得周全，又喜欢周安涌的认真和凡事不达目的誓不罢休的固执。

不过后来随着时间的推移，他们还是和何潮在一起的时间更多，因为周安涌在学习上越来越优秀，有一种一览众山小而需要让人仰视的孤高，而何潮始终和每个人都打成一片，眼中没有好学生和差学生的区分。周安涌则不同，他眼光挑剔，只要是不如他的人，他很少来往，拒绝了许多人想和他认识的善意。

柳三金和李之用后来在学业上和周安涌距离越来越大，尤其在柳三金当兵、李之用考上师范学校之后，二人感觉考上北大的周安涌变得更加遥远和陌生了，好在周安涌虽然孤傲，但对和他从小一起长大的几个发小没有表现出明显的疏远。

柳三金复员后，被分配到了石家庄城管局工作。后来他看不惯城管执法时对百姓手段粗暴，有一次和队长起了冲突，一气之下辞职，和李之用一起来到了深圳。在深圳先当了一段时间的保安，同样是因为耿直，对保安队长克扣工资、任意打骂保安不满，而被保安队长辞退。

李之用原本从师范学校毕业后，被分配到了老家的县城教学。不甘心当一辈子教书先生的他，辞职之后北上省会石家庄谋求发展，柳三金收留了李之用，让李之用住在他的出租屋里。

结果直到柳三金从城管局辞职，高不成、低不就的他也没有在石家庄找到合适的工作，就和柳三金一起南下来到了深圳。

到深圳不久，李之用当上了小学老师，但因为学历不高，只是中专，所以只担任了普通班级的体育老师，让他觉得自己被埋没，大材小用。他想辞职，却没有找到更合适的下家，只好暂时忍耐。

几天前，柳三金找到了一份新工作，是在一家大型公司担任保安副队长。二人很开心，出来喝酒庆祝一下。饭后路过广场的时候，遇到了抢劫，二人毫不犹豫地出手了。

不承想打倒劫匪后遇到了周安涌，二人惊喜之余，在周安涌假装是他一人打倒了两名劫匪而表演时，自然全力配合。别的不说，就说周安涌是他们从小到大的偶像，他们也不会和周安涌争功。

海之心虽然有几分不满周安涌当时的表现，一是软弱，二是投机取巧，却也不好意思扫周安涌他乡遇故知的兴，聊了一会儿就借故告辞了。

海之心一走，几人的聊天就随意多了。

“周哥，你女朋友？真漂亮，而且有气质，肯定出身不凡。”李之用站起来，朝窗外望了几眼，正好看到海之心远去的背影，啧啧连声，“身材好，脾气也好，perfect！”

李之用在师范学校时学的是英文，说话喜欢中文夹杂英文。

柳三金顿时面露鄙夷之色，就笑：“我最讨厌说话中英混杂的！”

“行了行了，你们两个就不要斗嘴了，从小斗到大，又谁也离不开谁，不累吗？”周安涌也笑了，他太了解柳三金和李之用了，他们就喜欢互相攻击，有时还会吵上半天，吵完后再和好，“你们有没有何潮的消息？”

刚才海之心在，他故意没提何潮，是不知道何潮和二人是不是有联系。

“没有。”柳三金摇头，“我和之用也是来到深圳之后才听说你和何哥也在深圳的，不过没人知道你们的联系方式。你们搬到石家庄后，差不多和老家的人都断绝了来往。”

周安涌点了点头，他家和老家的人断绝来往是他的主意，他很清楚老家的人只要找上门来，绝对是麻烦事，实在没有必要在他们身上耗费时间和精力，因为他们永远不会帮忙，只会添乱。而何潮父母和老家不再来往，也和何潮爷爷当年的经历有关，何潮父亲对老家的乡亲，没什么好感。

在手机发明之前，许多朋友会经常失联，固定电话一换，有时通知不到，如果记不住对方的电话号码或是地址，就会消失在茫茫人海之中。而自从有了手机，可以移动的电话确实让人和人之间的距离缩短了许多。再加上手机有通信录和短信功能，失联的可能性大大降低了。

“你肯定和何哥有联系，他现在怎么样了？”李之用眼睛转个不停，他刚才就想问何潮的下落，几次试探而周安涌避之不谈，就猜测有什么内情，嘻嘻一笑，“刚才嫂子在，你没说，我们也不方便问起何哥，怕引起什么误会。”

“不要叫嫂子，关系还没那么近。”周安涌笑了笑，李之用还是和以前一样善于察言观色，比柳三金机灵，“我和何潮当然有联系了，我和他一起来的深圳，原本在一起工作，后来分开了。”

柳三金喝了一口茶：“怎么就分开了？你们两个关系比我和李之用还近，感觉连女朋友都可以共用了，哈哈。”

“别乱说。”李之用瞪了柳三金一眼，制止了他继续说下去，“三金，现在不是小时候了，说话不能随便，周哥和何哥如今都是有身份的人，人前人后，我们都得维护他们的形象，不能让他们丢了面子，懂不？”

“你说什么就是什么。”柳三金一口喝干杯中茶，“周哥，何哥人在哪里？我想他了，想见他。”

第六十三章

逃避和勇气

“他现在不方便见你们。”周安涌和颜悦色地笑了笑，“你们是从小和我一起长大的兄弟，在外人面前，大家互相抬举，在背后，随意就行了，别太生分了。何潮现在有点落魄，估计也不想见我们。”

“何哥落魄了？”柳三金刚才一直憋着没问何潮的下落，猛然站了起来，“自己兄弟落魄了，更应该去帮他，他现在是最需要我们帮忙的时候。”

“别提了，现在的何潮不是以前的何潮了……”周安涌无力地摆了摆手，“以后再慢慢和你们说，现在听我的没错，你们还是不要见他了，等过段时间时机成熟了，我肯定会带你们去见他。先不说他了，先说说你们下一步的打算。”

“我没什么打算，刚到善来集团，环境和待遇还可以，打算好好干一段时间，不能总跳来跳去不是？人得安稳。”柳三金摸出烟想点上，看了看桌上禁止抽烟的木牌，又放了回去，“之用不想教书了，总想做大事。我就不明白了，大事不都是小事组成的？什么是大事？非得惊天动地才是大事？刚才救人，对我们来说是小事，举手之劳，对病人家属来说，就是天大的大事。”

“可以抽烟，没事的。”周安涌将木牌放倒，“没人管。”

“还是不了，该守规矩的时候得守规矩，规矩靠自觉。”柳三金又将木牌竖立起来，“之用，你说。”

李之用不以为意地看了木牌一眼，摸出一支烟点燃，慢条斯理地抽了一口：“教书太累了，也没什么前途，而且由于我的学历问题，肯定升不上去，我想自己创业。”

周安涌心中的惊愕之意挥之不去，他努力平息了激动的心情：“你在善来集团当保安副队长？”

“是呀，怎么了？你认识郭统用还是郭林选？”

“都认识。”周安涌几乎要呐喊了，心想：天助我也。他拍了拍柳三金的肩膀：“三金，你说得对，该守规矩的时候就得守规矩，你好好在善来集团干下去，会有出头之日的。至于你，之用，你辞职出来，跟我干。”

李之用的目光在木牌上停留片刻，又悄悄地掐灭了烟：“听周哥的，怎么干，周哥说了算。”

“我现在虽然是启伦电子的副总，一人之下，万人之上，但我的志向是自己创业，启伦电子只是我的一个跳板，你们是自己兄弟，所以我有什么想法都不会瞒着你们。之用，你先去注册一家公司，让三金当法人，我和你的股份都由三金代持。你现在先跟着我，当我的助手，我利用手中的资源和人脉将业务向公司倾斜，等公司壮大之后，我和三金同时辞职出来，开始全力投入公司之中。”

“为什么不让三金也辞职出来，好把全部精力都用来管理公司？”李之用按捺住心中的激动之意，“这样也会进展快一些。”

“不急，公司现在只需要缓慢推进，不需要快，时机还不到。三金留在善来集团，有更重要的事情要做。”周安涌神秘而得意地笑了笑，“你们信不信我？”

柳三金哈哈一笑：“十几年的兄弟了，不信你还能信谁？就这么定了！不过周哥你得给我一个明确的指示，我留在善来集团，到底能做什么？”

“能做的事情太多了，以后你就知道了……”周安涌举起茶杯，意气风发，“来，干杯，兄弟们，深圳的未来，是我们的天下！”

国庆期间，何潮原本以为可以休息一下，不料反倒比平常更忙了，多了高英俊三人之后，单子依然多得忙不过来。随着卫力丹开学离去，六个人在郑小溪的调度下，每天都像陀螺一样高速旋转，每天的工作时间都在十五个小时以上。

每天累着回来，拖着沉重的身体，何潮恨不得一头栽倒在床上不再起来，就连和仔也一改每晚必看一部僵尸片再睡觉的习惯，饭一吃完，头一歪，就呼呼大睡了。何潮却不得不在院中和郑小溪一起，在和仔和顾两的鼾声伴奏中，整理数据，总结得失，规划明天的路线。

送货是体力活，只要有客源、肯吃苦就行，但上升到物流，想更快、更强，就必须科学规划路线，合理调度人员了。

国庆期间的单子比预期多了很多，新增的单子，都和小灵通有关。何潮心中愈加坚信一点，小灵通的零部件运货量增大，说明小灵通的供货渠道正在打开，产能正在提升，上市的脚步越来越近了。

月光皎洁，灯光昏黄，院中有一个简易亭子，何潮和郑小溪坐在亭子之中，也不知被蚊子咬了多少口，二人浑然不觉。郑小溪时而皱眉，时而咬着笔尖，时而抿嘴一笑。

何潮打了一个大大的哈欠，看了看呼机上面的时间："不早了，该睡了，明天还得早起。"

郑小溪也打了一个哈欠，用手轻轻拍了拍嘴巴："多了三个人是不一样，国庆期间的收入增加了三倍有余。高英俊三个人还不错，干活儿挺用心，没有应付差事。"

"他们每干一单都有提成，收入全靠提成，能不用心吗？"何潮隐约听到和仔嘟囔着说了一句梦话，笑了，"和仔从深圳招兵买马回来后，像变了一个人似的，也不说事情有没有进展，每天就埋头送货，像失恋一样。"

"和仔恋爱了？"郑小溪眼中的八卦火焰被点燃，随即又熄灭了，"安涌已经忘了我，我就知道随着他越走越高，就会离我越来越远。多希望他没见过什么世面，只喜欢我这一张并不如花似玉的脸。"

郑小溪提及周安涌，何潮才想起他还有许多信息没回，江离、夏正以及江阔几人，实在太忙了，居然忘得一干二净。

"小溪，安涌不会忘了你，他也许是暂时忙碌，只顾向前，没有时间回头，总有一天他走累了，回头时，还是会想起曾经走过的每一段路，每一条路过的小溪，以及每一个曾经遗忘的人。"何潮也有些想念周安涌了，深圳的快节奏生活，让他和周安涌都有些疏远了对方。

有时不是有意疏远，而是迷失。仔细一想，何潮也觉得他竟然忘记给江阔、江离和夏正回信息，到底是真的过于忙碌忘记了，还是一种有意的逃避？或许他不想和外界联系，只想先做出一些成绩证明自己才有和他们对话的勇气。

人，有时还是难以免俗。他尽管很开朗、很向上，但流落街头的经历还是深埋在他心底的一道伤痕，他不想提及也不愿意触及。

"就怕他走得太远，再回头时，已经找不到回去的路，更看不到曾经遗忘的人了。"郑小溪幽幽地叹息一声，眼中有晶莹的东西闪动，"深圳是一座很容易遗忘的城市，有时候一转身的错过，就是一辈子。"

见郑小溪过于伤感了，何潮忙转移话题："记得明天提醒我给江离、夏正回电话。"

“还有江阔。”郑小溪又笑了，“我和周安涌错过了，你可千万别再错过江姐姐了。”

次日一早，郑小溪不等何潮出门，就提醒了他打电话的事情。何潮刚拿起电话要拨号，就被和仔一把抢过电话还给了郑小溪。

和仔闷声闷气地说道：“还有工夫打电话？今天至少要送30个单，还有10个是远单。我们人手不够，才六个人，要是误单，客户不满意，就没有下次了。”

按照何潮自己的划分，在樟木头镇内送货，叫近单；送到深圳，叫中单；到香港，是远单。一般近单两个小时内可以完成，中单需要六个小时，而远单则需要一天。

何潮笑道：“你振臂高呼马上就有无数人追随，那些兄弟呢？”

和仔脸色一冷，又从郑小溪手中夺过手机塞到了何潮手里：“当我没说，你继续打电话。今天的远单，我和高英俊负责。”

“和仔……”何潮想问个清楚，和仔却头也不回地走了，还挥了挥手，留给他一个欲言又止的背影。

随后，顾两、高英俊、伍合理和罗三苗几人依次从何潮身边路过，几人无一例外用古怪加调侃的眼神看何潮，然后点了点头：“打电话啊？打，继续打，今天的近单、中单，我们负责。”

“都吃错药了？”何潮被几人逗乐了，摸了摸额头，一脸无辜，“到底发生什么事情了？”

“不知道。”郑小溪摇了摇头，也是一脸迷惑，“会不会是他们有什么事情瞒着你？”

“肯定是，这几个家伙。”何潮摇了摇头，“算了，懒得理他们，就打电话，气死他们。”

何潮先拨通了江离的电话。

响了十几声，没人接听，他又打了夏正的手机，却被拒听了。他无奈地笑了：“好吧，今天看来我运气不好，最后试一下江阔手机，如果铃响七声她没有接听，就不打了。”

江阔的手机在响到第六声时，接通了。

第六十四章

团队

“你好，我是江阔，请问你是……”江阔平静而淡然的声音响起，像平常一样，客气而不失礼貌。

“江阔，我是何潮。”何潮轻轻咳嗽一声，“不好意思现在才回你的电话，前段时间呼机坏了，刚修好……找我有事？”

“何潮？”话筒的那端先是一顿，随即江阔惊喜的声音传来，提高了八度，“哎呀，真的是你？总算有音信了，我还以为你从此再也没有下落了。”

其实江阔知道何潮在樟木头镇，本来她想国庆节前来一趟樟木头镇和何潮见上一面，却被香港的事情牵绊，没能成行。何潮一直没有回复她的信息，她心中有几分失落，不免就有所猜测，何潮到底是什么意思，是不想再和她有任何联系了？

可是为什么？何潮没有理由断绝和她的联系，就算他有了女友也不应该，她和他是正常的商业关系，以何潮的为人，他不会那么短见，更不会对她有什么成见。

江阔从小生长在豪门，体会不到穷人的悲哀，想象不到何潮和外界失联一个多月是因为一个不到2000元的呼机坏掉了。在她眼中，一部一万多块钱的手机坏了，也可以在第一时间换一部新款手机，怎么会有人因为通信工具的问题而和外界断了联系？

贫穷会限制人的想象力，富贵也会。

“怎么会没有下落？只是暂时的，没办法，呼机坏了，花了300多元修了一个月。”何潮轻描淡写地笑了笑，“好在对我来说，也没有什么重要的事情非要和外界联系，在没有成就自己之前，我就是一棵卑微的小草，就是消失了也没有几个人会记住。”

江阔莫名有几分心酸：“你还在樟木头镇吗？”

“在，一直在。”何潮轻笑一声，用开玩笑的口吻说了一句，“怎么？你要来看我？欢迎，就怕地方太小，容不下江大小姐的尊贵。”

“何潮！”江阔突然生气了，喊了一声，“我讨厌你！再见！”

何潮诧异地看了看电话，怎么说挂断就挂断？江阔是怎么了？他愣了一愣，摇头笑了笑，将手机还给郑小溪：“电话都打完了，该干活儿去了。”

郑小溪虽然没听到电话内容，却能猜到大概：“江姐姐生气了？你赶紧检讨一下哪里做得不对，她脾气可好了，轻易不生气，一生气肯定是你太气人了。”

“我最近都没有见过她，怎么就让她生气了？莫名其妙。”何潮起身就走，哼着小曲，“没有花香，没有树高，我是一棵无人知道的小草。从不寂寞，从不烦恼，你看我的伙伴遍及天涯海角……春风啊春风你把我吹绿，阳光啊阳光你把我照耀，河流啊山川你哺育了我，大地啊母亲把我紧紧拥抱。”

《小草》是音乐剧《芳草心》的主题歌，在20世纪80年代，一经推出就风靡一时，不但在国内红遍大江南北，还在日本和东南亚等地引起了巨大反响，影响了整整一代人。

望着何潮的背影，郑小溪摇了摇头，自言自语：“也不知道他是真糊涂还是装傻，江姐姐生他的气，肯定是埋怨他不和她联系。呼机坏了不过是一个借口，江姐姐的电话他也有……”她又想起了周安涌，不由得情绪低落了几分，“我的电话周安涌也有，可他从来不打过来，而且没有记下我的号码，可见他心里就没有我。那天晚上他还抱住我说喜欢我，总赖着不走，一转身就忘得干干净净，男人都是这样喜新厌旧吗？何哥还没有新欢，可是为什么也不在意江姐姐呢？”

手机突然响起，打断了郑小溪的自怨自艾，她忙接听了电话：“你好，利道物流。”

“小溪，我是江阔。”

“江姐姐……”郑小溪喜出望外，“你要过来看望何哥哥吗？”

“我明天一早过去，你先别告诉他。”江阔刚才一生气挂断了电话，刚放下电话就后悔了，觉得自己不该无故发火，会让何潮误会，就赶紧打了回去，却听到了郑小溪的声音，果然和她猜测的一样，何潮所用的手机是郑小溪的。

“太好了，欢迎江姐姐，可是为什么不要告诉何哥哥呢？”郑小溪心思简单，“是不是想给他一个惊喜？”

“也不是……算是吧。”江阔不想解释过多，她停顿了片刻，“现在你们的利道物流发展得怎么样？”

“还可以，才一个多月，现在每天的收入就有几百元了，等公司发展到100人的时候，每天的收入会有几万元。”郑小溪对未来充满了信心。

江阔无声地笑了笑：“如果每天收入300元，但支出是290元，利润率也不足以支撑公司扩大经营……何潮有没有什么远景规划？”

“有，何哥哥的想法可多了，不过他只和我们透露了一点点，还说现在只需要踏实做事，不需要想太多。他常说的话是立足长远，着眼眼前……江姐姐你是要投资我们吗？”郑小溪想起了自己向爸爸索要资金被拒绝的经历，不由得情绪低落了几分，“本来我打算从家里借钱投资利道物流的，但爸爸不同意，非说物流行业没有前景，他只看好房地产，只想做包租公。”

江阔微有失望之意，何潮并不如她想象中一样有格局、有魄力，她原本想投资何潮的心思瞬间熄灭了一半：“何潮对目前几家比较成功的物流公司，比如香港的江氏物流、深圳的辰东物流，再比如上海的盛彤，他们的优势和不足在哪里，有没有做过对比？”

“没听他说过。”郑小溪还是没有多想江阔为什么会问她这些问题，“江姐姐你快来樟木头，可以当面问问何哥哥，他有许多事情不和我们说，可能是觉得说了我们也不懂。反正我什么事情都听他的……”

“公司是团队，团队很重要，不是一个人单枪匹马作战……”江阔微叹一声，心中仅存的一半投资念头也熄灭了，“我明天去樟木头镇是见一个老朋友，如果有时间，就和何潮见见。”

刚收起电话，郑小溪抬头一看，何潮匆忙从外面回来了，她忙举起手机：“何哥，刚才江姐姐又打来了电话，问了好多问题……”

“什么问题？”何潮是忘了一个单子，回来取一下。

“嗯……”郑小溪犹豫着要不要告诉何潮明天江阔会来，电话又响了。她一看来电是一个陌生的号码，以为是业务来了：“你好，利道物流。”

“利道物流？”另一端传来一个微带沙哑的声音，“怎么是利道物流？难道打错了？刚才是谁打的我电话？”

“你是哪位？没人打你电话，你打错了。”郑小溪急于和何潮说事情，就要挂断。

“你确定没人打我电话？你问问你的同事，我叫江离，大名鼎鼎的江离，他们当中肯定有人认识我。”

“江离？你等等。”郑小溪才听出是江离的声音，赶紧将电话递给何潮。

“江离打电话过来了。”

何潮接过电话：“江离，是我，何潮。刚才打你电话，你没接。前段时间呼机坏了，刚修好。你现在怎么样？”

“呼机坏了你就敢自绝于朋友？何哥，你心可真大！知不知道我找你找得多辛苦，都快发疯了。你不能在我的生命中突然出现又悄然消失，这是不负责任的表现……”

“行、行，打住、打住。”何潮最怕江离说个没完，江离的长篇大论一旦开口，犹如江河决堤，滔滔不绝，“是我不负责任，是我的错，行了吧？”

“什么叫行了吧？你的态度不端正！”江离沉默了一会儿，没等来何潮继续说下去，只好继续说道，“行，你厉害，你淡定，我服了。是这样的，我现在是教历史的经济学家，受聘于善来集团，是深圳一哥郭林选的私人教师，简称私教兼顾问。他托我找你，想投资你。当然，最重要的是我们好久没见了，我有许多想法想和你交流，你在哪里，快说，我马上就去找你。”

什么？郭林选要投资他？何潮愣了，郭林选不收拾他就不错了，还会投资他？除非郭林选脑子有坑。他又一想，郭林选号称深圳一哥，行事向来随心所欲，也许不是想投资他，而是想借投资之名压迫他，他哈哈一笑：“祝贺江老师如愿以偿！一哥投资的事情，就算了，你要来樟木头镇看我，随时欢迎。”

“你在樟木头镇？怎么不早说？具体位置告诉我。”江离急不可耐，“我现在就出发，要和你秉烛夜谈……”

何潮告诉了江离他的具体位置：“谈什么？”

“无所不谈。”江离只说了一句话就挂断了电话。

何潮无奈地笑了笑，江离还是老样子，激情如火，想到做到，是一个理论联系实践的实干派。他怎么受聘于善来集团了？应该是郭统用赏识他的才能，郭林选才不会有心学习。

正准备将手机还给郑小溪——他还有单子要送——手机又响了，他不及多想就随手接听了电话：“你好，利道物流。”

第六十五章

说到不如做到

“何潮何哥？”一个惊喜的声音惊呼一声，“真是你，我是夏正。”

何潮开心地笑了：“是我，何潮。”一个个朋友失而复联，就像以前的岁月呼啸而至，一幕幕往事重新闪现，他不厌其烦地向夏正解释了失去联系的原因。

夏正连声说道：“我相信你不会忘了我，何哥，你在樟木头镇，是吧？我明天一早过去找你。江离也去？好，我载上他和他一起，你别管了，我联系他。”

何潮挂着一脸满足的笑容将手机还给郑小溪：“有朋友，有事业，有明天，小溪，你说我是不是很幸福？”

“你当然幸福了，你还有小溪。”郑小溪甜甜地笑了，好多天了，她终于见到何潮露出了久违的笑容。一个多月来，何潮不是不开心，而是每天忙碌得连开心和难过都没有时间表露。他就像一条逆流而上的大鱼，每天不停地游来游去，努力地向上游进发，他只有一个游泳的念头，根本没有时间停下来欣赏沿途的风景。

今天的电话，总算让他的心情舒展了几分，郑小溪一高兴就忘了告诉何潮江阔要来的事情。

晚上，何潮最先忙完，回来后先洗了一个澡，到院子里吃饭的时候才发现只有小溪和表姐在，不由得笑了：“就我们三个？要不等等他们？”

“不用等了，他们也不知道什么时候才回来，我们先吃。”表姐招呼何潮坐下，“边吃边说，我有很重要的事情要和你商量。”

何潮听话地坐下，夹了一口菜：“有几天没见到表姐了，是在谋划什么大事？”

表姐瞥了何潮一眼：“何潮，表姐待你怎么样？”

“亲表姐。”何潮乐呵呵地喝了一口米粥，“表姐有什么话就直说，房租刚交了，水电费也没欠，我们现在的对话不涉及金钱，会比较轻松。”

“谁说不涉及金钱？不但涉及了，而且是大额，50万元！”表姐只喝了一碗粥就饱了，她放下筷子，拿出一张纸拍在桌子上，“我准备投资王姐的店50万元，想听听你的意见。何潮，在你心里，小溪和丹丹谁更近？”

郑小溪立刻一脸紧张地看向何潮。

何潮很清楚表姐有此一问的目的，他呵呵一笑：“小溪和丹丹不分远近，就像表姐和王阿姨不分远近一样。我可以保证王阿姨的人品，但不能保证你投资她一定会有回报。”

“为什么这么说？”表姐被何潮一语道破用意，淡定地笑了。她是担心何潮因为觉得和王阿姨母女关系更近而偏向她们，但是何潮的回答十分中肯，让她大为放心。

“从人品上来说，王阿姨不会骗人，会认真做事。但从投资的角度来说，任何投资都不能保证一定赚钱，如果真有一定赚钱的投资，肯定是骗局。不过我相信凭借王阿姨的手艺再加上表姐的市场判断力，你们合作肯定是珠联璧合，互相成就。”

“互相成就说得好。”表姐开心地笑了起来，“何潮，你也是王姐肠粉的股东，我有两个问题，你和表姐说实话。一是‘王姐肠粉’的招牌不够大气，你觉得起个什么名字好？二是我投资50万元，和王姐商量占股40%，你觉得合理不？”

两个问题都颇有难度，何潮一时有些为难：“‘王姐肠粉’是不够大气，要连锁经营的话，等发展壮大之后，会影响品牌形象，不如叫‘深圳小吃’，既有地方特色，又有辨识度。50万元入股，折合40%的股份，表姐是觉得少了？”

“你是有5%的股份对吧？”表姐没有回答何潮的问题，冷不防问了一句。

何潮立刻明白了表姐的心思：“是的，是王阿姨非要赠送的，算在王阿姨的股份里面。”

“行，我投57.5万元，算46%的股份，你觉得怎么样？”

何潮笑了，表姐46%，他5%，王阿姨手中49%，那么他就成了关键的少数。他站在表姐一方，表姐就是51%，控股；他站在王阿姨一方，王阿姨是54%，也是控股……表姐是在考验他的立场，也是在为他出一个天大的难题。

“王阿姨没问题，我就没问题。”何潮一抬头见顾两回来了。他伸手招呼顾两：“来，表姐有问题和你探讨。”

表姐白了何潮一眼：“我不问他，就问你。行了，你也别为难了，你刚才的话我还算满意，算是不偏不倚。”她又转向了郑小溪，“小溪，你还有机会，努力争取，别放弃。忘了周安涌吧，一个男人，不要看他长得怎样、说得怎样，要看他做得好不好。说一千道一万，不如做一件，何潮是个好男人，你如果让他爱上你，他肯定不会辜负你。他就一个缺点，太温和了，不够爷们儿。”

“谁说何潮不够爷们儿？他在该爷们儿的时候绝不含糊。”顾两笑呵呵地坐在了何潮的对面，伸手抓菜就吃，“小溪，你要是真的喜欢上了何潮，就告诉他，让他知道你的心意，至于他是不是接受你，先不要想那么多。现在是1997年了，离2000年只有两年多了，不再是以前必须男追女的时代了，女人一样可以追求男人，谁追求对方谁就掌握了主动。”

郑小溪脸蓦地红了，腾地站起来，转身就走：“干吗又扯我身上？关我什么事情？表姐是在和何哥商量正事。以后不许拿我说事，我生气了。”

表姐也起身走了：“何潮，你可要想好了，丹丹虽然是大学生，但小溪家里可是有一栋楼，她是独生女！你在事业上的努力，我很佩服，也很欣赏，但在爱情上就不够主动了。爱情也是你人生的山峰，你得自己翻越才行。”

望着表姐远去的背影，顾两摇头笑了：“如果说王姐是经济学家，那么表姐就是哲学家，不，更准确定位的话，是爱情哲学家。”

“哈哈，比喻恰当。”何潮喝了一口水，“顾两，在即将到来的小灵通浪潮中，你觉得我们利道能不能趁势崛起？”

顾两一口菜含在嘴里，愣了一愣：“想听真话还是假话？”他见何潮脸色不善，忙自嘲地一笑，“真话就是，虽然现在利道发展势头不错，但我还是更看好房地产行业的未来。”

何潮听出了顾两的言外之意：“你想去做房地产，觉得物流行业没前途？”

“以后随着手机和电脑的普及，人们的通信需求都会转移到手机和电脑上，谁还会寄信？以后只有大宗货物才需要物流，而大宗货物的运输，需要大型交通工具和运输渠道，我们又不具备条件。深圳有不少中小型物流公司，就是因为深圳紧靠香港，有得天独厚的地理优势，但优势同时也是不足，我们的单子基本上不出深圳、东莞、香港以及樟木头几个地方，再远的地方一是没能力投送，二是没有业务需求。”

顾两暗中观察何潮的脸色，见何潮一脸平静，就爹着胆子说了下去：“房地产就不同了，立足深圳的房地产公司，早晚可以走出深圳迈向全国，所以从长远来看，物流行业是一个劳动密集型的低端产业，靠单个单子赚钱，而且局限于一地，未来永远没有成为大型集团公司的可能。我在海南从事房地产开发，最后虽然赔得一塌糊涂，但不是房地产行业不行，而是海南的环境不行，海南远没有深圳的活力，也没有深圳的优势。海南流入人口极少，没有人口，房子卖给谁？海南的房地产崩塌是盲目发展、过度膨胀的必然结果。”

何潮点了点头：“你说得很对，深圳每年的净流入人口都在40万以上，现在深圳一市的人口将近600万，比整个海南省只少不到100万，迟早会超过海南人口。人口是第一生产力，我相信深圳的人口会持续上涨，说不定十几年后，深圳人口会破了千万大关。”

顾两面露喜色：“你也看好房地产的未来？”

“当然了，房地产行业肯定是一个大有作为的行业，但是……”何潮摇了摇头，“并不适合我们，我还是坚持走物流行业的道路。”

“为什么？”顾两始终放不下心中的房地产之梦，今天难得何潮要和他聊一聊方向，他知道机不可失，“是因为没有资金、没有资源吗？这些都不是问题，都可以解决，事在人为。”

“都不是。”何潮缓慢而坚定地摇了摇头，“房地产在未来几十年都会是上涨的趋势，但我并不想从事房地产行业，有两个原因。一是我始终认为房子不是商品，不能当成赚钱的工具，房子是生存的必需品。如果生存的必需品都用来交易，会透支人们十几甚至几十年的幸福。二是和不能流通的房子相比，我更愿意做流通行业，将人们需要的物品从一个地方运送到另一个地方，将物品交到顾客手中，是每一个物流从业人最大的满足和幸福所在！”

第六十六章

不知道怎么就富了

“何哥的两个理由，都太理想化、太看重情怀了。”顾两嘿嘿一笑，心中有一句话没敢说出口，在商言商，别用情怀替代商业。

“哈哈，你说得对，顾两，人不能为情怀活着，既然开公司，赚钱是第一动力。”何潮站了起来，双手叉腰，“从下月起，利道物流更名为利道快递，只收取小件，不收大件，放弃所有大宗货物的运送。”

“啊？”顾两大惊失色，“小件利润低，而且以后小件会越来越少，说不定会消亡，何哥，你这么做，是死路一条呀。”

“我的看法恰恰相反。”何潮胸有成竹地一笑，“未来大宗货物的运输依然会存在，但成本高。同时，小件不但不会消亡，反倒会越来越多，小件速运才是快递。”

“真的决定了？”顾两心中闪过浓浓的失望，他觉得何潮还是太年少轻狂了，心中突然萌生去意。

“决定了。”何潮目光坚定地点了点头。

“你是老板，你说了算。”顾两的神情黯淡下来，不想再多说什么，起身回屋，“我累了，先睡了。”

何潮察觉到了顾两情绪的变化，想问几句什么，却见顾两头也不回地推门进屋，他话到嘴边又咽了回去。算了，每个人都有自己坚持的东西，他不想勉强别人，尤其顾两不是别人。

顾两经历那么多，人生有过大起大落，他只凭借感觉得出的对未来的预判，肯定无法说服顾两相信。

何潮一直在院中坐着，一动不动，也不知道在想些什么，直到和仔和高英俊等人回来，他才起身。想起明天江离和夏正都要过来，他心中按捺不住激动之意，好久没有见到他们了。

看到和仔和高英俊几人相处得很是融洽，有说有笑，勾肩搭背，他十分开心，就想起了和周安涌在一起的日子。希望可以早些见到周安涌，也好和周安涌好好聊聊他的规划，他很想听听周安涌的建议。

此时此刻，周安涌也正好想起了何潮。

周安涌正在酒局上，此时喝得已经有了五分醉意。近来他酒量大涨，在酒桌上罕有对手。当然，他天生酒量就不小，在北方的时候多喝白酒和啤酒，来到深圳之后，开始练习喝红酒和洋酒。

今晚的酒局，是曹启伦发起的，邀请了刘以授和赵动中。除了曹启伦和周安涌作陪，还有曹启伦的助理邹晨晨以及海之心。

本来周安涌没打算叫海之心一起，但曹启伦觉得只有一个邹晨晨作陪，气氛不够，非要让海之心过来。周安涌虽不情愿，也只好打了电话。海之心欣然前来。

酒过三巡，气氛热烈了几分。周安涌借着酒劲，起身向刘以授敬酒："刘总，我再敬您一杯。说心里话，我最敬佩您这样白手起家的成功人士，赤手空拳打下一片江山，太了不起、太励志了。我和我的发小何潮来深圳几个月了，认识了不少人，也走了不少弯路。今天通过曹总认识刘总，让我觉得来深圳是我一生之中做出的最正确的选择。"

47岁的刘以授留着毛寸，穿一身中式衣服，脚上穿的是布鞋，右手握着一对玉石健身球，左手拿着雪茄，头上还戴了一顶白色的鸭舌帽，不中不西、不伦不类的打扮有几分滑稽。刘以授长得倒还周正，鼻直口方，浓眉大眼，个子也有一米七五，如果不是说着一口浓重的广味普通话，谁都以为他是地道的北方人。

刘以授是土生土长的深圳人。

"再说我是白手起家就是打我的脸了，我是靠拆迁起家，这又不是什么丢人的事情。安涌，我从来不避讳我的发家史。我是搭上了历史机遇的便车，但历史机遇让我赶上了，也不是我的错不是？是，我是说过一句很嚣张、很气人的话：一觉醒来，不知道怎么就富了。但这是事实，不是吗？"刘以授并未起身。他轻轻放下手中的健身球，扭头问身边的邹晨晨，"晨晨，你说我该不该和周安涌喝这一杯？"

邹晨晨眼睛很大，嘴巴小巧而红润，皮肤很白，身高一米六五，不胖不瘦，一身黑色连衣裙衬托得她肤色胜雪，裸露在外的锁骨性感而柔美。她从四川大学毕业后，一个人闯荡深圳，先是在一家文化公司当翻译，后来经人介绍认识了曹启伦，成了曹启伦的行政助理。

如果说江阔的漂亮是端庄，海之心的漂亮是知性，辛有风的漂亮是妩媚，郑小溪的漂亮是清纯，卫力丹的漂亮是清新，那么邹晨晨的漂亮就是热烈，是的，她像夏天的风，热烈而冲动，毫不掩饰她的激情。

“要得，要得。”邹晨晨也端起了酒杯，“刘总，不如我和安涌一起敬您，我们干杯，您随意。”

“我随意？”刘以授脸色一沉，“是觉得我年纪大了，不中用了，是不是？不是我说大话，别看安涌比我年轻，在某些方面未必比我强，哈哈。”

曹启伦和周安涌一起大笑，赵动中却不动声色地吃了一口菜，一脸淡然。

刘以授一口喝干杯中酒，伸手一拉赵动中：“动中，你闷头吃菜不喝酒，是不给我面子，还是不给启伦面子？你一个卖菜的装什么清高？”

赵动中勉强笑了笑：“在刘总面前可不敢装清高，再说我一个泥腿子出身，靠卖菜起家，在深圳是一个太不起眼的小人物，在曹总和刘总面前，可不敢大声说话。”

刘以授有几分不高兴，倒满了一杯酒：“动中，别再在我面前演低调，我知道你的斤两，也佩服你的手段。你从广州来深圳还不到五年，现在个人资产已经有十几个亿了吧？我从小在深圳长大，要不是因为深圳建市，赶上好时代，坐上了深圳高速发展的列车，我现在个人资产不超过1万块！可是没办法呀，我就出生在深圳，深圳的列车开动的时候，我就在车头的位置，比所有人都快一步启程。你虽然在车尾，但你身手好，几下就到车身中间了，估计再过几年就和我一样坐在车头了，来，喝一杯，庆祝我们赶上了好时代，感谢国家的好政策。”

赵动中慢腾腾地站起来，轻描淡写地和刘以授碰了一下，随后一饮而尽：“不管是一夜暴富，还是勤劳致富，都是时代的趋势。有人命好，有人眼光高，有人机遇好，不管是哪一种，都是因为赶上了时代的潮流。和刘总一样的拆迁户有很多，但大多很快坐吃山空，甚至赌博、吸毒，最后抛尸海边的也有不少。但像刘总一样顺势而起，成就了一番事业的人物，也不多。来，刘总，我再敬你一杯，以后在房地产上，还请你多多指点。”

一番话说得刘以授心花怒放，他哈哈大笑：“在深圳的房地产界，要买房子几乎绕不开你们潮汕人：黄茂如的茂业，黄楚龙的星河地产，林少斌的招商地产，张仲骏的新亚洲，周文焕的东方玫瑰，林乐文的金泓，等等，以后会不会多一个你的全健蔬菜实业有限公司？”

赵动中在深圳成立的是一家蔬菜公司，现在规模虽然还不是很大，发展的势头却很猛。但他并不满足于现状，想进军保险行业和房地产行业。

赵动中听出了刘以授话中的嘲弄之意，也不生气，微微一笑："刘总一觉醒来，不知道怎么就富了，从一个穷光蛋到亿万富翁，只用了不到12个小时。我没有刘总命好，从毕业到现在身家上亿，用了差不多三年。不过刘总从亿万富翁到身家几十亿，用了十多年，我比刘总小十几岁，十几年后赶上刘总现在的成就，也应该有可能。如果再得到刘总的指点和帮助，说不定会更快。当然，在刘总帮我的同时，我也会给予刘总相应的回报。"

周安涌冷眼旁观，脸上赔着笑，心中却是感慨不断。当年赵动中初来深圳时，还得到过曹启伦的帮助，现在的赵动中虽然实力不如曹启伦，但每一步都走得很稳妥，布局也明显比曹启伦更有前瞻性。在他和海之心研究了赵动中和刘以授的发家史后，二人得出了同样的结论——赵动中未来不可限量，刘以授以后也大有可为。

虽然刘以授和赵动中是截然不同的性格，赵动中低调、隐忍、沉稳，而刘以授则嚣张、野蛮、凶悍，但二人也有共同点，就是极有手腕。刘以授像放大版的曹启伦，而赵动中则像放大版的庄能飞。

刘以授哈哈一笑："动中有想法，既想搭时代的便车，也想借我的便利，好，与人方便就是与己方便，有什么合作的项目都拿过来，只要合适，只要大家都有钱可赚，为什么不一起玩？是吧，启伦？要玩就一起玩，来，一起举杯，晨晨，之心，一起玩不？"

刘以授一语双关，邹晨晨和海之心听得明白，邹晨晨脸微微一红，推了刘以授一把："刘总坏死了，说话总有歧义，让人浮想联翩。能跟刘总一起玩的人，只有曹总、赵总还有周总这样的大人物，我一个小小的助理，只要能跟在曹总后面做好保障工作就知足了。"

海之心挽住了周安涌的胳膊："一起玩，没问题，我都听安涌的。"

第六十七章

明抢

“哈哈，你们两个丫头一个比一个聪明，了不得，了不得！”刘以授和众人依次碰杯，伸手去揽右边的邹晨晨，却被邹晨晨假借为曹启伦倒酒的动作，侧身躲开了。

重新落座之后，刘以授制止了邹晨晨倒酒，像换了一个人一样，一本正经地说道：“好了，酒到此为止，现在开始说正事。今天的局是启伦召集的，他肯定有事情要说，启伦，接下来不喝酒，只喝茶，不扯闲篇，只聊正事。”

怪不得一个睡了一觉就变成了亿万富翁的拆迁户刘以授能有今天，这份自控力和本领确实让人高看一眼，周安涌暗暗点头，对刘以授又多了几分敬佩。

曹启伦清了清嗓子，微微点头：“今天请刘总和赵总来，是有两件事情要和二位商量一下，第一件事情是启伦电子的融资。启伦电子发展到今天，势头良好，前景广阔，但由于受到了东南亚金融危机的影响，而且很明显，金融危机正呈进一步蔓延的趋势，香港也受到了一定程度的冲击，扩大的趋势明显。香港一旦受到冲击，肯定会影响到深圳。实际上，深圳已经受到了影响，电子行业的寒冬就要来临了。基于此，启伦电子需要一笔资金过冬。”

曹启伦微一停顿，朝周安涌示意，周安涌接话说道：“启伦电子需要融资2000万，释放10%的股权。融资主要用来储备零部件，为明年的小灵通上市打好基础。启伦电子已经拿到了小灵通10%的市场份额，据保守估计，明年小灵通的销量会达到1000万部，按照每部500元的保守利润估算，明年一年在小灵通上面获利就可以达到5亿元。

“除此之外，启伦电子也有意进军房地产行业，经过运作，曹总已经在龙岗区拿到了一块净地，初步规划用来开发叠拼别墅。龙岗区的地皮，善来集团有意和启伦电子一起联合开发，不对，不应该再叫启伦电子，很快就会完成工商变更，启伦电子更名为启伦集团了……"

"不用说了。"不等周安涌说完，刘以授挥手打断了周安涌滔滔不绝的演说，"小周，以后你在外人面前可以拿腔拿调地说话，但在我面前，就不用装腔作势了。你就实话实说，启伦电子的资金缺口，到底是什么造成的就行了。也不用说什么启伦电子更名为启伦集团的事情，都是自己人，说这些虚头巴脑的没用，更个名就能提升实力了？业内会当成笑话的。还有善来集团想和启伦合作就更可笑了，善来集团不缺地皮、不缺资金，凭什么和启伦合作？启伦没有善来想要的不可替代的东西，除非郭统用喜欢晨晨，为了得到晨晨愿意让一部分利益给启伦，因为晨晨是独一无二、不可替代的。"

"晨晨不是不可替代的，刘总才是。"邹晨晨见周安涌脸色不善，被刘以授呛得尴尬，忙替周安涌圆场，"周总不是在刘总面前卖弄，刚才刘总不是说只聊正事吗？在刘总面前周总不敢怠慢，他越正式就说明对刘总越尊重。"

"还是晨晨会说话。"刘以授又开心地笑了，环顾左右，"我没说错吧？晨晨是启伦最不可替代的一个，哈哈。"

周安涌尴尬而不失礼貌地笑了笑："晨晨是曹总的助理，说明还是曹总眼光高。是这样的，刘总、赵总，本来启伦电子现金流充足，主要是为了应对即将上市的小灵通，投入了过多的资金……"

"就这么看好小灵通的市场？"赵动中半天不说话，一说话就直指要害，"启伦，赌注下得太大了呀。我记得你的现金流少说也有四五千万，都投入小灵通，万一折了，岂不是血本无归？你融资2000万，应该也是继续押注小灵通吧！所谓的龙岗区地皮和开发叠拼别墅，应该只是说说而已。如果小灵通没有销量，你的启伦电子就算更名为启伦集团，也会死得很惨。而且刚才安涌说每部小灵通利润500元，哈哈，商业上的夸大可以有，但夸大10倍就有点欺负人了。"

曹启伦尽管喝了不少酒，还是感觉脸上火辣辣地发烫，像被打了几个耳光，赵动中的话完全切中了他的要害，他确实是想豪赌一把小灵通，融资的钱也会押注小灵通，而不是用来投资房地产。

2000万元对房地产行业来说，只是杯水车薪，连一个浪花都看不见就没有了。

海之心不说话，轻轻转动水杯，她只是前来作陪，对于曹启伦的融资，原本也不看好。不过既然是周安涌的事情，她也只能尽力而为了。

邹晨晨忙绕过刘以授来到赵动中面前，举杯说道："刚才刘总说了不再喝酒，我算是半个主人，主人好客，喝酒不算破例。我喝酒，赵总喝茶。”

赵动中一动不动，只是笑：“难题太大，不可替代的晨晨也解决不了，你不用费心了。”

邹晨晨却一饮而尽杯中酒：“赵总喝不喝没关系，我的心意到了就行了。万丈红尘三杯酒，千秋大业一壶茶，赵总是有格局的人，觉得曹总押注小灵通是豪赌，曹总是怎么想的，我不清楚，我却觉得曹总不是赌博，是将资金放到了可以迅速升值的行业。每一个阶段都有每一个阶段的趋势，20世纪80年代是海南房地产的黄金时期，进入20世纪90年代就崩盘了。但我们不能说20世纪80年代海南房地产的兴盛没有意义。20世纪90年代是深圳电子行业的黄金时期，谁又敢说未来几年不是小灵通的黄金时期？从IBM到微软，从联想到华强北，电子行业的时代已经来临了，再不上船就没有船票了。”

赵动中微微点头，端起茶杯和邹晨晨碰了一下：“你说服了我一半，我投1000万。”他原本也有投资意向，否则也不会参加曹启伦的饭局了。既然邹晨晨表现得还不错，顺水推舟送她一个人情，不过是举手之劳。

邹晨晨喜出望外：“谢谢赵总，赵总肯定不会后悔今天的决定。”

刘以授哈哈一笑：“如果答应我的一个条件，我也投1000万。”

“什么条件？”邹晨晨眼睛明亮如晨星，歪着头，很是可爱。

“启伦让你当我的助理，我就投资。”刘以授目不转睛地盯着邹晨晨，一脸似笑非笑的神情，这个女孩长得漂亮不说，还八面玲珑，能说会道，又极有眼色，并且心细如发，带在身边，绝对是一个得力助手，再进一步收了她，肯定可以帮他在方方面面摆平许多问题。

刘以授就真的动了纳为己有之心。

曹启伦愣住了，没想到刘以授会提出如此过分的要求。

其实说白了，一个助理倒也没有什么，就算他不给，刘以授也可以私下挖走，就像他当初撬走周安涌一样。人才流动在深圳是常态，昨天还跟在你身边的小弟，明天说不定就是别人的大哥。有当大哥的机会，身边哪个小弟不动心？

只是他撬走周安涌好歹是暗中下手，刘以授就相当于明抢了，并且抢的还是助理。虽说他和邹晨晨目前还真是清白的工作关系，他对邹晨晨也没有别的想法，主要也是因为邹晨晨不是他喜欢的类型，但刘以授当面提出交换条件，就有几分强人所难并且当面打脸了。

曹启伦的脸色就不那么好看了，强颜欢笑道："刘总看上了晨晨？好说好说，只要晨晨愿意走，我肯定不会强留。"

"晨晨……"刘以授见曹启伦识趣地将难题抛给了邹晨晨，心中大为高兴，事情成了一半，他相信他的条件绝对可以打动一个刚出校门的女大学生，"你过来后，工资翻倍，年终奖10万，三年后，有股权奖励，你还有什么条件，尽管提。要车要房，都可以商量。"

周安涌眯起了眼睛，如果说刚才刘以授向曹启伦当面索要邹晨晨已经是打脸了，现在开出了如此优厚的条件，相当于又朝曹启伦心口踹了一脚，窝心脚！太狠了，欺人太甚了，尽管刘以授假装喝醉，但如此行径也有失体面，完全不给曹启伦面子。

但那又怎样？周安涌心里再清楚不过，论实力，曹启伦现在不足刘以授的百分之一；论人脉，曹启伦更不敌土生土长的刘以授的一拳，更不用说刘以授黑白两道通吃，在深圳名气虽然不大，却是一个地地道道的地下君王！

周安涌暗暗握紧拳头，心中发誓，总有一天，他要成为比刘以授还要厉害的人物，让刘以授在他面前不但不敢嚣张，还得恭敬三分。

赵动中也不说话，饶有兴趣地看向邹晨晨，如此大的难题，男人较量的支点落在了一个小姑娘身上，邹晨晨承受了她不该承受的压力和负担，邹晨晨多半过不了关。

一般女孩在如此巨大的压力和诱惑面前，都会选择向压力屈服、向诱惑投降。邹晨晨在众目睽睽之下，只呆了一呆就嘴角一扬，眉毛一挑，咯咯地笑了："谢谢刘总，刘总真是太抬举我了，没问题，刘总赏识，我有什么资格不回报刘总的抬爱……"

第六十八章

楔子

周安涌暗叹一声，邹晨晨还是没能抵抗住诱惑。赵动中暗暗点头，邹晨晨的选择和大多数人一样，趋利避害。就连海之心也是微微摇头，换作是她，她也许还不如邹晨晨。她无法像邹晨晨那样谈笑风生，从容应对。

不料让所有人大吃一惊的是，邹晨晨突然话锋一转："曹总今天还有一件事情没有向刘总和赵总透露，就是和善来集团联合开发叠拼别墅的项目。刘总、赵总不要以为我们没有善来集团想要的东西，我们的'撒手锏'就是周安涌周总。周总和郭公子关系非常密切，是无话不谈的哥们儿。郭公子不想接手善来集团，是不想笼罩在父亲的阴影之下，他想自己做一番事业，于是和周总谋划了龙岗区叠拼别墅项目……"

曹启伦张了张嘴，想制止邹晨晨说下去，邹晨晨说得太夸张了，他所谓的和善来集团的联合开发项目，只是虚晃一枪，是想让刘以授和赵动中认可他有人脉、有前景，没想到邹晨晨借题发挥，竟然要落到实处了，他心中没有底气，不免有几分慌张。

曹启伦一张嘴，就被周安涌摇头制止了。周安涌朝曹启伦连使眼色，暗示曹启伦静观其变。他也很惊讶于邹晨晨的胆大，却很想知道邹晨晨到底打的是什么算盘。

周安涌认识邹晨晨还不久，只有一个多月，对邹晨晨的了解仅限于知道她是川妹子，普通话很标准，酒量不错，很豪爽大气，开得起玩笑，禁得起嘲笑，圆得了场，其他方面就不得而知了。他在为邹晨晨暗捏了一把汗的同时不免又想，如果邹晨晨过不了关，怕是在曹启伦和刘以授两边都不能立足了。

不过这样也好，邹晨晨深得曹启伦信任，他很明显感觉到曹启伦对邹晨晨的偏爱，相信假以时日，以曹启伦的性格必然会拿下邹晨晨。他现在是曹启伦身前第一红人不假，但如果邹晨晨成了曹启伦的女人，他的位置必然会被取代，况且邹晨晨不仅人长得漂亮，还有能力。

“我对叠拼别墅项目不感兴趣，我只对你感兴趣……”刘以授嘿嘿一笑，目露贪婪之色，“都说湖南女人要情，四川女人要钱，湖北女人要命，要我说，四川女人才要命。”

邹晨晨毫不生气，嘻嘻一笑：“刘总别急嘛，听我说完，我和叠拼项目是一体的。叠拼项目表面上只是一个单体项目，其实不是，是曹总借机插手善来集团内部事务的一个楔子。借叠拼项目，曹总会和郭公子建立起更加密切的合作关系，以此为契机，一步步介入善来集团的接班人之争，不让江安得手。江安正在为善来集团推荐CEO，一个香港人插手深圳公司的内部事务，不是欺负深圳没人吗？”

“说下去。”赵动中兴趣大起，手托着下巴笑了，“终于听到有意思的事情了，小邹，这个叠拼项目，我很好奇你们的操作方法。”

“曹总的意思是叠拼项目可以单独成立一个三方公司，由曹总、刘总和赵总三家联合。毕竟善来集团那么大，他一个人也吃不下，有钱大家赚才是长远之道。”邹晨晨朝曹启伦投去了征询的目光，见曹启伦没有反对，就更大胆了，“由三家各投200万，具体由我来负责，我就成了专职为曹总、刘总和赵总三人服务的助理，不分彼此。刘总和赵总只管出钱，我们曹总出钱又出力，所有从善来集团拿到的好处，三家平分，刘总和赵总觉得是不是可行？”

刘以授动心了，却觉得不可行：“三家各投200万，一共600万，租一个办公地点，再雇用十几人，钱就花得差不多了，还能开发房地产？晨晨，你觉得我傻是不是？”

“600万当然不够用，但至少可以搭起戏台了。戏台搭起来，唱戏的费用肯定都由郭公子负责了，放心，我有的是办法让郭公子买单。”邹晨晨喝了不少酒，脸色红润如霞，她飞快地瞄了周安涌一眼，暗示周安涌配合她的表演，“周总已经设计好了一套方案，可以确保龙岗区叠拼别墅项目是一个无底洞，让郭公子跳进来就出不去，直至拖垮善来集团。等机会成熟时，刘总和赵总再同时出手，以极低的价格拿下善来集团，资产可以迅速扩张十倍以上。”

“主意是好主意，就怕在实施的过程中出现纰漏。”赵动中嘴上这么说，其实心里无比兴奋，善来集团体量太庞大了，如果真能吞并善来集团，至少可以少奋斗20年，他以小博大的赌性被点燃了，“不过200万，不算多，我投。”

“200万就算全赔了也不算什么，就当喝茶了，我也跟了。”刘以授唯恐落后，被赵动中带动了节奏，也一口应下，“启伦，这事儿你来操盘，我和动中不方便出面，就躲在幕后了。”

“交给我了。”曹启伦连连点头，心想，好一个邹晨晨，临场发挥得是不错，却为他挖了一个天大的坑，看她怎么填上。

周安涌明白了邹晨晨的暗示，呵呵一笑：“成立第三方公司的前提是刘总和赵总得先投资启伦电子，毕竟启伦电子是母公司，需要盘活启伦电子才能让郭公子相信曹总的实力。刘总和赵总每人出资1200万，既拥有了启伦电子各5%的股份，又各持有了新公司33%的股份，可谓一举两得。启伦电子的收益，明年差不多是十倍，新公司的收益，两三年后，可能就是百倍以上了。”

刘以授沉吟片刻，看向了赵动中：“动中，你拿个主意。”

赵动中手摸下巴想了一会儿：“现在金融危机有扩大的趋势，鸡蛋不能放在一个篮子里面，1200万元不算多，也不算少，虽然两笔投资都有极大的不确定性，但回报非常惊人，我喜欢高风险的投资，投了。”

刘以授还在犹豫，他只对房地产感兴趣，对电子行业一无所知，所以只想投资三方公司，邹晨晨察觉到了刘以授的摇摆，掩嘴一笑：“刘总要是不投，我就只能当曹总和赵总的助理了，刘总别怪我拒绝你的邀请，毕竟负责一家新公司更能让我施展拳脚，相信刘总也不会认为我的能力仅限于一个小小的助理吧？”

刘以授猛然一拍桌子：“干了，不就是1200万嘛，就当老子少泡一个女主持。这些年，我当冤大头扔在女人身上的钱还少吗？这次再赌一把。不过我有一个条件，晨晨，你答应的话，我现场签支票。”

“刘总尽管吩咐。”邹晨晨笑意盈盈，“只要不犯法、不违背人情礼法，我都不会拒绝。”

“投资成功了，一切好说。投资如果失败了，你陪我三年当还债。”刘以授目光炯炯地直视邹晨晨的双眼，“只要你敢赌，我就陪你赌。我赌钱，你赌命。”

“她那时候还太年轻，不知道所有命运馈赠的礼物，早已在暗中标好了价格……”邹晨晨小声说了一句，神情只黯然了片刻，随即又恢复了笑容，“就算标好了价格，只要价格合适，还是要搏上一搏，好，我赌了。曹总、周总，记住我今天的赌注，有一天我真的输了，你们就算不救我，也要记得我的好、我的勇敢。”

曹启伦哈哈一笑：“你输就是我输，我怎会希望你输？不会的，有我和安涌在，肯定会大获全胜。”

周安涌点了点头，一脸认真：“如果有一天你真的落难了，我不会见死不救，就算不会不顾一切地帮你，至少会尽我所能。”

刘以授拿出支票，唰唰写了几笔，交给邹晨晨：“1200万，一分不少，手续等启伦办好后送来就行了。你已经答应了，晨晨，不许后悔。如果你没答应，我不会强迫你什么。但你既然答应了，到时如果你说了不算，别怪我翻脸无情。别说深圳了，就算你跑到天涯海角，我也不会放过你。”

邹晨晨脸色一变：“我说到做到！我今年25岁，陪你三年还不到30岁，怕什么？我还有从头再来的机会。”

海之心轻轻拉了拉周安涌的手，小声说道：“女人过了30岁，哪里还有从头再来的机会？她刚才所做的一切，不是你和曹总事先安排好的吧？”

周安涌摇头：“不是，是她的临场发挥。我还是小瞧了邹晨晨，她比辛有风聪明多了，也厉害多了，比辛有风只知道利用身体当筹码来和男人交换高明了100倍！”

海之心用力握了握周安涌的手：“不要这么说辛有风，她也许对庄能飞是真爱。我得感谢她，如果不是她的离开，你身边哪里会有我的位置？不过你得小心了，邹晨晨轻而易举就得到了一个三方公司负责人的位置，而且她深得刘以授和赵动中的器重，没人动得了她，她是你在启伦电子最大的对手。”

周安涌点了点头，朝一脸笑意的邹晨晨投去了充满敌意的一瞥。邹晨晨正沉浸在初战告捷的喜悦之中，并没有注意到周安涌对她态度的转变。

第六十九章

出场

不过就算邹晨晨知道，一切也都不重要了。赵动中兑现承诺，拿出手机，打了一个电话："张熙，你明天到启伦电子一趟，就全健蔬菜实业公司投资启伦电子1200万元的事宜进行细节上的谈判，对，已经达成意向，执行就是了。"

一场盛宴最终落下了帷幕，回去后，周安涌翻来覆去睡不安稳，迷迷糊糊中感觉睡着了，一翻身又会醒来。他索性不睡了，起身打开窗户，任由外面清新的空气吹进来。

他住在离公司不远的一栋公寓楼里，是一个50多平方米的小房间，一个月租金1000多元，是一个非常高端的小区。

邹晨晨拿自己当赌注，总算说服了刘以授和赵动中投资，启伦电子的资金难关眼下算是过去了，未来能走多远，就看小灵通是不是真的可以大行其道了。

小灵通是远景，要到明年才能见分晓，眼下最大的难题是要成立的三方公司。三方公司的前期筹备并不难，由邹晨晨出面跑手续就行，难点在于如何尽快和深圳一哥建立关系。

还是得去樟木头找何潮一趟，周安涌掐了烟，下定了决心，天一亮就去樟木头镇面见何潮!

周安涌一夜没有睡好，何潮也是。本来何潮睡得还不错，半夜起床上厕所回来，听到顾两不停地翻身，还小声地说着什么。他开始以为是梦话，仔细一听，顾两翻来覆去一直在重复一句话："怎么办呢？是走是留？"

他本想叫顾两起来好好谈谈，又一想，觉得还是算了，他早就知道顾两对物流行业兴趣不大，并且不太看好。以顾两的经历，能够和他一起创业到现在已经不错了，如果顾两想离开，他不会挽留。

天刚蒙蒙亮，院中就传来了表姐的声音："都起床了，何潮，你出来，我有事情找你。"

何潮揉着惺忪的眼睛爬了起来，来到院子里："表姐有什么吩咐？是做了什么好吃的，还是要免房租一个月？"

"还没睡醒是吧？"表姐扬手打了何潮一巴掌，"我马上动身去深圳，要和王姐一起创业了，估计最少待半个月，要等前期的事情理顺了再回来。小旭还在上幼儿园，不能跟我一起，我找了个人负责接送他上学放学。平时你们也多照看他一下，他很喜欢和你在一起。"

表姐果然是做大事的人，有魄力。她今天特意打扮了一番，丰腴的身材平添了几分妩媚气息，也是，她虽然是一个5岁孩子的妈妈，但她才25岁，正是一个女人最好的年龄。

表姐虽然比郑小溪才大了几岁，却比郑小溪多了不少女人风情。

"放心好了，小旭我来照看……你让谁来照顾他？"何潮有几分不解，"不是有小溪？难道你还另外找了人？"

"小溪一个姑娘家哪里懂照顾孩子？她从小又娇生惯养。"表姐冲远处招了招手。她喊了一声："盼学，过来和何潮认识一下。"

侧门"吱呀"一响，一个女孩怯生生地走了过来。她穿着一身蓝色工装，身高一米六左右，圆脸，鼻梁高挺，短发，大耳，虽然神情怯懦，但举止干练，走路干脆利落，几步来到何潮面前站定，先是敬了一个礼："何哥好，我叫蒋盼学，请指教。"

何潮哈哈一笑："吓我一跳，什么时候我也享受敬礼待遇了？盼学，你好，当兵出身？"

"是，何哥，我以前在部队当过通信兵。"蒋盼学怯怯的神情舒缓了不少，"转业后来到樟木头打工，现在在一家精密仪器工厂担任技术员。租了小怀姐的房子，小怀姐信任我，让我帮她带小旭，我特别开心。"

"小怀姐？谁？"话一出口何潮才回过味儿来，不好意思地笑了，"习惯叫表姐了，一下子没想起表姐的大名。行，白天你带，晚上我管，我们共同负起责任，照顾好小旭。"

"明白。"蒋盼学腿一收，又要敬礼，被何潮一把抓住了胳膊。

"别，千万别再敬礼了，会让人以为是警察来抓人。"

蒋盼学"扑哧"乐了："何哥你真幽默，你又不是坏人，警察干吗抓你？我像警察吗？许多人觉得我挺有气势的，其实我可细心、可温柔了，就是有一股倔强劲儿……”

“湘妹子一般都比较有韧性。”何潮对蒋盼学印象不错。

“你怎么知道我是湖南人？”蒋盼学惊讶地看向表姐，表姐摇了摇头，表示她没说。

何潮呵呵笑了：“你的湖南口音很明显……来深圳几年了？”

“三年。”

“盼学特别细心，又会照顾人，白天由她带小旭，我放心。”表姐拿出手机看了看时间，“时间不早了，我得赶紧出发了。小旭还没醒，不能让他看到我，要不非得哭半天不可。走了！”

表姐说走就走，不犹豫，也不回头。直到表姐走远了，蒋盼学才收回羡慕的目光：“表姐是我的人生偶像，才比我大1岁，却什么都解决了，孩子5岁，房子很多，衣食无忧，一个女人该拥有的都拥有了。”

“啊？”何潮惊讶地张大嘴巴，“你羡慕表姐有一个5岁的孩子？”

“女人早晚要生孩子，早生好过晚生。要不是梁西不想结婚，我早就生孩子了。对了，梁西是我男朋友，他在深圳大饭店当厨师，收入挺不错，就是身边女服务员太多了。天天被一群女服务员围着，估计心思安定不下来，和我谈了三年恋爱，一直拖着不结婚。”蒋盼学摇了摇头，一脸无奈，“她们都说，服务员都喜欢找一个厨师，因为厨师赚钱多，何哥，你是男人，你觉得梁西和我谈了三年恋爱不结婚，他到底在想什么？”

何潮是男人不假，但男人和男人的想法也不相同，他还没有来得及想出措辞来回应蒋盼学，隐约传来了小旭的哭声，蒋盼学神情一紧，忙跑去照看小旭了。她从侧门出去，窈窕的身影消失在了门外。

半个小时后，和仔、顾两以及高英俊等人都起床了，几人收拾一番之后，依次出去送单，只剩下了顾两故意落在最后，迟疑着想说什么。

何潮今天要等江离和夏正过来，没有接单，他招呼顾两过来：“来，坐下聊聊。”

顾两无声地走过来，坐在了何潮的对面。二人在院子中的桌子下相对而坐，微风吹过，水声隐隐传来，一切都安静而美好。

顾两微有几分局促和不安，何潮替他开口：“想走了？”

顾两一怔，随即咬牙点了点头：“太累了，年纪大了，不像你们年轻人，拼不动了。”

何潮没有点破顾两的借口："打算去哪里？"

顾两迷茫的双眼望向了天空："还是觉得以前浑浑噩噩要饭的日子最舒服，怪不得人说当惯乞丐懒做官。人如果欲望降低到解决温饱的层次，看上去是很惨，其实心里很知足、很快乐，因为很容易得到。知足常乐一点儿也不假，我以前最辉煌的时候，个人资产过亿，但那时特别忙碌，忙完之后，靠酒精的麻醉才能入睡。几十年的人生回忆起来，反倒是当乞丐的时候最让人怀念……"

何潮相信顾两的话是肺腑之言，但他也清楚顾两离开的真正原因不是想回去当乞丐："顾两，虽然你叫我一声何哥，但无论是人生经历还是年龄，你都是当之无愧的大哥。我知道你并不看好物流行业的前景，对我做出的以后只做小件不做大件的决定不理解，甚至认为是自寻死路。不知道你有没有发现一个奇特的现象？"

"什么现象？"

"1997年是一个很关键的年份。"

"呵呵，何哥，站在现在回头看，每年都可以说是关键的年份，1949年中华人民共和国成立，1966年'文革'，1978年改革开放，1980年，深圳建市。1988年，海南建省，深圳被列为计划单列市。1992年，邓小平南行。1997年，重庆升为直辖市，香港回归，东南亚金融危机爆发，同年，何潮大学毕业后，来到深圳……"

何潮本来听得入神，到最后听到自己出场，乐了："我一个小人物的出场和历史事件并列在一起，不伦不类，不能相提并论。1997年和以往年份不同的是，是一个很关键的转折年，东南亚由于房地产泡沫引发了金融危机，香港回归后，深圳制造业的崛起在1997年达到顶峰之后，有回落的迹象。但新兴产业呈现了勃勃生机，并且在酝酿一个全新的时代，电子制造业、电脑以及互联网，再加上物流，几个行业之间看似没什么关联，风马牛不相及，其实背后有一条逻辑线将它们系在了一起……"

顾两摇了摇头，表示没听明白。

何潮诚实地笑了："逻辑线就是电子时代和互联网时代的来临。说实话，我也不是很清楚几个行业之间内在的联系是什么，因为谁也不知道未来的发展会是什么样子，只能猜测到大概方向，却无法具体。"

第七十章

情义归情义，商业归商业

何潮继续说道：“技术的进步、科技的发展，完全不在预料之中。就像从固定电话到传呼机，到大哥大，再到移动电话，现在又出现了一个小灵通。电脑从最早一个房间大小到一张桌子大小，再到移动电脑的出现，IBM新出的笔记本电脑，已经可以随身携带了，谁敢说以后的电脑不会进一步缩小，甚至手机会发展到可以替代部分电脑功能的程度？”

“手机替代电脑？不可能，异想天开！”顾两连连摇头，“何哥你不懂技术，热衷于幻想，喜欢想象世界，世界很现实，现实很残酷。”

何潮沉默了一会儿：“我还是坚持我的看法，有时候时代的进步和发展，会超出我们的想象。想象才是科技的翅膀，是未来的构想。许多以前我们压根儿想不到的技术，现在正在飞速进步中。而美国几家大型跨国公司成立时，中国正是清朝，沉迷于所谓的盛世，却不知道，危机在大洋彼岸被点燃了。当时的清朝，想象不到世界正在面临技术革命，以为他们的快马和弓箭还可以征服世界，实际上，从内燃机的发明到热兵器时代的来临，清朝这个老牌帝国已经被世界抛弃了……从鸦片战争到八国联军，再到第一次、第二次世界大战，中国经历了多少痛苦和损失才被打醒，才接受了中国不再是世界中心的事实……”

顾两得承认何潮说的道理很对，也很有说服力，但他不相信物流行业会有明天，还是认为何潮选择的方向不对：“何哥，如果你想从事房地产，我以前的实战经验可以帮到你，但物流行业……我完全找不到感觉，对不起，我觉得我是累赘，会拖累利道，希望你能理解我的选择。”

顾两以为何潮会挽留他一番，不料何潮直接站了起来，伸手和他握手：“谢谢你长久以来对我、对利道的支持，如果你继续和利道一同前进，欢迎。如果你想离开，欢送。”

顾两虽然去意已决，但见到何潮如此坚决干脆，心中既庆幸又有一丝失落：“祝利道物流飞速发展，早日上市。”

何潮听出了顾两话中的嘲讽，哈哈一笑：“利道的目标不是追求上市，是追求做大做强，改变行业模式，影响千家万户，提升消费者的生活质量。顾两，你也别觉得我没有挽留你是无情无义，其实不是，你我相识于微末之时，萍水相逢，肝胆相照，兄弟情义永在心间，不会因为是不是合作伙伴而改变。但兄弟情义归兄弟情义，商业归商业，兄弟情义是感情，商业是理念，理念不合，我不会用兄弟感情勉强你留下，到时连感情也伤害了，就连兄弟也做不成了。”

顾两眼眶湿润了：“何哥，你虽然年纪比我小，但做事比我大气，也比我考虑周全。要不这样……”他迟疑片刻，不好意思地眨了眨眼睛，“我先离开利道一段时间，在外面寻找寻找商机，如果找到了，我再正式从利道出来，到时我在利道和王姐肠粉所持有的股份，全部不要了。如果没找到，我再回来从底层做起，保证再不折腾了。”

“好，都答应你。”何潮用力拍了拍顾两的肩膀，“相信你在外面流浪的时间不会太长，现在正是用人的时候，别让我等太久了。”

顾两也笑了：“你就这么自信我一定会回来利道？”

“外面的世界很广阔，机会也很多，但只有利道是你的家园。不管你有多成功、多失败，利道永远是你可以休息的港湾。”

顾两自认经历过无数风浪，不管什么事情都再难打动他，不料何潮的一句话又让他湿了双眼：“年纪大了，总是控制不住感情。好，好，不说了，正好趁和仔他们不在，我赶紧走，省得向他们解释个没完。”

何潮送顾两出了大门，一直目送他走出上百米远，上了一辆开往深圳的汽车，才收回目光，心中竟然出奇平静。他了解顾两，顾两和善低调的外表下，其实有一颗桀骜不驯的野心，当年在海南的辉煌即使放在现在的深圳，他也是响当当的一号人物，怎会甘心屈居在利道当他的手下？更不用说利道的方向他并不看好。

不要紧，何潮相信被他重新点燃了生活的信心和创业激情的顾两，不管走到哪里，也不管走多远，都不会忘记在利道共度的岁月。

何潮转身要进屋的时候，身后传来一个带有三分迟疑、七分惊喜的声音：“何潮？真的是你，何潮！”

何潮刚一回身，一道人影飞奔而来，一下扑入他的怀中，来人喜极而泣："真的是你！真的是你！太好了，总算见到亲人了。"

亲人？谁？何潮被来人紧紧抱住，鼻中传来女性特有的淡淡清香，其实不用看他也知道抱他的人是一个女孩，长发、瘦弱、个子不高，问题是……她是谁？

来人速度太快，不等他看清就已经扑入他的怀中，他只好推开来人，顿时惊呆了："有风！"

来人正是许久不见的辛有风。

辛有风瘦了不少，微有憔悴，不过状态还算不错，她没有化妆，素颜朝天，只是身上的衣服不再和以前一样光鲜。

"是我，是我。"辛有风压抑不住激动之意，上前抓住了何潮的胳膊，"你怎么在樟木头？是不是和江阔一起来见我？快带我走，我再也不想留在庄能飞身边了。"

何潮感觉有点乱："江阔？庄能飞？有风，你到底在说什么？"

在院子里的桌子前坐下，辛有风依然惊魂未定地对为她倒水的郑小溪说道："这里安全吧？万一庄能飞找了过来，能不能保证我不再被他带走？"

"安全，非常安全。"何潮劝慰辛有风，又示意郑小溪关上房门，不让外人从正门直接进院子来，"别急，慢慢说，我们都在。"

在辛有风断断续续的叙述中，何潮总算清楚了事情的来龙去脉。

在华强北被庄能飞叫走后，辛有风和庄能飞在一处公寓会面，庄能飞声称他被人算计，有人在处处布局针对他，不但公司破产倒闭，连房东也落井下石，公司也回不去了。幸好他之前有所准备，提前转移了最值钱的资产。

但资产不是现金，没法变现。现在许多债主在追他讨债，他不能露面，必须先躲藏一段时间，等风声过去，变卖资产，就可以东山再起了。他转移的资产价值少说也有2000万元。

听说庄能飞还有2000万元的资产，辛有风就打消了离开庄能飞的心思，跟随庄能飞东躲西藏，先是在深圳，后来去了东莞，经常半夜接到一个电话就心惊肉跳，听到敲门声更是胆战心惊。

庄能飞甚至想跑到国外，辛有风坚决不同意，因为庄能飞的所有资产都在国内，去了国外怎么生存？况且就算庄能飞说他有2000万元的资产是真事，但他身上并没有多少现金，在国内生活就已经捉襟见肘了，去了国外还不得要饭？

每天跟着庄能飞不能出门，不敢见光，提心吊胆不说，还吃最差的饭，住最便宜的宾馆，庄能飞在深圳有两处房子，都被债主泼了漆喷了标语，怎么敢住？才过了不到两周，辛有风就瘦了几斤，掉了不少头发，想离开庄能飞。

庄能飞却不同意，威胁辛有风如果她敢离开，他会不惜一切代价找到她，让她付出无法想象的惨痛代价，因为他已经查明，他之所以落到如此地步，都是周安涌联合曹启伦在背后断了他的货源，挖了他的客户，归根结底周安涌是真正的幕后黑手，而周安涌这么做完全是因为辛有风。

辛有风才是一切问题的根源，所以辛有风如果现在一走了之，他什么都没有了，就什么都不怕了，要和辛有风同归于尽。

辛有风害怕了，答应不离开庄能飞，却不同意庄能飞说她是一切问题根源的说法。她只是想谈一场真心的恋爱，从以前喜欢周安涌到后来喜欢庄能飞，难道不喜欢一个人，再喜欢另外一个人，也有错吗？要她说，错的不是她，是周安涌和庄能飞！

周安涌的错在于不该将爱情和事业混为一谈，不应该为了爱情用事业去对抗，更不应该拿得起、放不下。她明明已经不再爱他了，为什么他还耿耿于怀？如果是他先不爱她，她会毫无抱怨地放手，不会指责周安涌什么，更不会报复。

庄能飞的错在于，喜欢辛有风没关系，但他不该在和辛有风明确了恋爱关系之后，还把周安涌放在身边，结果让周安涌窃取了不少元希电子的秘密。庄能飞认为他大度地善待周安涌，周安涌就会不计前嫌一心一意地为他工作，他太天真了！在商场上，不能将怜悯和施舍带到工作上，不能低估别人的仇恨，更不能高估自己的宽容。

第七十一章

认知上的偏差

胜利者往往会以居高临下的姿态来俯视失败者，认为他的所有给予，失败者都会无条件接受并且感激涕零。这其实是一种自我认知上的偏差，是不会换位思考的幼稚。

庄能飞和周安涌都有错，只有她不但没错，还很无辜地被卷入了商战之中，她只想在岁月静好中做一个安静的美女，优雅、知性，要什么有什么，没有烦恼，只有幸福，可是为什么，她要像丧家之犬一样四处躲藏、居无定所，甚至不时有生命危险？

是的，在从东莞前往樟木头的途中，她和庄能飞乘坐的出租车被一辆卡车追尾，被硬生生撞出十几米远，只差一点儿就冲出马路，冲下悬崖，吓得她和庄能飞脸色惨白，半天都没有缓过来。

出租车司机下车和卡车司机理论，庄能飞机智地发现卡车司机下车时，手里拎着巨型扳手，当即拉着辛有风逃走了。二人走出很远，回头看时，卡车司机将出租车司机打倒在地还不肯罢休，又狂砸出租车，将出租车砸得稀烂。如果她和庄能飞还在车内，不死也得重伤。

二人惊出了一身冷汗。

后来二人就没敢再打车，步行了十几个小时才到樟木头镇，累得辛有风差点虚脱。辛有风欲哭无泪，她怎么成了现在的样子？从丧家之犬到疲于奔命，她的经历都快成传奇了，是以前无论如何都想象不到的恐怖。她原本只是一个想过上美好生活的小女孩，想和一个有钱人谈一场恋爱，难道也有错吗？老天为什么要这么惩罚她？

在樟木头镇，庄能飞在朋友的帮助下，找到了一处安身之地，一室一厅，40多平方米，虽然家具一应俱全，但位置偏僻。房子周围荒无人烟不说，晚上还经常能听到外面不知名的野兽的吼叫，吓得辛有风整夜无法入睡，就算勉强睡着，也总是会在哭泣中醒来。

庄能飞看她看得很紧，寸步不离，不让她有任何逃跑的机会，并且一再威胁她说，如果她敢跑掉，他不但不会放过她，还不会放过她的家人。

好在虽然面临着庄能飞的恐吓，却总算躲开了债主的威胁，来到樟木头镇后，债主们的骚扰渐少，要么是死心了，要么是找不到庄能飞的下落了，总之，辛有风和庄能飞慢慢安定下来，提心吊胆的感觉也舒缓了许多。

而庄能飞也慢慢走出烦躁的状态，开始试着联络一些关系密切的朋友和客户，辛有风不时地可以从庄能飞的电话中听到庄能飞正在一步步布局，试图重新创业，似乎还有了一些眉目。同时，她也听到了一些让她心惊肉跳的内容——庄能飞准备报复周安涌和曹启伦。

对周安涌和曹启伦二人的态度，庄能飞泾渭分明，他不会放过周安涌，因为周安涌是始作俑者，是根源。而曹启伦是受周安涌蛊惑和怂恿，本质并不坏，情有可原，如果曹启伦在他东山再起之时出手相助，他会既往不咎。

辛有风其实明白庄能飞的心思，庄能飞在全盛之时都不是曹启伦的对手，何况现在？庄能飞的想法是基于现实和实力的考虑，如果曹启伦放弃周安涌并且和他合作，他绝对会原谅曹启伦对他所做的一切。

当然，等庄能飞壮大之后，曹启伦需要仰望他时，他会不会想起当年的仇怨，对曹启伦痛下杀手就不得而知了。没有人可以预测未来，就像没有人可以洞悉人性一样。

辛有风有几次劝庄能飞等风声过去后，重新创业，创业成功了再考虑报复周安涌的事情，都被庄能飞一顿臭骂，说她心里还想着周安涌，所以才替周安涌说话。他警告辛有风，如果辛有风还放不下周安涌，总想着回到周安涌身边，他有的是办法让辛有风生不如死。

辛有风十分害怕，生怕一睡着就被庄能飞杀害，一心想着离开。好在庄能飞最近越来越忙于重新出山的事情，对她的监管疏忽了几分，她才有机会和江阔通话，希望江阔能救出她。

“我和江阔约好今天一早在长途汽车上车点见面，没想到先见到了你，何潮，你怎么会在樟木头镇？”一口气说完自己的经历，辛有风一连喝了几大杯水，气色稍微缓和了几分，“在见到你的那一刻，我感觉像从一个长长的噩梦中醒来了，何潮，答应我，不要让我被庄能飞抓走……”

何潮点了点头：“只要你不愿意，没有人能再强迫你。”

何潮的心情莫名有几分沉重，想起了刚离去的顾两，潜意识里，他总觉得顾两和庄能飞有相似之处，当然，和顾两相比，庄能飞的经历苍白了许多，顾两人生大起大落数次，大起时，比庄能飞的身家多了何止10倍，大落时，比庄能飞的遭遇落魄了何止10倍！

一个人的成功不在于他站在高峰时的高度，而在于他跌落谷底时的反弹力度。辛有风嘴中的庄能飞，多少让何潮有几分失望，在他看来，庄能飞不应该如此短见并且非要报复周安涌，倒不是他站在周安涌的立场上为周安涌说话，而是他认为庄能飞应该吃一堑，长一智，不再纠结于个人恩怨，先壮大自己。

只有当自己的实力足够碾压一切时，再出手和别人较量，才会避免再次失败的可能。

“江阔约了你见面，几点？”何潮知道江阔和辛有风的关系还算不错，他看了看呼机，“都9点多了，江离、夏正他们也快来了，今天真是热闹了。”

辛有风拿出手机，拨出了一个电话，却没打通，她摇了摇头：“江阔只说一早过来，没说具体时间，让我8点后在车站等她，现在都9点了，她是不是不来了？”

“不会，江阔说话算话，不会食言。”何潮起身，“小溪，你照顾一下有风，我去外面看看，也许江阔找不到地方……这里信号不太好，手机有时会打不通。”

外面人来人往，车辆络绎不绝，却没有何潮想见的人。何潮站在路边，阳光明亮而刺眼，他眯着眼睛，站在一棵椰子树下，四下张望。他还真有几分想见到江阔的心思，他想和江阔聊聊香港的经济形势。最近从报纸和电台听到不少新闻，东南亚的金融危机扩大化的脚步非但没有停止，还加快了，香港明显受到了冲击。

同时，他还想听听江阔对物流行业前景的看法。

昨天江阔才和他通过电话，却没有告诉他她要来樟木头，也没有说辛有风也藏身此地，何潮有几分纳闷，江阔是不是不想见他？也许是他太落魄了，入不了江阔这种高高在上的大小姐之眼也在情理之中。

又等了一会儿，还不见人影，何潮有几分失望，太阳太晒，他坚持不住了，转身就走。在刚转身的瞬间，一道声音突兀地在身后响起：“何潮，你是在等我吗？”

何潮回身一看，路边，树下，冷饮摊前，一个穿了一袭长裙的女孩淡然而立，她戴了一顶遮阳帽，一副大大的墨镜遮住了大半张脸，只露出了光洁的下巴和带着一抹浅笑的嘴唇。她左手拎包，右手握着一部小巧的手机，在盛大的亚热带的阳光下，明媚而端庄。

正是江阔。

何潮愣了片刻，咧嘴笑了："野有蔓草，零露溥兮。有美一人，清扬婉兮……江阔，你是在叫我吗？"

江阔其实来很久了，她下车后口渴，在路边的冷饮摊买冷饮，正好看到何潮和辛有风的不期而遇，也目睹了辛有风飞奔扑入何潮怀中的一幕。尽管她能理解辛有风是出于对安全的渴望，并非对何潮有感情，但身为女人她也清楚一点，如果何潮在此时此刻表现出对辛有风过多的关怀和照顾，辛有风会很快爱上何潮。

女人有时分不清依赖和爱的区别，因为女人终其一生追求的是安全感，凡是能为她带来安全感的东西她都会付出感情。

江阔就没有露面，有意躲在一边静观事态的发展。她也知道，辛有风有许多话要和何潮说。只是她不能肯定何潮在听说她要来后，会不会出来迎她。

她在路边的冷饮摊坐了一个小时，平常她绝对不会在一个如此简陋的地方坐这么久，这次破例是为了验证她的猜测。她暗下决心，如果何潮出来找她，她就给何潮一个阐述自己商业理念的机会，再决定是不是投资他的利道。

当然，如果何潮没有诚意，不露面，她连说话的机会都不会给他。

虽然下定了决心，只和何潮保持正常的商业合作关系，但在见到何潮的第一眼，她的心脏还是不争气地猛烈跳动了几下，晒得黝黑的何潮更健壮，也更有男人气息了，就像一棵经历了风雨的大树，苍劲而有力，挺拔而阳刚。如果说之前的何潮因为书生气过浓而少了几许男人气概，那么现在的何潮就像一个成熟且稳重的男人，男性的健美和雄壮气息扑面而来。

第七十二章

需求就是生产力

不能被何潮表面的成熟欺骗，他说到底还只是一个刚出校门的年轻人，莽撞、冲动，激情有余而理智不足，见识不多，眼界不高，无法匹配她的高度和格局，顶多就是一个拥有高学历的健壮送货客而已。

江阔又冷静而理智地扑灭了心中升腾而起的火焰。

只是等何潮转身离去的一瞬间，她还是忍不住叫住了何潮，也许在她的内心深处，还是想和何潮好好聊上一聊。

穿过屋子来到后院，江阔见到了何潮生活了近两个月的地方，还好，比她想象中干净整洁不少。在看到郑小溪后，她心中莫名有了几分忐忑和欣慰，忐忑的是，郑小溪和何潮朝夕相处，他们又年纪相仿，郑小溪家里也非常富有，他们如果在一起，也会很般配、很幸福。

欣慰的是，何潮还好有郑小溪的照顾，不会生活得很邋遢、很狼狈。

她也不知道自己为什么会有患得患失的矛盾心理，在和辛有风、郑小溪寒暄过后，她坐在了何潮的旁边。

辛有风所有的激动和担惊受怕，都在何潮身上有了着落，就没冲江阔再来一遍。不过她还是向江阔重复了她的遭遇，一再要求江阔带她离开樟木头镇，她一分钟也不想再待在庄能飞身边了，不，她再也不想见到庄能飞了。

江阔静静地等辛有风说完，轻轻地一拢头发：“带你离开樟木头可以，你接下来有什么打算？”

辛有风摇了摇头：“先离开樟木头和庄能飞再说，走一步算一步。”

“人生怎么能走一步算一步呢？”江阔很不理解辛有风的想法，“人生就像下象棋，要走一步想三步。你离开樟木头，是去深圳，还是回广州？如果还在深圳，庄能飞早晚还能找到你。”

“我不知道，我现在只想离开庄能飞，越快越好。”辛有风颤抖着伸出右手，“何潮，有没有烟？给我一支。”

何潮摇头：“我不抽烟，你又不是不知道。你以前也不抽烟，什么时候学会抽烟了？”

辛有风惨笑一声：“跟随庄能飞东躲西藏的日子，每天提心吊胆，有时需要抽烟才能平静心情。你们谁有烟？”

江阔和郑小溪同时摇头。

辛有风起身朝外走：“我去买包烟，没烟不行。小溪，你陪我去。”

郑小溪摇头：“门口的便利店就有，我就不陪你了……”她话说一半，才注意到何潮和江阔并肩坐在一起，她眼睛转了一转，“好吧，还是陪你好了，省得你迷路。”

江阔笑了笑，目送二人离开，起身在院子转了转：“何潮，你觉得这么一个地方能承载你的梦想？”

何潮背着双手跟在江阔身后：“有山有水有阳光，有院子有树有狗羊。三千年读史，不外功名利禄；九万里悟道，终归诗酒田园……我现在就有诗酒田园。”

“同样是享受阳光空气和假期，一个乞丐和一个亿万富翁对快乐的感受相同，人生的境界却是一个地下，一个天上。”江阔抿嘴一笑，“你这些话等你成功之后再和别人讲，会是心灵鸡汤，会有许多人信。现在说，只能是自我安慰。”

何潮哈哈大笑：“在你面前自我安慰，哪怕是自我吹嘘一番，又有什么？你是我在深圳为数不多的朋友，哪怕是吹牛，在你面前也没有心理负担。”

江阔目不转睛地盯着何潮：“你知道现在的周安涌混得有多成功吗？”

“知道一点，他没有和我细说，但能想象到他已经远远地跑在了前面。”何潮在一棵棕榈树下站住，手拍树干，“你的意思是我要向他学习？”

“不应该吗？”江阔歪头一笑，笑容意味深长。

“人各有志，别人的道路不一定适合自己，而且我了解安涌，他不会甘心久居人下，一定会出来自己创业。当然了，他就算创业也会比我的起点高。”何潮自嘲地笑了，“我前几天刚招了三个人，今天又走了一个人，创业到现在，虽然已经赢利，但弱小得如同一棵经不起任何风雨的小草，说不定什么时候就夭折了。”

“对于利道物流的下一步，你有什么规划？”江阔蹲到地上，拔了一根草拿在手中把玩，“小草有时候不需要经历风雨也会夭折，比如被人拔掉。”

“如果有阳光雨水，小草也能茁壮地长大，长成一棵参天大树。”何潮抬头望了望天空，“利道的下一步，会再招聘50人以上，在短时间内占领整个樟木头镇市场，然后扩展到东莞市，并进一步拿下深圳市场。在扩张的同时，利道物流会更名为利道快递，只承接小件，不再收取大件，并且提高时效，深圳、东莞和香港三地来往的单子，一天之内必须送达。”

江阔不置可否地笑了笑：“对于目前大陆和香港物流行业的现状，你又了解多少？”

“考我？”何潮笑了，“江总是有意投资利道快递了？”

“就考你，快说。”江阔推了何潮一把，心情莫名明媚了许多。

“1993年初在上海成立的盛彤，开始时也是只有几个人、几辆自行车，比利道好不到哪里去，不对，盛彤至少比利道多几辆自行车，利道目前还没有人手一辆自行车。”何潮对内地已经崭露头角的几家快递公司，早就有所了解，“盛彤一开始是以上海和杭州之间的报关急件直送业务为主，1995年开始在上海、宁波、金华和东阳布点，1996年在南京、苏州设点，在长三角布点成功，形成网络雏形。今年在北京、广州等大城市设点，业务增大，说明盛彤迈出了全国布局的脚步。”

江阔点了点头：“说下去，我在听。”

“你听不听我都要说下去，既然开头了，就得有始有终。”何潮嘻嘻一笑，心里真实的想法却是，他对整个物流行业的看法也只能和江阔探讨了，其他人和他不在一个频道之上，没有相同高度看法的人可以畅所欲言，也是一种痛苦。

江阔莞尔一笑：“感觉你好像无人诉说一样，非要拿我当你的情绪垃圾桶？”

“不是情绪垃圾桶，你太高估自己了，江总……”何潮嘿嘿笑了，“你是OICQ的对话框。”

“什么意思？”江阔假装不高兴，“不想理你了，你看不起我。”

“情绪垃圾桶是宣泄，OICQ的对话框是平等地对话，是高手之间的对决……”何潮摇头叹息一声，“知我者谓我心忧，不知我者谓我何求。也只有你才能了解我的远大志向。”

“我不了解你，别套近乎。”江阔展颜一笑，“不好意思，我不用OICQ，我只用ICQ，你想和我网上聊天，对不起，请加我的ICQ号码。”

“香港那边是不是都用ICQ，而不用OICQ？”虽然话题有点跑偏，何潮却没有收回，他现在对网络即时通信软件很感兴趣，“其实如果网络即时通信软件普及，许多业务可以在网上办理，就不用打电话了。电话的不方便之处是声音不如文字可以保存，有时候因为各地口音的不同，会出现交流障碍，还会出错。”

“当然啦，香港人大多用ICQ而不是用抄袭ICQ的OICQ，说实话，OICQ不过是汉化的ICQ，并没有什么创新，我一向讨厌拿来主义，要么自己创新，要么认真学习别人的长处，在别人的基础上更进一步。”江阔走到一处阴凉的树荫下，“我有时也用微软的MSN在线聊天，不过MSN不如ICQ好用。”

“虽然目前ICQ在内地的市场占有率超过了80%，但我相信，OICQ总有一天会超过ICQ并且替代它，知道为什么吗？”何潮自信的笑容很坚定，也很有魅力，“因为东西方思维方式的巨大差异，ICQ并不适合中国人的思维，而OICQ在ICQ的基础上调整之后，让中国人用得更顺手、更习惯。任何一个软件，都是以方便使用和简化应用为前提，就像汽车一样，越容易上手越好开的汽车，销量越好。”

ICQ是1996年三个以色列人开发的一种可以在互联网上快速直接交流的软件，取名为ICQ，即“I SEEK YOU（我找你）”的意思。

江阔摇头：“我不同意你的观点，电脑软件都是以英文为基础的编程，正像你说的那样，中国人的思维和西方大不相同，所以从小学汉语的中国人很难开发出优秀的软件。OICQ不过是中国人抄袭ICQ的创意和底层代码，表面上是中国人自己的软件，其实……”

“话不能这么说，就像物流和快递行业也是欧美国家先发展起来的，我们借鉴他们的经验，再发展有自己特色的同行业，不能说是抄袭，对吧？中国古代四大发明，火药、指南针、造纸术和印刷术，都没有申请专利，不一样被西方拿走免费使用并且进一步发展壮大了？ICQ和OICQ我都用过一段时间，两者比较下来，还是OICQ更符合国人的需求。需求就是生产力。”

第七十三章

贪和贫

“我身边几乎没人使用OICQ，所以我不看好OICQ的未来。”江阔坚持自己的看法，她不想也不愿意被何潮说服。

何潮笑了：“我不是要说服你，只是陈述一个事实。而且你身边的人应该都是香港人，香港是比深圳发达，但香港人口基数太小，不能代表大陆的市场。”

“你别想说服我，我就喜欢用ICQ，你管得着吗？”江阔“哼”了一声，“有本事你以后就用OICQ，看你的OICQ能不能和我的ICQ对话。”

“别意气用事，要顺应市场才能跟上时代脚步。”何潮被江阔的小性子逗乐了，“我们打一个赌怎么样？不出一年，你就会OICQ和ICQ同时在线。不出三年，估计你很少再用ICQ了。”

“好，赌就赌，赌什么？”江阔还不知道她已经被何潮成功地拖上了贼船。

“如果我赢了，你当我女朋友。”何潮爹着胆子直视江阔的双眼，“你也不吃亏，明明输了，却赚了一个男朋友。”

“不要。”江阔慌乱地躲开何潮的眼神，“如果我赢了呢？”

“你赢了，我输了，我就当你男朋友。”何潮哈哈一笑，“怎么样？你无论输赢都立于不败之地。”

江阔咬着嘴唇，似笑非笑地看了何潮一会儿：“我才发现，你有时很正经，有时很赖皮，都离题千里了，赶紧回到正题上，你太调皮了。”

“不调皮，也没离题，我其实说的还是快递。”何潮见好就收，江阔既不否认又不承认的模棱两可的态度让他坚信江阔对他有感觉，至少不讨厌，他就更有信心了，“近来我发现了一个问题，以前基本上全是电话业务，现在通过OICQ和ICQ下单的客户人数正在逐渐上升，由以前1%的比例上涨到了5%左右，而且涨速明显呈现加快的趋势，这个现象说明未来的快递行业会是一个和社会进步科技发展紧密相连的行业，不了解未来的发展趋势，不能及时掌握最新技术，快递就会变成慢递，会被时代淘汰……”

江阔点了点头，表示认可：“这个思路我认可，那么除了盛彤，其他的快递公司你还了解多少？”

“1994年，天天快递在南京成立。和盛彤一样，也是靠几个人、几辆自行车起家。天天快递发展到今天，已经拥有了上万名员工、上千家网点，在江浙沪皖推动无盲区派送，形成了以长江三角洲、珠江三角洲、环渤海地区为重点的快递网络布局。”

“算你有点见解，对大陆快递行业的了解还算深入。”江阔一改从郑小溪嘴中得到的对何潮的呆板印象，重新点燃了投资何潮的信心，“那么你对香港的物流行业又有什么看法？”

“香港的物流行业不是我重点关注的对象，也不是我未来的主要竞争对手。”何潮拉着江阔登上了院子中的最高处——一个土堆堆成的两三米高的假山，手指远处的山川河流，“登高才能望远，相信我，960万平方公里的土地上，5000年来创造了许多奇迹，在未来，还会创造更多。”

江阔愣了愣，忽然笑了：“好吧，我是听明白了，你的意思是以后香港的物流行业会衰落，而大陆的快递行业会崛起，香港的物流业跟不上大陆发展的脚步？别开玩笑了，香港港可是世界吞吐量排名第一的港口，深圳港排名多少？估计前50都没有吧？深圳港、上海港、广州港、青岛港和秦皇岛港加在一起，也不如香港港。”

“现在是现在，未来是未来。”何潮哈哈一笑，“风物长宜放眼量，你来深圳寻找商机，也是看好依托大陆的深圳的未来前景。你们的江氏物流，主要还是得益于香港的自由港优势，在承接大宗货物的运输上获利丰厚。但在小件快递上——大宗货物和小件快递我的划分不一定正确，只是我的个人理解——我觉得物流是大宗货物运输，而快递是小件投送，两者有着本质上的不同。利道以前叫物流，现在更名为利道快递，以后就是以小件为主，完全放弃大宗货物运输。如果江氏物流还是坚持大宗货物为主小件为辅的思路，江氏物流也就只能在香港发展了……”

“大宗货物运输才有利润，小件快递，一个单子才赚几块钱？”江阔觉得何潮过于激进了，“你应该坚持大宗货物和小件快递并重，不应该只下注小件快递。”

“利道起步晚、起点低，只有专注才能跑步前进。”一只小虫落在了江阔头上，何潮挥手赶走，“而且我认为，专注才能做到最快、最好，有时贪大求全，未必是好事。能把一件事情做到极致，也是难得的成功。你有没有发现，‘贫’和‘贪’的写法很像，如果你粗心求快，写的时候一不小心给‘贪’字少写了一点、多写了一撇，就变成‘贫’了。”

江阔沉默了，她下了土堆，来到桌子前坐回椅子上，托腮沉思了一会儿：“你的话倒也有几分道理，虽然我不是完全认同，但本着求同存异的出发点，我要留下来考察利道三天，再决定要不要投资你。”

何潮点了点头，开心地一笑：“欢迎江总指导工作。从长远来看，大陆的港口吞吐量在逐年上升，必然会影响到香港港口的地位，从而波及江氏物流的业务。所以江氏物流如果想进一步发展，一是加大对小件快递的布局，二是增加在大陆的网点，以应对大陆越来越多的快递公司的挑战。”

江阔摇了摇头：“就连我对大陆的发展也是持观望和怀疑的态度，哥哥更是只想赚一笔快钱，不想长远布局。你的想法我也只是部分认同，更不要说他了。他现在忙着收缩江氏集团的房地产战线，以及帮善来集团寻找合适的CEO人选。”

何潮听出了江阔的弦外之音：“金融危机还是波及了香港，最先受到影响的是房地产，然后也会影响到港口的货物吞吐量。”

“是的，我最近一直待在香港，就是在帮哥哥处理家族的生意，现在香港的房价下跌很厉害，江氏集团的市值缩小不少。上次在善来集团，江离早就预测了香港会受到金融危机的冲击，哥哥还不信。没想到被江离不幸言中了，江离别看年轻，看问题很准，有独特的角度，是个人才。”江阔对江离赞不绝口。

何潮敏锐地发现了问题所在：“你哥为什么要帮善来集团寻找CEO人选？”

江阔一时语塞，愣了一会儿才勉强笑了笑：“郭统用郭老先生和我哥深交多年，他非常信任我哥，也认同香港的高级管理人员的素质。”

“恐怕郭老先生所托非人。”何潮立刻猜到了江安目的不纯，他听说过不少香港公司过来并购大陆公司，要么恶意并购，要么迂回并购，不管是哪一种，都是并购之后转手卖出，生生将许多优质公司变成了套现工具，更有甚者，一些香港的不良商人利用香港领先内地多年的资本和管理优势，打着为公司完善管理和规范章程的旗号，窃取公司商业机密，等等。当然，不只是香港公司如此，欧美许多公司也是以同样的手法从中国掠夺了大量财富。

说来也怪不得别人，落后就要挨打，在国际的商业规则中，从来没有同情弱者一说，向来是利益为先。

江阔低下头，用低低的声音说道："我说服不了他，更影响不了他，拿他没办法……"

何潮正要说什么时，呼机忽然响了，他低头一看，是艾木发来的信息。

"何潮，听说国内正在推广小灵通技术，我有小灵通关键元件的生产渠道，如果你需要，请马上和我联系！第一手货源，价格绝对合理！你一转手，就可以大赚一笔。"

又是小灵通，何潮摇头笑了笑："艾木发来信息问我要不要做小灵通生意，她有货源。"

"你不是看好小灵通市场吗？为什么不做？"江阔促狭地笑了笑，"恐怕艾木的本意不是小灵通生意，而是想借机和你加强联系，她还是没有忘了你，你也忘不了她，对吧？"

"忘记和记起又有什么区别？远在大洋彼岸，不仅见不了面，连国际长途都打不起。"何潮苦笑一下，"更不用说她在出国之时，就已经和我们共同的一个同学有了约定，他们现在已经在一起了。"

江阔心中一块石头落了地，暗暗一笑："好吧，你们既然已经不是恋人了，就当生意上的合作伙伴也挺好的，至少减少了前期许多沟通和信任成本。"

"我目前只专注于快递，不想从事电子行业。"何潮挤了挤眼睛，笑了，"我很专一的。"

"男人都会自夸专一，其实才不是。你现在单身了，是喜欢丹丹还是小溪？"江阔顺势将话题引到了恋爱上。

"丹丹和小溪都是好姑娘，是合作伙伴。"何潮避重就轻，给了江阔一个含糊其词的说法。

第七十四章

短兵相接

“你喜欢什么类型的姑娘……女孩？”江阔不太习惯姑娘的说法，她更喜欢用女孩形容。

“我喜欢的姑娘……”何潮想了一想，“不能太高，也不能太矮。不要太胖，也不要太瘦。不能太热烈，也不能太冷漠。她像山间的清风，吹拂高山和流水而不停留。她像秋日的阳光，留下丰收和播种而不留恋。她像花朵，美丽而不妖艳。她像云朵，自由而不固执。”

江阔低头一看，她的影子和何潮的影子并排投在地上，比何潮矮了几公分。肩膀瘦削，身材不胖不瘦，正像何潮所说，不太高不太矮，不胖不瘦。再想起自己的性格，确实不热烈也不冷漠，她不由得心中一跳，何潮的标准，她无一不符合，莫非何潮喜欢的是她？

“你喜欢什么类型的男孩？”何潮反问江阔。

“我喜欢的男生要比我高，比我壮，但也不能太高太壮，否则不协调。肤色黑一些没什么，一定不能是小白脸，更不能柔弱。他要阳刚，要坚强，要独立，要有挑战的勇气，要有奋斗的决心。在事业上，他是勇往直前的将军，在家中，他是温暖体贴的男人。”

“要求好高，一般人达不到你的标准，怪不得现在还是单身。”何潮哈哈一笑，“据我估计，随着女性社会地位的提高，以后越是大城市的女性，学历和收入越高，越难找到理想的伴侣。比同龄人优秀太多也是悲哀，同龄人中找不到合适的，合适的都是年龄大的，年龄大的都是已婚的。”

“你不觉得比同龄的女性优秀是男人本该就有的品质？”江阔淡然一笑，“艾木离你而去，不是因为你不够优秀，而是你追不上她的脚步。”

“现在追不上，将来未必落后。而且她所认为的追不上，也许是我不想走的道路。”何潮自信地笑了，“她有她的选择，我有我的追求，每个人都有自己对人生的理解。就像辛有风，抛弃周安涌选择庄能飞，有多少是因为真爱，又有多少是因为庄能飞所能带来的物质保障？”

“一半对一半吧。”

何潮话音刚落，辛有风的声音就在门口响起，她和郑小溪一前一后走了过来。

辛有风右手夹着一根烟：“以前我觉得我是真爱庄能飞，但等庄能飞落魄了后我才发现，我是被他身上成功男人的光环蒙蔽了。和他在一起，我心里最大的满足是拥有一部新的手机、配了一辆丰田皇冠，以及他在深圳和东莞的几套房产，让我觉得物质上获得了保障之后，心理上也有了足够的安全感……但现在，他失去了一切，我也失去了安全感，才发现，没有了物质保障，我对他的爱至少打了一半折扣。如果是安涌就不一样了，我也许会陪他东山再起！”

“不，你不会！”让所有人大吃一惊的是，紧随辛有风之后，庄能飞的声音突然响起，响亮、干脆，并且来势汹汹，“就算是周安涌也一样，如果他落魄了，没钱了，你也一样会离他而去。”

人影一闪，庄能飞健步如飞来到辛有风面前，一把抓住辛有风的胳膊，用力一拉：“还想跑？哼，没门儿！你害得我公司破产，还众叛亲离，拍拍屁股就想潇洒地挥手说再见，天下哪里有这样的好事？跟我回去！”

事发突然，何潮、江阔和郑小溪同时呆在当场！

辛有风和郑小溪出去买烟，辛有风没带钱，还是郑小溪替她付的账。她在路边接连抽了几根，拉着郑小溪说了许多话，翻来覆去就是一个意思——她一定要离开庄能飞，如果何潮不收留她，江阔不管她，希望郑小溪帮她离开樟木头镇。

郑小溪劝她回广州，最安全的地方是父母身边，辛有风却不肯，她无颜回家，毕竟双手空空，什么都没有。她还想回深圳，实在不行就去北京，只要不被庄能飞找到就好。

二人只顾说话，却没发现在不远处的庄能飞早就发现了二人，他静静地躲在暗处，像一个伺机出击的猎手。等二人进了路边的房子，他悄悄跟在她们身后，发现了何潮的根据地。

辛有风用力挣脱庄能飞，飞奔到何潮身后，惊恐地摇头：“不，不，庄能飞，我不跟你回去，你离我远点儿！滚开！”

庄能飞不肯善罢甘休，冲了过来，想再次抓住辛有风。他一伸手，却被何潮挡开了。

何潮将辛有风挡在身后，昂首而立："庄总，既然辛有风不想跟你走，你就不能强迫她。"

"你让开。"庄能飞猛然一推何潮，双眼喷火，"你和周安涌一样，都不是什么好人。再不让开，老子连你一块儿收拾了。"

何潮没有躲闪，双手平推，一掌将庄能飞推开几米远，冷冷地说道："庄能飞，你限制辛有风人身自由，是非法拘禁，已经触犯了法律。再动手打人，是故意伤害……"

"老子就故意伤害了……"庄能飞怒吼一声，一拳朝何潮打来。

庄能飞胡子拉碴，面容瘦削，身上的衣服颜色都不一样，有深有浅，还有大小不等的几个破洞，要有多狼狈就有多狼狈，完全不复过去的威风。但虎老雄风在，他盛怒之下，颇有几分昔日的气势。他以为作为他曾经的部下，何潮在他的一怒之威之下，必然会让步。

然而他没有想到的是，现在的何潮今非昔比。

经历过露宿街头、穷困潦倒之后的何潮，创业一个多月以来，每天起早贪黑，不惜放下一个天之骄子的大学生之尊，亲自上阵奔走在街头，只为了几块钱的利润而为客户送单。当一个人经历过一无所有之后，又能放下过去的一切埋头苦干，他的成长和进步会超出所有人的想象。

何潮在庄能飞面前早就没有了畏惧之心，不是因为庄能飞的破产，而是因为他的失态，因为他的患得患失。以前庄能飞拥有一切时，自信让他充满了人格魅力。现在失去了一切，唯恐失去唯一的依赖，让他完全失去了从容和淡定。

一个失去从容和淡定的人，也就失去了让别人敬畏的资本。

何潮没有躲闪，他身后就是辛有风和江阔，如果闪开，辛有风和江阔就会受伤，他挺起胸膛，硬挨了庄能飞一拳，用沉闷的声音说了一句："江阔，拉开辛有风，别伤着你们。"

江阔本来无比担心何潮，在听到何潮沉稳有力的声音后，忽然一下安心了下来，用力一拉辛有风，让到了一边："让何潮来，他能保护我们。"

何潮听到了江阔的话，哈哈一笑，双手伸出，抓住了庄能飞的右手，用力一拉，庄能飞收势不住，朝前一扑，他顺势飞起一脚，正中庄能飞大腿。庄能飞一个踉跄没有站稳，摔倒在地。

何潮以为庄能飞会就此收手，不料庄能飞就地一个打滚又站了起来，二话不说扑向了辛有风。何潮勃然大怒，他是同情庄能飞的遭遇，但同情不等于纵容，他无法容忍一个男人强迫一个女人留在身边。

何潮一个箭步冲了过去，一拳打在庄能飞的后背上。庄能飞闷哼一声，放开辛有风，疯了一样朝何潮冲过来。何潮不慌不忙，后退半步，出右拳、伸左脚，将庄能飞结结实实地摔打在地。随即他将庄能飞压在膝盖下："庄能飞，服了吗？"

"不服！"庄能飞拼命捶打地面，试图挣扎脱身，却被何潮死死压住，动弹不得。他放弃了挣扎，忽然呜呜地哭了起来："辛有风，你走吧，反正我什么都没有了，我连再次创业的资本也没有了。我给不了你安稳和幸福，你走吧！"

辛有风见庄能飞不再有危险，慢慢地靠过来："你不是还有可以变卖的2000万的资产？"

"没有了，都没有了。"庄能飞呜呜的哭声变成了号啕大哭，"资产被债主发现了，都被拉走了，我现在真的是穷光蛋一个了，这辈子再也没有翻身的可能了。周安涌，我要杀了你。曹启伦，我恨你一辈子！"

"都没有了呀？"辛有风小心翼翼地蹲在庄能飞的面前，"能飞，你的名字起得真不好，名是挺好，能飞，姓不好，连在一起就是装能飞了，不是真能飞，你要是姓甄，也许不会是今天的下场。对不起，我真的受够了，我真的要走了，你以后也不要找我了，我要开始新的生活……"

"走，你走，你们都走！"庄能飞哭得十分伤心，也不管脸上沾满了泥土，他几十天的提心吊胆和颠沛流离，在听到所有资产被债主洗劫一空之后，就像从山峰掉下了悬崖，摔得粉身碎骨，全部的希望破灭，他几乎失去活下去的动力，"都完了，一切全完了。"

何潮默默地放开庄能飞，伸手拉他起来，示意郑小溪打水。

第七十五章

我当你是兄弟，你当我是羊毛

郑小溪打了一脸盆水端来，何潮弄湿毛巾，胡乱替庄能飞擦了一把脸："别哭了，看成败人生豪迈，只不过是从头再来！你还不到40岁，对男人来说，一切才刚刚开始。中作的宁劲，1987年时他负债200万元，开始创业时，是43岁。1989年，成立杭州娃哈哈营养食品厂时，宗庆后已经44岁了。1984年，柳传志创办北京计算机新技术发展公司，也就是联想集团的前身时，他是40岁。你比他们都小，现在的时代比当时的创业环境要好很多，而且你也有过成功，再次出发，不信不能再次登上顶峰。"

庄能飞接过毛巾，用力擦了几把脸，转身看了在场的几人一眼："有没有吃的？我快饿死了。"

"有，有。"郑小溪长舒一口气，她一直担心庄能飞会再次发作，暗中替何潮捏了一把汗，见庄能飞被何潮三言两语说动了，立刻开心地笑了，"你等着，马上来。"

江阔心情也顿时轻松了，她还以为何潮会被庄能飞暴打一顿，不想何潮不但动手没有吃亏，讲道理也是头头是道，她不由得又高看了何潮一眼，心想何潮真是文武双全，武能动手，文能论战，确实优秀。不过她也有几分疑惑，当即就问了出来："何潮，你以前练过武功？"

何潮嘿嘿一笑，做了一个噤声的手势："嘘，千万别让人知道，我只会两三手，程咬金三板斧，打对手一个措手不及还行，遇到行家里手，就差远了。小时候，父亲总是逼我练拳，练的是少林小洪拳，当时特别反感，哭闹了几次之后，也就妥协了。后来虽然没有练成一代宗师，但一般防身绰绰有余，不过要是对付真正的高手肯定就不行了……"

"好，知道了，保证不透露你只会花拳绣腿的事实。"江阔吐了吐舌头，开心地笑了。

庄能飞狼吞虎咽地吃完饭后，他舒服地躺在躺椅上，打了一个大大的哈欠：“何潮，你现在在做什么？有没有什么发财的门路透露一下？有钱大家赚才是正道。”

何潮笑了：“庄能飞庄老板又回来了。”

庄能飞苦笑一声：“还能怎样？人在绝境时，只有两条路可走，要么接受现实，要么去死。既然不想死，就得接受现实，面对现实，然后想办法改变现实……”

何潮简单说了他创业从事快递行业的现状，庄能飞听了没有说话，冲辛有风要了一支烟，默默抽了起来。

庄能飞近来心力交瘁，已经接近崩溃的边缘。开始时他还不太相信他落到现在的地步，背后的黑手会是周安涌和曹启伦，直到他从各方渠道得知，他以前的客户都是被曹启伦截留的，而许多货源被周安涌亲自出面转接到了曹启伦的公司，他才相信外面的传言不假。

周安涌背后对付他，他可以理解周安涌的动机；曹启伦非要置他于死地，他就想不明白了。当初他从海南初来深圳就认识了曹启伦，也正是在曹启伦的帮助下才从事电子行业。他和曹启伦的关系就算不是亲如兄弟一般密切，至少比一般的合作关系更近，况且合作多年，他没少让曹启伦从他手中赚钱，曹启伦为什么要对他赶尽杀绝？

庄能飞很想当面质问曹启伦，他和曹启伦多年的交情加上合作，难道还不敌曹启伦和周安涌才认识一个月的关系？

而庄能飞刚刚得到消息，得知他提前转移的价值2000万元的资产也被债主发现，瓜分一空，他在痛心疾首之余，更是想痛打曹启伦一顿，如果不是曹启伦痛下杀手，他不至于落到现在身无分文的下场。

只是庄能飞苦于无人商量，辛有风从来不想听任何不好的消息，像鸵鸟，就算勉强听了也不会给出任何有用的建议。现在好了，他见到了何潮，就当面问出了心中的疑问。

“背后的黑手是……曹启伦和周安涌？”何潮震惊了，虽然他之前有过猜测，但还是不敢相信真的是曹启伦和周安涌联手策划了此事，印象中，周安涌并不是如此喜欢报复之人，就算庄能飞抢走了辛有风，他对庄能飞所下的黑手也太狠了。

“就是他们，一对睚眦必报的小人。”辛有风咬牙切齿，她痛恨二人让她沦落到现在的地步，“如果让我见到周安涌，我一定会打他一个耳光，告诉他做人不能太无耻！”

过了许久，何潮才从震惊中恢复过来，他仔细回忆了一下事情始末，又听了庄能飞从各个渠道得到的消息，确认背后推手确实是周安涌和曹启伦无疑，心中说不出来是什么滋味。自从他和周安涌来到深圳之后，感觉都改变了许多，到底是在时代的进步下正常的改变，还是在深圳的环境之中，被迫的改变？

“何潮，你告诉我，为什么曹启伦要对我赶尽杀绝？”庄能飞痛苦地双手抱头，“我和他的关系虽然不像你和周安涌一样是发小，但认识也快10年了，我从来没有做过对不起他的事情，他不应该这样对我，没理由，没道理！”

何潮愣了一会儿才问：“你隐藏的资产为什么会被债主发现？”

“不知道，没有道理，我隐藏得很深，债主们不可能知道我藏在哪里，他们和我没那么熟，又不知道我的习惯……”

何潮点了点头：“你可以问问你的债主是从哪里得到的信息。如果我没有猜错，是有人向债主通风报信，条件是，他拿走一定的资产。这个人，非常了解你的习惯，所以才能找到你隐藏的资产。”

庄能飞忽地站了起来：“你的意思是曹启伦？曹启伦为了吞并我的市场份额以及侵吞我所有的资产，才对我下了狠手？”

何潮点了点头：“如果不是有利益输送，谁会平白无故地对你下手？安涌是出于仇恨，曹启伦跟你无仇无怨，除非有重大好处。”

庄能飞拿出手机打了一个电话，片刻之后放下电话，咬得牙齿咯咯直响：“果然是曹启伦！曹启伦处心积虑地断了我所有的后路，让债主逼债，让我跑路，要的就是和债主平分我隐藏的资产。亏我还念着当年他帮我的好，我当他是兄弟，他当我是羊毛，我非杀了他不可！”

何潮拍了拍庄能飞的肩膀：“你隐藏的资产是被债主发现的，但债主是在曹启伦暗示下发现的隐藏地点，是债主分了曹启伦资产，又不是曹启伦分债主资产，所以曹启伦是借刀杀人，就算你当面质问他，他不承认你也没有办法。对了，你隐藏的资产是什么？”

“是一批射频芯片，是手机接收和发射信号都需要的关键部件，我以低价进了一批，还没有转手高价卖出时，就出事了。”庄能飞一拳砸在桌子上，“太欺负人了，何潮，借我路费，我要去深圳杀了曹启伦。”

何潮二话不说从身上翻出几十块钱，拍在了桌子上：“要菜刀还是剔骨刀？厨房有。砍甘蔗的砍刀也有，在荔枝树上挂着呢。不过用刀伤人危险系数太高，你可能都近不了曹启伦的身，他身边人多，不如下毒。你可以假装约曹启伦出来喝茶，告诉他有一笔生意要谈，曹启伦见有利可图，肯定会来。到时你趁他不注意，在他的茶里下毒……事成之后，你要么隐姓埋名远走高飞，一辈子生活在随时被抓的阴影之下。要么锒铛入狱，被判处死刑，最后抛尸刑场。”

江阔愕然，何潮怎么怂恿庄能飞杀人？他不是应该阻止庄能飞冲动之下做傻事吗？他到底是怎么了？

“别说了，我知道杀人的后果，就是说说而已，才不会杀人。”庄能飞听出了何潮说的是反话，他杀人的怒火熄灭了一大半，“不能杀人，又咽不下这口恶气，怎么办？”

何潮不说话，出神地望向了远处，远处有大片大片的荔枝树林和椰子树，还有山峰和河流，阳光和白云。

何潮沉默，所有人都陷入沉思之中。江阔坐在何潮的侧面，右手支腮，从侧面望去，何潮的鼻子高耸，脸上的线条既硬朗又不失柔和，眉毛又浓又密，睫毛又黑又长，衬托得眼睛格外明亮。江阔没来由地一阵慌乱，原来他长得一点也不难看，只是肤色稍微有点黑。

男人黑些没什么，有男人气概，不是女里女气的小白脸就好。何潮健康的肤色，俊朗的外表，温和的脾气，成熟而稳重的性格，确实比同龄人强了许多，除了出身，方方面面都符合江阔对异性的幻想。

江阔小名江芷晴，长大后，她觉得“芷晴”过于柔和，就改名为“阔”，取“山河辽阔、天地广阔”之意，也是希望自己心胸开阔，可以成就一番事业。

第七十六章

支点

她是有事业心的女孩，不想一辈子只为了感情而活，不想被家族、丈夫和孩子左右，她想拥有自己的天地。正是因此，她希望未来和她共度余生的他，是一个有事业心、有上进心、心胸开阔的异性，和她不但在感情上情投意合，在事业上也理念相同，互相成就，携手共进。

可惜的是，何潮其他方面都符合她的审美，就是起点太低了，虽然创业，迄今为止依然挣扎在起跑线上，前景毫不明朗。

尽管江阔认可何潮的才华和能力，以及他的理念和情怀，但见多了创业失败的她很清楚，在残酷的商业竞争中，才华和能力、理念和情怀并非决定性因素，其他诸如手腕、计谋以及跟上时代，赌对运气，可能才是决胜的最大筹码。

何潮的快递思路，符合时代趋势吗？江阔不敢肯定，但她可以肯定的是，小灵通会在不久的将来大行其道。

以前江阔不太看好小灵通的市场，但在她和何潮畅谈了一番快递行业的现状后，忽然改变了看法，未来快递行业是不是有前景不好说，但无数快递从业人员人手一部小灵通，绝对可以带动小灵通的销量。

而除了快递从业人员，还有打工仔、打工妹，少说有几千万人，只凭他们，就足以支撑一个庞大的市场了。

江阔脱口而出："庄总，你如果再创业，可以考虑做小灵通。"

"谈何容易！先不说小灵通市场是不是有前景，只说前期投入需要大量的资金以及人力物力，我现在两手空空，要钱没钱，要人没人，要渠道没渠道，要什么没什么，怎么创业？靠想象吗？"

"你可以和何潮联合。"江阔突发奇想，为她的神来之笔兴奋不已。

“怎么联合？”庄能飞斜着眼睛看向了何潮，怀疑何潮和江阔事先约好要为他挖坑，“我转移的资产被债主抢走了，是全部！如果以为我还有隐藏的资产，哈哈，你们打错主意了。”

何潮被江阔突如其来的提议惊呆了，随即明白了江阔的心意，笑了：“庄总人脉还在，只要重新上路，钱，江阔可以投资，人，我这里有。我们三方加在一起，进军小灵通市场，肯定可以有一番作为。”

庄能飞环顾四周，最后目光落在了郑小溪身上：“你有人？”

郑小溪忙站了起来：“利道快递除了何哥和我，还有顾两、和仔、高英俊、伍合理、罗三苗，还有和仔马上从深圳带回来的几十人，加起来至少有50人了。”

庄能飞不以为意地笑了：“50个人还叫有人？小溪，你别开这种玩笑，好不好？创业不是过家家。”

“你想要多少人？”一个庞大的计划在何潮心中迅速形成，他不想错过机会。

“100人也不过刚起步，200人都不嫌多。”庄能飞气定神闲地笑了笑，“如果我们做小灵通，不会只做销售，而是要做全产业链，从源头进货，自己加工生产，自己销售，打造一个品牌出来，这样才能长久，才能真正地占领市场，并且做大做强。前期投资也不会少，江阔，你能投多少钱？少了5000万的启动资金，你别开口。”

江阔微微一笑，自信而从容：“1个亿以内的启动资金，我随时可以调动。再多，就不敢保证了。现在的难点在于，庄总的人脉和渠道在资金到位的前提下，是不是可以很快重新建立和打通？何潮的人手能不能保证及时到位？”

庄能飞意气风发：“有钱、有项目，人脉和渠道自然不会有问题。”

“能。三个月内，200人全部到位。”何潮斩钉截铁地一口答应，“我出人出力，江总出钱，庄总出人脉和渠道，我们三方成立一家公司，我还有一个附加条件……”

江阔知道何潮想说什么，笑了：“所有的流通渠道，肯定利道快递是唯一的合作方。”

“成交。”何潮心中大喜，小灵通作为支点，盘活整个棋局，从上游、中游到下游，再到物流领域，最主要的是，利道快递可以借机走向快车道，“我们的新公司叫什么名字合适？三人为众，众志成城，就叫三成如何？”

“好，三成公司出品三成品牌小灵通，我没意见。”江阔第一个支持。

“三成就三成，别三人成虎就好。”庄能飞并没有何潮和江阔的兴奋，他懒洋洋地伸了伸腿，“工厂就建在东莞，一是比樟木头镇的各种基础设施好，二是方便招到技术工人，三是交通便利一些，成本也比深圳低不少。何潮，你的利道快递尽快在东莞开一家分公司，好专门接三成的单子。”

辛有风在一旁一直不说话，一根接一根地抽烟，不多时就抽完了一盒，她捏扁了烟盒扔到地上：“庄能飞，你和谁合作我不管，我只想知道，你现在可以放我走了吗？”

庄能飞愣了愣：“有风，你现在还要离开我？有一天我翻身了，你会后悔的。”

“不会，我想通了，我打算回家，安安稳稳地找一份公务员的工作，不再出来闯荡了。”辛有风眼中有泪水滴落，“认识你以后的经历，是我一辈子都不想回忆的恐慌和无助，我不适合深圳，深圳太动荡了，我要回广州。”

庄能飞沉默了一会儿，咬了咬牙，脸上的肌肉跳动几下：“好，只要你不再回到周安涌身边，不管去哪里，不管跟谁，我都放过你。”

“如果我又和周安涌在一起了呢？”辛有风试探一问。

“我弄死周安涌的时候，不小心连累了你，别怪我心狠手辣！深圳有那么多大道你不走，你非走小路，被树上掉下来的椰子砸死，谁也别怪，怪就怪自己没站对地方。”庄能飞恶狠狠地说道，“包括你在内，何潮，我们合作归合作，在我对付周安涌的时候，你可以不帮我，但如果你和周安涌站在一起与我为敌，嘿嘿，我不会因为你是我的合作伙伴而对你网开一面。”

“我也是。”何潮轻描淡写地笑了笑，“我们只是商业上的合作，但我和安涌，有十几年的兄弟情谊，是发小。如果你们在商业上真刀真枪地较量，输赢各凭手腕，我不管。但如果背后下手造成人身伤害，对不起，我拼死也会保护他的安全。”

庄能飞眼中有什么东西在闪动，他直视何潮的双眼，过了许久才叹息一声：“周安涌有你这样一个兄弟，真是几辈子修来的福气。我庄能飞不是黑社会，和周安涌过招，一不会犯法，二不会人身伤害，男人之间的较量，不是为了追求打死对方，而是要将对方踩在脚下，让对方心服口服地认输！”

江阔喜忧参半，喜的是，何潮和庄能飞不仅没有因为之前的事情耿耿于怀，反而达成了合作意向，她认定何潮初步具备了做大事的气度。欲成大事者，要有容人之量。容人之量并不是说在利益面前不计较得失，而是除了大是大非的原则问题，一些无伤大雅的小事，可以不计前嫌。

是人就会有缺点，有时在你眼中的缺点，在别人眼中，或许会是优点。所谓缺点，或许只是你不能容忍的习惯，并不是人人不能容忍的恶习。

忧的是，何潮对周安涌如此有情有义，周安涌却认为何潮对他并无兄弟之情，想起周安涌对何潮的评价，江阔心中隐隐作痛，何潮绝非周安涌所说是想踩着他的失败上位，他一心当周安涌是兄弟，周安涌却当他是豺狼。

怎样委婉地告诉何潮其实周安涌对他有深深的怀疑和偏见？江阔很想说出来，又怕影响他们二人的兄弟关系。但不说，何潮说不定会在周安涌手里吃亏。犹豫再三，她还是决定点一点何潮：“何潮，你和周安涌最近有没有联系？”

“有。”何潮注意到了江阔欲言又止的神态，心知她肯定知道一些什么，“你应该和安涌接触多一些，他现在还不错吧？估计最近我也会和他见上一面，好久没见了。”

“你和周安涌从小就认识？有多少年了？”江阔想先缓和一下气氛。

“从记事起就认识了，20年应该有了。”何潮笑笑，“江阔，有话就请直说，我们也算是老朋友了，不必绕弯。”

江阔轻轻咳嗽一声，微微一笑：“20年的时间很长了，人从小到大，因为年龄和学识的增长、环境的变化，会改变许多。就算是从小一起长大的发小，如果分开一段时间，再见面时，你可能会发现不认识他了。”

庄能飞哈哈一笑，大手一挥打断了江阔的话：“江阔你是想说现在的周安涌不再是何潮以前认识的周安涌了，对吧？何潮是聪明人，怎么会不知道周安涌在深圳已经迷失了自己？何潮，你自己说，周安涌和曹启伦背后联手害得我落到这个下场，你觉得他做得对吗？”

第七十七章

不辨是非

何潮沉吟一下："从商业的角度来说，庄总的失败在于管理不规范、产业链不健全、抗风险能力不足，过于依赖下游渠道而没有拥有自主知识产权。周安涌和曹启伦发现了庄总的漏洞，悍然出手，有亏人情，但符合商业规则。就像刚改革开放时，许多跨国集团来中国推销淘汰的二手生产线，价格比他们所上的新生产线高出数倍，国内许多厂家趋之若鹜，甘当冤大头也要争先恐后购买。有些厂家购买了二手生产线之后，弃之不用，甚至连包装都不曾打开。难道我们要从道义上指责跨国公司，责怪他们不讲道德、不讲情谊？商业从来都是残酷而现实的，没有情谊可言，也很难从道德层面来指责。

"我们都在做自己认为正确的事情，有人图利，有人谋名，有人回报社会，有人无私许国，境界不同，所追求的也不同。"何潮嘻嘻一笑，"在庄总起家的过程中，为了商业利益，怕是也不择手段地坑害过别人……"

庄能飞摇了摇头："你说得也有一些道理，虽然听上去不那么好听，但让人无法反驳，好吧，我不是非和你争一个高低对错出来，我只需要知道在我对周安涌出手的时候，你可以两不相帮就足够了。"

江阔顺势说道："我也是同样的意思，不，何潮你不但要两不相帮，最好还要远离周安涌。"

"远离？为什么？"

何潮脑中瞬间想起周安涌所说的话："没见过江阔就好，她有意投资启伦电子，不过在和曹总谈判的过程中，有几次不是很愉快，她可能觉得是我从中作梗，对我有偏见。我是公事公办，对事不对人。如果她对你说什么风凉话或是挑拨离间，你别信她！"

“是因为投资启伦电子的事情让你觉得安涌不够公正，没有做到对事不对人？”何潮又补充了一句。

江阔愣住了，听出了何潮语气中的质问和不满，想解释什么，话到嘴边又咽了回去：“算了，我随口一说，听不听由你。我和庄总的态度一致，我们不关心你和周安涌的私交，但如果我们在商业上和周安涌起了冲突，希望你不要因私废公，帮倒忙。”

何潮心中微微有气，轻哼一声：“说得好像我不辨是非、不明事理一样。”

“谁不明事理何哥也不会不明事理。”郑小溪气呼呼地站了起来，“你们干吗联合挤对何哥？他那么辛苦，每天早出晚归，你们还挑他的不是，你们太不够意思了。就算没有你们，凭何哥的努力，他也一定会成功。”

庄能飞哈哈一笑：“如果努力就能成功，几千万的打工者里会出多少亿万富翁？如果辛苦就能成功，搬砖工人和挖煤工人，个个都会成为大老板。成功靠的是脑子和时机，而不是一身蛮力。”

“说得好，成功确实要靠脑子和时机，但也要靠力气，还有运气，哈哈。”庄能飞话音刚落，一道洪亮的声音在几人身后响起。伴随着一阵清脆的拖鞋脚步声，两个人健步如飞地来到何潮面前，上来就抱住了何潮：“何哥，你居然躲在了樟木头镇，也不告诉我们一声，我们还以为你失踪了，要不就是欠的情债还不上逃跑了。”

来人正是江离。

江离才注意到一旁的江阔，惊呼一声：“江阔，你比我还先找到何哥？他是不是为了躲你才藏起来？”

江离的穿着比上次见面时强了不少，但眼镜腿上依然绑着密密麻麻的细绳，又留了一个上面长、下面短好像帽子一样的锅盖头，脚上是一双人字拖，很像民工和知识分子的综合体。

“乱说，他躲起来和我有什么关系？”江阔奉送了江离一个大大的白眼，虽然江离很邋遢，甚至有些不修边幅，但是她并不讨厌江离，江离给人的感觉很真实，“他就算欠情债，也是欠别人的。我不会让别人欠我情债，只会是我欠别人的。”

“明白了，在恋爱中，你是开始时主动，分手时也主动的那一个。”江离精准地为江阔定位。他又回身一指夏正：“何哥，隆重介绍一下，夏正夏总现在是夏想房地产中介有限公司的老板，在开出租车的同时，从事房产中介业务，目前出租车和房产中介两项业务都进展得十分顺利。”

“你让开，别影响我和何哥对话。”夏正推开挡在面前的江离，离何潮近了一些。他上下打量何潮几眼：“结实了，虽然黑了，但更有气势了。比周安涌强，周安涌太像小白脸了，没什么男人味。”

何潮哭笑不得，夸他就夸他好了，干吗拿他和周安涌比？他双手放在夏正的肩膀上：“夏师傅越来越有投资眼光了，不用多久，你就可以当投资人了。”

“那可当不了，我顶多干一些粗笨的工作，投资这样高明的生意，还得江总才行。”夏正冲江离憨厚地一笑，又看了看庄能飞几人，“这么多人都在？热闹好，我就喜欢热闹。”

江离迫不及待地介绍夏正的业绩：“何哥你是不知道，自从你上次指点他不要全部投资出租车生意之后，他立马买了一套房子，房子也不大，80多平方米。房子买了不到一周，房价就从5000多一平方米涨到了6000多一平方米，等于一周时间赚了8万多块。他差点开心死，没想到，更开心的事情还在后面。因为买房子，他认识了售楼小姐龙雨，现在已经和龙雨订婚，准备元旦结婚。他只要一提起这事儿就说你是他命中的贵人，一句话让他赚了钱还解决了终身大事。”

何潮只笑，不说话。他才不会将夏正的成功归功于自己，他只是随口说出了自己的看法而已，至于是不是听了进去，是夏正自己的事情。

夏正买房并且遇到了爱情之后，很快就又买了一辆出租车，现在有四辆出租车了。四辆出租车日夜不停地运转，不出两个月就可以再买一辆，如此下去，夏正估算一年之后，他将会拥有一支20辆以上规模的出租车车队。

以前夏正最大的梦想就是可以拥有三辆以上出租车，他就可以只雇用司机而不用自己亲自上阵，足以过上舒服的日子了。但现在不同了，在江离不断地灌输经济学理论之下，他的见识和格局慢慢提高，不再满足于一辆接一辆的滚动发展模式，一是太慢，二是太传统，他希望可以大步前进。

并且他也不想只从事出租车行业。

说到底还是何潮当初的一番话为他指明了方向，认识何潮之后，虽然只有两面之缘，却让他看到了房地产不可限量的前景。但如果买房等升值，前期投入太大，他没有那么多钱，怎么办？江离给出的方法是抵押出租车向银行贷款，贷款到手之后，再去买房付首付，剩余的房贷再用出租车的收入偿还。

夏正算了一笔账，如果按照江离的投资方法理财，第一，会大大降低生活质量；第二，万一房子砸在手里卖不出去，以后十几年间所有收入的大半都会用来还贷，再也没有余力购买新的出租车，他的出租车车队梦想就只能是梦想了。

江离方案的关键支点就是房子能否卖出，能卖出的话，一切盘活；卖不出的话，就沦为死棋。夏正不敢下注，他不是担心房子是不是能卖出，而是不想坐赚房子升值的差价。

是的，夏正觉得房子是用来住的，不是用来炒作的。买了房子不住，再转手卖出，对他来说固然可以获利，但对买房者来说并不公平，多付出了十几万元甚至几十万元的房款，整个流通过程并没有产生实际价值，也没有新的物品生产出来，更没有服务。等于是他坐着就可以赚钱，他称为坐赚。

坐赚只是财富的再分配，房子一买一卖之间，表面上多了十几万元的产值，实际上没有新的财富被生产出来，从某种意义上来说，房子被生产出来之后就完成了流通使命，还在继续升值，就是被吹大的泡沫，早晚会破灭。

但江离的理论是，他早就知道房价不断上涨必然会产生泡沫，东南亚金融危机的爆发就证明了房地产行业产生的泡沫十分巨大，同样有巨大泡沫的还有日本。1985，日本和美国签订广场协议。随后日元迅速升值，日本经济停滞不前，房地产价格遭遇腰斩。

中国和日本国情不同是一方面，另一方面，中国人口基数大，对房子的需求旺盛，且正处在经济快速发展的上升期，至少在20年之内，房地产市场不会崩盘。20年的时间足够长了，长到完全可以让夏正大赚无数笔，从而成为亿万富翁。

夏正还是拒绝了江离的好意，他始终觉得赚取房子的差价是对别人财富的掠夺，是不道德的行为，不会为社会增加任何实质性的贡献，也就是说，除了赚钱，没有任何成就感。

第七十八章

人得有点高尚的东西

虽然被江离调侃他有社会责任感，不想赚取不义之财，但夏正的想法不变，不为所动，或许是哥哥夏良赚钱的方法让他很是不齿，所以他更想踏踏实实做一个可以在赚钱的同时能为社会制造财富、为别人产生价值的生意人。

经过一番选择，夏正决定在从事出租车行业之外，从事房产中介。他不买房卖房，但为需要住房的人提供便利，从中收取一定的费用，也算是正经事业。

只不过夏正想做的并不是传统的房产中介，他想结合他的出租车优势，完美地将两个行业统一在一起，但他一直没有方向。问江离，江离也说不出个一二三。

江离的优点是喜欢研究大方向，具体到实际操作层面，他就不行了。

务虚是高手，务实是草包，是夏正对江离的结论。所以夏正迫切地想见何潮一面，他相信何潮可以为他指点迷津。上次就是何潮的几句话让他豁然开朗。

和夏正想找何潮解决心中困惑的实际问题相同的是，江离也想好好和何潮聊聊他的未来。他成了一名光荣的人民教师不假，但在得到郭统用的赏识之后，一切都变了，不但多了选择，人生之路更广阔了不少，更主要的是，他现在不知道该朝哪个方向前进。

他很喜欢研究全球和全国的经济形势，对经济领域的诸多现象娓娓道来，可以让身为著名企业家的郭统用信服，可见确有真本事。但他知道自己最大的不足就是空有理论而不能落到实处，一旦具体到实际操作层面，他就不知道该怎么办了。

江离目前最大的苦恼不是他和何遇的感情，他和何遇一见钟情后，现在进入了热恋期，感情很稳定。他现在纠结到底是继续留在学校担任老师，还是辞职之后跟在郭林选身边，成为郭林选的经济顾问兼善来集团的经济顾问团成员之一。

“不用你说我的事情，我自己来说。”夏正迫切地想听听何潮的意见，将江离推到一边。

江离不甘示弱，又推开了夏正："我也有苦恼要听何潮指点，我先来，你等等。"

江阔心中的震撼无法形容！

尽管江阔对何潮一直心存好感，甚至有一丝喜欢，但感情归感情，判断归判断。在她看来，何潮不如周安涌能审时度势，有一股憨憨的倔强，更不如周安涌心狠手辣。同样，他也不如江离能说会道，江离有不凡的见识和不俗的口才，否则他也不可能得到郭统用的赏识。

何潮既不如庄能飞脸厚心黑，也不如曹启伦冷酷无情，甚至不如她站得高、看得远，可以看清未来的发展趋势，基本上可以说，何潮的性格虽然坚韧，有固执的一面，但不算是一个雷厉风行、有霹雳手段的人。他既不如江离有高深的理论，可以务虚，也不像夏正一样不要理论只管埋头苦干，似乎过于中庸而找不到亮眼的优点……

但眼前的一幕让江阔改变了对何潮的看法——不管是理论高深的江离还是只知埋头苦干的夏正，都争先恐后地请教何潮，希望何潮为他们指点迷津，何潮凭什么？

何潮凭借的就是承上启下的桥梁作用！

晚明著名思想家、哲学家吕坤曾讲述过三种资质的人才：三等资质聪明善辩，二等资质磊落豪雄，一等资质深沉厚重。正所谓："聪明善辩出麒麟，磊落豪雄安天下，深沉厚重定乾坤。"用现代的话来形容就是，三种人才分别是匠才、将才和帅才。

江阔从小听哥哥讲过无数关于人才的言论，最高级别的人才是调配资源之人，其次是整合资源之人，最后是生产资源之人。所谓生产资源，就是直接做事的人；整合资源，是将做事之人分别安放在合适的岗位之上，合力一处；而调配资源，是知道每个整合资源之人的优缺点，将他们安排在可以把他们的能力发挥到最大的位置之上。三种人才对应的也是匠才、将才和帅才。

刘邦也说过："夫运筹帷幄之中，决胜千里之外，吾不如子房。镇国家，抚百姓，给饷馈，不绝粮道，吾不如萧何。连百万之军，战必胜，攻必取，吾不如韩信。此三者，皆人杰也，吾能用之，此吾所以取天下也。"

何潮也是文不如江离、武不如夏正，却能深得他二人信任不说，还成了二人的精神导师，对，若论资源和人脉，他也不如庄能飞，却能让庄能飞认可他，这么说来，何潮凭借深沉内敛赢得了所有人的赏识，智欲圆而行欲方，胆欲大而心欲小，真正的一等一的人正是深沉内敛之人！

何潮会是真正的一等一人才吗？江阔虽然内心震撼并对何潮更多了一层认识，但强大的理智告诉她，只有等她亲眼见到了何潮的成功，她才会完全认可何潮是一个一等一的人才。

江离的理论固然十分高深，但是需要落地才能验证正确与否，实践是检验真理的唯一标准。夏正埋头苦干固然值得赞赏，但需要理论指导并且看清大方向，才能始终向前。不落地的理论和盲目地苦干，是两个极端，一个是虚而不实，一个是实而不虚，必须虚实结合才是正道。

平心而论，江阔还是很看好何潮的未来的，在深圳的大背景下，只要何潮找准了自己的定位，不愁不会脱颖而出，只是她总觉得何潮非要只做小件快递的想法，过于激进，也过于理想化了，不符合时代的趋势。

何潮不会知道江阔一瞬间有那么多想法，他只是凭本心做事，呵呵一笑："别急，我们有的是时间，坐下好好聊聊。"

辛有风拉了一把郑小溪："小溪，陪我转转，太闷了。"

郑小溪有几分不情愿，想留下听何潮几人说话，却不好驳了辛有风面子，只好陪她从侧门离开。庄能飞看了几眼辛有风的背影，压下了想拦住她的冲动。

夏正和江离互不相让，都想先说，庄能飞不耐烦了："你们猜拳，谁胜了谁先说。"

结果夏正赢了，夏正高兴地推开江离，离何潮更近了几分："何哥，你觉得我下一步该怎么办？"

何潮并没有急于回答夏正，而是先喝了一口茶，凤凰单枞浓醇鲜爽，润喉回甘，他很喜欢醇厚而回味悠长的茶。

夏正见何潮不说话，有几分焦急，搓手跺脚，被江离狠狠地瞪了一眼，江离笑道："每次听我讲高深的理论，你都听不懂。如果你能听懂我的理论，再结合何哥的具体指点，你会进步更快，不出三年就能成为亿万富翁。"

夏正回应了江离一个鄙视的眼神："我如果只是想成为一个亿万富翁，办法多的是，可是我想在成为亿万富翁的过程中，能为国家、社会和百姓做一些力所能及事情，才算是一个生意人的担当。我学历是不高，但平常没事的时候就喜欢看书，有一句话一直记在心里：取乎其上，得乎其中；取乎其中，得乎其下；取乎其下，则无所得矣。"

"什么意思？"庄能飞才不相信夏正的话，以为他不过是自我标榜，冷笑一声，“你一个出租车司机加一个中介掮客，还谈什么担当，不是笑话吗？你以为谁都可以为国家和社会做贡献？你太高抬自己了吧？”

夏正也不恼，嘿嘿一笑：“庄总说得对，比起庄总对社会所做的贡献，我的价值简直微不足道。但再微不足道，也要坚持做下去。出租车是一个城市的名片，是一个城市的窗口，外地来深圳的朋友，接触最多的也是出租车司机，我们的一个暖心的举动、一个礼貌的问候，也许会让他们感受到深圳的温暖。再小的善良也是善良，你说是不？”

庄能飞愣了愣，居然无力反驳，尴尬地笑了笑：“我是问你刚才的古文是什么意思？”

“以最高标准要求自己，只能做到中等；以中等标准要求自己，只能做到下等；以下等标准要求自己，就什么都做不到了。”夏正憨厚地笑了笑，“庄总别笑话我说大话，我知道自己能力一般，也没什么本事，对自己的要求标准定高一些，才能鞭策自己不断进步。”

“服，大写的服！”庄能飞是真心受到了冲击。一个出租车司机有如此觉悟和内动力，他还有什么资格沉沦下去：“何潮，你这个朋友不错，值得结交。我不是说他有多高尚，天天把高尚挂在嘴边的人，未必有他真诚。”

“还要倚仗庄总多支持我的生意。”夏正顺势就上，递上了自己的名片，“需要车或者买房、租房，随时打我电话，24小时开机为你服务。”

“哈哈，是一个合格的生意人。”庄能飞收起名片，“肯定会有生意找你，我很赞同你的说法，人，得有点高尚的东西才能活得踏实、活得真实。”

第七十九章

时间就是金钱

何潮温和地笑了笑："夏师傅现在不是生意人，已经上升到了商人的层次。同样做公司，有生意人、商人和企业家之分，生意人是完全的利益驱动者，为了钱，他可以什么都做，怎么赚钱怎么来。商人重利轻离别，但有所为，有所不为，有一定的责任感和担当。而企业家是带着使命感去完成和实现某一种社会价值的，他有理想和情怀，赚钱是为了回馈社会，为了让人类生活得更美好，是为了推动社会的进步和发展。"

"说得对，到了企业家的高度，人生的境界和格局就完全不一样了。"江离插了一句话，"计利当计天下利，求名应求万世名……何哥，你觉得夏师傅的出租车生意和中介生意怎样才能结合在一起，找一个最佳的切入点，让夏师傅的生意迅速壮大起来？"

何潮拿过一根树枝，在地上画了一个圈："我目前的主业是快递，小件快递，主要是文件和电子产品的整机、零配件，等等，最大体积不超过一个20英寸的行李箱，也就是说，出租车中完全可以放下。"紧接着他又画了一个圈，和第一个圈有交叉，"我刚和庄总达成合作意向，联合开发生产和销售小灵通，当然，研发、生产和销售主要还是由庄总负责，我负责流通部分，说白了，还是快递的部分。电子产品行业，每天都有新的技术产生，每天的价格都有变化，所以要以快取胜。快递也是一样，一个'快'字，是我和庄总合作的切入点和共同点。"

江离点了点头："一个完整的产业链是三个部分，研发、生产和销售，相对来说，研发和销售难度最大，研发相当于无中生有，是源头，销售是成果的展示，是决定一款产品生死的试金石，没有销售，前面的工作都是无用功。电子产品的销售，越快越好，尽最大可能减少花在流通环节的时间。就像在蛇口港务公司门前矗立的标语一样——时间就是金钱，效率就是生命，抢占先机才能快人一步。”

“快人一步有时就是生与死的距离。”庄能飞补充了一句，“所以我很看好和何潮即将开展的合作。三个月前，何潮是我的员工，现在，他是我的合作伙伴，和我平起平坐，现在的年轻人，不得了。”

何潮没接庄能飞的话，继续在地上画圈，第三圈和前两个圈都有交叉：“夏师傅的出租车和中介生意，看似和电子行业、快递行业没有交叉点，其实不是，首先，出租车是城市所有交通工具中最便捷、最快速的一种。虽然没有地铁准时，对，深圳还没有地铁，出租车却比地铁灵活，并且随叫随到。如果夏师傅能组建一个出租车车队联盟，在利道快递需要运送急件、加急件的时候，随时有出租车配合，肯定可以比其他快递更快更有优势。”

“好主意。”夏正兴奋地一拍大腿，推了江离一把，“听到没有，我就说何哥比你厉害多了，一说就能切中要害。不像你，说了半天，云山雾罩的，飘在天上就是不落地。不落地的是云彩，落地的才是雨水。”

“我……”江离被噎得翻了翻白眼，“我是高屋建瓴，是在理论层面，是你理解不了的高度。”

“出租车的生意和你们的电子、快递生意有交叉，我可以理解，可是中介生意呢？”夏正挠了挠头，“我想破脑袋也想不出来中介生意和你们的电子行业、快递行业能有什么关系？”

“有，关系大了。”何潮也学夏正一拍大腿，却拍的是江离的腿，疼得江离一咧嘴，“先说中介的本质是信息统计，是信息中转站，是互通有无。接下来庄总需要寻找工厂和宿舍，利道也需要员工宿舍，这些问题都可以由你的中介解决。还有，利道除了扩招员工，还需要布局许多网点。布局网点需要科学的规则和设计，需要了解深圳、东莞和樟木头镇每一个区域的环境，方便找到最合适的办公地点。快递的办公地点要求比较多，交通一定要便利，不能在密集的居民区，否则会扰民，不能太偏远，要不更影响时效，等等，所以选点需要大量认真而细致的工作。现在有了夏师傅，这些问题都迎刃而解了……”

庄能飞近来东躲西藏，惶恐如丧家之犬，几乎完全丧失了雄心。之前何潮和江阔的一番话，重新激发了他的创业激情，而现在何潮的规划让他热血沸腾，再也压抑不住心中的兴奋和期待：“何潮，你简直就是一个天才！要是我早发现你的才华，也不至于现在沦落到这个地步！”

何潮嘿嘿一笑，半是谦虚、半是玩笑：“早在我为庄总做方案时，就已经展现我的才华了，可惜庄总当时欣赏的是安涌。也可以理解，安涌毕竟是名牌大学生，比我起点高。”

“也不是因为周安涌是名牌大学的学生，而是他的方案确实比你的方案优秀，而且当时你的方案远不如现在的想法扎实高效。我还有几分纳闷，你一直是技工贸的坚定支持者，为什么你的方案推崇的是贸工技？”

“不可能！”何潮顿时惊呆了，“我当时的方案明明是技工贸，怎么会是贸工技？庄总你肯定记错了，要不就是看错了，我和安涌的方案都没有署名。”

“是没有署名，但技工贸的方案有几处错误，后来手写加以改进，手写的部分明显是周安涌的笔迹……”庄能飞话说一半忽然愣住了，“你们的方案为什么没有署名？”

何潮的心慢慢沉了下去，他隐约猜到了什么：“安涌提议两份方案都不要署名，他是怕你对他有成见而对他的方案有偏见。我提交的方案，就是技工贸方案，虽然我没看安涌的方案，但不用想也可以猜到，安涌一定是贸工技方案。”

庄能飞愣了一会儿，猛然一拍大腿站了起来：“我们都被周安涌耍了。”

江阔叹息一声，想起了周安涌在车上说的一番话：“何潮，有件事情本来我一直不想和你说，怕影响你和周安涌的关系，现在不得不说个清楚了……上次周安涌亲口承认，他在方案上做了手脚，就是故意陷害你，并且让庄能飞产生误判。哼，刚才和你说，你还不信，狗咬吕洞宾，不识好人心，以后再有什么事情也不和你说了。”

何潮惊呆了，周安涌真的在背后如此对他？如果仅仅是调换了他俩的方案就算了，还踩着他的肩膀陷害他，利用他为庄能飞挖坑，最终导致庄能飞破产。周安涌这么做，太出乎他的意料，也太让他震惊了，完全不是他认识的周安涌！

周安涌为什么会变成这个样子？是深圳改变了他，还是他自身的原因？何潮心中升腾起浓浓的悲哀，他始终觉得周安涌是和他从小一起长大，从来没有嫌隙的好友。

庄能飞能体会到何潮心中的悲凉，拍了拍何潮的肩膀：“第一次被人背叛吧？习惯就好了。男人的胸怀是被委屈撑大的，男人的格局是被背叛打造出来的。周安涌不是因为深圳而改变，他不管在哪里，都会因为利益而背叛，哪怕是他最亲近的人。”

“何潮！”

周安涌的声音忽然远远传来，清晰而真实：“何潮，我专程来看你了，你在哪里？快出来！”

真是周安涌？庄能飞蓦然站起，朝外面怒目而视，起身就走："周安涌送上门来了，哈哈，来了就别想走。"

何潮拦住了庄能飞："庄总，周安涌和曹启伦打败你，不犯法。你要对他大打出手，会从受害者变成施暴者。"

庄能飞露出挑衅的神情轻蔑地笑了笑："如果我要打周安涌，你向着谁？"

何潮几乎没有迟疑，尽管周安涌背叛了他，但在他内心深处，还是周安涌和他关系最近："我不会让任何人欺负我的兄弟。"

庄能飞叹息一声，颓然坐回了椅子上："何潮，信我一句话，总有一天你会吃周安涌的大亏，会被他害得生不如死。"

"何潮……"周安涌的声音再次响起，"兄弟，人呢？"

周安涌站在利道物流门前的树下，阳光刺眼，他眯着眼睛打量路边一排房子中间的一间门店，房子是平房，大门也不大，利道物流的木牌简陋而粗制滥造，处处透露出低端、落后和贫穷的气息，不知为何，他心里在替何潮惋惜的同时，莫名有几分庆幸。

何潮走错了路，应该说，一步错，步步错。如果当初何潮不是想踩着他的失败上位，而是跟着他去曹启伦的公司，他会将新公司交由何潮负责，而不是李之用。和何潮相比，李之用欠缺了许多东西，不够大气，格局小，能力也达不到他的要求，现在重用李之用也是没有办法。

第八十章

人生若只如初见

在能力和忠诚之间，他会首选忠诚。如果没有忠诚，人品不行，能力越大，带来的破坏性也越大。

想到何潮落魄到躲在一个小镇上创业，他既可怜何潮的落魄，又佩服何潮的勇敢。能伸能屈，拿得起、放得下，何潮至少在吃苦方面要比他强那么一点点。

“安涌……”

周安涌正等得不耐烦时，身后忽然响起一道五分熟悉、五分陌生的声音，声音有几分迟疑，还有几分惊喜，他猛然回身，看到了一张曾经无比熟悉并且为之魂牵梦绕的面孔！

周安涌以为自己看错了，摘下眼镜揉了揉双眼：“有风？你怎么会在樟木头镇？”又一想，他恍然大悟，“你离开庄能飞，和何潮在一起了，是不是？祝贺你们。”

辛有风咬着嘴唇，眼泪在眼眶中转动，她百感交集，心情复杂得无法形容：“安涌，我、我、我没和何潮在一起，我是被庄能飞带到了樟木头镇躲债……你是来看我的吗？”她随即想到了什么，神情黯然了许多，“我又自作多情了，你才不是来看我的，你是来找何潮的。”

周安涌淡然地笑了笑，擦了擦眼镜重新戴上，拿出遥控器按了一下，停在路边的丰田皇冠汽车响了一声，他走过去打开车门：“有没有停车的地方？原本想着开车过来方便，没想到停车不方便，到底是乡下，设施不健全。”

“你都有车了？”辛有风眼中的喜悦一闪而过，但想起自己现在的样子，声音又低落了，“停在门口就行，没有专门的停车场。”

周安涌将车停好，车头对准利道物流的牌子，打开车门准备下车时，何潮冲了出来。

何潮站在利道物流的牌子之前，皮肤黝黑、穿着随意，周安涌头发一丝不乱，皮鞋锃亮、裤子平滑，短袖衬衣也十分熨帖，再加上一副精致的金丝眼镜，左手拿着手机，右手拿着汽车遥控器，站在一辆崭新的丰田皇冠车旁，和何潮形成了鲜明而强烈的对比。

二人相见，四目相对，一时无言。

“安涌！”直到郑小溪的声音突兀地凭空出现，打破了何潮和周安涌千言万语不知从何说起的对视。

郑小溪如一只穿梭的蝴蝶，飞一般来到了周安涌面前，周安涌以为她要扑入他的怀中，下意识后退了几步。让他长舒一口气的是，郑小溪在距离他还有一米远时，站住了。

郑小溪本来是陪辛有风出来走走的，二人并未走远，阳光太强烈了，二人都有许多话想说，却不知道从哪里说起，后来就默契地聊到了周安涌。一个回忆在大学时和周安涌共度的快乐时光，一个想起在元希电子时常和周安涌秉烛夜谈，二人才发现，恍惚间，周安涌变了许多，走得太快，她们每个人眼中的周安涌都是对方不认识的周安涌。

而现在，郑小溪和辛有风再一次发现，眼前的周安涌，也不是她们谈论的周安涌，周安涌又变成了另外一个人，他比大学时的周安涌更成熟、更世故，也比元希电子时的周安涌更成功、更高端。

人生若只如初见……

只是现在的周安涌，周身名牌，还有名车，俨然一副成功人士的打扮，而她们灰头土脸，在他的光鲜面前，犹如上不了台面的丑小鸭。

“小溪？”如果说见到辛有风是惊讶，见到郑小溪就是震惊了，周安涌并不知道郑小溪和何潮一起创业，“你和何潮在一起了？”

郑小溪曾经无数次设想和周安涌再次相见的情景，却怎么也没想到，真的再次相见时，她所有的激动和期盼，在周安涌一副唯恐避之不及的神情并后退一步以避免和她接触的举动之下，瞬间化为乌有，心中只剩下淡淡的哀伤和遗憾。她神情落寞却自豪地点了点头：“是，我是和何哥在一起……创业了。”

何潮也没想到他和周安涌的再次见面会有辛有风和郑小溪在场，场面一时有几分尴尬，他只好呵呵一笑：“安涌进步就是快，手机、汽车、呼机，成功人士的标配全部配齐了，厉害！祝贺！”

周安涌快步上前，用力抱住了何潮：“什么成功人士，在你面前，永远是你的发小和兄弟！走，带我参观参观你的利道物流。物流行业前景无限，不愧是我的兄弟，有眼光。”

何潮也抱住了周安涌，喜形于色：“创业的条件艰苦了一些，你别嫌弃，多担待。”

“见外了不是？我什么时候嫌弃过你？你8岁的时候和我睡一张床，尿床弄了我一身，我嫌弃过你？10岁的时候你去偷西瓜，被瓜农王那斯发现了，别人都跑了，只有你躲在瓜地里，用瓜秧掩护，藏了一个小时，等王那斯睡觉了，你用瓜秧把几个西瓜编在一起，像葫芦一样挂在肩膀上，得意扬扬地回到大家中间，把分瓜给大家吃。也就是这一次，柳三金和李之用服了你……”

何潮大笑，想起了那次偷瓜的糗事：“还好意思说我偷瓜？明明是你挑起的，你说你知道王那斯的习惯，每天中午都要午睡。结果去早了，被王那斯发现了。对了，当时你说你们一起跑了，李之用和柳三金说你没和他们一起跑，是后来你们才会合的，你到底去了哪里？”

“我……我没他们跑得快，落在了后面，差点儿被王那斯逮住，后来跳进池塘才躲了过去，嘿嘿！”周安涌回想起当时的情景，其实他才跑几步就被王那斯抓住了，王那斯威胁他要告诉他的父母，他向王那斯求饶，说出了另外几个偷瓜者是谁后，才被王那斯放走，后来王那斯也没有追究他们几个的责任，多半是忘了。

何潮和周安涌有说有笑地穿过门面，来到后院，何潮一拍周安涌的肩膀：“安涌，有件事情我事先声明，等下要给你一个惊喜，你别怪我。”

“你要给我什么惊喜？”周安涌话说一半顿时愣住了，眼前的院子之中，不但有江阔，还有一个他不想见到的人——庄能飞！

庄能飞的身边还有江离和夏正。

周安涌心中瞬间闪过一丝愠怒，何潮是有意让他难堪不是？辛有风和郑小溪就不用说了，一个是前女友，一个是他曾经有过想法的女孩，但都已经是过去式了，他也当何潮并非有意为之。但眼前有庄能飞和江阔，又是什么情况？

一瞬间周安涌又想了许多，难道说何潮已经知道了庄能飞破产背后的真相？肯定是，有江阔在，又有庄能飞本人在，事情肯定藏不住了。不过话又说回来，他当初决定对庄能飞下手的时候，就没打算隐瞒多久。

本来就是正常的商业之上的竞争，他不犯法，庄能飞能奈他何？

周安涌既然认定是何潮有意为他制造难题，心中刚刚点燃的对何潮的情义又瞬间熄灭了。

不过，周安涌到底年轻，面对被他坑害得倾家荡产的庄能飞，还是有几分紧张和不安，轻轻咳嗽一声以掩饰自己的底气不足："何潮，你的惊喜太大了……江总，我们又见面了，我说实话你别不高兴，最近瘦了，不过更漂亮了。庄……总，别来无恙？"

江阔只是点了点头，并不回应周安涌，庄能飞直接站了起来，健步如飞地来到周安涌面前，二话不说举起了拳头。

周安涌吓得一缩脖子，下意识地躲到了何潮的身后："庄总，君子动口不动手，你在何潮的地盘上打他的兄弟，太不厚道了。"

庄能飞的拳头落下来，落到半空变成了手掌，伸手和周安涌握手："安涌，你想多了，我只是想和你握手。怎么这么心虚？是做什么见不得人的事情了？哈哈，你放心，我庄某人输得起，不会因为商业上的事情而对你进行人身攻击。"

周安涌意识到了自己的失态，尴尬地一笑，从何潮身后出来，和庄能飞握了握手："庄总，我们之间肯定有什么误会。元希电子破产的事情，背后虽然是我在推动，但我的出发点绝对不是因为辛有风的事情，不是公报私仇，我是一个公私分明的人。之所以这么做，也是出于市场需要，是曹总、刘总和赵总的想法，我只是具体执行者。"

和庄能飞握手后，周安涌又和江离、夏正握手，还好，江离也在，今日虽然有庄能飞和辛有风的意外，但至少还有江离的惊喜，他想借何潮通过江离和郭林选走近，此刻离达到目的又近了一步。

"刘总和赵总又是谁？"庄能飞握完手后，转身回到躺椅上，懒洋洋地打了一个哈欠，似乎真的是相逢一笑泯恩仇，"安涌，坐，别客气。"

周安涌略有三分局促地坐在了庄能飞的对面："刘总是刘以授，赵总是赵动中。"

第八十一章

必修课

“攀上刘以授和赵动中的关系了？不错，有点意思。”庄能飞努力压制心中的厌恶和冲动，勉强一笑，“赵动中做事还算规范，刘以授嘛，哈哈，就不太讲究了，和他打交道是与虎谋皮。江湖中关于他的传闻有很多，比如他为了追求一个女主持人，一口气买了三套房子，本来对他不正眼相看的女主持立马投降。还有人说他一个小弟背叛了他，他派人砍断了小弟的手脚，又送过去200万元。砍断手脚是对小弟背叛的惩罚，送去200万元是小弟当年救他的回报，他是一个赏罚分明的人。”

“不对……”庄能飞想到了什么，“我和刘以授、赵动中素不相识，也没有生意往来，更没有过节，他们为什么会针对我？安涌，你以后再编故事最好提前准备一下，至少要等理清了关系再栽赃，要不容易出差错。”

周安涌恢复了几分自信：“信不信由你，庄总，反正我只负责执行，刘总和赵总为什么要对付你，我就不清楚了，也不敢多问。”

“行，你说什么就是什么，总有一天，我会弄个清楚。”庄能飞摆了摆手，“不说了，何潮，你们有事说事，不用管我，我和周安涌的恩怨，现在暂时过去了。有风，过来坐我旁边。”

辛有风迟疑一下，还是坐回了庄能飞的身边，心中说不上来是什么滋味。郑小溪反倒释然了，她心中的幻想破灭，愈加认定还是何潮值得依赖。

“我来找何潮没什么要紧事，就是来看望他。”周安涌温和地朝江离和夏正笑了笑，“你们找何潮肯定有事情，你们聊，我学习。”

江阔笑了：“什么时候周总也变得这么谦虚好学了？周总过来肯定有事，如果我们在场不方便说话，你和何潮可以去房间里面说。”

周安涌连连摆手：“真没事，真没事，见到何潮一切安好，创业顺利，我就放心了。对了，江总，启伦电子即将更名为启伦集团，并且已经融资成功。谢谢江总对启伦集团的帮助！”

“祝贺。”江阔淡淡一笑，“没有投资启伦电子，也算是小小的遗憾，不过我会很快弥补这个遗憾。认识曹总是因为庄总的关系，当时我本想投资元希电子，可惜元希电子没能挺过金融危机。现在庄总有意再次创业，还要和何潮联手，我已经决定加入他们，和他们一起打下一片江山。”

周安涌原本是想刺激一下江阔，不料江阔反手一击，让他听到了一个惊人的消息，不由得一愣：“何潮，你真要和庄总联手了？”

何潮点了点头：“没错，我和庄总、江总三家联合成立一家公司，发挥各自的所长，在即将到来的浪潮中，争取能有一席之地。”

“想从事什么行业？”周安涌忙追问下去。

“小……”

何潮一开口，就被江阔打断了，江阔摇头一笑，埋怨地瞪了何潮一眼，说：“不好意思周总，事关商业机密，不便透露。”

“是我多嘴了，不好意思。”周安涌忙歉意一笑，目光复杂地看了何潮一眼，心中的念头更加强烈了几分，何潮就是故意让他难堪，不但让庄能飞和辛有风、郑小溪同时出现在他的面前，还要和庄能飞联手成立公司，对他来说这是赤裸裸的挑衅。如果何潮和庄能飞的公司日后发展壮大了，更是会对他造成巨大的威胁。

不行，他一定得想办法将他们的公司扼杀在摇篮之中！

何潮并非不知道商业机密不能随便透露的道理，他有这样的举动，一是因为他没当周安涌是外人，二是因为业内有不少人看好小灵通，投资小灵通的公司有十几家，最终谁能做大、做好，还是要靠市场说话。不过既然江阔不让说就不说好了，谁让她现在是他的投资人兼合伙人呢？

“你们都决定联合成立公司了？我也要加入。”江离来时，何潮、江阔和庄能飞已经就公司事宜达成了共识，他没听到，此时听到消息，顿时兴趣大起，“我没钱投资，也不要股份，我只当顾问就行。要是我的理论正确，你们可以付我顾问费。不正确，就不用给一分钱，怎么样？”

“我呢我呢？你们不能不管我。”夏正着急了，唯恐落后，“何哥，我以我的出租车和中介入股你的利道怎么样？算多少股，你说了算，我就是想和你一起做事情，我相信在你的带领下，一定可以成事。”

“好，好，江离和夏正都可以加入，具体如何入股，如何分配股份，等回头让江总划分，江总最专业。”何潮笑着一口应下。

周安涌一脸敦厚的笑容，语气很诚恳：“我呢，何潮？能不能也算我一份？作为兄弟，在你创业的最艰难时期没能加入，已经很对不起你了。现在你要腾飞了，我再要求加入，是不是很丢人，很有来分一杯羹的嫌疑？”

“知道就好。”庄能飞没好气地插了一句，“说明你还有点自知之明。”

周安涌不好意思地笑了：“我的本意不是来分利益，而是想为何潮加磅。来深圳之前我和他的理想就是共同创业，联手打下一片江山。谁想到事与愿违，最终我们走向了不同的道路。还好，我们殊途同归，心还在一起。”

周安涌表面上以退为进，其实很想进入何潮的公司，这样可以借机和江离走近，从而达到他的真正目的。对于是不是可以和何潮共同创业，他全无兴趣。他对何潮所从事的物流行业，也不看好。

所有人都看向了何潮，江离和夏正没有想法，他们等何潮决定，庄能飞自然不愿意周安涌加入，周安涌狼子野心，他进来只会让公司陷入内耗。江阔也有同样的想法，从周安涌的打扮到气质，再到他说话的口气，她没来由地无比厌恶，更不用说和他共事了。

江阔和庄能飞却都没有开口劝阻何潮，他们想看看何潮如何选择。如果说，准确的预见性是一名优秀企业家与生俱来的天赋，那么在面对亲情、友情和商业的选择时，如何做到平衡，则是成为一名优秀企业家的必修课。

过不了关，就没有可能成为一名优秀的企业家。

何潮感受到了众人心思各异的眼神，顿感压力倍增，才知道能力越大责任越大的同时，压力也越大的道理，他只思索了片刻就有了结论：“安涌要加入，自然欢迎，不过现在时机还不太成熟，我想等和庄总、江阔以及江离、夏正确定了最终合作方案之后，到时安涌如果还有意愿加入，我和他们再开会讨论，拿出一个各方都接受的条款，安涌，你觉得呢？”

庄能飞和江阔对视一眼，都从对方的眼中看出了欣喜，二人不约而同地心想：何潮过关了，表现得还不错，小伙子有前途，没有被友情影响商业判断。

夏正点了点头，没说话。江离嘿嘿一笑，忍不住说了一句：“何哥其实也有经济学家的潜质，哈哈。”

周安涌岂能听不出来何潮话里话外的推诿之意，当即说道：“好，没问题，我尊重你们的意见。有什么需要帮忙的地方，尽管开口，不管是出于人情还是本分，都义不容辞。”

中午，何潮请众人吃饭。何潮来樟木头镇时间也不短了，却从来没有在外面吃过饭，不知道镇上有哪些特色饭店。最后还是庄能飞带路，来到了一家名叫“信天游”的饭庄。

“信天游”的饭菜比较清淡，正合江阔等人口味。周安涌有几分吃不习惯，他也无心吃饭，心中一直在想事情。

何潮看出了周安涌有心事，他和周安涌坐在一起，伸手一揽周安涌的肩膀：“安涌，来，碰一杯。”

周安涌心不在焉地和何潮碰杯，轻轻一抿杯中的啤酒，压低声音说道：“何潮，你真的决定要和庄能飞、江阔合作了？和江离、夏正合作倒没什么，他们是真正做事的人，江阔和庄能飞就不好说了，一个来自香港，在家族企业中长大，商业手段高明，让人防不胜防。一个久经江湖，实战经验丰富，想法层出不穷。和他们联合，我怕你会吃亏。”

何潮今天高朋满座，非常开心，不知不觉喝多了，他伸出一根手指在眼前晃了晃：“安涌，你想多了，商业上的事情，只要理念一致，方向一样，都讲规则，按照约定的条款各司其职，就不会出现大的问题。我相信江阔的眼光和庄能飞的格局。”

“好……吧，有些话我也许不该多说，但作为兄弟，我还是得提醒你一句！”周安涌的目光在庄能飞和江阔的脸上一扫而过，“不管走到哪一步，一定要将主动权掌控在自己手中，切记！有时背叛你的人，往往是你最信任、最亲近的人。”

“我会的，放心。”何潮紧紧握住周安涌的手，“安涌，其实我很希望你和我一起联手打天下，只是我们志向不同。不过没关系，我希望你记住一点，不管走到哪一步，我们都永远是兄弟。”

第八十二章

形势不太乐观

"永远是兄弟！"周安涌脸色涨红，不知道是酒精的原因还是因为心情激动，他端起一杯啤酒，"来，干一杯。"

安排座位时，周安涌让庄能飞坐在主位，说庄能飞毕竟是他和何潮在深圳的领路人，教会了他们许多，庄能飞推辞不受，他笑称周安涌应该坐在主位，毕竟周安涌是胜利者。最后在何潮的提议下，请江阔坐了主位。

江阔的左边是庄能飞。

庄能飞原本想让辛有风坐他旁边，辛有风却坚持坐江阔右边，结果就成了辛有风的左边是江阔，而右边是周安涌。辛有风和周安涌相邻，他虽然有几分不情愿，却不好当众表露，以免显得小气。还好辛有风自始至终都没有和周安涌说话，一直在和江阔说个没完。

何潮陪在了下首，左边周安涌，右边江离、夏正和郑小溪。

郑小溪有几分闷闷不乐，不怎么吃菜，也不喝酒，只坐了一会儿就借口公司有事离开了。何潮知道她心里不舒服，只是人多也不方便劝她什么。人生总有一些坎要自己过，别人就算想帮忙，终究也要自己过心理关。

恍惚间，何潮似乎回到了刚到元希电子的日子，只是酒桌上多了江离和夏正。实际上，许多事情和以前不同了，他和周安涌在深圳分别走上了不同的道路，尽管和周安涌再次相见，他觉得和周安涌并没有什么隔阂，却能明显感觉到，周安涌的成熟和从容之中，多了世故和圆滑，还有一丝说不清道不明的东西。

何潮只顾和周安涌说话，不知道什么时候江离和江阔讨论起了香港的房地产现状和金融危机的关系。

"现在的中国香港和东南亚四国几乎一模一样，整个地区都陷入产业空心化的境地，除了纯粹的房地产泡沫，毫无实业可言。这才10月，目睹了周边各国的地产泡沫一个接一个地破灭，香港市民惊慌失措，纷纷抛售房产换成美元避险，就不可避免地引发了房价剧烈下跌，同时会让港币的联系汇率体系岌岌可危……”江离侃侃而谈，“江总，你最近一直在香港吧？你告诉我，和深圳近在咫尺的香港现在的真实情况是什么样子？”

江阔没喝酒，她很清醒，一直在观察饭局上的动态，她的目光在何潮身上停留片刻，见何潮的注意力回到了她的身上，才点头说道：“香港现在的形势不太乐观，受金融危机的影响，江氏的许多业务陷入了停滞状态，尤其是航运和房地产下降的幅度最大。江离，你的预测是正确的，你认为下一步金融危机会波及深圳和大陆其他城市吗？”

“不会！”江离的回答很坚决，斩钉截铁，“原因很简单，深圳正处在上升期，房地产还没有形成泡沫，产业也没有空心化，再有一个强大的国家作为后盾，金融危机就像一场亚热带台风，香港会被吹得七零八落，是因为地基不牢固，但深圳不会，深圳的基础打得很扎实，也不会影响到中国的其他城市，不同于东南亚国家，中国对于外汇管制很严格，并且对金融市场的管控很到位。”

“江老师高见。”周安涌鼓掌叫好，“听了让人耳目一新，有茅塞顿开的感觉。希望以后有机会多向江老师请教，江老师这么年轻，就对经济有这么深刻而独到的看法，以后肯定会成为一个了不起的经济学家。”

江离最喜欢别人夸他经济理论功底深厚，当即喜笑颜开：“周总有眼光，当是我的知己，来，走一个。”

周安涌见时机成熟，忙递上自己名片：“我和何潮几十年的发小了，他一直在我面前推崇你，他的眼光果然犀利。”他又一转话题，“江老师，有两个问题要请教你一下，深圳的房地产会有多少年的高速发展期？你觉得善来集团以后有机会超越万科吗？”

“超越万科？”江离不动声色地笑了，“万科和地产的第一次交集，也就是王石的第一次出手，就技惊四座。1988年11月，万科以2000万元拍下深圳威登别墅地块，楼面价大大超出周边售价。首次出手便一骑绝尘，将许多老牌房地产公司远远抛在了后面。原来，表面上从来不拿地王的万科才是制造地王的祖师爷。有人质问王石：‘怎么出这么高的价格？不是在瞎胡闹吗？’

“王石当然不是瞎胡闹，但他也承认这是一张昂贵的入场券。让人没想到的是，一个月之后，王石又拿了天景地块。深圳的地产同行开始对这只初生牛犊另眼相看，第一次感受到了王石的野性和霸道手段。从万科开始进军房地产到1990年，当今的粤系主流房企已经有了5家：万科、招商、中海、金地、越秀……善来集团别说前五，前十都进不去。"

江离自然不知道周安涌提及善来集团，并不是真对善来集团以后的发展感兴趣，而是想借机引出话题，好通过他认识郭林选，喜欢表现的他毫不掩饰自己对善来集团的真实看法："善来集团虽然名次不是很靠前，但实力非常雄厚，现金流十分充足，地皮储备不比排名靠前的一些公司差多少，唯一的欠缺就是管理人才的不足以及接班人的问题迟迟没有落实。"

江离下意识地看了江阔一眼，微微一笑："前五的广东系房产商中，中海重仓香港、招商埋头建设蛇口、万科扎根深圳、越秀深耕广州，刚创办的金地，原先的名字很老土，叫深圳市上步区工业村建设服务公司，蜷缩在上步区一个叫沙咀工业村的地方，当然，现在上步区已经更名为福田区。从1991年万科上市成为地产第一股，到1994年碧桂园开学校配套建设先河，各大房地产公司各显神通，在各自的领域打出了一片天地，名不见经传的善来，似乎没有太明显的优势，却集合了各家之长，并且从小户型到大户型，再到联排别墅的开发，每一步都走在了时代的鼓点上。"

江阔点了点头："善来集团如果解决了接班人问题，未来成为前五之一，大有可能。哥哥为郭统用推荐的CEO人选，郭统用似乎不是很认可……"

"我倒有一个现成的人选推荐，说不定郭总会喜欢……"周安涌及时更进一步，呵呵一笑，以半是玩笑、半是认真的口吻说，"庄总应该可以得到郭总的赏识。"

庄能飞冷不防被周安涌点名，哈哈一笑："安涌你的意思是，我只配给郭统用打工了？"

周安涌也笑了："庄总不要太敏感了，其实担任了善来集团的CEO，是实力的证明。在你的带领下，善来集团真的进入了粤系前五，郭总肯定不会亏待你。"

饭后，周安涌最先告别离开，临走时，他和江离互留了联系方式。江离心思简单，周安涌肯听他的经济学理论，他就觉得周安涌可交，约好和周安涌三天后再次见面。

何潮送到门外，周安涌拍了拍何潮的肩膀："说好了，尽快来深圳找我，我还有许多事情要和你聊一聊。对了，听说柳三金和李之用也在深圳，你有没有他们的消息？"

何潮点头："好，一言为定。没有他们的消息，失去联系很久了。如果他们也在深圳，就太好了。不管是谁先联系上他们，一定组局聚一下。"

周安涌走后，庄能飞和辛有风也走了。辛有风本来很不情愿，再三表明希望可以和江阔一起去深圳。庄能飞一再保证不再对辛有风动手，并且说他很想在以后的岁月有辛有风相伴，他是真心喜欢辛有风的。辛有风又心软了，留了下来。

江阔、江离和夏正在何潮的利道一直待到天黑才走，几人敲定了合作方案和大部分细节，一致同意由江阔负责细化合作条款，一个几方联合的公司框架初见雏形。江阔很兴奋，此次前来樟木头镇，收获巨大，她不虚此行。

更高兴的是江离和夏正，江离很想让自己的理论落地，实践才是检验真理的唯一标准，如果他的理论在实践中得以验证，说明他就是一个天才经济学家，会坚定地继续走经济学家之路。而夏正的开心在于他很荣幸地加入了何潮的规划之中，在未来，他只需要具体做一些实际操作层面的事情就可以，理论上的事情有江离，运筹帷幄调配资源上的事情有何潮；资本运作上面有江阔；整合人脉、打通关系，有庄能飞。

夏正相信，所有人因为何潮相聚在一起，肯定可以打造出一个战斗力超强的团队。

黄昏时，江离和夏正也返回了深圳，只留下了江阔一人。江阔本来也想回去，却被何潮留了下来，何潮说还有事情要和她商量。

第八十三章

靡不有初，鲜克有终

和仔、高英俊等人还没有回来，今天何潮没有出工，他们的工作量就加大了不少，所以晚回来一两个小时也正常。

郑小溪准备好了晚饭，三人坐在院子里的树下吃饭。江阔没什么胃口，只吃了几口就放下了筷子："何潮，你是想和我商量即将成立的新公司是在利道的框架之中，还是另起炉灶，对吧？"

"知我者，江阔也。"何潮笑了，用筷子蘸水，在桌子上画了一个圆，又在圆中画出了一小块角落，"如果新公司放在利道的框架之内，有利于利道的快速发展，但利道的主业是快递，多了电子制造业和出租、中介业务，业务范围过多反而会影响利道的主业，毕竟，利道不管是实力还是人力，都不足以分出精力来拓展电子制造业等其他业务。"

江阔点头："我明白你的意思，其实一开始你的想法就是，不管是电子制造业还是出租、中介行业，都是为利道快递做辅助，可以快速推动利道快递的发展，是不是？你还是想做大、做强利道快递！"

"靡不有初，鲜克有终，我坚信未来快递行业的市场非常巨大。"何潮微微皱眉，"只是如何整合庄能飞和江离、夏正的资源，怎样在股权架构上更好地让所有人的能力和创业意愿都发挥到最大，还得请你多多费心，毕竟在投资和股权上面，你是老师。"

"什么意思？"郑小溪双手托腮，一脸好奇，"我是问什么是'鲜克有终'？"

"很难做到善始善终的意思。"江阔回了一句。她低头想了一想："其实盘子都放在利道快递里面，最有利于利道快递的飞速增长，但正如你担心的一样，以后势必会影响利道快递的主业。我就不明白了，何潮，你就这么看好快递行业的前景？把鸡蛋放到一个篮子里面不怕一着不慎，满盘皆输吗？”

何潮淡定地笑了：“不是不怕，而是不想让自己分心，主要我也是一个专一的人，做任何事情只要认准了就会全力以赴，不会半途而废。”

“好吧……”江阔知道她说服不了何潮，虽然她对快递行业的前景持保守看法，但她佩服何潮的意志坚定，“对感情是不是也一样专一，认准了就不会后悔？”

“何哥特别男人，从来都是说到做到，不像某人，说一套做一套，真像不男人。”郑小溪又想起了周安涌曾经对她许下的诺言，现在都随风飘散了，没留下一丝痕迹，“江姐姐，女孩子一定不要喜欢上甜言蜜语、花言巧语的男人，越是嘴甜的男人，越是不可靠。你得这样想，他对你说的好听话也好，承诺也好，转身也会对别人说。对他来说，哄骗女孩是天性、是习惯，并不是因为真心喜欢。怪不得老人们常说，好人出在嘴上，好马出在腿上。”

“这么说，你喜欢大男子主义的男生了？”江阔掩嘴一笑，目光流转，迅速在何潮身上转了一转，“小溪，是不是安涌对你许过许多承诺，最后一个也没有兑现？何潮什么都没说，却做到了许多……经过对比，你发现还是更喜欢何潮？”

“何哥不是大男子主义，他其实挺有女人缘……”郑小溪忽然脸一红，“我对何哥不是喜欢，是欣赏。江姐姐，你就别调侃我了，其实大家都看得出来，你们才是最合适的一对。”

江阔沉默了，她不知道该怎么回答郑小溪。过了一会儿，何潮咳嗽一声打破了寂静：“小溪，别乱说，万一让江总误会了，她为了避嫌不再投资我们的公司，不就因小失大了？”

江阔一下站了起来：“何潮，在你眼里只有钱是不是？我和你之间就不能有友情了？”

何潮尴尬地站了起来，手足无措：“江总，我哪里说错了，你可以打我骂我，但有一点，别打脸，别骂我黑。”

“扑哧……”江阔被何潮的表演瞬间逗乐了，她无奈地摆了摆手，“不和你一般见识，无赖、赖皮！我想好了，尊重你的意见，在新成立的三成科技公司中，利道快递持股30%，庄能飞持股30%，我持股20%，夏正和江离各持股10%，三成科技的主业是小灵通的生产和销售，由庄能飞担任法人代表和CEO，我负责财务，你和夏正负责销售和流通，江离负责公司形象。”

“妥了。”江阔所说正合何潮心中所想，他之所以让江阔说出，也是为了凸显江阔的重要性，和女性打交道，要时刻牢记女士优先的绅士风度，“就按照江总的指示办。”

“晚上我住哪里？”江阔心情大好，“不会住在这里吧？不行，离你太近了。”

“没关系的，何哥很老实的，从来不会有出格的举动。”郑小溪不知道江阔在故意调侃何潮，忙替何潮辩解，“江姐姐，你可以和我住在一起，正好我们晚上可以聊聊天。”

江阔咬了咬嘴唇，假装犹豫：“何潮，你能保证我们的安全吗？”

郑小溪还是没有领会江阔的意思，忙说：“放心吧，江姐姐，有何哥，你肯定安全。”

何潮岂能不知江阔是有意捉弄他，就问郑小溪：“小溪，你觉得江姐姐漂亮吗？”

“漂亮，当然漂亮了，江姐姐最漂亮了。”

“她有男朋友吗？”

“不知道，应该没有吧？”郑小溪抓住江阔的胳膊，“江姐姐，你有男朋友吗？”

江阔忍住笑，摇头。

“真漂亮的话会没有男朋友？”何潮扔下一句话转身就走，“连男朋友都没有，肯定安全。我觉得相比担心自己的安全，还是担心自己什么时候嫁出去更实际一些。”

“何潮，你站住！”江阔才意识到自己被何潮反将了一军，气笑了，“不许走，让我打你一顿。”

何潮才不敢停下脚步：“晚安，江伊人。”

“江一人是什么意思？”郑小溪完全没有看懂何潮和江阔之间的过招，傻乎乎地笑了，“明白了，是说江姐姐单身一人的意思，可是何哥哥，你不也是一个人吗？你是不是也可以叫何一人？”

江阔本来还想和何潮交手几个回合，很机智、很有挑战性，又有一丝甜蜜，但郑小溪夹在中间，问的每一个问题都破坏情调，她所有的兴致都被郑小溪的懵懂无知浇灭了，一拉郑小溪的手：“不和无赖一般见识，走，小溪，我们睡觉去。”

何潮等了半个小时，直到晚上九点多才等来和仔、高英俊几人。让何潮惊讶的是，和仔几人人手一辆崭新的自行车，高兴地骑了回来。一问才知，几人在去一家自行车商行接单时，老板告诉他们有人付钱买了几辆自行车送给利道快递，并且让利道快递负责运送。

和仔以为是何潮的手笔，何潮却知道是周安涌送他的礼物，不由得心中涌起一阵温暖。不管周安涌如何对付庄能飞，也不管周安涌曾经利用过他，他俩几十年的兄弟情谊，很难因为一两件事情而改变。

何潮的呼机，及时地响了，是周安涌的留言："几辆自行车，小小心意。期待更大的合作，兄弟，我在谋划一件大事，请来深圳和我一叙。"

何潮向和仔等人说出了今后的长远规划，所有人都很兴奋，尤其是和仔，他一改之前的沉闷，主动说出了前段时间的事情。原来他去深圳寻求一起创业的兄弟，并不是兄弟们不追随他，而是辰哥向和仔发出了警告，要求和仔不要和他争夺地盘，不要将手伸到他的势力范围，否则他就对和仔不客气了。

和仔很生气，他和辰哥相识一场，替辰哥立下汗马功劳，快递行业并不是辰哥的主业，辰哥也寸步不让，他才知道在辰哥眼里，自己始终只是一个跟班，永远不配和他平起平坐不说，甚至连他的一丝利益都不能侵犯。

回来后，和仔郁闷了一段时间，不知道该不该和何潮说。辰哥说得很明显，如果利道只在樟木头镇发展还行，最好不要涉及东莞的业务，更不要去深圳。只要一进深圳，他一定会让利道有去无回。憋了一段时间后，和仔实在受不了了，决定今天和何潮说个清楚。不料还没等他开口，何潮就说到了利道即将进入飞速发展的快车道，他才知道以前一直憋在心里是错误的决定，应该早和何潮说个清楚才对。

何潮才不在意辰哥的所谓威胁，也没放在心上，他被今天规划的大计点燃了激情。他让和仔再回深圳一趟，尽可能地多招一些兄弟过来，也让高英俊发动身边的朋友前来应聘快递员，利道快递接下来急需50～100人。

新自行车和利道即将扩张的消息，让和仔和高英俊等人无比激动，连顾两离开的事情都只是被提了一提，就抛到了脑后。顾两并不知道他走后发生了什么事情，如果让他知道，他也许会后悔草率离开。

次日一早，江阔离开樟木头镇回深圳，开始着手推动三成科技成立事宜。和仔和高英俊等人没有接单，全部启程前去深圳招人。

何潮和郑小溪留守，和庄能飞一起继续商讨三成科技的股权框架以及经营管理等事。

一周后，和仔和高英俊等人招来的50多人陆续到位，利道物流也正式更名为利道快递，只承接小件快递业务，业务范围仅限深圳、香港和东莞三地，并推出了一日达业务。一时业务量大增，利道快递逐渐打出名气，站稳了脚跟。

一个月后，业务量激增的利道快递人数扩张到了100人，何潮确定了管理机制和管理人员，郑小溪负责公司的日常运营，她忙不过来，请了蒋盼学过来帮忙。后来蒋盼学索性辞去原来的工作，加入了利道快递。

高英俊、伍合理和罗三苗三人负责员工的招聘、后勤，江阔推荐了一名财务管理人员，负责账务上的管理，利道快递摆脱了散兵游勇式的作战方式，终于正式进入了公司化正规运营。

又半个月后，三成科技在东莞市正式成立，何潮、江阔、庄能飞、江离和夏正齐聚东莞，一起庆祝事业迈出了第一步。

在成立仪式上，江离开心之余向何潮透露了一个消息，近来周安涌频繁地与他接触，并几次约他见面，可惜的是几次都不凑巧，没有成行。

何潮并未放在心上，他很乐见江离和周安涌的互动，希望江离的理论可以更多地影响周安涌，让周安涌不至于走偏。

转眼到了1998年的元旦，何潮正在江阔的陪同下，在深圳买手机——他终于要拥有人生的第一部手机了。

江阔意外接到了庄能飞的电话。

庄能飞说，辛有风留下了一封信，不辞而别。另外，周安涌打来电话，得知三成科技有生产小灵通的技术，愿意给三成科技一个订单，订单金额高达3000万元，利润至少800万元。

庄能飞征求江阔的意见："直觉告诉我，辛有风的失踪多半和周安涌有关。周安涌平白无故扔了一个大单子过来，不是地雷就是陷阱。"

江阔转身问何潮，何潮哈哈一笑："不接的话，你永远不知道是地雷、陷阱，还是馅饼，该接就接，接了之后，再兵来将挡，水来土掩！这才是你庄总举重若轻的大将之风呀。"

"那就接了。"庄能飞哈哈大笑，"我就不信了，周安涌坑了我一次，还能坑我第二次？"

图书在版编目（CIP）数据

浩荡 / 何常在著. — 北京：北京联合出版公司，2019.6

ISBN 978-7-5596-3116-9

Ⅰ. ①浩… Ⅱ. ①何… Ⅲ. ①长篇小说－中国－当代 Ⅳ. ①I247.5

中国版本图书馆CIP数据核字（2019）第063925号

浩荡

作　　者：何常在

选题策划：北京磨铁图书有限公司

责任编辑：杨　青　高霁月

封面设计：白砚川

北京联合出版公司出版

（北京市西城区德外大街83号楼9层　100088）

河北鹏润印刷有限公司印刷　新华书店经销

字数372千字　700毫米×980毫米　1/16　印张21.5

2019年6月第1版　2019年6月第1次印刷

ISBN 978-7-5596-3116-9

定价：49.80元

如发现图书质量问题，可联系调换。质量投诉电话：010-82069336